增补本

传记通论

朱文华 著

上海远东出版社

图书在版编目（CIP）数据

传记通论：增补本/朱文华著. --上海：上海远
东出版社，2024. -- ISBN 978-7-5476-2041-0

Ⅰ. I207.5

中国国家版本馆 CIP 数据核字第 2024EC0556 号

责任编辑　贺　寅
封面设计　若　谷

传记通论：增补本

朱文华　著

出　　版　上海远东出版社
　　　　　（201101　上海市闵行区号景路 159 弄 C 座）
发　　行　上海人民出版社发行中心
印　　刷　上海信老印刷厂
开　　本　710×1000　1/16
印　　张　26
插　　页　2
字　　数　385，000
版　　次　2025 年 2 月第 1 版
印　　次　2025 年 2 月第 1 次印刷
ISBN 978 - 7 - 5476 - 2041 - 0/I・392
定　　价　98.00 元

目录

建立"传记学"（代序）   1

理 论 篇

第一章 传记释义   7

  第一节 传记、传记文学和传记作品   7

  第二节 传记作品的本质属性   11

  第三节 几点简要的结论   19

第二章 传记作品的分类   21

  第一节 中外学术界对于传记作品的分类意见   21

  第二节 传记作品分类的原则方法   25

  第三节 传记作品的分类示例说明   30

第三章 传记作品的基本要素和功用   48

  第一节 传记文体兴起和发展的原因及规律   48

  第二节 传记作品的基本要素   53

  第三节 传记作品的社会功用   60

第四章　传记作品与其他学科的联系　　66

　　第一节　传记作品与历史学的联系　　66

　　第二节　传记作品与档案文献学的联系　　68

　　第三节　传记作品与文学的联系　　71

　　第四节　传记作品与人才学的联系　　75

　　第五节　传记作品与心理学的联系　　78

　　第六节　传记作品与文章学的联系　　80

　　第七节　简要的结论　　81

历 史 篇

第一章　西方传记写作及理论发展的轮廓　　85

　　第一节　古希腊罗马时期　　86

　　第二节　中世纪　　91

　　第三节　文艺复兴到 18 世纪末　　94

　　第四节　鲍斯威尔和维多利亚时代　　99

　　第五节　20 世纪以来的现代传记　　105

第二章　中国传记的传统、特点及其发展　　120

　　第一节　先秦：传记的萌芽　　121

　　第二节　两汉："史传"的形成　　123

　　第三节　魏晋六朝："杂体传记"的繁荣　　128

　　第四节　隋唐以降至清末：旧传记的发展与衰败　　132

　　第五节　戊戌维新到"五四"前后：新旧传记的
　　　　　　交替过渡　　146

　　第六节　"五四"以来：现代传记在曲折中发展　　151

实 践 篇

第一章　传记写作的准备工作　173
　　第一节　传主的择选　173
　　第二节　传记类型的确定　182
　　第三节　材料的处理　188
　　第四节　有关学术课题的追踪　196

第二章　传记写作的一般原则方法　201
　　第一节　传记写作的根本性原则　201
　　第二节　具体写作中需要处理好的几对矛盾　210

第三章　传记写作的谋篇布局　223
　　第一节　主要原则和思维原理　224
　　第二节　几种最基本的篇章结构形式　229

第四章　传记写作的语言文字技巧　239
　　第一节　准确、简练、生动三大要求的变通性　239
　　第二节　行文方法的多元性和统一性　242
　　第三节　史学笔法与文学笔法　245
　　第四节　关于"合理虚构"的问题　250

第五章　几种主要传记类型的一般体例　257
　　第一节　年谱　257
　　第二节　传（评传）　262
　　第三节　自传（回忆录）　266
　　第四节　小传（辞书条目、简介、注释）　268

第六章　大中型传记的技术细节处理和附录性工作　272
　　第一节　技术细节处理的主要规范　272
　　第二节　几项重要的附录性工作　276

传记散论

论传记作品的本质属性 283

把握矛盾，求得统一——传记写作应把握的几个原则方法 292

适可而止，过犹不及——关于传记作品文学色彩的度 305

抵制文学的诱惑——我的传记立场 320

传记理论与写作原则、方法的几个关键词 324

关于"回忆录"撰写的几个问题 331

重视"口述历史" 339

梁启超的传记作品及其理论的文史意义 342

胡适与近代中国传记史学 365

附录一：《现当代人物传记研究》课程之教学大纲 382

附录二：本书所提到的传记作品书目总览 388

后记 407

改版增补本之跋文 409

建立"传记学"（代序）

　　传记作为一类特殊内容题材和文体的作品，自 20 世纪以来，在世界范围内引起了越来越多人们的重视：不少人——从知名的历史学家和文学家到各界人物，乃至普通的知识青年，都在努力地使自己成为传记作者，而更多的读者——稍有读书兴趣的普通人，也无不自觉或不自觉地跻身于传记作品的热烈的接受者的行列。例如，在英国，一部《约翰生传》风靡天下，传主约翰生的知名度毫不逊色于政界风流人物；而在中国，《史记》中的不少人物篇章，几乎都为每一个有阅读能力的人所赞赏。特别是近几十年来，世界上似乎形成了传记热，传记作品的出版量差不多以几何级数增长，有些传记作品的销售量甚至压倒了畅销小说的销售量，而在享有声誉又极有权威的诺贝尔文学奖获得者的名单中，传记作家也占了一席之地[1]。反顾中国的情况，1976 年后，传记作品如雨后春笋般地出现，由此可以说，世界范围内的传记热已经明显地感染了中国。

---

[1]　例如，1953 年诺贝尔文学奖的获得者为邱吉尔，获奖理由为"历史与传记的描写，保存了高贵的人类价值，成就了辉煌的功绩"。参见《诺贝尔文学奖全集》（第 30 卷，邱吉尔），书华出版事业有限公司，1981.7。

以上是事情的一个方面。然而从另一方面来看，在世界范围的传记发展史上，一直存在着一个反常的现象，这就是传记理论与传记写作的实践往往有所脱节，即理论的发展远远落后于写作实践的变化、深入、革新和突破。以西方论，除了安德烈·莫洛亚的《传记文学面面观》等少量几部书外，很少能再找到类似"文学概论"的"传记概论"和"传记创作论"一类的专著实为憾事。中国的情况尤其是这样。20世纪以来，除了梁启超和胡适等人有些零星的论述之外，现代中国传记理论几乎还没有形成知识体系。即使到了今天，当那么多的作者和读者一起把视线转向传记作品时，仍然寻不到一本较为完整系统的传记理论书籍，退一步说，即便是单篇文章也少得可怜。

上述传记理论的薄弱状况，还集中明显地反映在这样一个问题上：迄今为止，世界各国的学者对于"传记"概念本身，仍有不尽一致的理解和认识，翻翻各国编写的百科全书，即可证实这一点。虽然从学术观点上来说，见仁见智本是正常的，然而对于"传记"这样一个具体的事物的概念，毕竟应当给以质的规定性和准确的科学涵义的界定，而不应像对一首诗歌的理解那样，托词以"诗无达诂"的古训。因为这样做，对于传记写作的发展未必有利。

基于以上的认识，本书拟从传记释义入手，力图较为完整地提出笔者对于传记基本理论的一些看法。其次，对于中外传记写作及理论的发展情况，笔者也想根据自己粗浅的了解和认识，作一番评述。另外，考虑到读者中有不少人可能因有志于学习传记写作而亟需得到入门指引，所以本书还拟通过归纳总结中外传记写作的经验教训，提出传记写作的若干通则、规律以及具体技巧方面的共性问题。为了尽可能地说明问题，本书还拟从各有关角度分析一批中外传记作品，使之成为佐证相关理论问题的实例。这样，本书的内容以及写作意图，在于理论、历史和实践三方面并重，同时也注重学术性与通俗性、学理性和实用性的结合。

当今国际上学术文化的发展有一个明显的特点，即重视新兴学科、边缘学科的建立和建设。不独自然科学界如此，即使是人文科学和社会科学界也是这样。然而，使笔者感到疑惑不解的是，在这热闹非凡的建立和建设新兴学科、边缘学科的浪潮中，尚没有学者提出建立"传记学"的问题①。而实际上，建立一门"传记学"是有充分理由和条件的。择其荦荦大端，至少有以下几点。

第一，虽然传记理论是薄弱的，但理论分歧却相当明显，也相当尖锐。唯其如此，正需要通过建立专门的新学科来作深入的研究探讨。

第二，传记写作的历史很长，并且在不断地延续，可供总结探讨的规律性问题很多，而单从促进传记发展的角度而言，也需要建立相关的新学科。

第三，传记写作及理论实际上涉及到历史学、文学、人才学和心理学等多门专题学科的问题，其中可以探讨和值得探讨的问题的范围相当深广，因而专门建立"传记学"也是适宜的和必要的。

第四，传记理论与写作实践是大多数人所感兴趣的问题，尤其是史学家、文学家、其他学者和新闻记者等，都可以从各自的学术研究的角度，来对涉及传记的那些带有根本性又具有争议性的问题作交流研讨，因而建立"传记学"的研究人员的队伍实际上早已形成，而且阵容也是强大的。

---

① 本书稿送出版社后，笔者读到了马相武的《传记工程：当代文学研究的基本建设》（刊《当代文学研究·资料与信息》，1991 年第 2 期），该文"提议建立当代文学的史料学及其分支传记学"。笔者认为，这一意见是值得重视的。当然，人文、社会科学和自然科学的各个学科，其实都应该建立相应的"史料学及其分支传记学"。

总而言之，把传记当作一个具有相对独立性的学科问题来研究，其对象、范围是容易确定的，其研究资料也是取之不尽的，而研究队伍也不难组织。更重要的是，传记写作的实践已经表明，建立"传记学"有很大的必要性和迫切性。因此本书借写序的机会郑重地吁请有关学者，对于建立"传记学"的问题予以切实的重视。

　　至于"传记学"的学科体系，当然不可能一开始就完整地揭示出来，它将随着"传记学"的建立和研究的深入而逐步完善。不过，根据其他新学科建立的情况，似乎可以先作初步的规划。例如本书将要列论的各个章节中的问题，至少可以构成"传记学"的最基本的研究课题，而本书着眼的三大方面——理论、历史、实践，似乎也可以确定为"传记学"的三支基干。

理论篇

第一章　传记释义

　　传记，通常又被称为传记文学。在不少论者的笔下，这两个词表述的是同一概念，因而在行文中是相通的，也可以相互置换。本来，一个概念由几个不同的词语来表达未尝不可，然而在事实上，有相当一部分人由于对传记和传记文学这两个词，主观地予以不同的理解和把握，因而引起了概念上的混乱。唯其如此，对于传记和传记文学这两个词儿的实际内涵作出科学的界定，是探讨传记理论所必须做的第一步工作。

第一节　传记、传记文学和传记作品

　　传记一词在英语中为 biography，自公元 1660 年起在英国使用。任何一种事物和现象，总是先有其实再有其名，biography 也是如此。该词的基本词义有三：一是指个人的经历；二是指反映或描绘个人经历的作品或文献等；三是指对某一事物发展过程的记述，含变迁史之意①。再从这一词的派生词来看，如 biographee（名词，传记中的主人公，可译为传主），biographer（名词，传记作者），biographical（形容词，传记的、传记体的），等等，也均与"个人的生活经历"这一涵义有密不可分的联系。显然，biography 一词的核心词义是指个人的历史，作为文字形态的东西，则是指对个人生活经历作记述的作品。

在汉语中，传记是一种明确的文体文章概念。据《辞海》（1936 年版）释义，传记"专指记述个人事迹之文字"。《辞海》（1979 年版）又释：传记（或单称传）就是"记载人物事迹的文章"。回溯《四库全书总目》，其"史部"有"传记类"案云："传记者，总名也。类而别之，则叙一人之始末者，为传之属；叙一事之始末者，为记之属。"考虑到古代汉语的单音节词到现代汉语的双音节词的过渡的普遍情况，现代汉语中的"传记"一词显然完全同义于古代汉语中的"传"。因此，两版《辞海》的解释都是正确的。

对照中英的传记词义，两者应当说是吻合的：以文体文章角度论，传记（biography）就是指反映或记述个人生平活动事迹的著作。两版《辞海》都矜慎地用"文字"或"文章"，而不用"文学"或"文学作品"的字眼，无疑是为了避免可能产生的语义的歧异。事实上，我国的一部分现代学者正是这样理解和运用传记这一概念的，包括在谈到西方传记作品时也是如此②。

---

① 《新英汉辞典》（上海人民出版社，1975）、《远东英汉大辞典》（梁实秋主编，1977）和《英华大词典》（商务印书馆，1984 年修订第二版）等。
② 可参见如下两文：a. 戴镏龄：《谈西洋传记》，《人物杂志》沪版第 2 年第 7 期，1947.7.20；b. 寒曦：《现代传记的特征》，《人物杂志》沪版第 3 年第 2 期，1948.2.15。另外，在近现代中国提倡传记最力者之一的梁启超，其所著《中国历史研究法补编》中使用的是"传"一词，那是反映了古代汉语的痕迹。

问题在于：在英语中，文学、文体、文献和著作合集，乃至任何印刷品，都可以用 literature 一词表示①。这样，由于在英国通常是把 biography 和 literature 两个词合为 biographical literature 这个词组使用，而该词组又被我国翻译界译成"传记文学"，因而在我国的另一部分现代学者中，除了有虽用"传记文学"一词而把它正确地理解为"传记"的同义词的情况②之外，也确有另一种情况，即对"传记文学"一词望文生义，似乎"传记文学"等同于"文学的传记"（literary biography），只是一种狭义的文学作品的体裁，由此出发，便把"传记"和"传记文学"两个词看作了具有重大区别的两个概念：前者属史学范畴的著作，后者则属于文学作品③。

　　非英语国家也有类似的情况④，因而某些国家的学术界为了避免传记文学一词可能产生的语义上的歧异，在辞书上干脆

---

① 参见前注的各本英汉辞典。
② 胡适似是最早翻译使用传记文学一词，见其《藏晖室札记》的 1914 年 9 月 23 日条。之后，许寿裳也用之，见其《谈传记文学》，刊《读书通讯》第 4 期，1940. 6. 16。今人耿云志把胡适的传记文学理论作为胡适的史学见解而作评判，显然也把握了这一点，见其《胡适研究论稿》，四川人民出版社，1985 年 10 月版。另外，刘绍唐于 1962 年创办《传记文学》杂志，接着有传记文学出版社出版"传记文学丛书"，而从发表的绝大多数的文章、著作来看，均是着眼于史学，而并没有作文学的理解。
③ 如姚雪垠说：既提倡传记，也提倡传记文学，"人物传记首要原则是真实性，就是科学性，倘若传记文学，应该是科学性与文学性的统一"。见《关于写人物传记》，《人物》1981 年第 1 期。这是集中地反映了此类情况。
④ 有学者指出：在法国，所谓"传记文学（littérature biographique），并不严格地限于"传记"和"自传"，举凡一切变相的"自传"，如"忏悔录""回忆录"等，或给"传记"提供写作资料的，如"感想录""随笔""谈话录""印象记""旅行记"，乃至"日记"和"书简集"，都可归入"传记文学"。参见黎烈文：《法国传记文学一瞥》，《传记文学》第 1 卷第 7 期。

不列传记文学的词目，而仅对传记作释义。如《苏联百科词典》①即是如此，它对传记一词的释义是："对某人一生的记述，历史、文艺和科技散文的一种历史悠久的体裁。现代的传记（如"名人生平录丛书"）展示人物成长的因果关系，历史的、民族的和社会的特定条件以及人物的心理特征等。"显然，这样的解释，与中英文中传记一词的基本涵义也是接近的。

综上所述，笔者认为，鉴于传记（biography）和传记文学（biographical literature）两词表述的是同一概念，为了不致于使人望文生义，以辞害义，在中文里，不妨（其实也很有必要）把它们统称为传记作品。

顺便指出，在我国现代学术界，除了分别使用传记、传记文学两词外，还有另一些提法，如传记文②、人物传记③和传记体散文④等，至于传记作品一词，也早已见诸报章⑤。如果说前三种提法已经是有意避免汉语中"传记文学"一词的词义歧异的话，那么"传记作品"的提法，无论从何种角度来说，都是更为准确，因而是更可取的。即使把它回译成英语，仍可从习惯的 biographical literature，外国人也不致于发生误解。海外学者黄大受说："撰写传记的人，有的写得生动，遂有了传记文学一词，其实文学常常脱胎于传记，传记不一定是文学，传记文学虽属于文学，但仍然是传记，虽然不乏渲染美化之处，究竟是实话实说，还存着本来面目，如果刻意文学化，添上些空中楼阁，那就是穿古人之服或今人之衣，变成古装小

---

① 中国大百科全书出版社 1986 年 1 月译本，据原书第二版译出。顺便说，俄语中的 Литература 与英语 literature 相似，也有文学、著作、文献、作品、出版物等多种词义。
② 郑天挺，《中国的传记文》，《国文月刊》第 23 期，1943.8。
③ 人物传记的提法最为普遍，中国现行的图书分类法都有"人物传记"专类。
④ 陈必祥，《古代散文文体概论》，河南人民出版社，1986.1。
⑤ 范寅铮等，《传记作品应注重真实性》，《人民日报》，1980.7.9。

说或时装小说了，岂可列入传记文学之林?"① 此话虽然不无疵点②，但作者把有人对传记文学一词望文生义的一个重要原因揭示了出来，由此认定传记作品的最根本的史学性质，那是合理的。

第二节　传记作品的本质属性

就我国现代学术界的情况来看，对于传记作品的本质属性问题的认识，大致有如下几种意见。

1. 历史属性说

除了梁启超的有影响的意见外，其他如孙犁认为：史学方法与文学方法并非一回事，甚至是矛盾的；史学重事实，而文学好渲染；史学重客观，而文学好表现自我；就传记作品论，自古以来就被看作为历史范畴的文体③。这是文学家的意见，史学家如胡华和孙思白等人也都赞同这一意见④。而中国的图书馆学专家几乎是毫无例外地持这一看法⑤。

2. 文史分离说

这种意见以《辞海》（1979 年版）为代表，该书认为传记

---

① 黄大受，《传记的写作》，收入《文史选集》第 2 辑，"中央"日报社，1981.4。
② 作者既认定传记与小说（文学）是不同性质的，但在对传记作分类时又列出"寓言的传记"和"拟人的传记"等名目，显然是自相矛盾的。
③ 孙犁，《与友人论传记》，收入《孙犁文集》第 4 卷，百花文艺出版社，1982.3。
④ 《关于传记作品的写作问题》（座谈会发言），《人物》1982 年第 2 期。
⑤ 除中国目前流行的图书分类法外，具体如《1900—1980 八十年来史学书目》，中国社会科学出版社，1984.10。

有两大类：

(1)"史传或一般纪传文字"，以记述翔实的史实为主。

(2)"属于文学范围，多用形象化方法，描写各种著名的人物的生活经历、精神面貌及其历史背景"。

3. 文史结合说

如有人认为"传记就其主要的性格讲，是历史的一个支庶，是文学的一个部门"①；也有人说："传记可以说是史学与文学的结晶。就史学的立场说，它需要以科学的方法，安排所得的材料，要正确、要系统，材料愈丰富，工作愈复杂。就文学的立场说，它需要艺术的匠心，描述其时的情景，要生动、要美丽，情景愈复杂，描写愈不易。"② 类似的意见还有：传记作品是"用文学的手法和语言，来反映已经过去的（包括刚刚过去的）形形式式的历史人物的生活、成长和斗争经历。它是用文学的形式和人物的业绩反映的历史"③。

4. 文学属性说

朱东润等人力持此说（详后）。另外，如董鼎山认为"传记既称之为'传记文学'，便应有浩荡的文学气概"，他还援引法国当代著名传记作家莫洛亚的话——"传记虽是叙实事的，但其本身也是一项艺术，传记作者的诀窍是在将一个人的生活的记述给予读者一种美感的满足（aesthetic pleasure）"，来支持自己的意见④。

值得指出的是，传记作品的文学属性说似乎被更多的中国

---

① 湘渔，《新史学与传记文学》，《中国建设》第 1 卷第 1 期，1945。
② 郑士镕，《邱吉尔传》（书评），《文史杂志》第 2 卷第 1 期，1942。
③ 戚方，《让传记文学之花怒放》，《光明日报》，1982.12.2。
④ ［美］董鼎山，《作为严肃文学的传记》，《读书》1987 年第 1 期。

学者所接受。在这里，关键原因在于引入了西洋"近代传记"的概念。首先反映这一意见的似是郁达夫，他说"传记文学，本来是历史文学之一枝"，而"经过二千余年，中国的传记，非但没有新样的出现，并且还范围日狭，终于变成了千篇一律、歌功颂德、死气沉沉的照例文字"，因而必须用西洋近代传记（即"有文学价值的传记"，或称"新的解放的传记文学"）来取代中国的"刻板的旧式的行状之类"①。郁达夫还进一步解释说，西方的新传记的基本特征是，"把一人一世的言行思想，性格风度，及其周围的环境，描写得极微尽致"，或"以飘逸的笔致，清新的文体，旁敲侧击，来把一个人的一生，极有趣味地叙写出来"②。朱东润的传记文学理论③，实际上是阐发了郁达夫的意见。他指出"史汉列传底时代过去了，汉魏别传底时代过去了，六代唐宋墓铭底时代过去了，宋代以后年谱底时代过去了，乃至比较好的作品，如朱熹的《张魏公行状》，黄幹的《朱子行状》底时代也过去了。横在我们面前的，是西方三百年以来传记文学的进展"，而所谓"西方三百年来传记文学经过不断的进展，在形式和内容方面。起了不少变化"的情况，指的是以 20 世纪初斯特拉屈的《维多利亚女王传》为代表所打开的"现代传记文学"的局面④。据此，朱东润坚持认为，现代的传记文学，当"是文学中的一个独立部门"，"有人认为传记文学只是史学的一个支流，不是什么独立的文学样式，其实这种看法并不一定正确"，即使以中国古代的情况

---

① 郁达夫，《什么是传记文学》，收入郑振铎等编，《文学百题》，生活书店，1935。

② 郁达夫，《传记文学》，收入《闲书》，上海良友图书公司，1936。

③ 朱东润曾提出，当用"传叙文学"一词来取代"传记文学"，见其《关于传叙文学的几个名辞》，《星期评论》第 15 期，1943.3。不过后来他又用"传记文学"一词。

④ 朱东润，《张居正大传》序，开明书店，1943。

论，传也只是"用经学家的本意，是训诂，是注释，在史书中所占的地位，……在作者的目光里，地位是不怎样重要的"①。朱东润还进一步论证说，例如《史记》《汉书》中的列传有互见法，对于一个人的评价，常需要通读全书各卷，才能得其大略，可是在传记文学中，一个传主只有一本书，所以史传的价值虽大，但是对于近代的传记，在写作上也是没有帮助的②。

那么，西方的"近代（现代）传记"的概念内涵究竟是怎样的？有必要去看看西方学术界的原始意见。

被称之为现代西方"传记文学的理论和实践两方面的专家"的高斯曾在给《大英百科全书》撰写的条目中说：传记作品是"通过生活，对人的冒险经历的忠实描写"，而且"真实的传记所满足的独特的好奇心基本上是现代的概念，它决定了我们对生活的观察不过分地为道德的热情或偏见所遮蔽"，因此高斯毫不强调传记的文学成分，甚至主张传记作品的基本成分只是事实的准确性和传主的个性。他还认为，传记作品的形式远不如内容来得重要③。

20世纪20年代，另一英国现代著名的传记理论家尼科尔森在《英国传记文学的发展》一书中提到了高斯的上述意见，并表示："在这一点上，我同意他的观点。"然而尼科尔森同时又指出：从高斯本人写的传记作品如《父与子》等来看，并"没有准确地解决作品的内容与形式的问题"，因为《父与子》一书虽然"在实质上"具有科学性，但它注入了作者的"巨大的勇气，赋予巨大的独创性以及完美无缺的文学色彩"。由此出发，尼科尔森探讨了传记与科学的关系以及传记与文学的关

---

① 朱东润，《传记文学》，转引自《人物》1982年第1期，《问题讨论：关于传记文学的写作问题》。
② 朱东润，《朱东润自传》，《文献》第8辑，文献书目出版社，1981.6。
③ ［英］尼科尔森，《现代英国传记》，刘可译，《传记文学》，文化艺术出版社，1985第3期。

系，其主要观点是："在传记文学中，它的科学性对文学性是有害的。科学性所要求的不仅是事实，而且是全部的事实；而文学性则要求对事实进行描写，这种描写是有选择性的，或是人为加工过的。科学愈发展，其本身的需要也愈难满足，综述的能力和描写的才干将不胜其职。因此，我认为科学性与文学性必将分道扬镳"，即一方面是"科学性的传记将趋于专门化和技术化"，这类传记"由于把重点放在了注重分析和科学性方面，就不可避免地要削弱作品的文学效果。传记的科学化程度愈高，其文学性相应就愈差"，而另一方面，"文学成分也会存在下去，只是会向其他的方向发展""总的说来，文学传记将会步入想象的天地，离开科学的闹市，走向虚构和幻想的广阔原野"①。不难理解，尼科尔森在这里所说的"科学性"专指作为史学范畴的传记作品所遵循的严格忠于史实的真实性和准确性问题，从而否定了传记的文学属性。也就是说，在他看来，传记与所谓的文学传记是两码事。

三十卷增订版的《新大英百科全书》（1980年）对"现代传记"的问题又有新的认识，认为"传记文学是文学表现的最古老的形式之一"，"有些时候，传记被认为是历史的一支，……但如今人们已认识到历史和传记是性质截然不同的文学形式"，"无论是传记还是历史，它们都同过去有关。其相同之处在于，它们都要追溯过去，评价事实，选择原始资料。从这种意义而论，传记与其说是艺术，倒不如说是一种技巧"，换言之，"虽然传记在搜集事实、对真实负责这方面与历史有关，但它实际上是文学的一个部门。它试图通过选材、构思，从事实中得出生活形象，在给定的材料范围内，传记作者努力

---

① 这里援引的是该书的第六部分中语。刘可译稿题为《现代英国传记》，出处同前注。

把素材加工成闪光的东西，如果他捏造或隐瞒材料来制造一个效果，那么它在真实方面就是失败的；如果它仅满足于列举事实，那么它在艺术方面就是失败的"①。

而《简明不列颠百科全书》的理解又有微妙的区别，它认为："传记文学是最古老的文学体裁之一，它以各种书面的、口头的、形象化的材料和回忆为依据，用文学再现作者本人或他人的生平。传记有时常被认为是史学的一个分支，最早的传记常被人们当作史料看待。现在举世公认，传记和史学是两种明显不同的文学形式。""传记文学经历了漫长的进程。今天，文字虽说不是唯一的或主要的叙事工具，但就目前来说，要展示人生的全过程，文字仍然是最好的工具。由于传记文学把基点放在事实真相的基础上，因此它的地位比文学艺术的其他体裁更趋稳定。"②

至于莫洛亚，他在把英国维多利亚时代（19 世纪上半叶）的传记作品与 20 世纪以来以斯特拉屈为代表的新的传记作品作了比较后指出，两者虽然在结构上都是完善的，但前者"只不过是一篇文献"，后者"却是一件艺术品"，而斯特拉屈"同时还是一个正确的历史家，可是他有本领用一种完美的艺术形式来表达出他的资料，而这种形式在他是至关重要的东西"③。

从以上援引的材料来看，西方学术界对"现代传记"的理解的一个根本性的共同观念是：传记作品这种文字形式所载荷的内容，无论古今都属于史学范畴，只是其表述的形态、方法

---

① 译文（梅江海等译）刊《传记文学》总第 1 期，文化艺术出版社，1984。引者按：这段译文中，"文学形式"当是"文献（文章）形式"之意，否则，"……历史……是文学形式"句，显然不合逻辑。
② 中文译稿见中国大百科全书出版社 1986 年 7 月版《简明不列颠百科全书》第 9 卷。引者按：此段译文中"文学形式"也当为"文献（文章）形式"之意。
③ 曹聚仁著，《我与我的世界》之代序"谈传记文学"，人民文学出版社，1983.5。

和技巧等，到了现代，过去那种较为拘谨的史学笔法逐步被突破，相当一部分传记作品开始在形式方面染上了较多较浓的文学色彩，或者说，古代传记与现代传记的区别和差异，主要在于表述笔法方面，即前者多用史学笔法，而后者强化了文学笔法，尽管处理的内容对象是同一的。由此可见，我国现代学者郁达夫和朱东润等人其实都是从这一角度去理解"现代传记"的涵义的。最典型的是朱东润，例如尽管他把传记当作文学作品的一种形式来倡导，但他所写的任何一部传记作品，都是史学类型的，而不是什么文学创作。

正因为这样，还可以认为：无论是某些西方学者还是中国现代学者，他们对于"现代传记"的把握，其实涉及的并不完全是传记作品的基本属性问题，同时也反映了对于传记作品的某种内在的知识形态的发展变化的认识。应当说，一种具有相对独立性的文体在长期的发展过程中有所变化，这是正常的。例如，属于文学范畴的诗歌体，其在中国就有由四言而五言，由五言而七言，由古风而律诗，由诗而词曲，再由旧诗体而为自由体白话新诗的演变。传记文体也是如此：在世界各国，传记文体发轫的直接原因似乎都是为了表彰死者，随着人类文化的发展，传记文体在记述的形态、手法和技巧等方面趋于丰富而多变化，即除了保持固有的史学笔法外，再引入甚至强化各种文学手法。因而，如同不能否认自由体白话新诗不是诗那样，也不能因为某些传记作品染有了若干文学色彩，便依据"白马非马"的逻辑而认定它已变质为文学的一个样式并由此完全脱离了它最本质的属性——属于史学范畴的文体的一种。鉴于以上的认识，笔者既不能同意所谓传记作品的"科学性与文学性是格格不入的"，甚至"科学性对文学性是有害的"观点，也不能苟同关于传记是"文学的一个（独立）部门"的意见。

还可以说，某些西方学者对于"现代传记"的把握，实际上又涉及了关于传记作品的内容和形式的关系问题。就内容来说，他们并不否认传记作品的基本成分是事实的准确和传主真实的个性，或者说，是与"过去"有关的，即追溯历史、评价历史生活内容和选择历史上的原始资料等。既然如此，这无疑是认为传记作者所处理的是历史学课题而不是文学课题。而这样的内容课题，又必然决定传记作品的基本属性是史学而非文学。至于尼科尔森说，科学性要求的是全部事实，而文学性则要求对事实作有选择性的描写，30卷增订版《新大英百科全书》也说，传记作品不仅应"满足于列举事实"，还要"通过选材、构思，从事实中得出生活形象"，即"对素材进行加工"。这些意见自有一定的道理，然而，诚如《新大英百科全书》所说，这实际上属于"技巧"问题。道理很简单，即使是用拘谨的史学笔法写的传记作品，同样有选材、构思的问题，甚至像中国古代帝王的"起居注"一类的传记性文字，也并非对传主一生的所有的生活细节都作录像般地再现，至多是选材的筛网的口子比较大一些。由此可以认定，既然传记作品所处理的内容课题毫无疑义地属于史学范畴的（否则不是传记作品而是小说了），那么，用史学笔法抑或用文学笔法，就只是一个形式问题，犹如人的相片，在照相馆里摄下的正面免冠的黑白相片，与在风景区里拍摄的彩色的生活照，实质上并无两样。

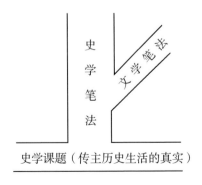

图 1　史学笔法与文学笔法

总之，"现代传记"中有不少作品的文学色彩较浓，这种情况只是表明，传记文体经过长期的发展演变，至今就表述形态、手法和技巧等方面来说，已经有了一个明显的分支，如图所示。然而，从根本上来说，这属于传记作品的分类问题，并非表明传记作品的基本属性发生了变异。

第三节　几点简要的结论

综合以上的分析论述，可以得到如下几个明确的结论。

（1）尽管传记作品在内容形式方面与史学著作和文学作品有所联系，但是，它却有相对的独立性，因而是一个文体文章学上的大概念。

（2）传记、传记文学这两个词的涵义是相同的，为了在中国学术界避免汉语"传记文学"一词可能产生的语义歧异，以统称传记作品为宜。

（3）鉴于传记作品的处理对象即载荷内容，从根本来说，属于历史学的课题，因而这种内容上的特殊性和限定性，决定了传记作品的本质属性应当也只能归入史学范畴，而不应划入文学范畴。因为属于文学范畴的文体，其载荷内容是不会有任何限定性的。

（4）传记作品在其发展演变过程中，表述方法等趋于丰富和多样化，只是变其形式而不是变其内容，更不是改变作品的本质属性。况且至今仍有大量的用传统的史学笔法撰写的传记作品存在。

（5）认定传记作品的本质属性归于史学范畴，其实际意义在于坚定不移地强调传记作品的写作必须贯彻历史科学所必须遵循的事实和材料的真实性、可靠性原则。这是关系到传记作品的兴亡的关键问题。如果认定传记作品属于文学范畴，那么其最终必然导致传记作品因虚假而失去固有的价值。

（6）在认定传记作品归于史学范畴的本质属性的基础上，对于传记作品的分类才可以求得统一的原则方法，否则，在理论上和实践上都显得十分重要而目前却呈现出杂乱的传记作品分类问题，就无法得到科学的处理。

第二章　传记作品的分类

关于传记作品的分类，也是传记理论中的一个重要问题。解决这一问题，对于促进和指导传记作品的写作，具有重要的意义。

第一节　中外学术界对于传记作品的分类意见

中外学术界对于传记作品多次作过分类，然而应当说，迄今为止，所作出的分类意见大都是杂乱的。择其要者，约有如下几种。

1. 据 30 卷增订版《新大英百科全书》的意见，传记作品可先分为基本的两大类

（1）"根据作者对传主的了解写成的传记"，或称"根据第一手材料写成的传记"和"来源性传记"。

（2）"根据资料研究写成的传记"。

就（2）类传记来说，又可分为"参考汇编"（"生平资料"）和"传略"两种。该辞书还认为，（2）类传记还可以

依照所用手法的客观性的大小而进一步分类为：①原始性传记，又称积累性传记；②评传，即以学者的气派和评论口吻来真实再现传主生平；③标准传记，即力图用毫无歪曲或篡改的文学手法、运用对事实的真实记录，真实而生动地再现传主生平；④艺术再现性传记，即不杜撰材料，但能异常灵活地运用材料，而把对材料的艺术加工局限于对传记原始资料的艺术性安排；⑤传记小说，即小说的趣味性和传记的真实性含混地糅合；⑥传记体小说，即完全用传记体或自传体写成的小说。

2. 据《简明不列颠百科全书》认为，传记作品可按其叙述对象的不同而分为两大类

（1）传记。

（2）自传。

至于该辞书对（1）类传记的再分类，基本上与《新大英百科全书》相同，而对（2）类自传的再分类则是：①非正式自传，指不准备发表的私人文稿，含"书信、日记、日志"和"回忆录"两种；②正式自传，指在追述往事时经过作者有意无意的遗漏或改动的作品。

3. 梁启超在《中国历史研究法补编》① 一书中提出，传记作品（"人的专史"）可分为五种

（1）列传（正史中罗列许多人，每人一传，叙其一生事迹）。

（2）年谱（完全依照时间顺序，叙述传主一生事迹）。

（3）专传（或称专篇，以传主为中心归纳地叙述有关史实

---

① 《饮冰室合集》，商务印书馆。

活动，由此反映一个时代）。

（4）合传（一篇作品叙一个以上传主的事迹）。

（5）人表（以表格的形式简记人物事迹）。

4. 郁达夫在《什么是传记文学》一文中提出，西洋的传记作品基本上可以分为三类

（1）他人所作的传记（一人的一生大事记）。

（2）自己写的自传（对自身经验、尤其是内心起伏变革的记录）。

（3）自己或他人的回忆录（一时一事或特殊方面的片断回忆）。

5. 许寿裳在《谈传记文学》一文中提出，传记可分两大类

（1）自传。

（2）他传。

6. 陈必祥在《古代散文文体概论》① 一书中指出：中国传统的传记作品基本类别有以下几种

（1）列传（含合传、附传等）。

（2）自传（记叙自己的生平事迹）。

（3）别传（正史本传以外的传记）。

（4）外传（凡为正史所不载，或正史已有记载而别为作传，以记传主轶闻逸事为主，已接近小说）。

（5）小传（简明记叙人物生平事迹）。

（6）行状（又称"引述""行略"等，述死者世系爵里

---

①　河南人民出版社，1986.1。

等，目的在于提供资料，使礼官议定谥号，或供史官采择立传等）。

另外，有传记性质的还有墓碑文和墓志铭等。

7. 华东师范大学编写的《写作教程》（修订本）① 认为，传记作品有四类

（1）历史传记（如中国古代正史中的列传）。

（2）新闻传记（人物专访、访问记、回忆录、自传等）。

（3）传记文学。

（4）评传。

8. 南新宇认为：传记作品一般可分为两类

（1）历史传记（政治传记）。

（2）文学传记。

另外，还有一些介于两者之间而难以区分②。

9. 黄大受在《传记的写作》一文中提出，传记作品可从三个方面分类

（1）以人物对象而言，有列传、专传和合传等，但年谱和人表难以称为传记。

（2）以传主的身份而言，可分为圣贤传记、学者专家传记、小人物传记、伟人传记、忠义之士传记、特立异行者传记、寓言的传记和拟人传记等。

（3）以传记的内容立场而言，可分为正统的传记（大都由

---

① 华东师范大学出版社，1984。按：该书实际上采用包立民的分类意见。包氏的意见参看《人物》1982 年第 2 期，《问题讨论：关于传记作品的写作问题》。

② 《人物》1982 年第 2 期，《问题讨论：关于传记作品的写作问题》。

史官撰写）、一般的传记（一般人抱着某种目的为他人写的传记）、家传（家庭成员中某人为另一人写的传记）和自传。

10. 曹聚仁在《谈传记文学》一文中认为，传记作品并不严格局限于传记和自传

传记作品也应包括回忆录、忏悔录、感想录、随笔、谈话录、旅行记、日记和书简集等。

以上这种意见纷杂的情况，诚如《新大英百科全书》所说，它表明"传记的分类是困难的。很明显，写传的方式多种多样，各种方式又往往互相渗透，因此至今尚无公认的标准对传记加以分类"。

第二节　传记作品分类的原则方法

应当说，中外学者之所以对传记作品的分类意见如此杂乱，其根本原因在于他们所持的分类的原则方法各不相同。孤立地看，上述各种分类意见似乎不无合理性，然而从总体上来说，却显然没有把握一种客观的科学标准。例如，《新大英百科全书》分类的主要依据是传记素材的来源形式；《简明不列颠百科辞典》侧重于传主与传记作者的关系；郁达夫和许寿裳的意见与着眼点基本上与《简明不列颠百科辞典》相似；而梁启超和陈必祥则主要是考察了中国古代传记作品的情况才分别予以明显的表述形式或既定名目的分类。至于华东师范大学包立民和南新宇的意见，则是较多地考虑到中国当前传记写作的实际情况主要是从语言表述的时代性或文笔的差异性而作分类的。相对说来，黄大受的分类似乎有些新的视角，然而除了上文已指出的逻辑矛盾外，还明显地缺乏归纳的科学性，不足以

覆盖各种类传记作品。

有鉴于此，笔者认为，既然传记作品作为一种文字表述形式（一种知识形态）的客观存在，那么它的分类本应是有规律可循的，只是把握这种规律需要有科学的合理的原则方法。

什么才是传记作品分类的原则方法呢？让我们先参考文学作品的分类问题。文学作品的分类（体裁）问题向来为一些文学理论家和文体学家所重视，其中有代表性的意见，一为"三分法"，从亚里士多德时代起，就认为文学作品有三大类型，即抒情的、叙事的和戏剧的；二为"四分法"，即认为文学体裁主要有诗歌、小说、戏剧和散文四大类，这一分类法目前较流行。此外，有的人还提出，分类时还必须注意到那些被排斥在"纯文学"领域外的边缘形式。如美国当代文学批评家乌·威斯坦因在谈到这一问题时就指出：用一种包罗万象的体系去概括一切地区、民族和国际性的文学形式是不可能的，划分体裁最常用的方法是按照形式或内容来划分，但这往往又无法作进一步的区分；至于按照题材来划分，也容易派生出一大群缺乏个性的亚种。因此威斯坦因认为，在划分文学体裁时，要把"文类特征"与"写作技巧"严加区分，也要把"文类特征"与"划分主题类别的特征"严加区分①。在这里，威斯坦因虽然未对文学体裁的划分有具体意见，但却提出了一个值得重视的方法论原则，即对于文学体裁不应囿于传统的观念而作机械划一的分类，而应当从具体复杂的文学现象出发。很显然，这一方法论原则可以帮助我们考虑如何更科学合理地对传记作品进行分类的问题。

---

① ［美］乌尔利希·威斯坦因，《文学体裁研究》，盛宁译，《比较文学研究资料》，北京师范大学出版社，1986。

1. 区别于狭义的史学论著（如以叙述或评判历史事件为主的著述），也区别于文学作品（反映非真人真事）时的分类

（1）认定分类的对象——传记作品的基本属性归于史学范畴，因而要剔除那些明显地属于非史学性质的作品，尽管它们也被有些人视之为传记作品，如"传记小说""拟人传记"之类，以及"传记影片"等。

（2）鉴于分类的对象——传记作品其形式与内容事实上的不可分离性，因而也必须把这一情况作为分类的一个基本出发点。

（3）鉴于分类的对象——传记作品就形式上来说主要是一种总的文体现象，因而可以部分地借助或参考文体学的分类方法，即在总的文体范围内，依各种表述形态、手法和技巧的差异来分类。

（4）鉴于分类的对象——传记作品的具体的表述形态、手法和技巧的历史发展演变情况（包括某种地域性特点），以及现实中的传记作品写作所呈现出来的各种表述方法的渗透性和交叉性特点，因而在分类时又不能不考虑纵横结合相互交叉的问题。

（5）鉴于传记作者和传主的情况——作者和传主身份、职业、相互关系等有种种不同，一般说来这又与传记作品的内容形式的择选有较密切的联系，因此在分类时也不能忽视这一因素。

综合以上各点，可以作这样总的认定：对于传记作品的分类，既不能套用生物学上的分类方法（递进层次），也不能简单地借用文学体裁的分类方法。具体地说，就是要依据传记作品的本质属性，也考虑到这类作品写作意图和实际社会效用上的共同点（让读者认识、了解某一具体的人物），

首先确认传记作品是一种特殊的有限定性的内容题材（反映具体的个人的生平事迹和思想）的总"模式"（mode），或者说是一个有相对独立性的文体群类（class），因此它能适合于各种狭义的体裁（genre），即各种表述形态、手法和技巧都可以此为载体。由此出发，对于传记作品的各个具体的类型（type）的划分，不应勉强地采用单一的标准框架，而以从多种平行的角度作交叉划分为宜，并且其中又当允许相当的模糊性和两可性。总之，只有遵循这样的原则方法来划分，才有最大的覆盖性，又有一定的确定性；既反映了传记作品的文体特点，又顾及了传记作品的表述形式的丰富性和复杂性。

2. 从多种平行角度作交叉分类

（1）著者身份（自传或他传）。

（2）传主情况（单传或合传、生者或死者、名人或普通人）。

（3）作品内在的知识形态（主题内容、表述笔法和体例等方面的不同）。

（4）作品外在的知识形态（文字著录或口述、影像）。

（5）作品的文献资料的性质和级别（正式传记或非正式传记、原始资料或次要资料）。

（6）作品的篇幅（大、中、小、微型）。

上述各个角度的分类的模糊交叉关系如图 2 所示。

为了说明上述分类原则方法的优越性，让我们举一个实例——卢梭的名著《忏悔录》，如果按照《新大英百科全书》的分类，既可以归入第一类（因为该书确实是根据第一手资料写成的），但又可归为第二类（因为作者写此书时当然依据了大量的研究资料）。而第二类据说又可分为原始性传记、评传、"标准"传记和艺术再现性传记等，就《忏悔录》而言，几乎

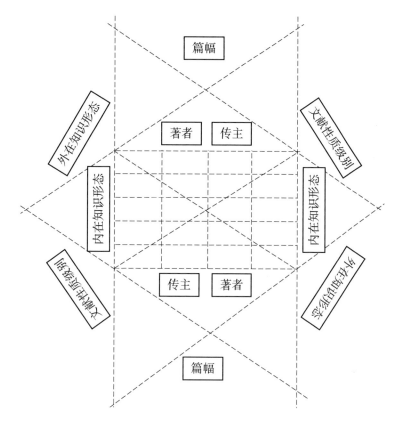

图 2　传记作品各角度的分类的模糊交叉关系图

都符合上述几种分类标准，因为该书由作者自述生平思想，当然是原始性传记；该书对传主的生平思想也有大量评论，那么也是评传性质的；至于"标准"传记是指"用毫无歪曲或篡改的义学手法，运用对事实的真实记录，真实而又生动地再现传主的一生"，该书又是当之无愧的；再讲到艺术再现性传记是"对材料的艺术加工局限于对传记原始资料的艺术性安排"，该书显然也完全做到了这一点。既然如此，卢梭的《忏悔录》究竟属于那种类型的传记呢？事实上并不可能有明确的回答。同样，如果按照《简明不列颠百科辞典》的分类，《忏悔录》虽然可以归于自传大类，但是具体到该大类的再分类——非正式自传和正式自传，由于该书旨在为自己辩护，又在生前公开诵读过，当属正式自传，然而正式自传的分类定义据说是经过作者"有意无意的遗漏、改动"过的，就《忏悔录》而言，遗漏的情况或许有（遗漏其实是选择，任何类型的传记莫不如此），但"改动"对于卢梭这样敢于赤裸裸地剖析自己的人来说是不可思议的。既然如此，《忏悔录》显然又难以归为正式自传了，况且该书的第三部并未写出。然而如上所说，它又算不上非正式自传。如此看来，《忏悔录》的自传性质难道也成问题了吗？

反之，如果按照本书所提出的传记作品的分类原则方法，即从多种平行的角度作交叉划分，那么就容易判定，卢梭的《忏悔录》，就著者身份看，属自传；就传主情况看，属名人的单传；就内在知识形态看，属一般性传记，又含有相当的文学色彩，内容主题又以叙述生平思想为主；就外在知识形态看，属文字著录稿；就文献资料的性质和级别说，属正式传记，但相当他传来说，又具原始资料性质；就篇幅而言，是大中型的。简言之，卢梭的《忏悔录》是一部伟大思想家的以叙述生平思想为主要内容的，用文学笔法写下的自传性质的长篇回忆录。如此界定，显然具有严密性和准确性。

顺便说，在一般情况下，人们习惯只从某一角度来对一部具体的传记作品作简单的分类，如把卢梭的《忏悔录》称为自传。这样做当然是可以的，然而却不能据此替代对于传记作品整体上的准确分类。

第三节　传记作品的分类示例说明

以下对传记作品的分类作具体的示例说明。

1. 著者身份

所谓著者身份，实际上是指著者与传主的关系，从这一角度看，传记作品有这样两类。

（1）自传，即由本人写出自己生平思想的传记作品。

在自传中，著者与传主是合一的，如卢梭的《忏悔录》、克鲁泡特金的《我的自传》和彭德怀的《彭德怀自述》等。中国的不少自订年谱之类，如《章太炎先生自订年谱》和《罗壮勇公年谱》，虽然书名系他人所拟，但也是确切的自传作品。自传作品的标题除了"自传""自述""忏悔录"和"回忆录"外，较多的还使用"我的一生""我的经历"以及"我的前（后）半生"等。在我国古代，还有标为"自纪""自序"和"自叙"的。前者如〔埃及〕安瓦尔·萨达特的《我的一生》和〔美国〕司徒雷登的《在华五十年》，后者如司马迁的《太史公自序》、王充的《自纪篇》和曹丕的《自叙》。另外，也有冠以其他标题的情况，如容闳的《西学东渐记》和瞿秋白的《多余的话》等，对这类作品来说，只有通读了全书全篇后才能判定其自传性质。

（2）他传，即由他人撰写的某传主的传记。

在他传中，著者与传主可能有某种联系，但不是同一人。如罗曼·罗兰写的《贝多芬传》、斯蒂芬·茨威格写的《巴尔扎克传》和胡适写的《丁文江的传记》等。另外，凡由他人编纂的年谱、年表之类，如《列宁年谱》和《周作人年谱》等，以及中国古代的各种"墓志铭""神道碑"和"行状"等，还有近代以来的"悼词"之类，也属于他传。

自传和他传作品之间，有着较明显的区别。一般地说，自传作品所提供的材料是翔实可靠的，尤其对于著者（即传主）生平思想发展的逻辑道路的梳理较为清晰，对于一些足以表现著者（传主）思想人格特征的情况的记述和描绘，也较确切，由此令读者感到亲切，如《马克·吐温自传》比之《马克·吐温传》更吸引读者，尽管后者也是一本很不错的他传。然而，由于并非每一个写自传的人都是诚实的，实际上确有相当一部分自传作品存在着篡改史实、隐瞒事实真相、文过饰非和自我吹嘘等情况。至于因年代久远记忆不清而在某些问题上叙述失实的问题则更为普遍。这样，读者和研究者对于自传作品所提供的史料不能不持谨慎态度。相对而言，他传作品虽然可能未必像自传那样深切地揭示传主的人格思想特点，但由于他传作者是站在旁观者的立场，对于有些情况和问题可以看得更全面更完整一些，尤其是他传作者在经过了极其认真的收集整理并考订了传主的传记资料（包括传主的自传）、又作了深入分析研究之后写成的传记，也完全有可能真实地再现传主真实的一生。另外，自传总是在传主生前所写，此时他的一生并未终结，而大量的他传都是写于传主身后，所以也更易于盖棺论定。从这个意义上来说，读者欲了解一个人的最基本的情况，读一本严谨的他传可能要比读一本粗糙的自传更好一些。

　　关于他传的著者身份，还可以进一步划分为官方著述和私人著述。官方著述的他传，因受政治等各种非学术因素的影响，一般说来，或失之于粗略，或有所藻饰，那种"为高贵者讳"的现象自然难以避免。而私人著述，尤其著者作为一个严肃的研究者，往往就可以避免上述弊病。这样，除个别地方外（如官方著述有可能掌握着一些为私人研究者无法寻觅的档案文献资料），总的说来，私人编撰的他传要比官方著述更有价值。

　　进一步说，私人编撰的他传也有两种类型。一是传记作者与传主毫无血缘联系，也没有私人感情的瓜葛或其他关系。这类传记作品多为严肃的研究者，视"谀墓"为可耻，所以写出的他传一般都是客观的，即使存在某些缺点，也主要属于思想认识水平和治史能力的问题。反过来，另一类型的他传作者，他们的作品除了一部分外，往往难以摆脱感情羁绊，如《南通张季直先生传记》系传主之子所写，《南海康（有为）先生传》系传主子弟所撰。正因为这样，当美国前总统艾森豪威尔之孙所写的《艾森豪威尔传》问世后，一般读者总有疑惑：该传记是否经过学术性研究？是不是充满赞美诗式的文字①？尽管该传记作者本人是一位严肃的历史学家。

此外，从著者身份来看，他传的著者为怎样的传主立传，也可以分出类型来，其中值得指出的是，某传主的传记为本民族的或他民族的作者所写，除去那些一流传记作家（如莫洛亚和罗曼·罗兰等），通常说来，后者总不如前者。例如世界各国学者（包括中国的郑振铎）都为印度诗哲泰戈尔写过传记，总数不下200种，但相比之下，还是印度学者克里希娜·克里巴拉尼的《泰戈尔传》为最好，尽管作者还是传主的孙女婿。

2. 传主情况

从传主的情况来看，传记作品又可交叉地分为三类。

（1）被立传者人数（单人、两人或两人以上），这一般取决于立传意图以及立传的方法技巧。

现代传记以单传（即梁启超称"专传"）最为普遍，即一本书或一篇文章围绕一个人的生平思想作描述评判。虽然在讲到这一传主的活动时不免也要提及他人，但这只是一种背景式的衬托。本书上面列举的作品，均为单传。

也有相当数量的合传，即一本书或一篇文章中记述的是两个或两个以上的传主的生平思想。合传的情况更复杂一些，如

---

① ［美］董鼎山，《作为严肃文学的传记》。

再作细分，则有这样几种：一是一般性合传，即在同一书中根据某一共同点（如共同的时代、地域、性别、职业身份以及与某种重大历史事件的联系等）为两个或两个以上的传主立传，如《中共党史人物传》《安徽女英烈传》《新四军人物志》《四川进士征略》和《诺贝尔奖金获得者传》等。在这类合传中，对各个传主的叙述因材料上的原因可能详略不等，但在全书中各传主的地位是并列的，无主次之分。二是中心轴传，即同一书中虽为两个以上的人立传，但立传的依据是各传主与另一中心传主有某种联系，因而立传的内容也就侧重于他们与某一中心传主的联系、交往和瓜葛等。如《魏源师友记》和《鲁迅和他的同时代人》等。另外，《戊戌变法人物传稿》实际上也是中心轴传，所例外者在于该书的中心传主是并列的两个人，即康有为和梁启超。中心轴传的最基本特点是中心传主与其他传主呈主从关系。三是比较传，即同一本书或同一篇文章中为生平思想具有某种可比性的两位传主立传，以此作某种比较和评判。《史记》中已有此例雏形，如《袁盎晁错列传》和《孙子吴起列传》等。西方普鲁塔克的《传记集》更为明显。当代传记写作中因受比较史学理论的影响，也有不少比较传的实例，如《马克思恩格斯传》和《宋氏三姐妹》等。四是连环传，指的是同一本书或同一篇文章中为三位具有明显的联系更具有较大的可比性的传主立传，其侧重点在于通过对三位传主有关情况（如相互关系）的评述，探讨某些重大的问题。开创此例者似是中国台湾作家李敖，其著有《梁启超胡适徐志摩连环传》。笔者受此启发，也有《鲁迅、胡适、郭沫若连环比较评传》的尝试（此书已由上海文艺出版社出版）。依笔者的心得体会，这种类型的传记对于那些史学研究学术性更强的人物研究的课题是很适用的，值得提倡。

至于中国传统的正史上的"列传"，情况极为复杂，地方志中的"人物志"以及各种"学案"类作品也类似，因为它们既可以被视之为一般合传，也可以看作比较传，甚至也是中心轴传的变种。但它们有一个共同点，即运用"互见法"，标明"别见"。我国现代史书基本上已不用此例，不过近年来似有借用这种方法的现象，如《清华校史·人物志1》和《回族人物志》等。

（2）传主的社会身份或历史地位。

在这一点上大致有两种情况，一是传主为名人，如帝王将相之类，在古代，无论中外，大都如此；二是普通人，近代以来，以普通人为传主的作品开始增多。

当然，从现代传记写作实践来看，仍是以不同程度的名人为传主的情况为多，即是说，传记作家对于政治家或政客、军事家或战斗英雄、科学家、思想家、文学家、艺术家、实业家、体育明星以及三教九流的头面人物（著名间谍或黑社会头目等）更感兴趣。由于传主的社会身份的不同，一般说来各类传记作品的主题内容也就有相应的侧重点，即政治家传记以写政治生涯为主，如《罗伯斯庇尔》和《思考与回忆》；思想家、科学家传记以叙述学术活动和评判学术思想成就等为主，如《居里夫人传》和《孔子评传》；而文学家、艺术家和体育明星的传记，对于传主的职业成就或私生活方面的内容似是同样看重，如《果戈理传》《卓别林自传》和《新凤霞的回忆》等。

至于以普通人为传主的作品，一般地说，作者之所以如此选择传主，都有某种特殊的学术意图，如胡适写的《李超传》，传主是一位"五四"时期受封建家族制度迫害致死的普通的青年女子，据作者说，可以把传主看作是"中国女权史上的一个重要牺牲者"，"因为她的一生遭遇可以用作无量数中国女子的写照，可以用作中国家庭制度的研究资料，可以用作研究中国女子问题的起点"。近几年来，我国一些作家也写了些以普通人为传主的传记作品，如冯骥才的《一百个人的十年》，据作者说，其目的在于"力图以一百个人各不相同的经历，尽可能反映这一历经十年、全社会大劫难异常复杂的全貌。……我有意记录普通人的经历，因为只有底层小百姓的真实才是生活本质的真实"①。笔者认为，处于新的社会历史环境中，为普通人立传的问题应当成为广大传记作者的注视点，传记写作的某种新发展新突破，或许可以由此为契机。

(3) 传主与时代的关系。

在这方面，大致可以分为两类：死者和生者。而就死者说，其实又可分为（狭义的）历史人物和当代人物两种。

总的说来，以死者（尤其是狭义的历史人物）为传主的作品是最基本的。这类传记，如果在收集材料上没有特别的困难，较容易写作，因为写他们的生平思想以及重要的社交经历，不会有什么忌讳。而写新近去世的当代人物尤其是为活人立传，困难就很大，这主要是因为他们的遗族还在，与他们的活动有所瓜葛的当事人也还在，因而在处理材料、评判问题时不得不十分谨慎，而在通常情况下，总不得不有所回避。这种情况大都是人为造成的，例如传主本人或遗嘱只希望传记作品搞美化，至少不愿揭其所短。另外，一些与传主的活动有瓜葛的健在者，也根本不愿意在某人的传记中再现自己的过错，那怕他心里也承认那是历史事实。

我国学术界近年来曾就传记作品是否可以为活人立传的问题展开过讨论②。笔者认为，既然生者可以写自传，那么为活人立传毕竟不能构成传记写作的禁区，只是立传需要更为严谨而已。事实上，目前国际上为活人立传已成趋势，我国近几年

---

① 《一百个人的十年》虽被刊物编辑冠以"纪实文学"的名目，其实是比较典型的口述自传的整理稿。
② 《关于传记作品的写作问题》，《人物》1982 年第 2 期。

也有这样的作品出现，如《巴金评传》《夏衍传》和《风流千载——王朝闻评传》（以上单传），还有《中国当代经济学家传略》和《中国当代十大名记者》（以上合传）等。

另外，被某些学者称之为"新闻性传记"的作品，如"访问记""印象记"和"人物通讯"之类，其实也是以活人为传主的。

3. 作品内在的知识形态

从传记作品的内在知识形态着眼有以下多种。

（1）著述体例的不同。

① 一般传记（或称"标准"传记）。即用散文形式（相对韵文、表谱和辞书条目等而言）和基本上属于记叙性的文笔来介绍传主一生的经历、思想演变和职业活动的情况。其内容要素，据胡适归纳有八点：家世、时势、教育（少时阅历）、朋友交往、一生之变迁、著述（文人）与事业（政治家）、琐事（无数，以详为贵）和其人之影响[1]。这一归纳基本上是合理完整的、所缺憾者，没有如同西方传记理论家那样强调对于传主人格的揭示[2]。这类传记在整个传记作品中占绝大多数，典型的中外名著有《约翰生传》《维多利亚女王传》《居里夫人传》和《张居正大传》等。

② 评传，又称传论。即以批评家的眼光，用散文的形式和评述性（夹叙夹议）的文笔来反映和评判传主的人生道路、人格特点及其职业活动等。其内容要素基本上与一般传记相似，但有两点主要区别，一是对于琐事的反映不详，二是评判性的意见着墨较多，不像一般传记那样寓评价于叙事之中。比

---

[1]　胡适，《藏晖室札记》，1914 年 9 月 23 日条：《传记文学》。

[2]　朱东润，《传叙文学与人格》，《文史杂志》第 2 卷第 1 期，1942.2.15。

较典型的作品如《普列汉诺夫评传》《左宗棠评传》和《郭沫若评传》等。另外，有些作品虽然标题为"传"，或者仅列传主之名，但实际上也是评传，如《俄国女皇——叶卡特林娜二世传》《雍正传》《李鸿章新传》和《吴佩孚》等。

③回忆录。它们有两种，一是完全对自己生平经历的回忆，这类似于或等同于自传，如《麦克阿瑟回忆录》和邹鲁的《回顾录》。这种回忆录的特点较明显，兹不赘述。另一种是以回忆他人的生平事迹为主要内容，侧重反映描写作者与他人（传主）交往接触过程中的所见所闻，主要接近于他传，但也含有一定的自传成分，现代许多追悼性纪念性文章均属此类。这一类回忆录，其内容往往是片断的、局部的，有的还带有专题性，即作者虽然对于传主的生平思想的回顾并不完整，但可能在某个地方、某个问题上谈得较集中、深入、具体。另外，一些佚事内容为主的传记作品也往往以这种回忆录的形式而出现。这种回忆录的最大价值，在于提供传主活动的某些重要线索或鲜为人知的细节情况。典型的作品如《忆秋白》《我所知道的陈独秀》和《回忆庐隐二三事》等。不过需要注意的是，这种回忆录所提供的材料，有的往往属于孤证，有的甚至有意作伪，引用时必须认真考订。

④年谱。这基本上是中国特有的一种传记体式，也有自撰（自传）和他撰（他传）之分。年谱最显著的特点是，用表谱的形式完全按照时间顺序逐年（甚至逐月逐日）地来记载谱主（传主）的生平事迹和思想变迁等情况，当然，视谱主（传主）的事迹轻重、著述多寡、与历史事件联系的程度大小、社会交际面的狭广等情况，记叙的繁简详略也不等。近年来出版的我国年谱中，内容较详、体例较完备的有《洪昇年谱》《秋瑾年谱》和《徐光启年谱》等。

⑤年表。单一传主的年表虽为简略，但本质上与年谱相

同。西方的年表，或记一人的著述情况，或记一人的生平大事，或两者合一，实际上就属于这种情况，即也是严格地按时间顺序简记传主的一生重要事迹，只不过因其篇幅简短而往往作为正式出版的传记作品的附录，如《裴多菲》一书就附有传主的年表。从中国古代的情况来看，年表的传主往往不是单一的，因而大都具有合表（合传）性质，即在同一表中排列许多传主，并列出若干有共同性的栏目，分别著录各传主的有关情况，典型的如《史记》中的《汉兴以来将相名臣年表》和《高祖功臣侯者年表》等，这一类年表的价值与前一类有异，更多的类似现代的工具书，便于读者通过检索了解某传主的最基本的线索。

⑥ 小传，又称传略。一般是用单篇文章的篇幅来简要介绍传主的生平思想，如《蓝公武传略》和《小凤仙其人》等。这一传记样式应用极广，上述现代的许多编辑成书的合传，其实均由这样的小传组成。另外，小传在具体的写法上是有区别的，有的力图纯客观介绍，对传主不作褒贬；而有的则同时给传主以某种评价，尽管极简略，但倾向性是明显的。前者如《民国人物小传》，后者如《民国人物传》。应当说这两种类型各有长短。

⑦ 辞书条目。辞书中的人物条目就其内容性质或者篇幅来说，与小传相接近，特别是对传主生平事迹不作面面俱到的介绍，仅叙其荦荦大端，另外，介绍的侧重点一般还同辞书的学科性质相吻合，如瞿秋白的条目，在《中共党史人名录》和《中国现代作家辞典》中，侧重点就有不同。辞书中的人物条目也像小传一样，或作纯客观介绍，如《近代来华外国人名辞典》；或也作某种评价，如《中国科学家辞典》。不过，辞书条目对于人物的评价，科学性的要求更高，因而应尽量持论客观，增强稳定性。

⑧ 人物注释或简介。各学科的研究论著不免要提到若干相关人物，为使读者对此人有一个最基本的了解，有必要作注简介。另外，某些汇编性的选本，也需要对入选文章的作者情况作简要介绍，这就决定了人物注释或简介稿存在的合理性。但是，这种人物注释或简介文字，相对一本论著和一部选本来说，既是附属性的，又需要有针对性，所以这一类型的文字带有题解的性质。人物注释或由编撰书稿的作者自注，如《中国近代思想史参考资料简编》，或由编辑者加注，如《毛泽东选集》等。

⑨ 其他。这主要指我国古代一些较为特殊的传记性文字如墓碑文、墓志铭、哀辞、祭文、诔文和起居注等，在现代，讣告、悼词、履历表和某些人事档案等也可归入此类。这些传记性文字较之其他传记体式，虽然是不完整的，但它们作为传记资料的价值则无可否认。至于传记资料索引一类的著作，如《古今人名别名索引》等，虽与传记有联系，但已属于图书馆学的范畴了。

(2) 著述手法的差异。

传记作品的著述手法指的是行文的笔调和语言风格等方面的情况，而这又可以作如下几种分类。

① 纯史学性。这种手法主要为那些作为纯粹史学研究课题（历史人物研究）的研究成果的传记作品所采用。其主要特点是：遵循严格的科学性，对于传主的叙述和评论，完全忠于史实，凡一言一行，均有确凿可靠的史料做依据，可谓"无一字无来历，无一字无出处"。与此相适应，作品对于传主生平事迹的再现，对传主人格形象的揭示，也力图避免感情成分，只是从事实出发而引出相应的结论（倾向性的评判意见）。这种运用纯史学性手法写成的传记，细分又有三种：一是以叙述性、介绍性的语调为主，材料引证较多，如《恩格斯文献传

记》和《航海家哥伦布》等；二是以评论性的语调为主，如《斯坦尼斯拉夫斯基传》《海涅评传》和《李世民传》等；三是以考证性的语调为主，如《王荆公年谱考略》《柳如是别传》和《杜甫评传》等。当然，大多数传记是两者或三者交叉的，难以硬作区分。一般地说，有历史癖的传记作者或专业的史学工作者，所写的大抵是这样的传记作品，其史料文献价值和狭义的学术价值都较高。

② 含有相当的文学性。这主要指传记作品的语言和行文笔调富于较为浓厚的文学色彩，如在不违背史实的基础上借用某些文学手法，刻画传主的形象和心理活动，同时注意对传主的戏剧性事迹的再现，不时插入若干有史实依据的对话和传主的内心独白等，另外，整部作品的语言文字相当清新流畅，讲究修辞，有较强的可读性。此种手法大都为那些被误认为属于文学作品范畴的传记作品所采用，如除了《约翰逊传》和《维多利亚女王传》等世界传记名著外，莫洛亚、茨威格、卢德威克和罗曼·罗兰等人写的传记作品也是如此。这类传记作品的特点之一，在于渗透了传记作者的情感。这种情况具有两重性，一方面可以强化作品的思想感染力，但另一方面因追求文学色彩而不免掺入某种程度的虚构和想象，由此对于内容的真实性多少有些削弱。明显的一例是，溥仪在抚顺战犯管理所期间曾和其弟溥杰合作（前者口述，后者笔录）写有《我的前半生》，此书是纯属史学性的，而后溥仪与李文达合作写的另一本《我的前半生》，由于改用文学笔法，两者的史学价值便不可同日而语了。有鉴于此，笔者认为，纯史学性笔法与含有相当文学性的笔法虽然可以并存，但最好是互相取长补短，逐渐靠拢。另外需要明确这样一点，对传记作品来说，宁可拘于史学笔法，而不要受文学的诱惑而过分追求文学手法。

③ 新闻性。用新闻性笔法写的传记作品主要有访问记、印象记、人物特写和人物通讯等，其基本特点是及时、客观，因大都具有内容侧重点，所以对于材料的择选比较注意。从这一意义上来说，这类传记作品的思想倾向性明显而强烈，带有宣传色彩和宣传意图，如刘白羽的《八路军七将领》等。目前有些本应用新闻性笔法写的传记作品逐渐向属于文学范畴的报告文学靠近，从发展传记作品的角度来说，似不可取。

④ 其他。现代国外的传记写作有一种新的趋向，即借用某种纯粹的文艺样式（如小说之外的诗歌、戏剧等）来再现历史人物的生平思想的片断。尽管作者力图忠于史实，但其表现形式和表述方法毕竟不适应于传记作品的内容，因而很难说是成功的，如茨威格的《诗体特写二则》、苏联当代作家米·沙特罗夫的"传记政论剧"《这样我们就胜利》和德国木刻家麦绥莱勒用 165 幅木刻画组成的自传稿《我的忏悔》等。

(3) 主题内容的不同。

传记作品按主题内容的差异可以分成这样几种。

① 生平思想主题。这一内容主题是最基本的，事实上，古今中外绝大多数的传记作品都是这样，即全面完整地评述传主的生平活动经历以及思想演变的情况。不过也有不少作品对于生平思想的反映是有阶段性的，除却自传不论，就他传而言，也多有这种情况，如《孙中山史事详录（1911—1913）》和《李宗仁的晚年》等。

② 学术主题。即作品中除了简要叙述传主的生平思想之外，着重评述传主的学术活动和学术思想。如《蔡元培先生学术思想传记》比之另两本《蔡元培传》的显著区别在于，它基本上以横向的线索评析传主在各个学术领域内的思想理论建树，而对传主的生平政治活动等则语焉不详。属于这一类的传

记，典型的还有《朱熹评传》和《三松堂自序》等。这类传记的传主大都是学术文化人物，中国古代的"学案"类著作，如《宋元学案》和《明儒学案》，以及今人所撰的《清代朴学大师列传》等，则可以视作学术主题的合传。

③职业活动主题。即作品在简要叙述传主家庭身世以及一般社会经历外，主要是评述传主作为某一特殊的社会职业者的活动事迹。如《音乐是不会死的——托斯卡尼尼的生平和指挥活动》《我和〈纽约时报〉》和《在出版界二十年》等。

④轶事主题。这类传记着重记叙传主的私生活，包括某些轶事逸闻等，因而作品的趣味性较浓，一般说来也有较强的故事性。除了少数情况，这类作品的大多数，篇幅总是短小的。我国古代的某些"外传""别传"，以及现代的若干以他人为传主的回忆录，均属这一类，典型的如《宣统皇帝秘闻》和《我的父亲袁世凯》。需要指出的是，目前某些冠以"演义""秘闻"和"传奇"等名目的作品，虽然写的也是某一历史人物的轶事逸闻，但它们虚构夸张和编造的成分极大，因而当属文学作品而不能归为传记。

4. 作品外在的知识形态

传记作品的外在知识形态大致可以分成两类。

（1）文字著录。

文字著录是传记作品最主要最基本的外在知识形态，上述各类传记作品，几乎都是以文字形式存在的。在今后，这也仍是传记作品外在知识形态的主要表现。

（2）口述或影像。

口述传记的情况应该说古已有之，只不过没有被文字著录下来。最近几十年来，随着科学技术的发展，又考虑到某些传主苦于时间和精力乃至文字能力等原因，传记界兴起了口述录音的方式。美国哥伦比亚大学专设"口述历史部"从事这一工作，在国际上产生了重大影响①。口述传记的基本成果是录音磁带。至于根据录音整理出来的文字稿，如《胡适口述自传》和《顾维钧回忆录》等，虽以文字形式出版，但一般仍应归为口述传记类。影像传记也是随着现代科技的发展应运而生的，其主要表现为对某些重要的人物的社会政治活动（出访、会议、演说、谈判等）以及某些表现艺术家或体育明星的演出或比赛实况作录音录像。影像传记的文献价值自然是很高的。如果根据大量的影像传记资料剪辑而成的传记性纪录片，当然也属于影像传记的范畴。不过，物色演员扮演的所谓"传记影片"则算不得传记作品。

5. 作品文献资料的性质和级别

史料学的原理之一，根据史料的内容可以分为两种，一是原始资料（Primary sources of materials），如历朝实录、东华录、政治官报、大臣奏疏、外交档案、名臣专集、函牍手札、日记、自订年谱和回忆录等；二是次要资料（secondary sources of materials），如官方传记、行状、碑志、新闻记载、杂志论文、私人笔记，以及各种参用史料等②。

按之于传记作品，以上的分类原则对于传记作品的史料文献级别的划分也有一定的参考适用性，不过应当补充说明：原始资料主要是指传主自撰的各种文字，这样，自传类作品应为原始资料；次要资料则主要指由他人撰写的非正式的或非完整的各类传记作品，如回忆录、访问记、悼词之类。而这两者都

---

① 口述传记，在海外习惯上被称之为"口述历史"（Oral History）。关于口述传记的有关背景知识，可参看唐德刚，《文学与口述历史》，《传记文学》第 45 卷第 4 期，1984。

② 沈云龙主编，《近代中国史料丛刊》，文海出版社之"说明"。

是后人进一步撰写正式传记的资料依据。

这就涉及另一角度的分类，即正式传记和非正式传记。笔者认为，《新大英百科全书》仅在"自传"的名目下划分正式或非正式传记的做法是捉襟见肘的。我们如把传记作品（不论自传或他传）作整体考察，那么可以认定：自传作品一般应属非正式传记，因为其文献资料的级别基本上属于原始性的。而他传则有两种情况，一是也属非正式传记，如上面所提到的回忆录、访问记、悼词之类，以及年谱、年表等，因为它们实际上是为后人撰写的正式传记（旨在全面准确地反映并评价传主的生平思想）提供一种传记资料；二是属于正式传记，即按《新大英百科全书》的说法，那是"根据第一手材料"（原始资料，包括自传）或"根据研究资料"（次要资料，他传中的非正式传记）而写成的。应当说，正式传记并非是唯一的，只要是经过充分的占有资料并作深入的研究而为已经谢世的传主所写的传记，不论作者是官方修史机构还是私人，也不论其采用史学笔法或其他笔法，还不论其体式是一般传记、评传或小传等，都可以视之为正式传记。例如蔡元培这位传主，《民国人物小传》、《民国人物传》、周天度本《蔡元培传》和唐振常本《蔡元培传》等，均属蔡元培的正式传记之列。

还需指出的是，正式传记与非正式传记仅是史学资料性质和级别的差异，并不取决于其立传质量（包括观点倾向）的优劣高低，因为评判传记作品的质量已不属于传记分类的问题了。

6. 作品的篇幅

传记作品的篇幅虽然同传记的内在或外在的知识形态有所联系，但仍有相对的独立性，因而也可以成为传记分类的一个角度。

传记作品的篇幅既与传主本身的情况有因果关系，但更多地取决于立传的意图。一般说来，传记作品的篇幅可以分为大、中、小和微型四类。

（1）大型。

通常指多卷本，如《林肯传》有六大卷，而《胡适之先生年谱长编初稿》则有十大册之巨。

（2）中型。

通常指一卷本并独立出版的作品，篇幅自十余万到几十万字不等。绝大部分的传记作品属此类，本书例举的传记作品，也大抵如此。

（3）小型。

通常指以单篇文章的篇幅（从几千字到上万字）写成的作品。一般被称之为"小传"的，或者编入合传的作品，均属此类。

（4）微型。

通常指篇幅极短（千字以下，乃至仅几十字）的作品，本书所说的辞书条目或人物注释、简介等，均属此类。

以上四种，大型为少见，中型和小型最为普遍，而微型则有其独特作用。

就篇幅角度说，有一个重要原则必须强调：并非每一位传主都值得用大、中型的篇幅去立传，如梁启超所说，"资料太缺乏的人，虽然伟大奇特"（如屈原、吴道子）都不应作专传（案指大、中型篇幅），至多作小传（案指微型篇幅），如勉强作之，必将"把史学家的忠实性失掉了"[1]。的确，材料枯窘，即使搞文学创作，也犯了鲁迅所言"写不出时而硬写、拉长"的大忌，何况是写史学性质的传记作品。

---

[1]　梁启超，《中国历史研究法补编》。

第三章　传记作品的基本要素和功用

在界定了传记作品的科学概念并对传记作品作了分类之后，就有必要进而探求传记作品的基本要素和功用。不过，要考察这一问题，却需要从分析传记文体的兴起和繁荣发展的原因入手，因为传记作品的出现既然是一种历史文化现象，就应当把它置于大文化的背景中去把握。

第一节　传记文体兴起和发展的原因及规律

一般地说，传记文体的兴起发展的原因及规律主要体现在如下三大方面。

1. 取决于人类思想文化心理中根深蒂固的英雄（名人、伟人）崇拜观念

诚如英国史学家李雪特（Sidney Lee）所说"传记之兴，是餍足人类纪念的本能"[1]。

---

[1]　程沧波，《论传记文学》，《传记文学》第 1 卷第 3 期。

无论中外，传记写作起初总是出自于纪念死者、表彰先人，有传之不朽并让后人仿效的意图。在这里，英雄崇拜的烙印自然是十分明显的。直到现在，这一情况依然普遍存在。例如，当代传记的传主类型虽然已经比较繁杂，但基本成分无疑还是古往今来各行各业的英雄、伟人和名人。

　　英雄崇拜实际上是人类远古时代就形成的图腾崇拜的一种世俗形态的翻版，不过英雄崇拜远比图腾崇拜来得复杂。通常说来，历史现象是人类活动的总和，历史是每一个具体的人参与创造的，英雄（伟人、名人）在历史创造过程中的确扮演了重要的乃至举足轻重的角色，由此与历史事件和历史现象不可分割地联系在一起。写历史，不能不写人物，而写人物，又必须写英雄（伟人、名人）的活动，这本是题中应有之义。这样，传记作品一开始就把英雄（伟人、名人）作为主要的（甚至是唯一的）传主类型，自有它的合理性和积极意义。但是，从另一方面来看，由于把为英雄（伟人、名人）立传当作英雄崇拜的具体演绎，也不能不是反映了人类心理的一种崇强卑弱的缺陷。

　　当然，不同阶级、不同经济地位和社会职业的人们，其英雄崇拜的表现形态也有差异，表现在传记写作上就形成了立传意图的区别。例如，对封建帝王来说，他当然崇拜先祖，崇拜前代的"明主"，也崇拜（表现为尊重）能够帮助自己治国平天下的贤相良将，所谓在自己亲近并信赖的臣僚死后诏命"宣付国史"，正是出自于这样的动机。而对一般传记作者（史学家、文学家）来说，他们崇拜英雄，为英雄立传，有的完全是服从于政治需要或为追求个人现实的社会政治物质利益（如历代御用文人或职业性的谀墓者），有的则是借古人的酒杯浇自己的块垒，也有的是比较单纯地从学术文化研究的角度出发的。然而，即使是后两种情况，他们之所以选择某人为传主，一般也无法排除潜在的英雄崇拜观念。如英国最杰出的传记作家鲍斯威尔，他一生虽然接触过不少名人（如伏尔泰和卢梭），但他最终写《约翰生传》，主要原因正在于他对传主有一种更深切的衷心崇拜。从中外传记发展史来看，谀墓的情况始终存在，更是从整体上说明传记写作与人类英雄崇拜观念之间的深刻联系。自传写作中实际上也有类似情况，且不说社会上大抵只有各界名流才写作出版自传，从自传的内容质量来看，有相当一部分带着自我标榜的色彩，这应该说也是英雄崇拜的一种折光，因为它们的作者也希望把自己打扮成英雄伟人以引起读者的崇拜。

总的说来，人类思想文化心理中的英雄崇拜诱发了传记文体的兴起，但对于传记写作的发展，却带有两重性。

2. 取决于人类社会随着生产力的发展而不断提高的社会文明程度

社会生产力的发展促进社会文明程度的提高，这是不言而喻的。由于社会文明程度的提高，人类表达思想的形式形态自然日趋丰富。落实在文体上，其分类也就由粗到细。无论中外，传记文体起初也总是附着于史学著作文体上，而在古代文史不分的情况下，传记难以相对地独立于文史之外。然而由于社会文明程度的提高，人文科学和社会科学不断形成专题学科的分支，这与文体分类由粗至细的情况相结合，也就自然地使得传记文体强化了相对的独立性。在中国，传记文体从依附于经史、到成为通史类著作中的一个重要组成部分，再到各类区别于"史传"的"别传"的出现，就反映了这样的规律。在西方，英语的传记（biography）一词直到公元 1660 年才出现使用，也充分说明了这一点。另外，在中外各国，大抵是先有片断的传记资料，后有较完整的传记作品；先有他传，然后才有自传；先有短篇传记，然后才有长篇传记；先有基本上用史学笔法写成的传记，然后出现具有较浓厚的文学色彩的传记作品，如此等等，也是这一规律的明显体现。还有，随着社会生产力的发展，人类的社会活动面大大拓宽，这也决定了传记作品内容本身的不断发展变化。例如，近代以前的中外传记，传主大都为帝王将相、宗教领袖和信徒以及文学家等，与此相适应，传记作品反映的大都是传主的政治活动、军事活动、宗教活动和艺术创作活动。而近代以来，除了以上情况外，更多的三教九流的人物跻身于传主之列，因而传记作品的内容题材也就更为丰富，由新的内容题材所决定，自然在传记形式方面也发生了重大变化。例如，从一般传记到评传的发展，即不满足于记载传主的生平事迹，更要通过记述传主的生平事迹来分析评价其功过是非和确切的历史地位，并且由此探寻总结某些社会历史规律等。显然，传记写作这一方面的发展变化，也与因社会生产力的发展而出现的社会文明程度的提高，有着直接的因果关系。

3. 取决于社会政治思想的演变，尤其是各种进步思潮的崛起和弘扬

各时期的社会政治思想的情况，对于传记写作的影响极大，而有无进步思潮的产生与弘扬，更是对传记作品的质量有密切的联系。例如，欧洲在整个中世纪里，由于宗教神学的统治，传记写作停滞不前，随着文艺复兴时期人文主义思潮的兴起发展，传记写作才出现了一个新局面。但尔后又有反复，典型的如英国，在鲍斯威尔之后的维多利亚时代，传记作家因受某种道德观念影响，崇尚崇高、正直、纯洁、严肃，因而传主大都被描绘得比常人高大，可敬而不可亲，与此相适应，在具体的写作中则是堆砌未经消化的材料，也未作认真的谋篇布

局，在冗长的篇幅中，还充满着阿谀之辞。这种情况直到斯特拉屈倡导"传记革命"之后才得以扭转。中国的情况同样相当典型，在长期的封建社会中，由于受儒家思想的影响，正史中的帝王传记几乎都是歌功颂德，而为圣贤者立传，又往往是文过饰非，扬善隐恶，严重失真。只是在戊戌维新以来，特别是"五四"以来，因受科学与民主的熏陶，传记写作各方面的质量才有显著的提高，由此标志着中国的传记写作进入了一个新的发展时期。

以上几点是就大体情况而言的。在当代，造成传记繁荣发展的后两大原因在不断地强化，而前一个原因似乎有所减弱。应当说，这种现象与后两个原因有所联系，因为人类文明程度日益提高，决定了人类思想文化心理中的民主性的健康因素也不断滋长，例如，当代传记理论家已经从理论上较明确地提出了反对英雄崇拜的问题——现代传记作家必须抛弃维多利亚时代传记作者的那种腐朽观念："在我面前的是一位伟大的国王，一位伟大的政治家或一位伟大的作家，在他名字的四周，业已有了一团神话存在，而我想去描写的正是建立在这些神话上。"由此建立一种科学的怀疑精神："在我们面前的是一个人，我手中握有一些有关他的历史文件，一些有关他的证据，而我想去描写的是一幅真实的画像，目前我不知道这幅画会变成怎样，在我未完成这幅画像之前，我也不想知道他到底会变成怎样，我准备去接受在描绘他的漫长过程中，所产生的种种新的启发，同时在写作的过程中一旦我发现了一些新的事实，会马上把他修正过来。"[1] 这样，对一些严肃的传记作家来说，往往要求自己以科学的态度来写传记而不是为了某种私利去做谀

---

① ［法］莫洛亚，《传记文学面面观》。译文从林衡哲《传记文学精选集——世界短篇伟人传》之《序言》，志文出版社，1974.11。

墓匠，所以即使他们在选择传主的问题上仍有某种潜在的英雄崇拜，但也不会那么强烈以致从根本上影响传记的质量。另外，当代社会的传记作品的读者，虽然秉持英雄崇拜去读传记者仍不乏其人，但毕竟有相当一部分知识层次较高的读者的历史观、政治观和社会价值观念，随着社会文明程度的提高而发生变化，因而也就必然对于那种流露英雄崇拜观念的传记作品发生怀疑、表示不满，他们欣赏的只是那种被撕下了神圣的面纱的，令人亲近的、可以感知、对话和交流的，具有普通人所具有的一切情感性格特征的传主形象。可以断言，这种信息反馈也必然施积极影响于传记作者。

目前，传记写作在世界范围内已成方兴未艾之势，这当中尽管还有其他一些原因，但上述原因毕竟是最基本的。唯其如此，我们进而探讨传记作品的基本要素，也就必须扣住上述问题。

第二节　传记作品的基本要素

传记作品的基本要素有两个层次。第一层次是本位要素，这是指传记文体区别于其他文体在表述内容和方法上的根本特点。第二层次是派生要素，指的是从本位要素中派生出来，但又足以制约传记作品质量水平的种种其他内容条件。

1. 关于本位要素

简要地说，传记作品的本位要素是要求以写人为主，而不是记事为主，写人可以写到事，但记事却必须为写人服务。更重要的是，它要求写历史上真实的人物，而不是虚拟的人物；要求写人的真实的活动事迹，而不能写子虚乌有的情况。另外，它还要求通过比较完整全面地描述一个人物的生平事迹、思想风貌和个性特征等，求得对于这一人物的评判。

在本位要素中，人物的历史的真实性是最重要的。如果传主并非是确切的历史人物，那么此"人"的传记就不是通常意义上的传记。如《史记》中有"五帝本纪"，"五帝"者，仅是传说人物，所以"五帝本纪"其实称不上为传记。顺便说，尽管司马迁是中国古代最杰出的传记作家，但由于《史记》中有"五帝本纪"之类，从史学角度或传记角度来看，则是败笔。另一种情况是，虽然传主确系历史人物，但传记作品对于他的生平事迹的描述完全运用文学创作的方法而作虚拟编造，至少在许多方面予以艺术加工，如《洪秀全演义》和高尔基的《童年》《人间》《我的大学》三部曲，那么也只可认定它们是属于文学创作范畴的"传记（自传体）小说"，而并不是本书所要讨论的传记作品的对象。

至于有一些作品，它们所写的确系历史人物，作品对于人物的生平活动和思想风貌等方面情况的反映也基本上是真实的，只是在局部的细节上有艺术加工的痕迹，以至并不是完全符合历史的真实。对此，我们可以承认它们是传记作品，不过从传记作品的本位要素来衡量，则不能不同时指出它们是有所缺陷的。同样道理，有些自传或回忆录，明显存在作者故意作伪的情况。对此，我们也不必要否认它们的传记作品性质。诚如胡适所说，有的自传"也许是要替他自己洗刷他的罪恶；但这是不妨事的，有训练的史学家自有防弊的方法"，自传只要能"写出他心理上的动机，黑幕里的线索，和他站在特殊地位的观察"就好了①，这是因为自传或回忆录一类的传记作品的

---

① 胡适，《四十自述》自序。

"主要价值不在于提供了事实，而在于他常常无意暴露的思想"①。当然，这涉及到了另外一个问题。

当代传记写作中有不少评传、传论，虽然这一类作品中"评"和"论"（理论分析）的篇幅可能超过"传"（描述传主活动事迹），而由于传主无一不是确实无疑的历史人物，作者赖以评论的论据也从信而有征的传主的传记资料中提炼出来的，因而它们还是具备了传记作品的本位要素。

还应当说，传记作品的本位要素，本身有几个侧面。除了传主的生平活动、思想风貌和个性特征等之外，还包括传主所处的时代背景、具体的社会活动背景以及传主与其他人物的交往联系等。因为只有本位要素中同时包含这几个互有联系的侧面，传主才不是一个孤立的人，对于传主的种种描述也才能立体化，同样，对于传主的评判也就有了一个可靠的参照系。古今中外的严格意义上的传记作品，无论是他传或自传，无论是长篇或短篇，也无论是用史学笔法抑或文学笔法撰写的，对于上述几个侧面实际上都是把握住的。相反，正是那些诔墓性的文字（古代如花钱雇人写的墓志铭，近代以来如官方发表的悼词之类），所写的传主如同天马行空，独往独来，而评价性语言又充满溢美之词。显然，前者才是具备了传记作品的本位要素，而后者尽管也被图书目录学家归入传记类文字，但它们的本位要素其实是不完全的，至多只具有若干少量传记资料的价值。

就现代传记的写作实践和理论来说，传记作品的本位要素有所扩展，或者说更加具体化了。这主要是，以传主的个性特征来说，还要顾及传主的心理行为特点及其变化，由此不仅揭示出传主是怎样一个人的问题，还要进一步解释传主何以变成

---

① ［英］爱德华·克兰克肖，《赫鲁晓夫回忆录》前言。

这样的人的问题。换言之，现代传记的本位要素需要把这两方面有机地结合起来：一方面是在深广的历史背景中对传主的生平思想活动等作如实的描述，另一方面则是探究其之所以如此的种种原因。法国19世纪文学批评家圣·波甫说："我所谓的好传记是指那些能把握住主人翁的内心，不放开他，从各方面去审察他，使他复活，使他的坐立谈吐宛如活生生的人，使其家居及日常生活都给我们看穿，然后从各方面让他与这块大地和真实的存在以及日常的起居生活发生密切的关系。总之，要把他们赖以存在的真实的生活基础，整个地显露出来。"① 这段话很可以视之为对现代传记的本位要素的一种完整的诠释。当然，这种探究和显露，可以借助形象化的描述，也可以运用理论分析的方法，换言之，既可以用史学笔法，也可以用文学笔法。不过这已经涉及到另外的问题了。

2. 关于派生要素

传记作品的派生要素较多，主要有如下几方面。

（1）作品所反映的社会政治观。

不管传记作者自己是否意识或是否承认，他们选择任何一位传主并撰写任何类型的传记，都不能不反映（流露）自己的社会政治观。所谓社会政治观，其表现形态是一种政治性倾向，而这一点往往是通过对于传主生平事迹的材料的搜集运用以及某种评价性言词表现出来的。从传记理论批评的角度说，虽然承认这种派生要素的合理性，但却要考察这种社会政治观是否具有进步性。例如，为一位暴君、独裁者或人民公敌立传，在有的御用作者的笔下，自然极尽阿谀美化之能事，他们

---

① 此系圣·波甫《高乃依画像》中之语，转引自林衡哲《传记文学精选集——世界短篇伟人传》，志文出版社，1974.11。

也可能披露若干本可足以证明传主罪恶的材料，但却同时采用刀笔吏的手法使之作出另一种解释。相反，在一位属于政敌阵营中的传记作者的笔下，传主又可能被描绘成恶贯满盈的大坏蛋。但是如果由一位严肃的历史学家来写传记，情况将不同于前两者，他将避免脸谱化，避免各种政治偏见，而是尽可能客观地揭示出传主生平思想活动的阶段性及其各个侧面的实际面目。这就表明，虽然传记作品总是有一定的社会政治倾向，但是政治倾向性不能为政治偏见所取代，事实上，越是把传主写得真实、客观、准确，才越有政治的批判力量。

（2）作品所体现的伦理道德观。

传记作者对于传主的某种评价，除了受社会政治观因素的制约之外，无疑还受他本人的伦理道德观的支配。所谓伦理道德观，一般是指对于传主思想言行的善恶的褒贬所依据的道德标准。道德标准本身是一个十分复杂的问题，对于传记作品来说，判断其伦理道德因素的强弱优劣，也没有划一的尺度。一般讲来，应当把真实性和客观性置于伦理道德衡量标准之上，即是说，披露传主真相的范围大小相对说并不太重要，只是"隐恶扬善"或"为尊（贤、亲）者讳"的做法无论如何是不可取的。至于传记作者在评判传主时所依据的道德标准，应以他所处的那个时代的进步的伦理道德观念为参照系，符合者为优，超越者更佳，而不及者则为劣。例如，中国封建社会后期的史书（包括大量的地方志）中都有"节妇（烈妇）传"之类，那是依据程朱理学的道德标准来颂扬信奉和实践"三纲五常"的女子的。虽然这种道德标准反映了当时社会的统治阶级思想，然而由于当时实际上已有若干反传统的异端思想家对这种道德标准提出了质疑乃至批判，因而这样的传记作品反映的伦理道德观就不足为训。在这一方面还有另一种值得提出的情况，即当代传记作家为古代历史人物立传，每每夸大传主的所谓"历史局限性"，如"正统观念""封建意识"，等等。这其实也有以今天的道德标准去苛求古人之嫌。这种做法同样也是不可取的。

（3）作品所流露的历史观。

传记作品在本质上是一种史学著作，其流露的历史观当为传记作品的派生要素自不待言。作为传记作品的历史观，含有多方面内容，如对于传主所处的历史生活舞台背景的认识，对于传主生平思想活动的历史意义的把握；如此等等。从传记写作的实践来看，重要的一点在于：对于传主生平思想活动的描述和相应的历史评价是否遵循历史主义的基本原则，是否严格地局限在一定的历史范畴内来考察分析一切问题？另外，传记作品的历史观要素，还与传记作品所包含的历史生活的容量和质量有不可分割的联系。例如，人们常说，"通过一个人反映一个时代"，这就是指传记作品的容量的饱和性。至于某部传记作品无论在材料的组织运用上的丰富性和准确性，还是在评价性意见上所反映的深邃的洞察力和雄辩的科学性方面，都达到了很高的水平，由此足以成为一项相对独立的史学研究的成果，那也就是表明其质量属上乘。

以上三方面的派生要素，都是指传记作者对于传主的一种评价。这就是说，任何传记作品事实上都无法摆脱评判性，只是评判程度有大小明暗之分。人们常说的"观点与材料"的结合，材料即是史实，观点就是评判。从这一意义上讲，以上这些派生要素，与本位要素甚至是难以分离的。对此，日本传记作家鹤见祐辅有一个比较透彻的说明，"人物的记录不能只是他左趋右步的纪录，而必须有他何以向左走及向右走有何价值的判断""浅言之，传记作家自身非有一种哲学乃至理想不可，……至少为了说明那个人所有的人生观，判断那个人所给予社会的影响，作家自身总非有了解这个的人生观与社会观不可""因此传记家的最重要部分，是在作家的价值判断，他的价值判断可以引动读者"①。

应当说，除了上述问题外，传记作品还有一个必不可少的派生要素即美学技巧因素。因为传记作品总是一种文字形态（即使是口述传记也涉及到语言文字的运用，何况大量的口述传记最后被整理成文字稿），所以必然和其他文体的作品那样受美学技巧因素的制约。一般说来，为任何一位传主写任何一种类型的传记，作者总是遵循这样的写作程序：收集材料——构思——选材（鉴别挑选等）——文字组织——修改润饰——定稿。在这一过程中，构思（谋篇布局）和文字组织（遣词造句）最重要，它们的优劣都涉及到写作学上的美学技巧问题。这样，任何一部传记作品含有美学技巧要素就是必然的了。美学技巧要素的重要性还在于它往往最直接地影响传记作品的质量。古今中外的优秀传记作品，其很大程度上取决于美学技巧因素的高超。从这个意义上说，传记作品虽然本质上属于史学著作，但与文学确有千丝万缕的联系。在古代文史不分的情况下，或在当今文史分家后又出现某种融合的趋势的情况下，强调传记作品的美学技巧因素完全是合理的。有些人习惯上把传记和传记文学这两个词通用，显然也有这一因素在起作用。

以上所说的传记作品的基本要素，无论是本位要素层次还是派生要素层次，说到底是一个互有联系的整体，只是为了叙述分析的便利，才作如此分解说明。如果勉强要指出本位要素和派生要素两个层次的关系，那么可以这样说：前者主要是决定传记作品是否可以被称之为传记的根本性条件，而后者则主要是衡量一部传记作品是否优秀的尺度。

---

① ［日］鹤见祐辅，《传记的意义》，转引自蔡尚思《蔡元培先生学术思想传记》序例。

最后值得特别提出的是，在传记作品中，还有另一个特殊的要素，即是狭义的学术性。所谓狭义的学术性，指的是那些为某些从事特殊社会职业者立传时所必须顾及的相关的学术课题的问题。例如，假使传主是宗教人物、音乐家、哲学家乃至传记文学家等，这一类传记除了要把握上述各种基本要素之外，还需要有成熟的专业学科知识。道理很简单，如果作者对于传主从事的特殊职业所相关的学术问题一无所知或知之甚浅，必定无法深切地描述传主的生平思想，而勉强对之作描述作评价，所说的也一定是外行话。从这一问题引申出来，我们或许可以这样说：为了提高传记作品的质量，必须提倡传记作家本身的深厚的专业学术素养。换言之，所谓狭义的学术性问题，至少不应当作为一种可有可无的要素而提出，相反应把它像美学技巧因素那样列为通常意义上的传记作品的派生要素之一。这还是因为，即使对于那些为具有比较普通的职业活动身份的传主（如政治家、军事家、文学家之类）立传的作品来说，实际上同样存在着这样的问题。《航海家哥伦布》一书的作者、美国作家萨·伊·莫里逊说：哥伦布的传记需要由一个海员兼传记作家的人来写，显然正是强调这个意见。事实上，作者写的这本传记之所以被公认为成功的，主要原因之一，正是作者既是海军少将，又是哈佛大学教授，既稔熟于航海史，又对海洋生活有深切的体验。总之，因为作者具备了相当的专业学术素养，因而使得作品自然地把握了狭义的学术性的要素。

第三节　传记作品的社会功用

由传记作品的基本要素所决定，传记作品也就具有相应的社会功用。所谓社会功用，总的说来是指传记作品作为一种知识形态和文化现象，即作为一种流传在社会可供阅读的书籍文章可能产生的社会效果。

传记作品的社会功用的主要表现有以下几点。

1. 传记作品的魅力

比之一般史籍，传记作品以它特有的魅力更有效地把历史人物的形象不朽地镂刻在人类的心灵中，从而构成一种特殊的社会精神文化财富。在这里，历史人物形象的不朽性，主要不是以传主本身的历史地位所决定，而完全取决于传记作品的质量水平。这方面可以举出许多典型生动的实例。如在中国，《史记·项羽本纪》中的项羽，作为一个充满悲剧色彩的失败的英雄的形象，由于被刻画得有血有肉、栩栩如生，以致超时代般地令每一个具有不同的社会政治意识和价值观念的读者，都能够从中引起感情上的共鸣，获得种种丰富的联想。而按理说，项羽此人的客观的历史地位明显地不及秦皇汉武或唐宗宋祖。同样，普鲁塔克的《传记集》中的人物，有相当一部分并没有为通常的希腊罗马史专著所提及，但是由于传记作品对他们的生平思想活动作了极其深刻、又极富于表现力的描绘，因而这些人物至今也并没有变成历史的化石，相反至今依然散发着历久弥新的影响力。具有一般文化水平的希腊罗马人，乃至欧洲人，可能不知道古希腊罗马的某些帝王将相的名字和事迹，但是几乎没有不知道此书中的人物形象的。曾有人认为，《传记集》在西方的影响不在《圣经》之下，当是有根据的说法。

2. 传记作品的开拓性

传记作品可以开拓和发展史学研究的课题方向，从而构成史学研究方面的独立成果或基础性成果，由此对于史学研究作出特殊的贡献。在史学研究中，包括一般的史书编撰，当然也注意为若干历史人物立传，这些文字本身当然也是传记作品。不过传记作品的整体却不限于此。传记作家有更开阔的视野，选择传主的目光也不只是看其客观的历史地位，三教九流，凡是能够从某一方面折射出历史之光的人物，不受任何限制，均可以成为传主。这样，传记作品从整体上来说，就是对通常的史学研究的内容对象从深度和广度的两方面作开掘了①。正因为如此，不少传记作品本身就可以毫无愧色地具有作为史学研究的独立成果或基础性成果的价值。在这里，独立成果和基础性成果的区分，大抵是由传记作品本身因不同的类型而包含的基本要素的强弱和完善程度而决定的。也有一些传记作品，虽然篇幅简短，或者是采取某种特别的类型（如年谱类、轶事逸闻类、新闻性传记等），并不具备传记作品的完整的基本要素，但是它们一般说来都可以补史籍笔触涉及面的不足，从而成为新撰史书的重要参考资料，即史学研究的基础性成果。例如，目前我们看到的苏联共产党党史著作中，对于布哈林一类的人物或是语焉不详，或是评价严重失当。在这种情况下，有关他的传记作品，尽管披露零星片断的真实史料，也就具有重要的价值。与其有联系的是，有些传记作品因其内容的真实可靠性程度更强，还可以纠正史书之讹，补史书之不足。明显一例是：《三国志·魏武本纪》有意避讳，对于曹操的身世用了曲笔，谓传主为"汉相国（参）之后"，其父曹嵩则"莫能审其出生本末"。事实上，曹操之父本出自夏侯氏，因为给宦官曹

---

① 西方史学界有"以传属史"（Biography is not a branch of history）和"藉传窥史"（Abiographical approach to human experience）说。笔者认为，如果说纯史学研究中为历史人物立传是"以传属史"，那么整体上的传记作品则具有"藉传窥史"的功用。

腾做养子而改姓，因而传主自然袭用曹姓。对此，魏晋时佚名所作的《曹瞒传》就写得十分明确："嵩，夏侯氏之子，夏侯惇之叔父，操与惇为从父兄弟。"① 后人研究曹操，正是根据这一传记作品披露的史料纠正了史书《三国志》之弊。

3. 传记作品的真实性

传记作品虽非文学类的小说，但以其真实的人物形象，也可以跻身并丰富文学典型形象的画廊，并且因其赤裸裸的真实性对于一般读者更有吸引力。特别是那些借用了一定的文学笔法撰写的伟人传记，如果传主的典型化程度更高，那么对于一般读者将具有更大的教育和感染力量，由此起到一般文学作品所无法起到的作用。道理很简单，一部描写伟人、英雄的小说，虽然它可以把主人翁刻画得可敬可爱甚至可亲，但读者不免会产生一种逆反心理：那终究是小说，虚构编造的。而传记作品就可以冲破这种读者心理。诚如《约翰生传》的传主塞缪尔·约翰生所说："没有任何其他种类的作品，像传记文学这样，挟着不可抗御的兴趣，更能牢牢实实地联系起人类的心灵，或像它那样在任何一种不同的情况下，都能广泛传播善言，……在芸芸众生之中，每个人都能发现许多与他自己处境相同的人物，对他来说，那些人物的错误与不幸，在人生中的逃避与探险，都将有立即而明显的用处。"正因为如此，有卓识远见的人们都十分强调传记作品的这一社会功能。十月革命前夕，高尔基准备为青年编辑一套"世界名人传记丛书"，并写信约请罗曼·罗兰撰《贝多芬传》。信中说："我们成年人不久即将离开这个世界，我们将留给我们子孙的，是一份可怜的

---

① 此例分析参见陈连庆，《〈曹瞒传〉辑校》，东北师范大学学报编辑部编，《中国古代历史人物论集》，1980.9。

遗产,我们将留给他们十分忧郁的生活。这场荒谬的战争(按指第一次世界大战)便是我们道德衰竭、文化没落的明证。……我们应当提醒我们的后代,各民族都曾经有过——而且现在也有——伟大的人物,高尚的心灵!"① 罗曼·罗兰则在《贝多芬传》一书中深情地对读者说:"人类中最优秀的人和你们同在。汲取他们的勇气做我们的养料吧;倘使我们太弱,就把我们的头枕在他们的膝盖上休息一会吧。他们会安慰我们。在这些神圣的心灵中,有一股清明的力量和强烈的慈爱,像激流一般飞涌出来。甚至无须探询他们的作品或倾听他们的声音,就在他们的眼里,他们的行述里,即可看到生命从没有像处于患难时的那么伟大、那么丰富、那么幸福。"②

4. 传记作品的传播性

传记作品在迎合一般读者的阅读心理的同时,也给予读者以一种认识作用,包括传播某些有益的知识。当代欧美各国的图书出版信息表明,在所谓的畅销书中,传记作品的比例越来越大,我国近几年来出版的传记作品也大受欢迎。这表明,当代读者的阅读心理有了变化,他们渴望了解著名的历史人物的事迹,当今政治、经济、军事、外交和文化各界的新闻人物的风貌,以及艺术界和体育界一些风云人物的近况,包括他们的生平经历和私生活等。虽然新闻性的报刊杂志和电台电视台可以多少满足一些这样的要求,但由于它们往往是零星片断的,毕竟不如完整的传记作品那样使人过瘾。唯其如此,传记作品在这方面就可以比新闻媒介更有效地向读者提供他们感兴趣的

---

① 高尔基此信的译文从湖南人民出版社《世界名人传记丛书》之"出版说明"。

② 罗曼·罗兰此语的译文,从湖南人民出版社《世界名人传记丛书》之"出版说明"。

东西，就某些历史和现实的问题给读者以一种比较全面的认识和了解，而为了达到这一目的，传记作品又总是在描述传主生平活动时兼及某些有益的知识的介绍。例如，20 世纪 70 年代当美国总统国家安全事务助理基辛格在世界外交舞台上大出风头的时候，当球王贝利像旋风一般引起全世界的球迷读者的骚动的时候，以他们为传主的传记作品也就大受欢迎，其原因之一，是在这类作品中或穿插着对于世界政治外交局势的介绍，或是介绍了足球运动史方面的专门知识，显然这些知识都是有益的。

第四章　传记作品与其他学科的联系

　　把传记作品的理论与实践作为一个专题学科来研究，无疑还需要探讨它与其他学科之间的那种割不断的联系。因为只有在把握了这种联系之后，才能既可以提醒传记作家在写作之前做好充分的学术准备，也可以使传记理论家对于具体的传记作品的批评获得一种与传记作品的基本要素和功用相衔接的价值尺度。

第一节　与历史学的联系

　　通过描述历史人物的生平活动来反映一定的历史生活内容的传记作品，就其本质而言是历史人物研究的一种形态。而历史人物研究本是历史科学最基本最重大的课题之一，因而传记与史学的联系至为明显。

　　传记与史学的联系具体地表现为：传记写作与纯史学性质的人物专题研究在所处理的材料对象、处理材料对象的意图和原则，以及处理材料的方法等几个方面，都有程度不同的一致性。而且，从理论指导上来说，两者所遵循的史学观也应该是同一的。因而传记作家应当像史学家一样，接受严格的史学研究的训练。

1. 关于处理材料对象的一致性

无论是史学研究，还是传记写作，都必须广泛收集和尽可能完整地掌握史料，因为史料是立论和写作的基础。不过，由于史学研究和传记写作最终所追求的成果的知识形态有所差异，两者对于史料搜寻实际上就有不同的侧重点，即除了部分交叉外，尚有一部分是各自所需的。例如，近代史研究者为考察洋务运动，不能不用相当的精力去收集和研究诸如李鸿章、张之洞一类代表人物的生平思想活动的资料，而李鸿章、张之洞等人的传记作者，为了写好传记，除了更深入地发掘他们的传记资料，也同样要把洋务运动史作为一种最主要的历史背景予以考察研究。显然，在这里，凡是有关洋务运动的史料，有关李、张两人的传记资料，均为史学研究和传记写作的材料处理对象。

2. 关于处理材料对象的意图和原则的一致性

史学研究强调严格的科学性，即历史的真实性和准确性。它要求研究者在研究活动中，都把实事求是地再现（介绍、评述）历史事件、历史现象和历史人物，既作为一种最高意图来贯彻，也作为一种基本原则来遵循。以纯史学的人物研究而言，其意图和原则简要说来就是，真实地揭示历史人物的有关情况，还其历史本来面目，并予以恰如其分的历史评价，而不能有意讳饰或加恶谥，不能掺入研究者的感情因素，也不能屈从于某种社会政治的或物质利益上的压力或引诱。严肃的传记写作同样强调这一点，诚如法国著名传记作家莫洛亚所说："我们这个时代，对于真实的观念，已经形成正确的想法。我们要求他根据对于事实的观察，来做出整个的叙述，然后再细心而不带感情地做一番新的独立的研讨，藉以证实那些叙述的内容。"

3. 关于处理材料对象的方法的一致性

史学研究有它一定的方法论，而这些方法论，大都也可以为传记写作所借鉴吸收。例如，史学研究强调对于材料考核订正，做到信而有征；史学研究无论对人对事，一般都遵循严格的时间概念；史学研究还特别注重对于历史事件、历史现象和历史人物的前因后果、相互联系以及各种偶然性和必然性因素的考察，传记写作也都无法拒绝这样的方法论。最明显的情况是，中国传统的史学研究中对于人物的研究，往往从做年谱入手，或干脆把年谱作为史学研究的专门形式。这正如当代史学家所指出的那样，以清人蔡上翔所著的《王荆公年谱考略》来看，"其考订荆公事迹，但以年月比勘，辩诬证实，判然无疑；因知年谱一体，不特可校事迹发生之先后，并可鉴定其流传之真伪，诚史学之一长术也"①。我国当代传记写作中常有这样的情况：以编撰年谱作为传记写作的基础工作，或完全以年谱的形式为传主立传，大量的传记作品又附以传主年谱。这一切都是表明了史学研究和传记写作在方法论方面的一致性。

第二节　与档案文献学的联系

由于某种类型和形态的传记作品，至少是传记资料（如个人的日记，填写的各种履历表等），或者某些传记作品的附属

---

① 夏承焘，《唐宋词人年谱》自序。

性内容（如著述年表、索引、图片等），本身就是一种档案文献，更因为传记写作所要处理的材料，往往需从档案文献中寻得，而且处理传记资料的方法又往往涉及到档案文献学中的课题，因而传记也就不能不与档案文献学发生密切的联系。

这种联系主要表现为如下两个方面。

1. 征引档案文献有助于提高充实传记作品的内容质量

通常说来，传记写作必须建立在档案文献研究的基础上，需要广泛地利用档案文献，从中征引资料、发现证据和线索等。尤其是撰写宫闱人物或上层政治人物，离开档案文献，则必然影响传记作品的内容质量。例如关于屠格涅夫的传记有多种，大家却公认苏联学者尼·鲍格斯洛夫斯基的《屠格涅夫传》为最优秀。究其原因，正是在于作者在写作过程中广泛地查阅了有关传主的档案文献材料以及传主同时代人的回忆录和书信等，这样，作品在描述传主的生平思想活动的一些关键问题时，都能援引书信、日记和回忆录等大量原始的文献资料，从而给读者以充分的真实可靠之感。相反的例子是，前已提到美国学者曾写过两部前苏共中央总书记安德罗波夫的传记，虽然总的说来是写得不错的，但是由于它们的作者无法得到苏联官方的档案文献，因而内容较为单薄。同样，近年来海外学者写《毛泽东传》和《周恩来传》的为数不少，就笔者所接触到的若干种来看，撇开政治偏见不说，其内容也极其单薄，甚至牵强附会。至于评述传主的重大的政治活动时，史料的不准确也是极为明显的，其根本原因，也在于作者无法得到完整的档案文献资料。

2. 传记作者在利用档案文献资料时，也必须借助于档案文献学处理材料的一般方法

这个问题与史学方法也有联系。其中最主要的当是对于材

料的考订鉴别的方法。我国现代著名史学家顾颉刚曾提出"层累地造成的古史"说，大意谓：某些文献材料，往往距事越远（离今越近），对某事描绘得越详细，因而事实上也越不可靠。据此，文献学方法上有一个通则：对于某一历史事实，如果有不同时期的几种描述，而时间较晚的但描述得却是详尽的那一种，倘无足以征信的其他的材料，则宁疑不信，宁阙不用。联系到传记写作处理文献材料的情况来说，以鲁迅的传记写作为例，如果为鲁迅立传而征引传主的亲友在生前身后的各种回忆录、谈话录之类，特别需要慎重地考订鉴别。因为在 1949 年之后（尤其是"文革"期间）所发表的有关鲁迅的回忆录之类，由于受到政治时事的影响，除了一小部分因年代久远而误记的正常情况外，有不少是故意作伪、妄作臆测的，或者从非学术原因出发而改写史实，甚至许广平和周建人提供的资料也是如此①。

与此有联系的是，传记写作在运用档案文献学的一般方法对有关材料作考订鉴别时，还需要引入版本目录学的知识和方法。例如，要研究、介绍某一传主的思想，主要依据他的代表性著作，而有些传主对自己的代表作是不断修改又不断重新刊行的，这样，不同版本的著作实际上也就成了研究和探寻传主在不同的生活时期的思想发展变化线索的重要依据。既然如此，传记写作借助版本目录学的知识和方法处理材料就显得特别重要，顺之者优、逆之者劣。突出的成功例证是，夏东元著的《郑观应传》在探究传主的思想历程时，对于传主的代表作《盛世危言》的版本收集和考订鉴别尤力，从二十几种不同版本的考订中，有说服力地揭示了传主思想发展过程及其重大变

---

① 笔者曾专门研究过鲁迅研究史，对于此说敢负责。有关情况还可参看拙稿《略论鲁迅研究中的庸俗社会学倾向》，《复旦学报（哲社版）》1985 年第 4 期。

化。相反，曾有一些传记作品（包括某些中国现代文学史论著）在评述郭沫若"五四"时期的思想特点时，所依据的《女神》一书并非 1922 年初版本而是 1949 年后的改定本，这就很可能悖于史实。

第三节　与文学的联系

如同传记与史学有最亲近血缘联系一般，传记与文学的亲密联系也是极其明显的①。这种联系突出地表现在如下几个方面。

1. 文史与文学

相当一部分传记作品似乎介于文史之间，即内容本体是史的性质，而知识形态的载体却具有一定的文学色彩。

用文学笔法写成的传记作品自然如此。而有些用史学笔法写成的传记同样有这种情况。即是说，在这类作品中虽然描述的是真实的历史人物的真实的历史生活，然而为了再现传主的形象，有时往往加以若干的环境气氛的渲染，或者依据史料对传主的某种心理状态作比较细致的刻画，至于在对传主的生平活动思想作某种分析评论时，也可能插入若干抒情性的文字段落等。在这样的情况下，传记作品似是成了史学和文学的混血儿，即历史的洞察力与文学的感染力、历史的真实与文学的美感达到了一种和谐的融合。

---

① 西方学者有"传记无文不传"说（All good biography is of necessity literary），语见欧郎（D. Aaron）编，《传记研究》，转引自［美］汪荣祖，《史传通说》，联经出版事业公司，1988.10。按：此话在一般意义上是对的，但不能绝对化。

应当说，这种情况正是体现了传记作品的一个派生要素——美学技巧因素。正因为这样，对于这类作品，就一般读者而言，如果不是从纯粹的传记理论研究出发，似乎就没有必要硬去区分和判别其史学或文学的归属；同样，对于一般传记作者来说，尤其是对作为文学家的传记作者来说，当他们用这样的方法来写传记作品时，似乎也可以把它当作文学创作来对待，前提仅在于不与传记作品的基本要素相背离。这诚如罗曼·罗兰在《贝多芬传》中的序言中所说："今日会有人在这支颂歌里面寻求以严格的史学方法写成的渊博的著作，对于他们，我不得不有所答复。我自有我做史家的时间。我在《亨特尔》和关于歌剧研究的几部书内，已经对音乐学尽了相当的义务。但《贝多芬传》绝非为了学术而写的。它是受伤而窒息的心灵底一支歌，在苏生与振作之后感谢救主的，我知道，这救主已经被我改换面目。但一切从信仰和爱情出发的行为都是如此的。而我的《贝多芬传》便是这样的行为。"

2. 传记作品与文学作品的审美标准有交叉的一致性

这种一致的审美标准即是"真、善、美"。只不过以"真"而言，传记作品追求的是历史的真实，并把这放在首位，而文学作品则是崇尚艺术的真实，其真与美往往是密不可分的，有时甚至以美为首位[1]。某些自传体小说，如高尔基的《童年》

---

[1] 法国作家佛郎士（A. France）说："一首诗，一篇小说，尽管美，当写作那首诗或那篇小说时的艺术形式归于陈旧的时候，便变成了腐朽。艺术作品是不能长期逗人喜欢的；因为艺术作品之所以令人愉快，大部分由于新奇。可是，'回忆录'却绝不是艺术作品。一本'自传'——绝不依靠流行的式样。我们只在那种书里寻求人类的真实"。转引自黎烈文，《法国传记文学一瞥》，《传记文学》第 1 卷第 7 期。按：佛郎士的这一意见显然是强调这一点。

等三部曲，以及中国现代文学史上创造社成员撰写的"自叙小说"，如郭沫若的《漂流》三部曲等，之所以被视之为文学创作而不是传记作品，正是这个道理。

而从"美"这一点来说，文学创作讲究独特的美学风格，传记作品也有美学技巧的因素，因而两者也有相合之处。例如，人们常常这样评论那些优秀的传记作品在写作上的特点——"文字清新、语言流畅""描述细腻，真挚感人""生动有趣、优美动人""波澜起伏，引人入胜"等，这些其实在很大程度上是参照文学鉴赏和文学批评的美学要求来作评判的。1953年，诺贝尔文学奖授予前英国首相邱吉尔，而邱吉尔的作品大都是"非小说性质的散文文学"——主要是传记作品。可以认为，这显然也是考虑到传记作品与文学作品因审美标准有交叉的一致性而相当接近的缘故。实际上，邱吉尔的作品如《我的早期生活》《南道夫·邱吉尔》《世界的危机》和《第二次世界大战回忆录》等，虽然文学的色彩较浓（但主要表现在修辞手法和文字技巧上），然而对于事实的回忆、叙述，包括对于一些细节的描绘，则完全是真实的，几乎没有任何的虚构与想象的成分，总之，它们当是传记作品而不属于狭义的文学作品。

3. 传记作品和一般文学作品都注重揭示和刻画人物形象，用人物本身的言行来表现和暴露其思想性格特点等

在这方面，两者的差异仅仅在于，传记作品意在"再现"，所以一般偏重于白描，作客观的介绍，同时穿插冷静的分析和评价，而凡此种种，又用确凿的文献资料予以印证。至于文学作品，它意在"创造"，所以可以调动任何手段，包括运用典型化的手法。换言之，传记作品对于传主的

描述要受到种种限制，而文学作品则有极大的随意性。例如，伊芙·居里写的《居里夫人传》，作者虽然有极高的文学修养，全书的辞章也是生动华美的，但总的说来它是严格忠实于历史的，并没有采取什么典型化的文学手法，主要是让传主自己的那些有根有据的言行来表现其性格特征。而同名的美国电影，其剧本作为文学作品则采用了为传记作品所不取的文学惯技，因而添加了许多事实上不曾发生的场景和细节。

4. 传记作品的故事性

　　传记作品因为是写人物的事迹，因而也像一些文学样式（小说和戏剧）一样注重内容的故事性，而在讲述"故事"时自然也要借鉴若干文学手法。

　　以文学笔法写成的传记作品在这方面当然是极为明显的，而以史学笔法写成的传记作品，也有类似的情况，即对于足以表现传主思想性格的某些本身富有戏剧情节的活动或事件，大抵作完整的记述，其中还录下有关对话等，只是这种记述尽可能的简洁，归纳性较强。例如《民国人物传》中的《蒋梦麟》一篇，有这样一段文字：

　　……日本帝国主义对蒋梦麟极力拉拢和威胁，蒋均未为所动。1935 年 11 月，日本帝国主义策动"华北自治"，蒋梦麟领衔发表了一个反对分裂中国领土的宣言。不久，他听说日本人已将他列入黑名单，随时可能被逮捕，但没有避走。29 日，日本宪兵径至北京大学邀蒋到日本大使馆武官处谈话。蒋即前往。日本武官质问蒋为何反对"华北自治潮流"？为何怂恿学生进行大规模反日宣传？他进行了辩解，该武官乃要他当晚赴大连，亲向日本关东军参谋长坂垣解释。蒋梦麟不愿去。他说："我不是怕。如果我真的怕，我也不会单独到这里来了。如果你们要强迫我去，那就请便吧——我已经在你们掌握之中了。不过我劝你们不要这样做。如果全世界，包括东京在内，知道日本军队绑架了北京大学的校长，那你们就要成为笑柄了。"日本武官通过电话请示后，放他回家。不久，日本使馆又向北平当局提出，因蒋梦麟煽动学生抗日，要他们强迫蒋离开北平。北平当局劝蒋离北平，他没有同意，继续主持北大校务。

《蒋梦麟》还只是一篇四千余字的小型传记，但却用了近四百字来记述一件事，这表明，注重内容的故事性确实是传记作品与文学作品的一个相通点。其实，传记作品中的年谱或评传类也常常是这样。

第四节　与人才学的联系

如前所说，由于人类思想文化心理的"英雄（伟人、名人）崇拜"观念的影响，古今中外的传记作品，大都是选择那些具有相当的社会政治身份或突出的学术文化贡献、对于社会历史的发展起某种作用、或者在历史发展中以不同的形态扮演重要角色的人物为传主。而从这些传主的情况来看，绝大部分可以称之为通常意义上的人才。既然如此，传记与人才学的联系也是宛然可寻的，诚如有的学者所明确指出的那样："在现代学术的意义上，一个人的传记，就是对于这个人行为的研究。（一个人的自传，至少亦是研究这个人行为最重要的材料！）"①

　　传记与人才学发生联系的基本原因和特点之一，在于传记对于具有人才性质的历史人物的介绍和评价，涉及到了人才学上的许多基本课题。例如，人才学研究的基本问题有：人才的类型特点、人才成长的原因（环境影响、受教育情况等）、人才的成功与失败的原因（人才的内在因素、心理性格特点、知识结构、时间运筹、各类技巧等）。而就传记作品来说，不管传记作者本人是否意识到，只要他是在为一个具有人才性质的传主立传，势必会或详或略地探寻和回答上述问题。

　　当然，尽管每一本具体的传记作品不能代替或囊括完整系统的人才学研究，然而从传记作品的整体来说，则可以构成人才学研究的最主要的科学依据和最基本的统计资料。如在国际上，近年来不少人才学研究者用很大的精力来收集整理各种人才的传记资料，由此统计加工并抽象为某些具体的规律。例如美国学者哈里特·朱克曼著有《科学界的精英》，对美国的诺贝尔奖获得者的成长和成功的规律作了初步的分析探讨，其得出的结论令人信服。国内也有这样的事例，如中国科学院物理研究所的赵红洲，在研究统计了公元 1500 年到 1960 年间全世界 1 249 名杰出科学家和 1 928 项重大科学成果后得出结论说：科学发明的最佳年龄区是 25—45 岁，峰值年龄则为 37 岁。该学者又统计了 1901 年至 1960 年间全世界 215 名诺贝尔奖金获得者的资料，也得出了这样的结论：科学发明最佳年龄区是 30—45 岁，峰值年龄则为 39 岁。这表明，近年来我国人才学研究中的重大成果——"科学发明最佳年龄规律"是以传记作品和传记资料为出发点的。

---

① 　毛子水，《我对于传记文学的一些意见》，《传记文学》第 1 卷第 1 期。

正因为传记与人才学有如此密切的联系，因而近几十年来人才学作为一个新的边缘学科的建立和发展，也促进了当代传记写作的某些变化，或者说，在人才学的影响冲击下，传记写作开始形成了若干新的趋势。

1. 在传记写作的实践中，"评传"类型的作品明显增多

大量的评传也不只是从社会政治或党派的角度去评判传主的功过是非，或者较单纯地从学术文化史的角度去评价其贡献、影响和历史地位，而是有意识地从人才学的某种角度去探寻有关问题："各种各样的人才，他们到底是怎么成功的？在求学时期与他们成绩不相上下的同窗之中，有不少人后来却一事无成，这是什么原因？……不少'神童'毫无建树而死，很多不正经念书的却成了稀世之才，这些难道全都是偶然现象吗？决定一个人成功或失败的因素到底有哪些呢？除了教育学已有的成果，还有没有我们至今尚未认真归纳或者尚未认识清楚的规律呢？"[①] 典型的如近年来我国学者写的《G·孟德尔—现代遗传学的奠基人》一类的评传，该作品的基本写作意图，就是通过对传主的人生观、爱情、事业和思想方法等综合影响加以评述来回答属于人才学的课题：某传主成功在什么地方？失败在什么地方？有什么教训可供后人吸取？

2. 同一类型人物的合传（或传记作品汇集和人物辞典）越来越多

传主常常是在世者。国际上较有影响的有由美国科学协会

---

① 雷祯孝、蒲克，《应当建立一门"人才学"》。

主持出版的《科学家传记辞典》（Dictionary of Scientific Biography）（共 14 卷），内载世界上最优秀的科学家 4 000 余人的传记。国内较有影响的则有《中国现代社会科学家传略》和《中国当代社会科学家传略》等。

3. 由于开始重视人才的比较研究，因而比较性的合传也不断出现

如《梁启超胡适徐志摩连环传》《宋氏三姐妹》等。有的作品虽然是为单个传主立传，但在评述传主生平思想时，却非常注意把这一传主与其他具有可比性的人物（人才）作比较，因而人才学的有关课题往往构成了这类传记作品的主要内容之一。

第五节　与心理学的联系

如同人才学与传记作品实质上都是以人作为研究对象，从而发生了两者的联系一样，由于心理学研究的是人的内在经验（又称直接经验），或者说心理学研究的主要目的如詹姆士所说是"叙述与解释人类的意识状况"，而传记作品也要涉及对于传主的思想性格、思维方式和行为特点等问题的分析评述，所以传记与心理学也有有机的联系。

自从德国的心理学家于 1879 年在莱比锡建立了第一个心理学实验室以来，现代心理学衍殖了许多专门的学科分支，如机能心理学、构造心理学、格式塔心理学、联想主义、行为主义、目的主义和精神分析等，其中由弗洛伊德创立奠基的精神分析学说的影响最大，对于现代传记的写作也发生了深刻的影响。例如，斯特拉屈的那些被视之为起了"传记革命"作用的

作品，明显得到了精神分析学说的帮助。

把现代心理学（尤其是精神分析学说）的内容和方法引入传记写作，本身有它的相当的合理性。因为根据近代心理学理论，人性是不断变化的，它是许多矛盾性格的综合表现，同时个人的性格又是由他人眼中看出来的东西，依观察者情况的不同，往往只能表现性格的一个侧面。精神分析学说又认为，人的意识之外还有潜意识，这对于人的行为影响与意识一样，也起很大的作用，甚至人的许多重大成就都是早年被压抑的性欲的升华。据此，传记写作就可以从各个方面，从各种矛盾的琐碎事实出发，去揭示、发掘、表现传主的复杂的、真实的、活生生的内心世界和性格特征，从而打破旧的传记中常常出现的弊病：从认为人性是不变的和单纯的观点出发，而刻板地抓住传主的某些表象的性格特征，然后选择其"相符"的事实来作证实，由此把活生生的传主演绎成了一具塑像。

然而问题在于，传记写作毕竟与心理学研究有不同的目的，如果完全依照心理学（包括精神分析学说）的方法来写传记，把传记写作当作心理学研究的附庸，那么一本本应是有血有肉地反映传主生平思想的传记作品，就有可能变成僵化的东西，从而既脱离史学，也与文学绝缘。欧洲当代著名的传记作家卢德威克指出："我从未走上心理分析之路，因为我觉得心理分析常以它们系统化的理论把生命多彩多姿的丰富性弄得黯然失色，它们常常把生命弄成无聊的虚构物。"这段话如果就整体上评价心理分析方法而言，自然有其片面性，但是就反对传记写作中全盘照搬心理分析方法而言，则是一种中肯的意见。海外学者林衡哲很赞同这一意见，对于心理分析方法在传记写作中喧宾夺主从而形成的一种"心理分析传记"局面也深为不满，他说："我个人觉得一个传记家，对现代心理学的发展必须要有起码的认识，利用心理分析学，而不应该被心理分析学所利用。总之，传记家与心理分析学之间最好维持柏拉图式的关系，把她当作精神上的朋友，偶尔参考她，但不必与她结合在一起。"① 毋庸置疑，林衡哲的意见是可取的。

第六节　与文章学的联系

文章学，又称写作学，或称之为文体学。它所研究的主要课题有文章的文体分类，以及各体文章在写作过程中必须注意和遵循的通则。传记既然作为一种具有相对独立性的文体，那么无论是具体的写作，还是对之作评论，显然也都要涉及到文章学的一些问题。例如，关于传记作品的分类及其各类型传记作品的基本写作特点，关于传记作品的谋篇布局，关于传记作品的材料取舍和组织运用方法②，以及传记写作在语言文字（尤其是逻辑和修辞）方面的要求，这些问题既与一般文章的写作有共同要求，但也有传记写作的特别要求。而一般文章写作方面的通则，对于传记写作也大都有参考和借鉴的价值。

总之，传记与文章学的联系也是密切的，就传记作品的派生要素之一——美学技巧要素而言，两者更有不可分割性。这

① 林衡哲，《传记文学精选集》序。
② 英国学者赫伯特·斯宾塞（H. Spencer）曾说："一个传记作者或者自传作者，有责任在他的叙述中省略日常生活的琐事，有责任在他的叙述中将自己完全限定在突出的事件、行动和人物性格上。除了其他需要之外，写作和阅读冗赘的卷帙，同样是不可能的。"转引自莫洛亚，《论自传》，杨民译，《传记文学》总第 8 期（1987）。按：这段话正是指出了传记写作对于材料的取舍和组织运用，要遵循写作学的一般原理。

方面的具体论述分析，将在本书下篇中展开。

第七节　简要的结论

以上分别探讨了传记与几个主要学科的联系。事实上，与传记发生种种联系的学科，远不止这么几个。例如，有些传记写的是在世者，作者在写作过程中需要作调查采访，即使是为死者立传，有时也需要走访与传主有密切关系的若干人士，这就涉及了新闻学（新闻采访）的课题。有些学者还提出，传记与社会学、政治学、教育学和文化人类学也有相当的联系①，这种看法自然是有道理的。

这种情况表明，现代传记的理论和实践作为一个整体，确实是与多种学科交叉的，因而"传记学"不能不带有边缘学科的性质。有的学者指出："把传记目为文学类型的作家的任务因此是多重性的：他是研究一个时代的历史学家；他是观察社会趋势的社会学家；他是搜索思想影响的学者；他是发掘人性发展的人文主义者；他是一个采访活人的记者；他是一个富含想象力的创作家。"② 很显然，这虽是从传记作者的职业性质的多元性角度来提出问题的，然而归根结蒂，也是看到并且承认了"传记学"的这一基本特点。

最后有必要指出，肯定传记与其他各学科的联系，这既是对传记作者的知识修养提出了更高的要求，同时也可以帮助人们从理论上深化对于传记作品的基本要素和功用的认识。为了

---

① 可参见以下各篇：尤冠海，《传记文学与社会学》，《传记文学》第 4 卷第 1 期；梁大鹏，《传记文学与政治学》，《传记文学》第 2 卷第 4 期；居浩然，《传记文学与教育》，《传记文学》第 2 卷第 6 期；芮逸夫，《传记文学与文化人类学》，《传记文学》第 2 卷第 3 期。

② ［美］董鼎山，《作为严肃文学的传记》。

进一步清晰地强调这一点，不妨以图表的形式来归纳描述传记作品与其他学科联系的大致情况。

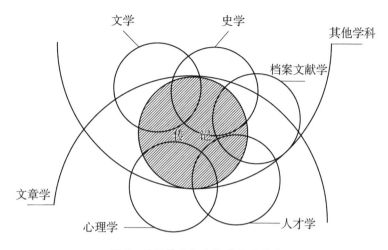

图 3　传记作品与其他学科的联系

历史篇

第一章　西方传记写作及理论发展的轮廓

从人类文明发展史的角度来看，传记作品虽然很难说最早出现于西方（主要指欧洲），然而，从古代的传记演变为现代传记，这一过渡却是在西方完成的。自此，西方的传记及其理论对其他地区（包括中国）产生了巨大影响。《新大英百科全书》说："传记作为一种独立的艺术形式，它主要是西方的产物。在东方（包括穆斯林国家），尽管文学的历史悠久，传记文学却没有显示出西方传记那样的发展进程和重要性。在中国，由于司马迁的《史记》和班固的传统的影响，传记一直是学者们写历史和潜心研究治国术的附属物和副产品。这种情况直到 20 世纪初才结束。在印度，从公元前 10 世纪至今，对文学影响最大的一直是对精神价值的追求和对静思或对生存的神秘方式的探索。这无法为写传提供适当的条件。概括地说，日本的文学史上也只能找到零散、有限的传记作品。"这种分析基本上是符合事实的。

唯其如此，研究传记发展史，就必须首先考察西方的传记写作及理论发展的线索。

西方传记写作及理论发展，大致经历了五个阶段：古希腊罗马时期——中世纪——文艺复兴以来至 18 世纪末——鲍斯威尔和维多利亚时代——20 世纪以来的现代传记。以下分别予以描述①。

第一节　古希腊罗马时期

从公元前 8 世纪以后希腊半岛上的大部分地区的奴隶制国家进入城堡时代，到公元 5 世纪罗马帝国解体，史称古希腊罗马时期。古希腊罗马的文化素称发达，传记作品也在公元前 5 世纪出现萌芽，如诗人希俄斯岛的伊翁，就为同时代的名人培里克里斯和索福克里斯写过传略。

此后，类似的传记作品不断出现，其中著名的有同柏拉图的同时代的军人色诺芬（Xenophon）写的《回忆苏格拉底》。该书对于苏格拉底被起诉、审判，以及在最后几个小时的生命活动和殉难情况的追述，大都是完整的，总的说来具备了传记作品的基本要素。

另外，当时也开始出现了不少基督耶稣的传记，传世的至少有四种之多。这些传记的作者大都是耶稣的门徒，它们对于传主的活动情况记述甚详，还广收佚事，传记中还有大量的对话。从传记发展史来看，这类传记的出现有两重意义，即一方面进一步巩固确定了传记文体的形式——由萌芽而生长；而另一方面由于传记作品的思想内容异常明显地渗透了英雄崇拜和宗教迷信的成分，因而又直接地给以后（中世纪）的传记发展带来消极影响：圣徒传构成了传记作品的主要类型，而传记也

---

① 笔者囿于外语水平，无法根据第一手资料来了解和把握西方传记写作及其理论发展情况，所以本章节的文字大都参考了国外有关百科全书的中译本以及其他中国学者相关的研究论文或翻译资料，特此说明。

就在相当程度上变为造神的工具。

到公元 1 世纪，西方出现了一位划时代的传记作家，即普鲁塔克（Plutarch，约 46—120）。普鲁塔克出生于希腊的比奥提亚（Bocotia），其父亚里士托布鲁斯（Aristobulus）是著名的哲学家和传记作家，因而普鲁塔克从小接受了家学。普鲁塔克在青年时代曾游学雅典，受业于名师安谟尼厄斯（Ammonnius）。此外，普鲁塔克还广泛游历了希腊本土的历史名城以及埃及、小亚细亚和意大利等地，在收集各地的文献资料和口碑传记的过程中学识大增。稍后，普鲁塔克在罗马讲授哲学，并为皇帝讲课，由此先后获罗马执政官荣衔，还曾被任命为希腊财政督察。回希腊定居后，普鲁塔克担任过本乡查尼罗亚的行政官，也做过希腊"圣地"德尔斐阿波罗神托所的祭司。与此同时，他又在家乡兴办学校，讲授哲学和伦理学。普鲁塔克一生著述甚丰，据其子兰普里亚斯（Lamprias）为其编订的著述目录，篇目有 227 项。流传至今的除了《道德论集》（Ethica，或名 Maralia，收文近 70 篇）之外，还有举世公认的世界上第一部传记名著《传记集》①。

普鲁塔克的传记作品在西方传记发展史上的主要价值、意义和地位，大抵表现在如下几个方面。

1. 《传记集》完全以人物为本位，从而使传记文体不只是依附于史籍而完全独立存在

全书共为 92 名古希腊罗马时期奴隶主贵族上层人物立传，通过对于他们的生平事迹和活动情况的描述，较为全面系统地

---

① 该书原题 Parallel Lives，英文书题为 The lives of the noble Greeks and Romas 或 Plutach's lives，俄文书题为 Сравнительные жизнеописания，接近原文。中译有"列传""英雄合传""比较传记集""希腊罗马名人传"和"普普塔克传"等。此处译名为《传记集》，从吴于廑选译本，是为"外国史学名著选"丛书之一种，商务印书馆，1962。

反映了古希腊罗马的近千年的社会历史的发展线索和主要侧面。

2. 作为一部传记作品，它富有极高的史学价值，足为研究古希腊罗马史提供不可或缺的史料

从具体的写作方法来看，它对于传记作品如何处理文史关系也提供了一些可借鉴的经验。例如，作品一方面十分注意基本史料的真实可靠性，以此确切地反映传主生平事迹，另一方面也借用了若干文学手法来刻画传主的形象，尽可能地显得生动活泼。《梭伦传》和《伯里克利传》等篇最为典型。

3. 《传记集》在文体形式上有很大的独创性

该书首次并且大量采用了"比较传记"的形式，如其中的42篇，每篇都是以一个希腊人传主配之一个罗马人传主而并列立传，但最后一段则是对两者作比较的评论性文字。另外，该书即使是在为单一传主立传时，也大都采用夹叙夹议的手法，因而绝大多数的篇什实际上孕育着评传的形式。还有，书中也大量运用了互见法，以避免各篇的重复，并且使有关篇什的内容相互补充。

4. 《传记集》鲜明地体现了作者的进步的传记理论，而这些传记理论在世界传记发展史上，也属于首次提出

例如，关于传记作品的真实性问题，《西门传》中有这样一段话："我们应当描写事实真相。因为只要感激地回忆起他的恩德就足够了，而如果把有关功绩的虚假捏造看作是对其诚实的证词的一种报偿，恐怕连他本人也未必愿意接受。"而关于传记作品与历史著作的区别，普鲁塔克在《亚历山大传》中指出，"我们不是在写历史，而是在写传记""史乘叙述人民与

英雄的业绩，而传记则描写人物的性格"。他还在《尼西亚斯传》中进一步说，作传与修史的不同点还在于，传记"不收集无用的历史资料，而转述那些可以用于了解人的道德面貌及其性格的事实"。

5. 《传记集》在世界史学史和文学史上都产生了重大的积极的影响

　　例如，在欧洲文艺复兴时期，英国伟大剧作家莎士比亚的一些历史剧如《儒力斯·凯撒》和《安东尼与克丽奥巴特拉》等即取材于此书，法国的人文主义者拉伯雷（Rabelais）和蒙旦（Montaigne）等人也曾悉心研究此书并模仿其风格。另外，该书中所反映的进步的伦理观念（主要是博爱思想等），对于文艺复兴时期人文主义思潮的兴起也起了启迪作用。直到 17、18 世纪，欧洲资产阶级革命爆发时，普鲁塔克的著作仍然风行一时。正因为这样，虽然在《传记集》出版后的一段长时间里，传记写作的发展还是缓慢的，但是由于这本书的流传，毕竟提高了传记作品的声誉，由此也对传记写作存在一种潜在的影响。

　　自然，在今天看来，《传记集》也存在着一些缺点，甚至有些缺点对于传记来说是一种致命伤。如不少篇什"对年月极不注意。……记叙一个人，往往先讲一大半事实。在书中人物死后，又来零星的回溯"[1]。又如普鲁塔克在一定程度上还把立传服从于阐述自己的道德见解，《艾米利保罗传》中就曾引用一个亡佚的剧本中的诗句说：传记作者可以"安祥而愉快地把自己的心思集注于最可尊敬的楷模上去"，这样，有不少篇什就常常是把传主理想化，对传主的阴暗面也有维护的情况。普

---

[1]　程沧波，《论传记文学》，《传记文学》第 1 卷第 3 期。

鲁塔克在《西门传》中还说："当画家画一个非常美丽可爱的形象时，如果这一形象有某个细小的缺点，我们要求画家既不要完全漏掉它，也不要表现得太精确。因为在后一种情况下形象会变得不美，而在第一种情况下则会失真。而如果传记作家为人的本性，为它没有产生某种绝对的美，没有产生任何在道德上无可争议的性格而感到羞愧，就不应该在历史著作中尽情地、详细地描绘人物的错误和缺点。"这种近似强调"隐讳"的合理性的意见，毕竟不太可取。

和普鲁塔克同时代的传记作家，比较著名的还有斯维托尼乌斯（Suetonius）和塔西佗（Tacitus）。斯维托尼乌斯是罗马皇帝哈德里安的秘书，他出于好奇心而写的《十二凯撒列传》，是一部在西方产生了重大影响的传记作品，其对于人物的言论、行动的记述都较为详细，留给读者的印象也较深刻。而塔西佗是当时著名的历史学家，他编著的《编年史》中也有不少传记、尤以台比留皇帝的传记写得最出色。另外，他也为自己的岳父阿古利可拉立传，虽然这本《阿古利可拉传记》着重写人物的政绩，相对来说对于传主性格的揭示尚欠深入，但作为西方传记史上第一部著名的以亲属身份而写的传记，也是值得重视的。

总的说来，古希腊罗马时期的传记写作的起点是颇高的。除了以普鲁塔克为代表的三大传记作家的创作外，自传作品也开始出现了，如西方第一本自传则是出自罗马皇帝阿古斯都（Augustus）的手笔。

从传记理论上来看，值得重视的还有当时的学者、亚里士多德的弟子阿梵斯特（Theophrastus）所著的《人格论》（The Characters）一书。因为该书虽是着重探讨道德问题，但从中也提出了传记作品与反映传主人格之间的关系问题，并且同时涉及了对于传记作品的某种社会功用的探讨。该书的自序中说："我想应当把各种人的态度，好人和坏人的态度，写成一本书，读者便可以看到各种人固定的行为和生活的形态，分类罗列。我认为我们的子孙只要看到这些记载，指示他们去选择好人的议论和友谊，留心模仿，使得自己和好人一样，他们便会成为更好的人了。"[1] 正因为如此，这本书对于西方传记写作的发展也产生了重大的影响。

第二节　中世纪

在中世纪，整个欧洲几乎都处在天主教会的控制之下。思想文化上的专制主义和伦理道德上的禁欲主义，严密而残忍地束缚着人们的思想和行为。教会的至高无上的权威，宗教裁判所对于一切"异端邪说"的镇压，又使人性遭到严重的压抑和扭曲。在这种情况下，从整体上来说，全欧洲的思想文化处于万马齐喑、死气沉沉的境地，因而以描写人、反映人的传记而言，虽有古希腊罗马时期的优良传统，也无法获得进一步繁荣发展的合适条件。

中世纪的欧洲自然还有传记作品的出现。然而，由于受到当时整个思想文化的形势的制约，传记作品从内容到形式都呈现出僵化的状态。例如，当时几乎只有神职人员才有受教育的机会，他们由此成为了文化的代表者，由他们来写传记，自然是把传记写作纳入宗教活动的轨道。最明显的情况是，本时期全欧洲的传记，竟然以 25 000 余篇圣徒传记构成主体，而这些圣徒传，其实都出自于塑造上帝的忠实信徒的目的，每个入传的圣徒，都没有独立的思想人格，甚至在性格特征方面也是

---

① 　朱东润，《传叙文学与人格》，《文史杂志》第 2 卷第 1 期，1942.2。

被描绘成雷同的，因而这么多的圣徒传记实际都是对宗教教义的演绎。由此可以说，当时的圣徒传，选的是"小神"，而最终目的是为造"大神"（上帝和耶稣）服务，体现在世俗的政治目的方面，则是服务于巩固教会和教皇的现实的统治秩序。

当然任何文化现象都有它自身的发展规律。由这种规律所决定，中世纪欧洲的传记写作在黑暗王国里也透露了一线光明，即个别的圣徒传多少有意无意地突破了公式化和宗教道德模式。例如，伊德默（Idomo）的《昂塞尔姆传》，没有像其他圣徒传那样，把传主塑造成为一个不食人间烟火的木偶，而是较多地记述了传主生活中的轶事，从而使传主开始接近于普通人。又如艾因哈德（Einhard）写的《查理大帝传》，也运用大量生动的材料来揭示传主的性格特征，尤其可贵的是，该传记作者对于传记作品的基本要素也有相当的认识，他说："我尽可能不遗漏我所了解的事实，并力求避免赘述，以免使对现代事物一概鄙视的读者不悦……对我周围发生的和我本人亲身经历的事，无人能比我叙述得更准确无误。"

中世纪的欧洲所出现的传记作品中，个别的也还有其他方面的特点。如公元 5 世纪著名的英国作家圣·奥古斯丁（S. Angustinus）写有《忏悔录》。严格说来，这是一部美学著作，作品旨在通过谴责作者早年的属于世俗的美学观而提出建立在中世纪基督教神学基础上的新柏拉图主义的美学观。但该作品毕竟用相当的篇幅对于作者本人的思想演变过程作了较为忠实的回忆记录，同时也披露了自己生平活动的有关情况，因此可被看作为一本传记作品——学术性自传。在法国，13 世纪时出现了最早的一位传记作家章维尔（Joinville），他是法国贵族，作为法王路易九世的密友和顾问，在路易九世死后，即撰写《圣路易传》。作品虽然是写帝王，但也注意反映传主的一些生动的日常，且笔调优美，充满机智。另外，意大利人马可·波罗（Marco Polo）的《马可·波罗游记》，也是欧洲中世纪的一本富有特色的口述自传①。

中世纪的缓慢的发展过程中，值得指出的是英国著名作家杰弗列·乔叟（Geeoffrey Chaucer）于1387年发表的《坎特伯雷故事集》。乔叟出生于伦敦的一个富裕的资产阶级家庭，青年时期入伍后随军远征法国，旋即被捕。被父亲用重金赎回后，他曾在宫廷里谋职，不久又出使热那亚作贸易谈判，后被任命为伦敦港的关税督察，此后又多次出使法国。但在这之后，乔叟由于卷入党争，政治地位和经济收入发生很大波动。因为乔叟一生的活动与英国新兴资产阶级有密切联系，同时他还受到了已在意大利出现的文艺复兴的先驱者但丁和薄伽丘等人的思想和著作的影响，所以乔叟也就成了英国新兴资产阶级的第一位著名作家，他的代表作《坎特伯雷故事集》作为英国文学史上第一部杰出的现实主义作品，充分地反映了他的进步世界观。

虽然《坎特伯雷故事集》并不是严格意义上的传记作品，从整体上说很类似薄伽丘的《十日谈》，即作为故事和短篇小说集，每篇都冠以一段开场白。不过，该书的各个故事的开场白却有很大特点，它对每一个讲故事者的职业身份、年龄、文化程度、思想个性以及习惯、趣味、爱好和坐立姿态等都有详尽、生动、准确的描述。如高尔基所评价的那样，该书"描写一班各自为了俗务而旅行的人们——商人、猎人、农夫等——的生活，写生一样地刻画他们"②，而且，这些讲故事者又基本上是真实人物，这样，书中的各篇开场白就带有了传记作品

---

① 马可·波罗（1254—1324）于1271年赴中国，在华游历17年，回国后不久在内战中被捕，狱中口述其游历中国的情况，由同狱难友鲁斯特企罗（Rustichello）记录整理，书名原为《百万》，后在被译成欧洲多种文字时，改题为《马可·波罗游记》。

② ［苏］高尔基，《俄国文学史》，上海文艺出版社，1961.5。

的性质。也就是说,《坎特伯雷故事集》由此在实际上为传记写作提供了重要的启示:如何用生动的、令人感兴趣的形式把人物的生活和性格特点真实地表现出来。当代英国著名的传记理论家 H·尼科尔森说"1387 年在英国传记文学的发展中是一个十分重要的年头。这一年乔叟构思出他的《坎特伯雷故事集》"①,显然正是从这一角度来把握问题的。事实上,《坎特伯雷故事集》的确也对英国传记写作的发展起了积极影响,如被称之为英国最优秀的近代传记作品——鲍斯威尔的《约翰生传》,其写作手法就有受《坎特伯雷故事集》的明显影响的痕迹。

第三节　文艺复兴到 18 世纪末

14 世纪至 16 世纪的欧洲文艺复兴运动,对于整个西方科学文化的发展起了极大的积极影响。代表新兴资产阶级利益的一批进步知识分子,张扬着人文主义的旗帜,反对一切以神为中心,要求将人的个性从教会的压抑下解放出来,使人的理智战胜教会的迷信。紧接着文艺复兴运动,17、18 世纪的欧洲哲学史上又出现了资产阶级革命早期哲学,其中以机械唯物论为最高、最典型的表现。与此相适应,欧洲文艺史也进入了启蒙主义时期。由于人文主义者要求重视现实生活,重视物质享受,要求发展个性,特别强调把人的思想感情和智慧从神学的束缚下解放出来,即提倡以人性反对神性,以人权反对神权,以个性自由反对宗教桎梏;而唯物主义哲学家和启蒙主义思想家,又完全抛弃宗教外衣,清除以往的唯物论中的某些宗教神

① ［英］尼科尔森,《英国传记文学的发展》。

学的杂质，更彻底地贯彻了唯物论无神论路线；至于启蒙主义思想家又特别崇信理性的力量，不承认外界的权威，而把理性奉为衡量一切的标准，凡是宗教对于自然、社会和政府的看法，都受到了他们无情的批判；如此等等，反映在本时期的文学创作上，便是出现了现实主义的主流，作家们所描写的是他们周围资本主义社会的平凡现实，作品的主人公也大都是普普通通的人。上述情况对于本时期的传记写作有着直接的积极影响，可以说，本时期西方传记写作中出现的任何新气象、新成就，都鲜明地打上了这一时代的思想文化背景的烙印。

人文主义和启蒙主义思潮对于西方传记写作的根本性的积极影响，至少表现为这样几个方面。

1. 文艺复兴时期的人文主义思潮对于人的尊重、对于个性自由的倡导，以及启蒙主义思潮强调理性的批判，使得传记写作插上了"心灵的自由"的翅膀

即传记作家不必只是被迫把目光盯在圣徒们的身上，而可以自由地转向其他人。至于在具体的写作过程中，也不必恪守宗教原则，而可以根据事实，用客观的态度去探求事实的真相，用大胆的勇气，去作赤裸裸的描述。虽然西方传记写作中的"谀墓"之弊一直未能根除，但至少在本时期这种情况大为减少，传记作品整体上的质量有很大提高。

2. 人文主义思潮和启蒙主义思潮所提出的截然不同于中世纪宗教哲学的新的伦理道德观念，也使得传记不再是帝王和教徒的专利品

根据"天赋人权"的原理，人们越来越多地为帝王和教徒之外的普通人（包括罪犯）立传。例如，在 18 世纪初，欧洲各国出现了一批罪犯的传记，其涉及的社会内容题材的丰富性

是圣徒传记无法企及的。另外，本时期还出现了一批最早的妇女传记作家，她们都是为自己的丈夫立传，如露西·哈钦森（L. Hutchinson）写了作为清教徒武士的丈夫的传记，人物形象颇为生动，而玛格丽特·卡文迪什（M. Gavendish）写的《封有亲王、侯爵和纽卡斯尔伯爵三个爵位的高贵的威廉·卡文迪什传》，也是真实地把自己的丈夫写成了一个虽是和蔼可亲、热情奔放但却又是忙忙碌碌、无所作为的人。至于本时期涌现的一批著名的艺术家，也有人及时地为之立传，最著名的有意大利的乔治·瓦萨里（George Vassari）写的《意大利最杰出的画家、雕塑家、建筑家列传》。

3. 人文主义思潮和启蒙主义思潮的倡导者都强调创造性工作，因而在本时期的传记写作实践中，传记作品的形式也相应地有了重大变化

最突出的除了人物速写一类的短篇传记增多，回忆录的撰写日多之外，还表现为：传记写作与文学发生更密切联系，甚至出现了自传体的长诗，如华兹华斯（W. Wordsworth）的《序曲》和拜伦（G. Byron）的《恰尔德·哈罗尔德游记》第三、四章，等等。另外，本时期传记写作在形式上最大的特点和趋势是：自传作品越来越多，尤其到了18世纪中叶，自传写作有重大进展，出现了由当时著名的政治活动家、思想家和学者撰写的从不同角度反映时代精神和作者个性的三大自传，即法国的卢梭（Jean-Jacques Rousscau）的《忏悔录》、英国的吉朋（Edward Gibbon）的《我的一生与作品的回忆录》和美国的富兰克林（Benjamin Franklin）的《富兰克林自传》。

在欧洲各国中，相对说来英国的传记写作最为发达。文艺复兴以来，英国的传记写作形成了一个好传统，而且传记理论也很受重视，显著的实例是：传记（biography）一词被用来

专指那一类描述个人生平事迹的作品，始于英语，时在公元1660 年①；同样，自传（autobiography）这个词也在1797 年第一次见诸英国的《每月评论》杂志。

英国近代传记写作的先驱者是托马斯·莫尔（Thomas More），他著有《理查三世史》，虽然该书没有写完，而且在真实性方面也有所欠缺，书中的一部分材料无从查考，然而由于他的语言风格讥讽俏皮，妙趣横生，因而对于后世的传记写作却起了积极影响。如书中对理查三世描绘时有这样一段话："他讳莫如深，极善于伪装。表面谦恭，内心傲慢；看上去与你亲密异常，骨子里却恨你恨得咬牙切齿。对欲杀之人他可以毫不犹豫地赐以亲吻。"在莫尔之后，又出现了几位重要的传记作家，如威廉·罗伯（Willian Roper）著有《托马斯·莫尔传》，乔治·卡文迪什（George Covendish）著有《沃尔西大主教传》。在17 世纪中，英国传记写作上取得重大成就的还有伊·沃尔特（Izaak Waltou），他在1678 年后接连发表了关于诗人约翰·顿、诗人乔治·赫伯特、外交官亨利·渥敦、牧师理查·胡克尔和牧师罗伯特·桑德森等五部传记。这几部传记的共同特点是：对于传主的描绘生动而具体，而且在各个传主身上都掺入了作者自己特有的文雅和异想天开。与沃尔特地位相似的还有另一传记作家罗杰·诺思（L. North），他为自己的三个兄弟——首席法官弗兰西斯、商人冒险家达德列和患有神经机能病的学者约翰分别作传，同时也写了自传，这些作品各具特色。在18 世纪末鲍斯威尔出现之前，给本时期英国的传记写作殿后的则是鲍斯威尔不朽名著《约翰生传》的传主塞

---

① 一说1662 年。该年英国史学家富勒（Fuller，1608—1661）著《英国伟人史》（The History of the Worthies of England）出版，该书首次使用"biography"一词。至1693 年，英国另一史学家给传记一词下定义，谓之"杰出人物的生平史"。参见李祥年，《读〈维多利亚女王传〉》，《传记文学》第6 期，1987。

缪尔·约翰生（Samuel Johnson）。约翰生为当时英国文坛的权威，他涉及了多种文化学术领域，既搞文学创作，也搞文艺批评，既编文艺杂志，也编纂辞典，同时作为一个传记作家，他写有《诗人传》（或译《英国诗人生平》）一书。可贵的是约翰生也有自己的传记理论，如他认为，"传记家的任务在省略那些含糊的场面和事物，而集中于家常的和琐碎的行为的描述"，因为"许多细致和容易忽略的事情，……比大家都知道的更为重要"。此外，约翰生当时还主持过文学俱乐部讨论传记写作问题，并且提出："每个人的一生，最好是由他自己来写。"这些意见直接启迪了英国传记写作的发展。

从欧洲其他国家的情况来看，本时期内也或多或少地有一批较优秀的传记作品问世。如意大利，15 世纪的著名人文主义政论家埃·西·皮科洛夫（E. S. Pickolov）写的题为《评论集》的自传，对自己在 1458 年当选为教皇庇护二世前的生活经历有较为翔实的记述，同时也反映了当时政界、宗教界和军界等头面人物的有关活动情况，很有史料价值，至于作者在叙述自己作为古董鉴赏家的活动情况时，写传的笔调更为生动流畅。在法国，本时期的传记写作出现了一个高峰[①]，几乎所有的作家都留下了与传记相关的随感录、回忆录或供后人写传记的书简集，其中著名的有蒙田（Montaigne）的《随感录》和塞维涅夫人（Sevigne）的《书简集》。另外，皮埃尔·布朗多姆（P. Bradley）的《名媛传》和《名人传》，也足以成为本时期的代表作。

总的说来，本时期西方的传记写作进入了一个发展时期。不过，同下一个时期的传记写作情况相比，尤其相对本时期其他科学文化艺术部门的情况而言，传记写作的发展在数量和质

---

① 黎烈文，《法国传记文学一瞥》，《传记文学》第 1 卷第 7 期。

量方面还都不怎么突出。个中原因,英国史学家沃尔特·饶列写的《世界史》(1614)的"导言"中的一段话似是作了解释:"任何人要写现代史必然会过近地尾随史实,很可能被敲掉大牙。"意思是,尽管社会进步思潮在发展,但黑暗政治局面依然存在的情况则还要对严肃认真的传记写作起一种消极的制约作用。事实上也是如此,如英国作家约翰·海沃德(J. Hayward)由于描述了2个世纪前理查德二世被废黜的真实的历史情况,竟激怒了伊丽莎白女王而被关进了伦敦塔。这件事同时可以反证:18世纪末以来,特别是20世纪以来,西方的传记写作之所以有长足的进步,社会的政治民主化的发展是一个重要的外部原因,而在20世纪中,一些东欧国家以及中国,一度出现传记写作的沉寂凋零的局面,同样也可以从这方面去寻找原因。

第四节　鲍斯威尔和维多利亚时代

公元1791年,英国杰出的传记作家詹姆士·鲍斯威尔(James Boswell, 1740—1795)发表了传记名著《约翰生传》,标志着西方的传记写作的发展进入了一个崭新的时期。

鲍斯威尔本是苏格兰的一位律师,但酷爱文学。他除了有不断写作的习惯外,还有三大嗜好:喜欢接近名人,喜欢到处旅行,喜欢喝酒。1763年,在他23岁那年结识了当时英国文坛权威约翰生博士。约翰生劝他"完全地、毫无保留地将自己的生活写成日记",鲍斯威尔接受了。稍后,鲍斯威尔因折服于约翰生的学问人格,决定为之立传,于是有意识地抓紧与约翰生的交往接触,以从各个方面来了解约翰生的人格特点。有时候,为了创造机会使约翰生更充分地显示他的个性,鲍斯威尔还像戏剧导演那样为约翰生设置了一些活动场面。通过共计

276 天的接触，鲍斯威尔对于约翰生的了解已达到很深的地步，为了把约翰生的"真实面貌出现在世人面前"，鲍斯威尔在动手写传之前，又广泛收集阅读了有关传主的传记资料，还对许多与传主有过接触的人物作了采访。正因为如此，两卷本共70余万字的《约翰生传》以其鲜明的特色风靡了欧洲知识界。

《约翰生传》比之以往的传记作品的明显的进步，这主要表现为以下几点。

1. 内容因素上有重大的革新

整部作品主要通过对于传主的日常生活（包括怪癖行为）的描述，生动形象并淋漓尽致地揭示了传主的人格特征。启蒙主义思想家们所强调的人的心理特征——"热衷于都市生活、信奉人类固有的知识，强调人的社会性"等，在书中得到了充分的体现。

2. 反映的内容、情节乃至细节，是充分的真实的

行文毫无隐讳之处，如传主性格中有骄横执拗的一面，作者虽然对传主是崇敬的，但对此也是如实反映。

3. 在传记写作技巧上有很大的创造性

如《大英百科全书》所评价的那样，该书"把约翰生的信件、私人文件和他（作者）作为传记作家为约翰生所作的详细的谈话记录，通过访问大量熟识约翰生的人所得到的材料，以及他本人对于约翰生的直接观察，几者完美地交织在一起，使读者对于传主如见其人，如闻其声"。

可贵的是，鲍斯威尔对于自己采取的上述立传的原则方法还有一个理论上的说明。如该书第一章在援引了一位法官的议论后进一步发挥说："海尔说过，'在我判决的时候觉得要顾念

一个罪犯，我便记清我也要顾念国家'。所以我们作传的时候，对于传主固然应当崇敬，但是对于知识、对于道义、对于真相，我们应当有更大的敬意。"鲍斯威尔的这一态度被后人称之为"鲍斯威尔精神"，他对于后来的传记写作的积极影响也更多地体现在这一方面。

总之，与传统的传记作品相比，鲍斯威尔的《约翰生传》作为举世公认的第一部近代传记，在西方传记发展史上的划时代意义在于：前者立传的目的大都限于颂扬，后者则在于表现特定时代环境里的人生；前者不免为尊者、贤者、亲者讳，而后者则是还传主的真面目；前者大都把传主塑造为理想的完人，而后者则完全用写实的方法，如实地暴露传主的缺点①。鲍斯威尔之后的另一英国传记作家麦考莱（Macaulay）说："如果荷马是第一名诗圣，如果莎士比亚是第一名戏剧家，如果德莫西尼士是第一名演说家，那么，鲍斯威尔便毫无问题是第一名传记家了。"这一评价应当说并不过分。

按理说，在鲍斯威尔之后，西方各国（尤其是英国）的传记写作该有明显继承性的长足发展，但事实并非如此。就英国而言，在整个 19 世纪中，竟出现了一个被传记史家称之为"维多利亚时期传记"的阶段，在这一阶段，甚至鲍斯威尔的传记写作经验也成了逾淮之枳，产生了某种消极性。这主要表现为：许多传记作家不同程度地依据鲍斯威尔的"公式"（经验的异化），为了把传主写得更生动形象一点，不惜对有关史实和材料作任意删节改动，如约翰·洛克哈特（J. Lockhart）为其岳父写的《司各特传》和约翰·福斯特（J. Forster）写的《查尔斯·狄更斯传》等，就存在这种情况。通常认为，洛克哈特是继鲍斯威尔之后的优秀传记作家之一，但正因为他的

---

① 范存忠，《英国文学论集》，外国文学出版社，1981.1。

传记作品有这样的缺点，所以当时就有人攻击他为"亵渎死者的没有良心的强盗"。

维多利亚时期的传记之所以会出现这种情况，究其原因，主要是来自当时英国社会的伦理道德观念的某种变化。当时，绅士阶层的虚伪的宗教虔诚弥漫着全社会，人人都带上了一副假正经的面纱，同时也有不少人见解陈腐顽固，看不惯也听不惯新事物。受这种道德风气影响，相当部分的英国民众的阅读趣味也有变化，他们的兴趣集中在所谓的永恒真理方面，而对世俗的真理的兴趣却大为减弱。这种情况影响到传记作家，也就被某些冠冕堂皇的谬见迷住心窍，从而形成了一种可笑的固定观念，以为伟人们的传记必须矫揉造作，只有这样才能鼓舞读者。如果有的传记作家要在作品中写些真实的内容，就有可能遭到围攻。另外，上流社会的人物常常雇用一批职业传记作家为某些人立传，为了获取高报酬的传记作家，自然也就甘心做谀墓匠了。这样，维多利亚时期的传记，只学得了鲍斯威尔的皮毛：传记的篇幅很长，描写也较生动，但对一些更重要的东西——真实性的原则以及谋篇布局和组织运用材料方面的艺术匠心等，则抛弃掉了。换言之，维多利亚时代的传记形成了一种"公式"，如伍尔芙夫人后来所指出的那样："维多利亚时代的传记作家，深受道德的支配。高尚、正直、廉洁、严肃，这些就是他们宣扬的东西。他们笔下的人物，总是头戴大礼帽，身着燕尾服，仪表举止笨拙滑稽，并且无不被描绘得尽善尽美。"[1]

由于上述情况，在维多利亚时代，传记作品甚至被纯粹的

---

[1] 莫洛亚，《论当代传记文学》，刘可等译，《传记文学》第 9 期，1987。按：中国台湾学者吴奚真对莫洛亚此篇曾先作中译，题为《现代传记文学的特质》刊《传记文学》第 1 卷第 5 期。两种译本在文字上及内容理解上，颇有差异。

文学家们所歧视。如著名的现实主义女小说家 M·A·伊文思（笔名 G. Eliot）曾称传记为"英国文学中的一种疾病"，其他作家或称传记为"变态的抄袭"，或干脆认为传记作品"多余而不必要"，因为它们"常留下恶劣味道"。至于 T·S·艾略特（T. S. Eliot）甚至遗言儿孙，不准别人为他写传①。可以想象得出，文学界这一歧视态度自然又对当时的传记写作的发展起了阻遏作用。

当然，在维多利亚时期，也有个别传记作家真正坚持了"鲍斯威尔精神"，最突出的是屈来维颜（G. Trevelyan），他为其舅舅麦考莱作传，在该传的序言中明确地提出了反对"维多利亚时期的传记"的不良风气的问题。他说："有一派的议论我看是无从奉命的。批评家对我说，只要我把那些理智褊隘，或政见偏颇的信札或日记删掉一些，你就能为麦考莱的名誉着想，或是能多少帮助麦考莱的忙了。但是我认为我的事业应当把我的舅父的真相写出来，而不是把我的，或是他人对他的希望写出。倘使在为麦考莱写真的时候，必然有损于他的遗念，那么我只有任别人去做了，但是我工作之后，对于所写的这一点，我要自省的不是这一点写得好看不好看，而是这一点像真不像真。我们这些有机缘和他接近的人，都认为他的一生经得起严正，乃至精密的观察，实际上我的信任也没有错误。"② 不过，即使是这样，就写作技巧来说，《麦考莱传》仍然无法与《约翰生传》媲美，例如，《麦考莱传》的结构虽然也是完备的，但全书给读者总的印象是，更多地接近于文献资料，而没有充分地揭示传主人格特征的神韵。

当英国的传记写作在维多利亚时期出现曲折的时候，其他

---

① ［美］董鼎山，《作为严肃文学的传记》。
② 朱东润，《论传记文学》。

西方国家的传记写作则按自身规律有所发展。不过，从整体上来说，却同样未能超越鲍斯威尔。例如，在法国，被称为法国短篇传记写作的先驱的圣·波甫（Sainte-Beuve），写有七大卷的《文人画像》，由此法国的短篇传记写作形成了一个新局面。另外，当时法国传记写作的内容重点，也更多地转向对于传主的心灵历程的揭示，或者是转向富有浪漫色彩的回忆，这方面的代表作有艾蒂安·塞南古（A. Seneca）写的《奥拜尔芒》。稍后，法国的传记写作还出现了小说体自传，如邦雅曼·康斯坦（B. Kanstein）的《阿道夫》和司汤达（Stendhal）的《亨利·布律拉尔的一生》等。这些虽然不属于严格意义上的传记作品，但对于促进法国传记的写作却起了一定的积极作用。至于缺乏历史文化传统的美国，在 19 世纪同样出现了一批比较优秀的传记，其中职业传记作家詹姆士·帕顿（J. Boden）写的《阿伦·伯尔传》和《安德鲁·杰克逊传》较为著名。这两部传记的主要特点是，作者对于传主的传记史料作了周密的研究，史学因素相当明显，另外，在谋篇布局和材料的组织处理方面，也很有技巧性。还值得一提的是，当时美国著名诗人惠特曼（W. Whitman）还就传记理论问题发表了重要意见。他说："大家知道林肯的性情习惯，以及一切显著的特点；不久一切的故事都落到他身上来了——真的故事和假的故事，靠得住的和靠不住的，于是林肯的性格，便多少经过些伪造。……我常常想到实地的人物和传记的人物是怎样的不同，——环境，事态和人事上的进退都错乱的搁下，从错乱混杂的人生中，从史实的断片中，要寻求现实的本质，真是不易。"此外，惠特曼还对准备为他作传记的人说："有一天你会替我作传记，你要说老实话。无论你怎样写，但是不要替我打扮，我的胡言乱语都要放进去。……我恨许多的传记，因为它们是不真实的。我国许多的伟人，都被他们写坏了。上帝造人，但是传记家偏要替上帝修改，这里添一点，那里补一点，再添再补，一直等到大家不知道他是什么人了。"① 显然，这些意见是对鲍斯威尔精神的阐发，同时也是对"维多利亚时期的传记"风气的初步批判。

第五节　20世纪以来的现代传记

20世纪以来，受心理学发展的影响，西方的各类文化艺术部门及各种艺术样式都发生了很大的变化，就传记写作而言，它也呈现出一个明显的趋势，即努力冲破19世纪传记（"维多利亚时期的传记"）的束缚，而寻求新的表达方法和表达方式。从这个意义上来说，传记在其向深度和广度的发展过程中经历了一场革命。这场"传记革命"的主要特点是：在数量激增的基础上，质量上也有显著突破；传记与越来越多的学科（尤其是心理学和文学）发生密切联系，并受它们的发展的影响；传记的内容题材（传主对象和立传的侧重点等）更为宽广，同时形式上也更加多样化；职业传记队伍完全形成，传记理论也进入了较深入的探讨时期，至于广大读者又对传记作品表现了新的热忱，以至传记开始成为一种有一定共同语言的国际性艺术。唯其如此，西方的传记作品及理论同时也明显地影响了世界其他地区（如中国），并把这些地区的传记理论和传记写作也拉入了世界性的现代传记的发展时期。

1. 高斯的过渡

20世纪以来的西方传记革命，首先由英国传记作家埃蒙

---

① 朱东润，《论传记文学》。

德·高斯（Ebmund Gosse）做了过渡性工作。高斯作为传记作家，于 1907 年发表了著名的《父与子》。这是一本反映新（信仰理性的儿子）与旧（清教徒的父亲）尖锐冲突的自传，作品以非常冷静客观的态度和圆熟的传记写作技巧追述往事，由于内容与形式的很好的结合，一发表便引起了广泛的重视，使人看到了它与"维多利亚时期传记"的显著差异。不久后作者在为《大英百科全书》撰写"传记"的条目时，又从理论上对"纯"传记的问题作了系统的论述。高斯的主要理论贡献在于，抛弃了当时一些人还以"维多利亚时期传记"为依据来谈论传记作品的作用等问题。例如，当时曾有人认为，传记作品在实质上还是纪念性的，传主的"性格如果不表现为功绩的话，对于传记作者来说，它只是一种虚幻的东西"，因而"凡夫俗子的生活写得再好，也是与传记文学的基本原则相抵触的"，但高斯则明确指出这种意见是强调歌功颂德，具有教条性和片面性。他认为，传记是"通过生活，对人的冒险经历的忠实描写"，而且"真实的传记所满足的独特的好奇心基本上是现代的概念，它决定了我们对生活的观察不过分地为道德的热情或偏见所遮蔽"。由此出发，高斯并不强调传记的文学成分，而是主张传记的基本成分当是事实的准确性和传主的个性揭示，换言之，传记的形式远不如内容来得重要。很显然，高斯强调传记作品冲破"道德的热情或偏见"的主张，的确是抓住了从"维多利亚时期传记"到 20 世纪现代传记的过渡阶段最主要最基本的问题。

2. 斯特拉屈的革命

在理论与实践的结合上真正地完成传记革命的是英国现代最杰出的传记作家李顿·斯特拉屈（Lytton Strachey, 1880—1932）。斯特拉屈毕业于剑桥大学，曾经参加过著名的"布鲁姆斯贝利文人团体"，期间讨论过传记文学问题。1918 年，他发表了成名作《维多利亚时代名人传》，该书的序言说："传记艺术在英国似乎已经遭逢末日，……在我们英国，这门所有写作艺术中最精致高雅的艺术，已经沦入受雇的文匠手中，我们从不曾想到：要写出一部好的生平，几乎跟度过一个好的一生一样的不容易。那些我们习惯地用来颂扬死人的二大厚册传记，写出这些书的文匠们根本就不了解他们，里面尽是一大堆未经消化的材料，乱七八糟的文体，乏味冗长的颂词以及没有剪裁的手法。缺乏超然的态度和周详的布局，这些已经是人尽皆知的事实。它们真像是我们习见的办殡仪馆的随从，而其缓慢且带有严肃葬礼的粗鄙神情，也正相同，因此不免令人联想到，其中有些作品可能是出自办殡仪馆者的手笔，算作是他们料理死人的最后一件事。"据此，斯特拉屈又提出：新的传记应有这样三大信条：一是"清晰简洁"（Clean Brevity），即去掉所有多余的东西，而不遗漏重要的东西；二是保持传记作者的"自由精神"（Freedom of Spirit）；三是"不偏不倚地追求真实"（Dispassionate Truth），即是说，传记作家的任务并不在于恭维或拍马，而是在他所了解的范围内，把整个事实的真相表露出来。上述意见被人称为传记革命的"宣言"，应当说是可以相信的，因为斯特拉屈的这些理论主张，对"维多利亚时期的传记"的批判的确非常深刻，也非常准确。另外，斯特拉屈提出的新传记的三大信条，也的确是很好地概括了传记写作从内容要素到形式特点，从写作意图到社会效用等各方面的最根本和最重要的原则。总之，斯特拉屈对"维多利亚时期的传记"的批判和新传记的新信条的提出，除了坚持和发展了鲍斯威尔精神之外，还极大地丰富和完善了传记的基本理论，例如，现代传记写作的最基本的方法论原则——如何对庞杂的传记资料作整理、取舍，又如何注意传记写作的谋篇布局等问题，斯特拉屈都有剀切的论述。而就斯特拉屈的传记写作实践来看，他的《维多利亚时代名人传》正是很好地体现了自己的理论主张。该书精心构思，在有限的篇幅内，恰到好处地组织运用材料，用冷静而客观的笔触，入木三分地揭示了维多利亚时代 4 个全国知名人士的历史真面目：贪污、庸俗、老朽和乖戾。总之，史料的真实性是无懈可击的，而写作技巧又是高超的。

斯特拉屈的另一代表作是《维多利亚女王传》，发表于1921 年。这部作品的显著特点是，以强烈的破坏偶像的精神，一反以往的传记作品为帝王歌功颂德的弊病，用不偏不倚的客观的笔触，把高高在上、凛凛不可侵犯而又具有七情六欲的女王，当作一个活生生的女人来写。其中，斯特拉屈还引入了心理分析方法，对像女王这样的过去绝不能被传记作家作任何心理分析的传主的心态，也作了真实和深入的剖析。例如，作品用三分之二强的篇幅来描述维多利亚女王性格形成过程，又用其余的篇幅来反映传主性格形成之后的活动情况。与此相适应，在具体的写作方法上，由于传主在世 80 年（其中在位近70 年），可供采用的传记资料以及国内外大事背景异常繁杂，因而以二十多万字的篇幅为之立传，就不能不精心取舍处理材料，又不能不独具匠心地安排篇章结构，从而使得作品的内容和形式构筑成一个有机的统一体。事实上，这部作品正是很好地把握了这一点，即充分调动写作技巧，把注意力主要集中在内部的发展而不是外部的事件上，由此征服材料，这样，整部作品就把各种材料处理融汇成可以被读者接受的形式，换言之，作品把那些事实压缩成了服从于某种便利的形式的东西，从而在许多地方可以用综述的笔法把它们反映出来。由此可见，斯特拉屈的传记写作技巧，也是从实践上纠正了"维多利亚时期的传记"那种因受考证风气影响而形成的喜欢堆砌材料繁征博引由此使篇幅十分冗长的弊病。

3. 斯特拉屈之后的杰出的传记作家

斯特拉屈的"传记革命"产生的影响是相当深远的。欧美各国的传记作家至今仍然十分推崇他，即是一个明证。和斯特拉屈基本上属于同时代的、但晚于他谢世的其他传记作家，大都受到了他的积极影响，只是他们中的一些人，在自己新的传记写作实践中，还在各个方面有不同程度的突破和超越。例如以下三位传记作家便是如此。

斯蒂芬·茨威格（Stefan Zweig, 1881—1942），他是在维也纳长大的奥地利籍犹太作家，1934 年流亡国外，20 世纪 40 年代初定居巴西，不久后因对前途悲观而自杀。作为现代著名的传记作家，他的名著除了自传《昨日的世界——一个欧洲人的回忆》外，主要有《玛丽·安唐尼特》《约瑟夫·福修》①《伊拉斯摩斯的胜利与悲剧》《麦哲伦》《罗曼·罗兰》和《巴尔扎克传》等多部。以前两部为例，前者描述的是卷入法国大革命漩涡最后被送上断头台的法国皇后的生平事迹，但着重揭示的是传主与法王路易十六的个人性格和命运的发展，而其中对于足以影响传主思想情感和性格特征的一些日常生活问题描绘得相当生动具体，细致入微，由于作者擅长心理分析，对于传主的一些特殊心态（如因与法王路易在私生活上的不和谐而引起的感情波动）也分析得丝丝入扣。另外，作品对于若干重大的历史场面（如传主被处以绞刑），也有极为精彩的描写。虽然全书的文学色彩相当浓厚，但是，其所依据的史实则是真实可靠的。因而在欧洲虽然关于安唐尼特的传记有十几部之多，但

---

① 中译本分别改题为《命丧断头台的法国王后——玛丽·安托瓦内特》《一个政治家的肖像——约瑟夫·富歇传》。

这一部被公认为是最好的。后者刻画的是一个法国大革命和拿破仑时代的集变节者、道德败坏者、政客等不名誉的身份于一身的政治人物的人格形象。由于传主政治活动的复杂性和思想性格方面相应的矛盾，作传显然有更大的困难。据作者说，他之所以选择此人为传主，是因为对这样一个机会主义者和缺乏节操的政治人物怀有心理学上的探索兴趣，唯其如此，作品的笔墨集中于传主的心理和行为的揭示，由此反映出传主乖戾的政客嘴脸。茨威格这一做法的意义还在于，使得后来的传记作家更加重视选择"反派角色"为传主。

艾密尔·卢德威克（Emil Ludwich, 1881—1948），瑞士人，但出生于德国，毕业于海德堡大学，尔后又定居于瑞士。卢德威克是一位犹太民族主义者，反对纳粹统治，其著述曾被希特勒下令焚毁。作为传记作家，他大器晚成，于 40 岁时才发表第一部作品，代表作有《拿破仑传》《俾斯麦传》《歌德传》《林肯传》和《莫扎特传》等，其中以《拿破仑传》最为著名。卢德威克的传记作品的主要特点是，在最充分地搜寻掌握传主的传记资料的基础上，抓住传主生平思想的特殊点，巧妙地运用、组织材料，使作品的叙述显得生动活泼，而对于传主的有代表性的言行性格，又观察入微，描写细腻，虽直入人性卑微的弱点，然而却避免流入庸俗低级。另外，作品对于传主的某种心态的分析，虽然拒绝采用心理分析的方法，但是由于以大量的传记资料作依据而进行归纳说明，因而同样具有深刻的说服力。如《拿破仑传》中写到拿破仑晚年曾经说过的一句话——"在我的字典里，没有'不可能'这个字眼"，作品剖析说，这其实不是传主的豪言壮语，或是满怀信心的言辞，相反可以看作传主临死前的呻吟，是他实现了梦想，搜尽枯肠寻求自己的独创性，而在困惫已极时所发出的肺腑之言。读者联系到全书对于传主生平思想性格的揭示，无疑会赞同这种精辟的分析性意见。卢德威克传记写作技巧上的另一重大特点是，无论是对传主言行活动的揭示，还是对历史事件、历史场面和与传主活动有关的戏剧性情节的描写，都借鉴了美术中明暗强弱的色彩对比手法，也借用了电影艺术中的特写手法，因而他的传记作品的文学色彩相当浓厚，美学技巧因素也十分突出，而尽管传记作品的内容是恪守真实的。

安德烈·莫洛亚（Andre Maurois，1885—1968），法国人，从小就接触文学，第一次世界大战期间服役，随即把从军经验写成小说由此踏上文坛，之后主要从事传记写作并研究传记理论，1938 年当选为法兰西学院院士。1952 年，莫洛亚应英国剑桥大学之邀任克拉克基金会讲席，系统讲授传记理论，随即出版《传记文学面面观》① 一书。莫洛亚一生发表中长篇传记 20 余部，举世公认的主要名篇有《雨果传》《乔治桑传》《伏尔泰传》《雪莱传》《屠格涅夫传》和《普洛斯特的一生》等。此外，莫洛亚也擅于短篇传记写作，代表作有《博学的小说家——阿道斯》《赫胥黎》和《英国小说大师苏伦斯》等。与其他传记作家相比，莫洛亚选的传主大都是文学家，换言之，他的文学家传记最负盛名。作为一个传记作家，莫洛亚的作品的显著特点是文学色彩特别浓烈，充分注意语言的修辞，在语言风格上还追求一种诗的韵味，与之相适应，大致上每部作品都根据传主最显著的个性特点而择选某一事物为基调（Leitmotif），如《雪莱传》以水为基调等。莫洛亚的作品也注重传主生平活动中的某种富于天然的典型性的故事情节的叙述的完整性，并把这当作作品布局的主要线索之一，因而他的作品曾被人称之为"小说式的传记"。例如，《雨果传》对于传主

---

① 此书原题 *Aspects of Biography*，又译《传记综论》，由 6 篇文章组成。可惜国内至今无完整的译本。

的风流韵事以及由此形成的一连串的悲剧命运刻画得淋漓尽致；《乔治桑传》也是把传主的富有戏剧性的多姿多彩的一生作了引人入胜的描绘。在这同时，莫洛亚同样借鉴了心理分析的方法，不少地方对于传主个性的揭示也是借助心理分析的方法来完成的。上述写作特点，一般地说，对于以文学家为传主的传记作品来说是可取的，因为这样做有助于分析和理解传主的一些作品。然而，莫洛亚的传记作品中，有时由于对技巧方法过于看重，不免使内容的真实性多少受到一些损害，由此接近了文学范畴的"传记小说"，如《拜伦传》就较明显地存在这种情况。

此外，在当代国际传记写作界享有很大声誉的还有亨利·特罗亚（Henri Troyat），他于 1911 年出生于莫斯科，祖籍俄罗斯，自 1920 年起定居法国。此后，特罗亚培养了文学兴趣，从 1934 年起开始小说创作，曾荣获龚古尔文学奖。但从 20 世纪 40 年代开始，特罗亚转向传记写作，主要作品有《陀思妥耶夫斯基传》《普希金传》《莱蒙托夫传》《托尔斯泰传》《果戈理传》和《风流女皇——叶卡特琳娜二世传》等。由于作者熟悉俄国文学史，本人又有从事文学创作的经验，因而他的作品对于作为伟大俄国作家的传主的思想性格以及创作活动的体验比较深刻，在分析上也很有独到之处。因而，他的作品的学术性要素就相当突出，普通读者从中可以了解传主的人格思想风貌，而俄国文学研究者则可以由此获得某种启迪。

4. 斯特拉屈之后的著名传记理论家

传记写作在 20 世纪的发展，与本时期的传记理论研究的深入互为因果。这就是说，在斯特拉屈之后，许多传记作家像他一样，同时也充当了传记理论家，从而对于传记理论的研究因取得新的实践经验而趋于深化了。另外，由于传记作为一门相对独立的学科事实上的存在发展，也引起了人们更大的重视，一批职业的传记理论家便应运而生。这两种情况的结合，当然使得 20 世纪的传记理论更丰富了。相对说来，成就和影响最大的传记理论家是安德烈·莫洛亚和哈罗德·尼科尔森。

安德烈·莫洛亚，如前所述，他的传记理论集中体现在《传记文学面面观》一书中。莫洛亚的传记理论明显地建立在对于"维多利亚时期的传记"的否定以及支持斯特拉屈的"传记革命"的基础上。莫洛亚也像斯特拉屈一样，激烈反对以往的传记歌功颂德和故意讳饰的弊病，充分强调传记作家的怀疑精神和求实态度。如前所说，他强调，一个诚实的传记作者，不应容许自己这样想："某人是一位伟大的帝王，一位伟大的政治家，一位伟大的作家，在他的名字周围，已经建立了一个神话般的传说，我所想要叙述的，就是这个传说，而且仅仅是这个传说。"他的想法应该是："这是一个人。关于他，我拥有相当数量的文件和证据。我要试行画出一幅真实的肖像。这幅肖像将会怎么样子呢？我不晓得。在我把它实际画出之前，我也不想晓得。我准备接受对于这个人物的长时间的思量和探讨所向我显示的任何结果，并且依据我所发现的新的事实加以改正。"总之，我们这个时代，对于真实的观念，已经形成正确的想法。我们不会让传记作者由先入为主的观念来左右他的判断；我们要求他根据对于事实的观察，来做出整个的叙述，然后再细心而不带感情地做一番新的独立的研讨，藉以证实那些叙述的内容。此外，莫洛亚还对传记的基本要素问题（人物本位）作了新的强调，认为"传记家把个人作为时代中心，一切事物都从此开始，也从此结束，一切事物都环绕着个人"。在这基础上，莫洛亚提出，现代传记应当有三大特色，一是勇敢地探索真实，拒绝作任何对真实的歪曲；二是充分揭示传主人格的复杂性；三是注重作为现代人的传主的内心的冲突。而从技巧上来说，莫洛亚则认为，传记作品可以称之为描述生活的"壮丽史诗"，传记虽是叙述事实的，但本身也是一项艺术，因而不能忽视其文学性，传记作家的诀窍在于把一个人物的生活的记述，给予读者一种"美感的满足"（aesthetic pleasure）。总的说来，莫洛亚认为，一部成功的传记作品，其思想内容和写作技巧的结合应该是这样的：如同一幅好的肖像，"既是神形逼肖的写照，又是本诸真实的艺术移植""一方面是真实，一方面是个性。真实像磐石一般稳固，个性又像彩虹一样轻灵，传记要把两者结合得浑然一体""传记的美妙之处，恰恰在于显示从看似平庸的人生里，怎样迸发出超凡入圣的业绩来。我力图从传记人物伟大的人生里抽取富有小说情趣的细节"。

哈罗德·尼科尔森（Harold Nicolson），他是一位英国传记作家，著有《英王乔治五世——他的生平与王朝》等。但主要成就却在传记理论研究方面。尼科尔森的传记理论代表作是《英国传记文学的发展》（1927）。该书共六章，详尽地分析探讨了英国传记作品的起源、发展的历史及其现状，由此成为研究西方传记写作及理论历史的重要参考书。尤其是该书的第六章"现代（英国）传记"，还鲜明地提出了他的富有独创性的传记理论，其中最重要的是关于如何处理传记作品的"科学"与"文学"的关系问题。在尼科尔森看来，目前人们对于传记作品的欣赏，除了出自"对历史人物消遣性的趣味"外，还在于"出自于对心理学的真正理性的、有教养的爱好"，而这种理性的兴趣实际上是双重的："科学"与"文学"。"所谓'科学'的兴趣，我指的是传记文学应注重事实，注重'我们的思想应该当然地与相类似或相同的事物和人物合拍'。……'科学'的兴趣引导我们坚决主张真实，但还没有使我们坚持全部的真实。从这个程度上说，它的科学性只是表面的。当今理性的读者从传记中得到的真正快乐，一般来说并不是从很积极的思想能力所产生的，他的反应是由慢吞吞的认识和比较过程所激起的。……人们相信神学的越少，相信人类经验的就越多，他们到传记作品中来寻求这些经验。"而"另一方面，理性的读者还要求作品的文学形式。读者要求给出的细节应该建立在'不仅排除错误而且还要增强准确性'的基础上；读者还要求越来越多的细节，要求提供的大量材料具有可读性"。因而，"这双重的要求使20世纪的传记作家肩负重担，为了满足传记的'科学性'，传记作者必须积累大量的可靠的材料，同时为了满足传记的'文学性'，他又必须把这些材料融为一体表现出来。然而这种综合、加工，却需要一个主题，一个动机，或至少是一种观点"，总之，"在20世纪，传记作者必须解决的难题是将尽可能多的科学材料和尽美尽善的文学形式结合起来"。然而，尼科尔森又指出，传记写作实践表明，"科学性与文学性是格格不入的，而且最终将证明科学性对文学性是有害的"，因为"科学性所要求的不仅是事实，而且是全部的事实；而文学性则要求对事实进行描写，这种描写是有选择性的，或是人为加工过的。科学性愈发展，其本身的需要也愈难满足，综述的能力和描写的才干都将不胜其职，最后就必然导致科学性与文学性分道扬镳"，如出现把重点放在注重分析和科学性方面的医学传记，社会学传记、经济学传记、美学传记和哲学传记，以及"步入想象的天地，离开科学的闹市，走向虚构和幻想的广阔原野"即接受小说形式渗透的"文学传记"。至此，尼科尔森引入了一个重要的概念即"纯传记"，他认为，"纯传记"是由三重因素（真实、个性、艺术）结合起来的。如果真实、个性这两个因素接近顶点，并与科学心理学形式相结合，文学因素就会遭到破坏，此时"纯传记"也就不复存在，而从现代传记的写作实践和发展趋势来看，上述三重因素不可能

"以适当的比例再次结合"，换言之，文学因素在"纯传记"中总是次要的，而"科学传记将只要求最微量的文学描写，致力于'不纯'或实用传记的文学，将会开辟一个新的领域，一块传达人类经验的处女地"。这就是说，尼科尔森认为，现代传记写作虽然与文学发生更为亲密的联系，然而传记写作借鉴狭义的文学笔法应当谨慎，不能由此冲击传记作品的基本的史学属性。当然，对于一般传记来说，也要避免那种依附于某一专题学科的情况，如写成"医学传记、社会学传记、经济学传记、美学传记和哲学传记"之类。总之，在防止这两个极端的前提下，现代传记写作在形式上可以有相当的创造性。

除了莫洛亚和尼科尔森之外，下面几位传记作家（理论家）的一些意见也是值得一提的，因为它们也反映了西方知识界对于现代传记理论的某些有代表性的理解和认识。

何嘉士（Basil Hogarth），英国传记作家，他在《通俗传记之需要》一书中，较深入地探讨了传记写作的若干具体问题，如认为"传记的材料也许藏在不伦不类的地方"，作者可能"忽然从无人过问的地方，发现前人忽略的重要证据"，但对于万幸得到的一项口传的证据却不能轻易相信接受；"传记家的任何结论，应以事实为保证。传记家的主要危险之一是意见冲突"，即作品对某些问题的描述前后矛盾。何嘉士还指出：成功的传记对于传主描写的最高境界，当是"必须令读者看见你的人物，就像和他同时的人看见他一样"。

李昂·爱德尔（Leon Edel），美国当代传记作家，写有《亨利·詹姆士传》等。他在理论著作《文学的传记》一书中，特别强调传记作品的严肃纯正的文学性，认为真正具有文学价值的传记，犹如博物馆画廊中的画像，而市场上充斥着的电影明星、体育名人的"自传"或传记，则是消遣品，不能算传记文学。

尤拉·聂文斯（Ulan Nevins），美国当代史学家，著有《克利夫兰传》和《费希传》等。他在理论著作《现代文学的重点》（Highlights of Modern Literature，1954）一书中，强调了现代传记写作的技巧和形式在继承传统基础上的多样化——"传记实在是一所拥有许多房间的大厦，传记作家不该受死板的法规束缚，而应随心所欲地选择自己的写法，以便适应特殊的现象和主题。幸而，我们永远都不会缺少具有多种的典型和性质的传记。真正杰出的传记作家，永远有足够的气魄来选择他自己的法则，并且能够自己决定究竟需要多长的篇幅，需要什么样的细节，究竟用什么样的态度，处理他书中的人物和时代背景。他的主题愈大，就愈可以肯定的采取旧的规范"。不过，聂文斯最推崇的还是文学因素占较大比例的传记形式，如他还说：一部成功的传记，应当经受三种考验：一是"必须将中心人物，重新创造出来"；二是"必须也能讲出一个可以吸引人的故事"；三是"描写人物和故事的方式，不但要意味深长，而且要深刻，必须在我们的心中勾起一段回忆，使我们从共同的生活经验中，引起共鸣"①。

爵士汀·凯普仑（Justin Kaplan），美国当代传记作家。他认为，凡是以生花之笔写出来的文字优美的传记作品，都可以称之为"传记文学"，一部成功的传记作品的基本条件有两个，一是有一个"连贯性戏剧性的故事"，二是有一个"可信的、可解释的心理发展"，正因为这样，对传记作家来说，必须首先掌握传主的传记资料，然后运用想象力把这些资料结构成为忠于事实、忠于历史的故事。

巴倍拉·塔克曼（Barbara Tuchman），美国当代史学家。

① 聂文斯的这段文字曾被中译，题《新旧传记的演进》，陈绍鹏译，《传记文学》第4卷第1期。

她认为，传记不过是缀成历史的一个组成部分，因而传记写作当遵循两条基本原则：一是利用个人的传记来衬出一个历史时代，而不是为了表扬个人；二是对传主在感情上应是超然的，保持距离的，尽力采取客观的态度。

还有，当代意识流小说的先驱、法国著名作家弗吉尼亚·伍尔芙夫人（Viginia Woolf，1882—1941）认为，"故事性"当是传记作品的最基本的一种内容形式，她针对那种认为传记当是"分析性"的才能达到真理也值得作为学术研究的参考，而"故事性"的则"太肤浅"和"太通俗化"的观点指出："传记作者所写的是事实真相，所过滤的是细节，他使我们从整体看到一个整体的轮廓，他所激发的想象力较任何诗人与小说家（除非是伟大的）更为高明。很少诗人、小说家能这么紧凑地给予我们现实。"

从上述各家意见来看，他们各自立论的出发点和侧重点显然不尽相同，问题的关键仍在对于传记作品基本属性（文学？史学？）的判断方面。看来，这一问题在很长一段时间里是难以统一的，也就是说，今后西方的（当然不限于西方）传记理论的探讨，还将主要围绕这一点深入地展开。

顺便值得指出的是，近几十年来，西方的传记写作及理论批评中最困惑的仍是如何看待传记与心理学的关系问题[1]。一般说来，除了部分运用借鉴心理分析方法的传记写作获得成功之外，不成功的实例更多一些。对此，无论是传记作家还是传记理论家都有一定的反省和激烈的批评。例如，即使是当代最杰出的传记作家莫洛亚写的《雪莱传》，由于作者借

---

[1] 其中美国密歇根大学历史学教授威尔柯克斯（B. Willcox）与该校心理学教授魏德（F. Wyatt）曾合作研究"传记与无意识问题"，威氏于 1960 年以此为题宣读了研究论文，在海外引起相当的重视，中文译稿由肖启庆译，《传记文学》第 3 卷第 5 期，可参看。

用了心理分析方法，有许多笔墨又完全出自于想象，因而作品尽管文笔优美，但还是从根本上损害了传记作品的内容的真实性和可靠性，以致作者后来检讨说今后绝不再写这样的传记作品了。至于西方大量存在的那些由于借用心理分析方法而没有获得成功的作品，诚如一位名叫狄福托（Defoetho）的批评家所指出的那样："心理分析用来撰写传记，推求事实真相，实在毫无价值可言。到目前为止，还没有一本用心理分析写成的传记，值得我们可以严肃对待的，因为它们往往皆非事实。这样的评语也适用于弗洛伊德大师本人的著作，他所写的《达尔文》就是一部无聊之作，完全未与许多明显的纯净的事实相参照。"另一位批评家林克（A. S. Link）甚至还批评说：弗洛伊德和他人合著的《威尔逊总统传》更糟糕，因为"凡是有需要支持他们那一套心理分析的时候，他们就大胆放肆地去发明一些证据"①。

　　最后也应指出，西方传记目前仍在发展中②，其中，美国似乎对传记问题更为重视，还相应地成立了"美国传记研究所"。虽然该所的主要工作在于编辑出版每年一版的《世界名人录》，但这一工作本身却有力地影响并促进了包括中国在内③的世界各国的传记编撰，尤其是对当代著名人物的研究。此外，英国的"剑桥国际传记中心"在推动传记的写作和研究方面也做了大量的工作。据此可以肯定，在未来的岁月中，传记编撰在世界范围内将是经久不衰的。

---

① 西方对于弗洛伊德等著的《威尔逊总统传》的批评持续不断，如美籍学者汪荣祖近年中又指出：此书"心解"，"虽耸人听闻，不免强词夺理"。见《史传通说》，联经出版事业公司，1988.10。
② 有关情况可参见《今日英美传记文学》，《文艺报》1990.2.3。
③ 据报道，中国当代著名传记作家叶永烈已受聘为"美国传记研究所"的顾问，将根据该所要求每年分四次推荐中国适合列入《世界名人录》的若干候选人名单。参见《联合时报》1990.3.16。

第二章　中国传记的传统、特点及其发展

　　中国传记作品的出现是很早的，即使是司马迁的《史记》，其成书年代比之普鲁塔克的《传记集》，也早了 200 余年。然而，如同整个中国旧文化虽有辉煌的历史和悠久的传统，但在长期的封建社会中基本上裹足不前、延至近代又明显地呈衰颓之势一样，中国传记在发展过程中尽管也形成了若干特点和长处，但终究没有能够按自身发展规律而完成向现代传记的过渡。只是在 19 世纪末 20 世纪初，先进的中国知识分子吸收和借鉴了西方新的传记理论之后，中国的传记写作才真正步入了一个新的发展时期。

　　以上可以说是中国传记发展史的一条最基本的线索，如果考察得稍深入一些，那么，中国传记的传统、特点及其发展似可划分为这样六大阶段①：先秦：传记的萌芽——两汉："史传"的形成——魏晋六朝："杂体传记"的繁荣——隋唐至清末：旧传记的发展与没落——从戊戌维新到"五四"前后：新旧传记

---

① 本书对中国传记发展史的分期，部分地参考了朱东润等人的意见，特此说明。

的交替和过渡——"五四"以来：现代传记在曲折中发展。

第一节　先秦：传记的萌芽

中国传记萌芽于先秦时期，其基本特点是：既脱胎于"经"，又依附于"史"。

所谓脱胎于"经"，传统的说法为"阐明经义曰传"，这就是说，中国最早的类似于广义的记事（涉及到人的活动）的文体，本是对经文的一种篇幅简短的诠释注解性的文字。如《公羊传》中"定元年"一节中有"主人习其而问其传"句，据何注："传，谓训诂"。又据马瑞辰《毛诗笺通释》："训诂第就经文所言者而诠释之，传则并经文所未言者而引伸之，此训诂与传别也。"《释名释典艺》又云："传，传也，以传示后人也。"近人章炳麟氏又进一步解释说："盖经本官书，故《国语》有'挟经秉抱'之说。字既繁多，故用策而不用版也。传者，专之假借也。《论语》'传不习乎'，鲁作'专不习乎'，是其明证。《说文》训专为六寸簿，簿则手版，古谓之忽（笏）。书思对命以备勿忘。故引伸为书籍记事之称。书籍名簿，亦名为专，专之得名，以其体短，有异于经。郑康成《论语序》云，'《春秋》二尺四寸，《孝经》一尺二寸，《论语》八寸，则知专之简册，当更短于《论语》，所谓六寸者也。要之经者绳线贯联之称，传者簿书记事之称'。是则上古三代之书籍，惟有经传最可参证。"① 由此看来，传的内容虽然是史的一个组成部分，但却是发源脱胎于经学著作的，《尚书》有"大传"，《礼

---

① 张振庸，《中国文学史分论》第 2 册（第 2 编、叙文），商务印书馆，1934.10。

记》也有"大传",《春秋》则有三传（左传、公羊、谷梁），其旨均是诠释经文，以证明孔子不以空言说经，正是说明了这一点。最显著的实例是：《公羊传》中"宣公十五年"有"宋人及楚人平"一段，首尾文字均是解经，中间则是记叙人物行动的文字。

所谓依附于史，指的是中国最早一批孕有传记萌芽的文字，本身均非单独成篇，而是嵌镶在广义的史籍中，或者说，在这些史学著作中，出自于解经的目的而较详细地证之以某些历史事件的记述，而在记述历史事件中，也讲到了某些人物的活动，然而当时还没有把对人物活动的描述作为文章的中心。例如，《左传》中有"秦晋殽之战"和"郑伯克段于鄢"、《战国策》中有"冯瑗客孟尝君"和"苏秦以连横说秦"、《国语》中也有"召公谏厉王止谤"和"勾践灭吴"等段落，虽然都写了人物活动，甚至某些片段的描述也相当生动相当精彩，还多少揭示了人物的性格特征，但毕竟是零散的，还缺乏人物本位的观念，因而至多只能把它们视之为传记作品的雏型。至于《论语》一类的著作，虽然其反映的人物活动是单一的，但全书也不是有意识地对这单一人物（孔子）的生平事迹作全面系统的介绍，因此在今天的眼光看起来，充其量至多是带有传记资料的性质，还不是较完整的传记作品①。再说《晏子春秋》一书，虽然《四库全书》把它归入"史部·传记类"②，但我们至多也只能从传记形态的萌芽角度去看待它。

总的说来，在先秦时期，中国的传记作品至多是出现了萌芽，其完全形成的社会文化条件尚未具备。不过，从当时的那

---

① 胡适认为《论语》"这样一本真正纯粹白话的言行录，开传记文学一种新的体裁"（《传记文学》，1953.1.12）这一说法虽有道理，但毕竟不太准确。

② 《四库全书总目》的按语说：该书"虽无传记之名，实传记之祖也。旧列入子部，今移入于此"。所谓"祖"，也只是萌芽意义上的。

些孕育传记萌芽的作品来看，传记萌芽与人的英雄（伟人、名人）崇拜观念的有机联系，还是较显明地体现出来了，至少《论语》一书足以说明这一点。

第二节　两汉："史传"的形成

秦始皇统一中国以后，封建主义的中央集权国家形成。汉承秦制，西汉王朝的建立，又标志着封建主义的中央集权国家的巩固。正是在这种新的社会政治文化新局面中，伟大的史学家司马迁写成了《史记》，从而使得中国传记作品由萌芽状态而发展为比较完整的形态。

司马迁（约前 145 或前 135 年—?），字子长，夏阳（今陕西韩城南）人，出身于史官家庭。早年曾遍游南北，考察风俗和采集传说。稍后继父职而任太史令，得读史官所藏图书。此后因得罪汉武帝而下狱，并受腐刑。出狱后任中书令，发愤著成《史记》。《史记》凡一百三十篇，分为"本纪"十二，"表"十，"书"八，"世家"三十，"列传"七十，除表、书之外，其余各篇都含有人物传记性质。从传记的角度来看，《史记》是大量采用传记的文体，通过对主要历史人物生平事迹和思想感情的叙述来替代对于历史事件和历史现象的反映。自《史记》之后，经东汉的班固撰《汉书》，我国历代历朝的正史，大都袭用此体，习惯上被称之为"纪传体"（以区别于司马光《资治通鉴》为代表的"纲目体"）。与之相适应，"史传体"史书中的人物传记，则被称之为"史传"。"史传"的出现和形成，表明中国的传记作品虽然尚未彻底摆脱对于史书的依附，但毕竟开始作为一种有相对独立性的文体而对中国文化的发展发生积极影响了。

1. 司马迁首创的"史传"对于中国传记写作的影响和意义

(1) 重视重要的历史人物在历史发展过程中所起的各种作用。

由此，为重要的历史人物立传成了中国史书的重要内容和基本传统，这在客观上大大推动了中国传记写作的发展。后来大量出现的方志著作中，为地方上的各类人物立传也成为其主要内容，即是最确切的证明。

(2) 司马迁对于传主的择选富有进步的历史观，也体现了一定的民主意识。

司马迁不但为帝王将相立传，也为"乱臣贼子"（包括农民起义领袖如陈涉等）立传，另外也没有把思想家、文学家、商业家、游侠以及"闾巷布衣"等三教九流中有代表性的人物排斥出立传的范围。据司马迁说："……臣下百官力诵圣德，犹不能宣尽其意。且士贤能而不用，有国者之耻，主人明圣而德不布闻，有司之过也。且余尝掌其官，废明盛德不载，灭功臣世家贤大夫之业不述，堕先人所言，罪莫大焉。"（《太史公自序》）这表明他意识到真实地记录和反映历史上各类人物的活动的真实情况，当是史家应尽之责。这种态度对于后代的史家在选择传主的问题上进一步扩大视野、对于文人学士为那些难以被"宣付国史"的其他人物立传，也都是一种确切的引导。

(3) 司马迁对于入传的某些传主虽然也带有某种感情色彩，但从整体上说，他对于人物生平活动事迹的介绍基本上采取了客观的态度。

诚如班固后来所评价的那样："其文直，其事核，不虚美，不隐恶，故谓实录。"信史的程度较高。这种情况也就为后世的传记写作和传记批评树立了参照系。

（4）司马迁在对人物活动记述时，注意刻画和反映人物的性格特点。

如有的日本学者所分析的那样："同叙智者，子房有子房风姿，陈平有陈平风姿；同叙勇者，廉颇有廉颇面目，樊哙有樊哙面目；同叙刺客，豫让之与专诸，聂政之与荆轲，才出一语，乃觉口气不同。《高祖本纪》，见宽仁之气动于纸上；《项羽本纪》，觉暗恶叱咤来薄人。"① 而这里的重要原因，在于《史记》为人物立传时采用了较为鲜明的文学笔法，从而使文史在一个新的层次上得以融合，因而使得作品具有相当的可读性。其主要特点是：注重传记的故事性，注重传主生平思想活动中的戏剧冲突的场面和情景的渲染，也有选择地揭示若干足以表现传主思想性格特点的生活细节，等等。唯其如此，鲁迅称《史记》为"史家之绝唱、无韵之离骚"②，当属确评。虽然中国封建社会里的旧传记（尤其是"史传"）未能在这方面发扬光大，取得长足的进步，但司马迁毕竟在传记写作中如何吸收和借鉴文学表现技巧方面指示了一种方向。

（5）《史记》中不少人物传记在篇后置有一段"太史公曰"，这类文字夹叙夹议，情景交融，十分精彩，虽与传记的正文在手法上是相互分割独立的，但也可以构成对传记正文的一种必要补充。

其中最突出的如《孔子世家》和《李广列传》。可以说，"太史公曰"既是中国的"评传"的萌芽，又是开别体传记（如墓志铭，祭文，诔文等）之先河，总之在中国传记发展史上有别一种意义。

---

① ［日］泷川龟太郎，《史记会注考证》，引斋藤正谦《拙堂文话》。
② 鲁迅，《汉文学史纲要》。

当然，从严格的传记写作的角度来说，《史记》自有它的局限性。其一，如有的学者所指出的那样，它实际上是摹仿《春秋》的体例，即十二本纪仿十二公，七十列传仿《公羊》和《谷梁》，所以七十列传是七十篇注解，把本纪或其他诸篇的人物加以应有的注释①；其二，《史记》采用的互见法也限制了传记作品的独立性，因而读者如只读某人的传，就难以全面了解传主所处的形势，而必须完读全书，至少"这种方法，在为个人作一本传记的时候，我们是无法运用的"②；其三，《史记》中的若干传记也杂有非信史的内容，例如有的传主本是神话传说人物，这种情况从保留传说资料的角度来说是可以理解的，但作为传记写作则不可取③。此外，《史记》还有其他一些缺点，如纪、传、书三者体例界限不明显，而有些传，就内容而言，并非人物传记（如《大宛列传》《南越列传》等），还有一些人物传记，没有收录足以反映传主重大政治思想情况的言论（帝王的诏令，臣僚的对策、奏疏和诗赋等），这在材料的组织运用方面，也是一个缺陷。

正是从这一意义上说，东汉时期班固写的《汉书》对于"史传"体传记作品的完善和定型更具有重要意义。班固（32—92），字孟坚，扶风安陵（今陕西咸阳东北）人。早年因被人告发私改国史而下狱，获释后召为兰台令史，转迁为郎，典校秘书，不久奉诏完成其父班彪所著史书，历二十余年，修成《汉书》。

---

① 朱东润，《张居正大传》序，1943。
② 同上。
③ 近来香港学者周锡𬱖多次撰文谓《史记》非史，见《史记不是史》（《文艺与你》1986 年第 2 期）、《再论史记不是史》（《明报月刊》1990 年第 4 期），这一意见在一定范围内是有道理的，但整体否认《史记》是史学著作，则无说服力。

2. 比之于《史记》,《汉书》对于中国传记写作发展的积极影响主要表现为以下几点

（1）在统一并严格纪传体史书体例的基础上,使传的体例更为完备,更具有相对的独立性。

如前所说,《史记》对纪、传、书三者的体例界限不够明显,而《汉书》撮其要书于纪,强化其纲领性,对于典制文物等,则又一律书于志,唯有传详记以人物活动为主体的史事。

（2）立传的基本方法和标准更趋合理。

由于《汉书》是第一部断代通史,因而对于传主的选择有一个确切的时代范畴,不像《史记》那么杂乱,另外,对于入传的人物,除重要人物立单传外,大量采用合传,并以时间先后为序,把人品相近或事迹相类者合在一起。这样做,既可以着重写人物的主要特点,并且在客观上对两个传主作比较,也可以减少互见法的运用,使传记的独立性程度更高一些。

（3）对于传主的言论著述,由于更注重"摄其切于世事者著于传",因而传的内容也就更为充实。

如《史记·贾生列传》只录传主《吊屈原赋》和《鵩鸟赋》两篇文学作品,而《汉书·贾谊传》则又收录《治安策》及传主的另外两次重要上疏;《史记》中的公孙弘传和董仲舒传,不载两人的"天人对策",而《汉书》的两传中则都有收录。

（4）从立传的技巧和文学色彩来说,虽然从整体上说《汉书》略逊色于《史记》,但《汉书》中也确有完全可以与《史记》媲美的篇什。

突出的如《李陵苏武传》和《王莽传》,前者对于传主的命运遭遇写得波澜起伏,引人入胜,后者对于传主的心理行为也描摹得活灵活现,淋漓尽致。更值得提出的是,《汉书》的文学色彩较之《史记》为弱,这对传记写作来说,其实是一个优点,因为班固显然认为司马迁某些文学色彩较浓的笔墨中多

少含有虚拟夸张的成分，由此是有意纠偏。如《史记·项羽本纪》中描写鸿门宴一段，如此渲染场面必定掺有作者的想象，或者是依据难以证实的口碑传记，而《汉书》中有关人物的传记涉及此事时，却写得十分简洁，仅是交待了事件的大略。两者相较，至少不能由此判后者为劣。

第三节　魏晋六朝："杂体传记"的繁荣

两汉时期，特别在东汉，除了"史传"之外，开始出现了另一类型的传记作品，即是说，这些传记不再是嵌镶在纪传体的史书中，而是完全的独立成章了，如刘向的《说苑》《新序》和《列女传》中的一些篇什。另外，这类传记作品在表述方法上也有多种形态，除了他传外，还有自传，在他传中，又衍殖出碑铭和诔文之类。这类传记作品由于在形式上明显地区别于"史传"，加之它们有的冠以"别传"之名，如《赵云别传》，因而人们习惯上称之为"别体传记"。"别体传记"的种类很多，除了自传（当时称为"自叙""自纪"等），还有大量的"家传""行状"，虽然它们的写法与"史传"相似，但由于不载于正史，所以自然成了"别体传记"的一种。这些类型的传记，包括碑铭和诔文等在内，今人或称之为"杂体传记作品"[1]。笔者认为，这一名称比"别体传记"有更大的覆盖面，因而更为可取[2]。

杂体传记虽然在两汉时期已经出现，但真正得到繁荣发展

①　参见《中国古典传记》之"前言"，上海文艺出版社，1982.7。
②　查《汉书·艺文志》和《隋书·经籍志》，杂体传记还有多种，名目上且有传、记不分或传、记连用的特点，如"旧传""旧记""家传""家记"以及"五行传记"（刘向）和"会稽后贤传记"（钟离岫）等。

却在魏晋六朝时期。据《隋书·经籍志》等文献资料可知，本时期的杂体传记共有一百几十种，大致有四大类：个人传记、一家的传记、同一类人物的合传和同一地区人物的合传。可惜上述作品至今大都散佚了。《晋书》中保留了不少未经史家严格削改和整理的人物传记资料，从中人们还可以窥见当时杂体传记的写作水平。

杂体传记在魏晋六朝时期之所以得到繁荣发展，其基本原因有三点。

（1）由于本时期社会政治局势动荡，西汉时定儒家于一尊的地位开始动摇，加上佛教思想传入，道家思想也相当活跃，这样，思想文化界处于儒释道并尊的情况再次形成了类似先秦的"百家争鸣"的局面，士大夫的思想个性受到的压抑较小，由此为个人撰写传记提供了合适的时代气氛。

（2）由于当时门阀制度大盛，人们为表彰先祖，或自我介绍标榜，因而写家传、写自传，或请人写碑铭的风气弥漫了上层社会。另外，崇尚清谈的士大夫们，其清谈的主要内容之一是"品评人物"，反映在他们的著述中，自然也就要为人物立传。这两种文化动态显然也为杂体传记的写作准备了温床。

（3）由于社会文化发展和文明程度的提高，文史分离的倾向也日益鲜明，当时出现了中国文学批评史上第一批完整意义上的批评家，他们开始从理论上探讨文、史的差异，并对文体作了初步的划分，如曹丕的《典论·论文》提出，"文"有四种，即奏议、书论、铭诔、诗赋，其中铭诔即为杂体传记之一种；而萧统的《昭明文选》，又把诗赋以外的文学散文分为三十六类，其中包括了墓志，行状和诔文等类，甚至认为"史传"的正文属于史类，但附骥的"赞论"（源于"太史公曰"）也可以看作文学散文的一类，因为其"错比文华，事出于沈思，义归乎翰藻"；至于刘勰的《文心雕龙》第二十五篇更是完整的文体论，分别论述了多种杂体传记的特点，尤其对史学著作与传记作品的文体特点有明确的分析。以上这种情况，对于促进传记（尤其是杂体传记）写作的繁荣和发展就具有理论指导的意义，它使得文人学士们在看重"史传"的同时，也更多地重视杂体传记的写作，并且在实际上还规划了中国传记写作的两大类型的方向："史传"类的，强调其更为严格的历史性，注重对于史料的收集和史实的考核，做到所述的内容均有来历和证据；杂体类的，则在强调实录史事的同时，倡导运用某些广义的文学笔法，至少在语言修辞方面如此。

不过，具体分析本时期的杂体传记作品，应该说质量是参差不齐的，有的甚至还不完全具备传记的基本要素，以至在整体上似乎还略逊色于本时期的"史传"——陈寿的《三国志》、范晔的《后汉书》和沈约的《宋书》等。例如，除了较好的《曹瞒传》等篇，庾信的《丘乃敦崇传》，由于用骈文写成①，内容和表述方法等都很受限制，从而未能清晰地描述出传主的生平思想。同样，蔡邕的《范丹碑》虽然写得比较朴实，较好地勾勒了传主"仕不为禄""谋不苟合"的人格特点，但他的其他碑文之作，则开了"谀墓"之先河。至于著有《井丹传》等篇的嵇康和著有《孟府君传》等篇的陶潜，虽为一代文豪，但他们的传记作品总的说来篇幅极短，大抵是撷取一二件事，其虽有窥一斑而知全豹之意，但毕竟未能从从容容完整地达到立传的基本要素。总之，这些杂体传记，其文学上的意义压过了传记角度的意义。

相比之下，倒是本时期的一些早期释家的传记作品（包括自传），从传记写作的角度来说，达到了较高的水平，特别是

---

① 用骈文写传记的情况，在后来仍有发展，如《叶天寥年谱》，对此胡适曾有明确的批评，参见《读〈叶天寥年谱〉》，收入黄保定等编《胡适书评序跋集》，岳麓书社，1987.10。

比之本时期的"史传"，有着不少新鲜的色彩。例如《法显传》①（作于 416 年），写到传主法显经过锡兰（今斯里兰卡）的一座僧伽蓝时的见闻和情感，有这样一段文字："中有一青玉像，高二丈许，通身七宝焰光，威严显赫，非言所载，右掌中有一无价宝珠。法显去汉地积年，所与交接悉异域人，山川草木举目无睹，又同行分披，或留或亡，顾影唯己，心常怀悲，忽于此玉像边，见商人以晋地一白绢扇供养，不觉凄然，泪下满目，"可谓不可多得的传神之笔。又如梁朝的慧皎著有《高僧传》凡十六卷，该书为公元 58—519 年间的南北高僧立合传，有主要传主 257 人，附见 239 人，采访极广，记述虽为简洁，但却是具备了小传的基本要素，史料价值极高。另外，该书在记述时，也毫不隐讳，并且在一定程度上也借鉴吸取了文学笔法，即通过对富有戏剧性的场面作重点的渲染描绘，又运用强烈的对比手法，由此揭示传主的人格形象。其最典型的一例是《鸠摩罗什传》，其中有这样记述东来传教的鸠摩罗什进长安后遭秦主吕光胁迫而破戒的情况："光既获什，未测其智量，见年齿尚少，乃凡人戏之，强妻以龟兹王女。什距而不受，辞甚苦烈。光曰：'道士之操，不踰先父，何所固辞！'乃饮以醇酒，同闭密室。什被逼既至，遂亏其节。或令骑牛，乃乘恶马，欲使堕落。什常怀忍辱，曾无异色，光惭愧而止。"顺便说，鸠摩罗什非中国人，《高僧传》中不少传主也是由印度等地东来的传教者。慧皎把中外僧人的事迹合撰为合传，这客观上表明，当时中国的传记作家在择选传主时已有客观而豁达的态度。以后的历代正史也酌为某些与中国历史有密切关系者立传，想来是受到了《高僧传》的启发。

本时期的杂体传记写作中，还有一个特殊的现象，并产生

---

① 该书又有《佛国记》等名，今有章巽的校注本。

了一个特殊的门类，即出现了地方志的人物传。地方志的编撰始于东汉，如赵晔的《吴越春秋》和袁康的《越绝书》，然而刊有人物传记的地方志则源于晋代，第一本即是著名的《华阳国志》，全书12卷，写人物的就占7卷。自《华阳国志》问世以来，地方志开始得到发展，赵宋之后尤盛，编者也由私修演变为官修或官督士修。另外，越到后来，人物传记在地方志中所占篇幅也越来越大，如到了清朝光绪年间，《山西通志》凡184卷，人物传就有98卷。地方志中的人物传，就官修的性质和编写体式来说，基本上是仿效正史的，然而它毕竟不同于正史中的"史传"，如在内容上，对于传主事迹往往出自特殊的取材角度，其地方色彩和生活气息较为浓厚，而在形式上，篇幅往往更为简短，另外，它对传主类型的择选，范围也更为广杂。这样，总的说来，地方志中的人物传大体可以归入杂体传记类。只不过，由于地方志的编撰者大都为平庸的儒士，编撰时又大都受到当时的社会统治思想和传统的伦理道德观念的约束，因而其水平总的说来就不如其他几类杂体传记。

第四节　隋唐以降至清末：旧传记的发展与衰败

中国传记既然在隋唐之前已经形成了"史传"和"杂体"两大源流，那么隋唐以来，在这基础上自然又有所发展，并相应地形成了若干新特点和新传统。不过，与此同时，中国传记因其本身潜在的缺陷，再加上种种外部原因，也逐渐呈现了衰败的趋势，到清朝末年，这种情况则更为明显了。

1. 史传类传记

隋唐以来，历代的正史均为官修，修史者虽然不乏才、学、识俱优者，但由于受到当朝的最高统治者旨意的制约，不再可能像司马迁那样"立一家之言了"。唯其如此，正史上的"史传"的内容和形式的凝固化倾向就越来越显著，特别是为王者和其他尊贤者讳的情况，几成定例。如把唐人编撰的《五代史记》与六朝人写的史书相比，这种情况随处可见。另外一种情况是，有些修史者虽然自己也有若干的历史见解，但这意见实际上合乎当朝最高统治者的观念，因而也有很大的片面性，如欧阳修主修《新唐书》时，不为玄奘、怀素等僧人立传，因为欧阳修本人不信佛，认为佛教是乘虚而入中国的"雄诞之说"，是中国之一大患。这样做，是与当时统治者排斥佛教的思想文化政策是一致的，但毕竟缺乏历史观念，不能客观地承认历史和反映历史，无怪乎清人赵翼批评说，此举"究属史家缺事"①。

这一时期正史中的史传作品，与前一时期相比，有以下几个主要特点。

（1）由于立传的范围就整体来说又有扩大，每朝正史的卷帙自然更趋浩大。

因此史传的记事文笔则更为简洁，加上当时的史学批评家对此也十分强调，如刘知几认为"文约而事丰，此述作之尤美"，由此主张"省句""省字"，而反对"烦句""烦字"②，因而传记的篇幅就更为短小。尤其是为文学家立传，以往有完整地引录传主诗文的情况，在本时期则基本上不再是这样做了。

---

① 赵翼，《二十二史札记》，卷16。
② 刘知几，《史通·叙事》。

（2）为了达到"文约事丰"的要求，在传记写作中文、史笔法进一步分离，对于传主生平事迹的描述，采用了更多的归纳性概括性词句，而且评传的色彩渐为明显。

例如，元代的脱脱、阿鲁图等为总裁主修的《宋史》，其为文学家立传，大都采用评传笔法，寥寥几百字中，除介绍传主基本情况（姓氏、生卒、籍贯、仕途履历等）外，则是简要地评述传主文学创作的概况及最主要的成就，最典型的如《林逋传》。而这种情况在前两个时期的正史中几乎是没有的。

（3）在政治道德标准上日趋统一，而这恰恰是同统治阶级的加强思想统制的政策的主动配合，因而消极性至为明显。

这种情况体现在传记的思想内容方面，开始浸透了更浓厚的封建主义气息，如正统观念、愚忠意识、信奉儒学（程朱理学）等，其中最典型的如《宋史》增列的《道学传》，即以道学作为评判传主思想言论是非的标准。应当说，这种情况即使在某些进步史学家的眼中也未被重视，他们相反地提倡折衷于儒学的"惩恶劝善"之类，诚如今人批评刘知几所说："史之责，只在记往事以诏后人，惩恶劝善，实非所重。所谓惩劝有关史职，而为法为戒，轻重亦均。本篇（指《史通》内篇人物第三十）之论，意似侧重于劝善，亦 ·蔽也。"① 这一时期的史传，从政治上着眼，新增"贰臣传"之类（最典型如《明史》），从思想上着眼，则增"节烈传"之类（《明史》也最典型），也都充分说明了这一点。所谓中国旧传记的衰败，从思想内容方面来说，主要指这种情况。

2. 杂体类传记

这一时期杂体类传记的情况较为复杂，首先，从思想内容

---

① 吕思勉，《史通评》，收入《史学四种》，上海人民出版社，1981. 12。

而言，虽然也不能不受到社会统治思想的制约，但相较史传类作品而言，某些出自进步的文人学士手笔的杂体传记作品，或多或少有些新鲜气息；其次，从形式上说，杂体类传记中的除了"别传"以外的其他几个门类（碑铭、年谱、学案），其体例完成了一个由萌芽到发展定型的过程，虽然它们最后也渐趋衰败，但有的仍有被改造利用的价值；再者，从整体上看，杂体类传记对于中国传记写作的发展所起的作用，呈不可分割的两重性。一方面丰富了中国传记作品的体式和具体的写作经验，尤其是一些作品因赤裸裸地披露史实，由此为后人提供了可靠的社会政治、经济和文化等方面的资料，文献价值极高；而另一方面，大量的作品除了思想内容充满着封建主义糟粕外，仅从单纯的传记写作角度着眼，也留下了难以克服的痼疾，其中尤以讳饰和谀墓而引起的史实失真的情况最为突出。

以下具体分析杂体传记的几个门类的情况。

（1）别传。

本时期的别传主要指收录在文人学士文集中的传记作品，包括自传和他传两种。自传，本时期除了仍袭用"自纪""自叙"等名称外，还称之为"自述"或"自序"等，而有的自传作品也不限于只写个人生平事迹，其内容侧重点甚至在与作者有密切关系的他人身上，这就类似于今天的一种回忆录。他传，本时期通用的名称还有"别传""外传""小传""行状""引述"和"行略"等。

本时期较优秀的别传作品，一般都具有以下特点。

① 由于单独成篇，可以不受篇幅的限制，因而下笔从容，记事翔实具体，从而比正史本传更能在较为广阔的背景中较完整地反映传主的生平思想和人格特点。

如苏轼写的《司马温公行状》，长 9 500 余字，比之《宋史》本传还长。篇幅更长的还有朱熹写的《张魏公行状》，全文达43 000余字，其内容更为充实，其中最可注意的是，作品除了叙传主生平外，还对传主父母的有关情况以及传主早年的生活环境和受教育情况作了详细的介绍，从而使得传记作品的基本要素更为完备。

② 由于别传的作者大都是有着一定文学造诣的作家，因而他们在一定程度上是把别传当作文学作品来写的，这样，在写作上，文、史笔法再度融合，作品的文学色彩也就较浓。

如袁宏道写的《徐文长传》，谋篇布局方面作精心安排，全篇着重写传主性格之奇，在情趣盎然的文笔中，很好地揭示了传主悲剧生涯中的特殊人格形象。又如汪晋的《补履先生传》，传主是一位补鞋匠，作者择其为传主，已是别具思想眼光，而在一篇500余字的短篇传记中，用淡泊的文字，通过几则小故事，简洁地把一位曾是目不识丁的手工业工人发奋自学的性格特点描述出来，其文字才能的确令人赞叹。宋人洪迈曾说："文贵于达而已，烦与省各有当也。"[1] 明人顾炎武也认为："辞主乎达，不论其烦与简也。"[2] 看来这一正确的意见在本时期的别体传记写作中得到了很好的体现。

③ 借鉴吸收了若干文学表现手法，其中包括对于传主心理的刻画，或者在记事过程中也抒发情感。

这在自传中尤为明显，如李清照的《金石录后序》，对于作者本人在几个不同的生活时期的心理状态和某种特定环境中的心理活动的揭示都是相当生动的，且有浓郁的抒情色彩。另外，有的传记作者为撰地方志中的人物传，还尝试采用了类似

---

① 洪迈，《容斋随笔》卷1。
② 顾炎武，《日知录》。

现代的"口述历史"的方法，所作传记在材料内容上也就更趋详实。显著的一例是章实斋①。

当然，即使是上述比较优秀的作品，严格说来也有不足之处，离现代传记作品在内容要素和基本的写作规范尚有距离。不过，在整个杂体传记中，别传却是最接近于现代传记。中国旧传记的比较优秀的传统，大抵也主要存在于这类作品之中。

（2）碑铭。

碑铭即是镌刻在墓碑上的记载死者生平事迹的文字。其立于地上者为碑，或称"神道碑""墓碣""墓表"和"神道表"等，而埋于地下者为铭，又称"墓志铭"，异名还有"葬志""埋铭""圹志"和"圹铭"等。就墓志铭而言，其由两部分组成，一为志，用散文写成，主要记死者姓氏、官职、籍贯和生平履历等；一为铭，用韵文写成（一般是四言句式），用于对死者的悼念赞颂。碑铭起源于汉魏六朝，至唐以后大盛。鉴于唐以前达官贵人用碑铭的情况相当混乱，因而唐以后被规定为：五品以上官员得立碑、七品以上官员可立碣。碑、碣的区别在于刻石的几何图形，前者长方形，后者圜首形或形在方圆之间、上小下大。

碑铭文通常由死者的亲属、友人和门生所撰。在一般情况下，由死者的友人和门生所撰的碑铭较好，特别是某些正直严肃的大文学家为友人写的碑铭，基本上可以看作为比较客观也比较完整的传记作品，尽管篇幅都很短。历来被称道的代表作有李华的《元鲁山墓碣铭》，韩愈的《柳子厚墓志铭》，王安石

---

① 据章实斋（1738—1801）在《周筤谷别传》中说："丁酉，戊戌间，君馆余修《永清县志》。……又以妇人无闻外事，而贞节孝烈录于方志，文多雷同，观者无所兴感，则访其见存者，安车迎至馆中，俾自述其生平。其不愿至者，或走访其家，以礼相见，引端究绪，其间悲欢情乐，殆于人心如面之不同也。前后接见五十余人，余皆详为之传，其文随人更易，不复为方志公家之言。"

的《广西转运使屯田员外郎苏君墓志铭》和全祖望的《顾先生炎武神道表》等。然而，大量的碑铭文往往是死者亲属出重资约请当时的官宦人物或文学家撰写的，其目的，一是为了荣耀死者生前身后的地位，二是为了让执笔者溢美死者。在这种情况下，碑铭之文自然受到了商业气息的侵蚀。例如韩愈，尽管从整体上说是正直的，他为友人写的若干碑铭也不乏出色者，但那些收了润笔而作的碑铭，却有明显的"谀墓"之处，因而一直授人以柄，诚如今人范文澜在论及这一问题时所指出的那样："唐宋以下，凡称文人，多业谀墓，退之明道自任，犹或不免，其他更何足数。"①

从中国传记写作发展的情况来看，碑铭类传记虽有好的，但谀墓之作的比例更大，因而它的实际影响，主要是消极的。当时曾有人对这种情况表示强烈不满，如有位叫赵逸之的隐士说："生时中庸之人尔，及死也，碑文墓志，必穷天地之大德，尽生民之能事，为君共尧舜连衡，为臣与伊皋等迹。牧民之臣，浮虎慕其清尘；执法之吏，埋轮谢其梗直。所谓生为盗跖，死为夷齐。妄言伤正，华辞损实。"② 不过，在长期的封建社会中，这一情况根本得不到纠正。

（3）年谱。

年谱的别名有"纪年录""系年""年略""年状"和"行实"等，也有称"编年""实录"的，这是为了"尊圣人"和"尊同帝王"。另外，如学生为宗师或儿子为父亲编年谱，有时也分别称之为"弟子记"或"祖庭闻见录"。

"叙一人之道德、学问、事业，纤悉无遗而系以年月者，谓之年谱。"③ 显然，年谱也是一种人物传记。明人祁承爜

---

① 范文澜，《文心雕龙注》墓志铭考。
② 《洛阳伽蓝记》城东篇。
③ 朱士嘉，《中国历代名人年谱目录》序。

《澹生堂藏书目》之"史部",在"传记"类外别有"谱录"类,并在"谱录"类中有"年谱"专目,即为明证。年谱与"史传"以及杂体传记中的其他种类(如"别传")的主要差异在于叙述方法记事体例的不同,它胪述传主(谱主)的事迹不是用散文体式,而是专以年月为经纬,用表的体例,通过条目来反映的。

和其他种类的传记一样,年谱也有自撰他撰之分。自撰一类,通常称之为"自订年谱"。

年谱的起源,有的认为始于唐代,但一般认为,"年谱之作,权舆于宋,唐人集有年谱,皆宋人为之"①。元明二代,年谱继有所作,而到有清一代则得到极大发展,传世的至少有五百部左右。其文化背景的原因,如今人顾廷龙所说:"乾嘉之际,竞尚考据,而编纂年谱之业遂蒸蒸日至上。"②

从体例形式上看,年谱其实还可以细分为四种:一是"文谱",此为大宗,即用文字来叙述谱主事迹;二是"表谱",又称"年表",这往往是为了简化谱文而把年谱改为表格形式,当然也有一开始就以年表形式撰写的,表谱的篇幅大都简短,此类也被常用;三是诗谱,四为图谱,顾名思义,这是分别用诗、图的形式又配以简要的文字来反映谱主事迹,但这两类不多见。

年谱(以"文谱"为主)的编制体例,从入谱内容材料来看,大致含以下几个方面:谱主字号、爵里、生卒和得年,或另外附以世系③;谱主科名、仕途或经历;谱主的功业;谱主

---

① 归曾祁,《归玄恭先生年谱》跋。
② 顾廷龙,《中国历代名人年谱目录》序。
③ 中国古代年谱中的"世系"内容,与家谱,族谱之类有密切的联系。不过由于中国历来家谱,族谱之类的通病是迷信"源远流长",如胡适所批评的那样:"没有一个姓陈的不是胡公满之后,没有一个姓张的不是黄帝第五子之后,没有一个姓李的不是伯阳之后。家家都是古代帝王和古代名人之家,不知古代那些小百姓的后代都到哪里去了?"(《曹氏显承堂族谱》序,收入《胡适书评序跋集》)。

文化学术活动的情况，包括重要作品写作发表日期；与谱主生平活动有联系的历史事件；与谱主有交往的有关人物的简况；谱主家事和私生活；谱主所得的恩宠和哀荣等。凡包含上述几个方面内容的，称之为"通谱"，反之则为"简谱"，"年表"一般便是"简谱"的变种。但也有一些年谱，视谱主生平事迹的特殊性，或从特有的编撰意图出发，着重记述谱主的中心事业，而与此无直接联系者则略之，这便称之为"专谱"，如唐兆榴为钱泰吉编的《可读书斋校书谱》，专记谱主的校书活动。另有"合谱"者，即把有关两人本可单行的年谱合刊，如闵尔昌编的《高邮王氏父子年谱》，谱主为王念孙、王引之两人。

年谱在内容形式上的最大特点是用材料本身讲话，因而所援引的各种材料大抵是真实可靠的原始资料，如谱主的日记、书信、著述等等。正因为这样，年谱以其材料的丰富性、集中性和真实性，较之别传中的其他各类以及史传，往往有更高的史料价值。尤其是出自于研究者手笔的年谱，其为某人编谱的意图之一在于担负起补充和订正史传的任务，因而在考订史料的问题上下了很大功夫，如全祖望所说："年谱之学，别为一家。要以巨公魁儒事迹繁多，大而国史，小而家传墓文，容不能无舛谬，所借年谱以正之。"① 至于自订年谱，则有两种情况，一是如写自传那样，作者不免自我标榜，文过饰非；二是如实记述，不加讳饰。

从本时期的年谱来看，情况当然也是复杂的。其中他人编撰的年谱中，"谀墓"色彩最明显最典型的如金鹤冲编的《钱谦益（牧斋）先生年谱》，该谱的跋文为谱主降清事辩解说："先生当危亡之际，将留身以有待，出奇以制胜，迄无所成，而为腐儒所诟詈，亦先生之不幸也。"而全谱又是以这一观点

---

① 《施愚山先生年谱》序，收入《鲒埼亭集》。

来选择安排资料，恣意列论，自然无法反映谱主的真面目。就自订年谱而言，却有两本写得最好：一是汪辉祖的《病榻梦痕录》，该谱对于清代中叶的社会经济资料记载甚详，凡当时的田价、米价、木棉价以及银钱比价等，均有确凿的数字，足以成为经济史的第一手资料；二是由罗思举自撰的《罗壮勇公年谱》，该书对于清朝兵旅生活的实际情形的描绘也很具体，特别是毫不隐讳地记载了清兵杀食俘虏以充军粮的情况，史料价值也极高。

总的说来，年谱是中国旧传记中独创的一个类型，从宋代到清末，它的发展在整体上构成了中国旧传记中较有成就的一个方面。由于年谱与史的血缘关系更为亲近，它的写作方法又与朴学的求真求实的方法论基本吻合，因而它在中国传记发展史上的意义基本上是积极的，在今天也仍有被改造利用的价值。

（4）学案。

学案是中国杂体传记中的一个带有独创性的类型。其体例特点是，以某人为中心传主，在同一书中也为与之有联系的其他人物立传，且内容又偏重于学术师承关系的记载，即所谓"辑先哲师友渊源为一书"[1]。学案的萌芽似是《庄子·天下篇》和《史记·仲尼弟子列传》，但真正的发展则在明清，代表作即是黄宗羲、全祖望的《宋元学案》和黄宗羲的《明儒学案》。此外，唐鉴的《国朝学案小识》、汪藩的《国朝汉学师承记》和罗正钧的《船山师友记》等，也属学案类传记。

学案实际上是学术人物评传的合集，其中明显地含有连环比较的成分，这一点与学案的中心轴传的性质，构成了学案两

---

① 柳诒征，《魏源师友记》序，原书李柏荣著，陈新宪校点，岳麓书社1983.8。

个最基本的特点。

从传记作品的内容的基本要素方面着眼，学案的学术要素至为突出。另外，学案对于传主的择选远比正史和地方志开阔，而不少传主的生平事迹又是通过深入的钩稽所得，因而它的文献资料也相当丰富和集中，足以为后人研究专一的课题提供必不可少的参考材料。例如，今人如欲了解和进一步研究理学史，《宋元学案》和《明儒学案》的参考价值远远超过宋、元、明三代正史，再以《魏源师友记》为例，其以1 000多种典籍中钩稽了魏源师长亲友凡233人的生平事迹，由此可使研究者较为深切地把握中心传主（魏源）所处的新旧历史交替时期中国政治、思想文化界的种种复杂的情况，从中也可以深入分析探讨中心传主生平思想特点形成的若干外在原因。

不过，学案本身有一些无法克服的缺点，即主要还是停留在辑录罗列传记资料的层次，分析评价不充分，另外对于非中心传主的人物的生平事迹的介绍也很不完整。更重要的是，学案这种传记体式的适用范围有很大的限制性。可能正因为如此，所以到今天它就不像年谱那样被广泛的改造利用。

3. 旧传记衰败的原因

综上所述，隋唐以降直至清末，中国传记虽然按其自身的规律在某些方面有所发展，但总的说来，还是未能突破封建主义旧文化的窠臼，与同时代的西方传记相比，也尚未着上现代传记（如《约翰生传》等）的色彩。而且，比之西方传记，谀墓的情况也更为突出。既然如此，中国旧传记的衰败，就带有必然性。

（1）中国旧传记衰败的三个根本原因。

① 中国古代封建社会的文化专制主义统治的消极影响，使得文人士大夫不敢如实地撰写传记作品。如刘知几在《史

通》中说:"唯闻以直笔见诛,未闻以曲笔获罪。"韩愈在《答刘秀才论史书》中也承认说:"夫为史者不有人祸,则有天刑,岂可不畏惧而轻为之哉。"

② 封建社会的文人士大夫普遍缺乏传记写作意识,认为只有史官才能为人立传。如章学诚在《文史通义》中援引明人的话说:"传乃史职,身非史官,岂可为人立传。"即使是具有比较进步的文化观念的顾炎武,在《日知录》一书中也认为:"宋以后乃有为人立传者,侵史官之职矣。"

③ 有些史官的个人思想素质不好,这也影响了传记作品的质量并且累及了传记作品的声誉。如丁仪、丁廙乃"有盛名于魏",而陈寿撰《三国志》却不为他们立传,因为他曾对丁氏后人说"觅千斛米见与,当为尊公作传",但为丁氏后人拒绝。又如魏收撰《魏书》时公然表示:"何物小子,敢共魏收作色,举之则上天,按之当入地。"唯其如此,《魏书》被人称之为"秽史"。

(2) 中国旧传记衰败的内在原因。

① 中国旧传记的写作实践与传记理论的发展有很大脱节,后者显得特别薄弱。

在传记理论上,除了有人从文体分类的角度肯定过传记的相对独立性之外,在其他方面似无明显的创见。例如,对于真实性的强调,往往都停留在表象上,理论分析不足。相对说来,宋人黄幹在《朱子行状》篇末附记的"书后",对此还算阐述得比较深入——"行状之作,非得已也,惧先生之道不明而后世传之者讹也。追思平日之闻见,参以叙述奠诔之文,定为草案以稔同志,一言之善不敢不从,然亦有参之鄙言而不敢尽从者,不可以无辨也。有谓言贵含蓄,不可太露,文贵简古,不可太繁者。夫工于为文者因能使之隐而显,简而明,是非愚陋所能及也。顾恐名曰含蓄未免于晦昧,名曰简古而未免于艰涩，反不若详书其事为明白也。"然而这段议论更多地从探讨传记作品记事的详略优劣的问题出发，也没有如同当时的西洋传记理论那样，似是无条件地强调传记作品的真实性原则。另外，我们正可以从这段话得知，当时一般文人对传记写作的观念是崇尚简古含蓄，参之以中国旧传记的整体情况，也就可以认识到，不少传记作品的隐讳失实都是打着"言贵含蓄"的旗号的。清人纪昀在《阅微草堂笔记》卷十三《槐西杂志》（三）中有这样一节文字：

> 李玉典言：有旧家子，夜行深山中，迷不得路。望一岩洞，聊投憩息，则前辈某公在焉，惧不敢进，然某公招邀甚切。度他无害，姑前拜谒。寒温劳苦如平生，略问家事，共相悲慨。因问："公佳城在某所，何独游至此？"某公喟然曰："我在世无过失，然读书第随人作计，为官第循分供职，亦无所树立。不意葬数年后，墓前忽见一巨碑，螭额篆文，是我官阶姓字，碑文所述，则我皆不知，其中略有影象者，又都过实。我一生朴拙，意已不安；加以游人过读，时有讥评；鬼物聚观，更多姗笑。我不耐其聒，因居于此。惟岁时祭扫，到彼一视子孙耳。"士人曲相宽慰曰："仁人孝子，非此不足以荣亲。蔡中郎不免愧词，韩吏部亦尝谀墓。古多此例，公亦何必介怀。"某公正色曰："是非之公，人心俱在；人即可诳，自问已惭。况公论俱存，诳亦何荣？荣亲当在显扬，何必以虚词招谤乎？不谓后起胜流所，见皆如是也。"拂衣竟起。士人悯悯而归。余谓此玉典寓言也。其妇翁田白岩曰："此事不必果有，此论则不可不存。"

从这一节文字看，某公正色之言，当是反映了一部分批评家对于诔墓的深恶痛绝的态度，而田白岩的话，又是表明纪昀对于这种正确的态度的支持。然而，这种正确的意见和态度须借用寓言（笔记小说）的形态而表现出来，正是进一步证明了中国旧的传记理论的无力。

② 从强调传记作品的真实性这一点来说，中国旧传记作者所持的史学方法论较西方落后。

今人分析说，中西古代史学方法论的差异主要表现为：前者信奉"直书实录"，而后者则强调"求真探原"，唯其如此，前者一般只是注重对原始资料的收集、考订、整理和汇编，而忽略在此基础上作全面综合比较和客观的分析，至于后者则不只简单地记述事实，同时还注重以史学研究者本人的思想认识去对错综复杂的历史现象作综合归纳，以探寻和发现历史发展的因果关系等①。这一看法是精当的。的确，反映在传记写作上，中国旧传记作品中，即使是少数比较优秀的，一般也限于回答传主是怎样一个人的问题，而忽视历史人物、事件、制度间的内在联系。西方传记的优秀之作则同时还要回答传主何以成为这样的人的问题，以此不仅为人物立传，也借此揭示社会历史发展演变的轨迹，给读者以更深一层的启迪。从这一意义上说，有的学者认为：隋唐以降，尤其是"元、明、清三个朝代，在传记文学的理论和实践上，其实是没有什么发展的"②，或者说，"传记文学在中国传统上，本是一个畸型发展的产品。纪传之体，虽然是中国传统文体上和史例上的大项目，但是由于文字的阻碍，表达法的狭窄，格局套语的笼罩，迷信和想象的蔓延，材料的贫乏，忌讳和顾虑太多，言论自由的限制等因素，反倒显得极不发达。所以尽管阮孝绪《七

---

① 陈剩勇，《中西古代史学方法论的差异》，《探索》1987 年第 5 期。

② 朱东润，《论传记文学》。

录》纪传录有杂传部、传录部，《隋书·经籍志》史部有杂传类，《四库全书总目提要》史部传记类有圣贤、名人、总录、杂录、别录等五属，尽管形式上的传记材料占了中国典籍的大比例，但在事实上，都掩盖不了畸型发展的结局"①。这些结论都可以成立。

第五节　戊戌维新到"五四"前后：新旧传记的交替过渡

中国的区别于旧传记的新传记（现代传记）出现于 19 世纪末，这是戊戌维新的思想解放运动（文化上表现为向西方学习）的产物。

在中国新旧传记的交替过渡中，梁启超从理论和实践的结合上作出了开创性的努力。梁启超（1873—1929），字任公，广东新会人，戊戌维新运动的主要领导者之一，戊戌政变后，流亡海外，继续宣传西学。当时，梁启超据其提出的"新民说"的改良主义的社会政治思想，也提出"政治小说"的观念，反映在实践上，则率先介绍西方传记作品，自己也撰写了《意大利建国三杰传》《噶苏士传》《张博望班定远合传》和《孔子传》等。不过，正因为梁启超在写作传记时渗透了"政治小说"的观念，也是笔端常带感情，因而他的传记作品的社会政治意义和价值超过了作品本身作为传记的学术文化价值。梁启超另写有《王荆公评传》，这是运用西方学术眼光和治学方法对中国历史人物的生平思想作综合性研究的一个尝试，也是把中国旧传记改造为强化学术要素的用史学笔法写成的新传

---

① 刘绍唐，《传记文学与文史新刊》，传记文学出版社，1972.6。

记的第一步，由此开创了中国传记的完全形态的评传体式①。

梁启超的传记理论的贡献和影响更大。他先后著有《中国历史研究法》《中国历史研究法补编》和《新史学》等，在这些著作中，他介绍了西方传记理论，另外，在对中国旧传记的情况作梳理的基础上，提出了一系列新的理论主张。例如，更明确地肯定了传记文体（"人的专史"）作为史学文体的一种在史学论著中有相对的独立性。梁启超还指出：传记（"人的专史"）的基本特点即是"以人物为本位"。此外，梁启超还对中国旧传记五种主要体式——列传（史传）、年谱、专传、合传、人表，分别作了历史的考察，并指出了它们在内容形式上的特点。最可称道的是，梁启超还对如何写传记、包括如何选择传主，如何确定传记类型等具体问题，也一一发表了独创性的意见，而这些意见至今还有相当的指导意义②。

由于梁启超的倡导，新传记的写作从戊戌维新运动到"五四"前后蔚成风气，尤其是辛亥革命前后，资产阶级革命家更是运用传记写作来适应于民族民主革命和爱国主义宣传工作的需要。而且，当时大量的传记又是发表在刚刚兴起的白话报刊上，有的传记本身也用白话写作，这就更加扩大了新传记的影响。据阿英的研究，这一时期发表的传记作品，传主偏重于中国历代政治文化伟人，民族英雄和当时的资产阶级革命家，另

---

① 据朱东润在《论传记文学》一文中说，梁氏此书因对传主"进行了一次大切八块的处理"，"从传记文学看，这实在是一种倒退"。案：这一评判不确，究其原因，如本书前面已指出的，在于朱东润把"传记文学"理解为"文学传记"了。美国学者霍理斋（Richard C. Howard）认为梁氏写的这篇传记，"专设两章。一章叙述王安石之朋友及同僚，另一章则描写其家庭生活。梁氏并引用王安石同代资料及王安石信札等以说明其生活及思想，此则与中国传统写作传记方法大不相同"（见《美国历史学者对中国传记的看法》，刊《传记文学》第 2 卷第 2 期）。这一看法当是公允的。
② 本书的"下实践篇"的有关章节将较为具体地援引分析梁氏的这些意见。

外对于中国历代女界豪杰也十分重视①。这表明，在中国新旧传记的交替过渡过程中，传记的社会功用问题也得到了前所未有的重视。

在本时期，重要的传记作家和传记理论家还有胡适。胡适（1891—1962），字适之，安徽绩溪县人。他自 1904 年来上海求学，接受维新思想，受梁启超的影响尤大。胡适于 1906 年入中国公学后，就在该校校刊《竞业旬报》（后由胡适主编）上发表了《姚烈士传略》《中国第一伟人杨斯盛传》《世界第一女杰贞德传》和《中国爱国女杰王昭君传》等作品，且均用白话写成。此外还发表书评《读〈爱国二童子传〉》，初步倡导传记写作。1910 年赴美留学后，胡适广泛接触西方传记，并于 1914 年写了题为《传记文学》的札记②。该文着重比较中西传记作品的差异，认为"吾国之传记，惟以传其人之人格（Character），而西方之传记，则不独传此人格已也，又传此人格进化之历史（The development of a character）"，如"布鲁达克（Plutarch）之《英雄传》稍类东方传记。若近世如巴司威尔之《约翰生传》、洛楷之《司各得传》，穆勒之《自传》，斯宾塞之《自传》，皆东方所未有也"。胡适还进一步比较了东西传记的长处和短处，他认为，东方传记篇幅简短，其优点在于，"（一）只此已足见其人人格之一斑""（二）节省读者目力"，缺点是"（一）太略。所择之小节数事或不足见其真""（二）作传太易。作者大抵率尔操觚，不深知所传之人。史官一人须作传数百，安得有佳传？""（三）所据多本官书，不足

---

① 《传记文学的发展——辛亥革命文谈之五》，收入《阿英文集》。
② 美国学者认为，"胡适较梁启超晚生一代，对于西方文化亦较梁氏了解。胡氏对传记的观念并非如梁氏来自实际写作的经验，而系基于对西方文学之认识而自理论上加以考虑"（亦为霍理斋之语，见《美国历史学者对中国传记的看法》，《传记文学》第 2 卷第 2 期）。这一看法是符合事实的。

征信""（四）传记大抵静而不动"，即"但写其人为谁某，而不写其人之何以得成谁某是也"。而西方的长篇传记，其优点是，"（一）可见其人格进退之次第，及进退之动力""（二）琐事多而详，读之者如亲见其人，亲聆其谈论"，缺点则是，"（一）太繁，只可供专家之研究，而不可为恒人之观览""（二）于生平琐事取裁无节，或失之滥"。在今天看来，胡适对东西方传记的优缺点的整体评价还是很有见地的，尤其是如果把胡适所赞赏的东西方传记的优点结合起来，同时努力避免东西方传记各自的缺点，那么应当说胡适在这里实际上提出了比较完整的传记理论，而这一理论的中心点，即强调传记作品当揭示传主的"人格进退之次第，及进退之动力"，则是胡适对于传记理论的最大创见。不妨说，这一理论贡献的意义并不亚于英国的斯特拉屈，况且，胡适写作《传记文学》札记的时间也早于斯特拉屈发动的"传记革命"。

胡适在倡导了中国"五四"新文化运动之后，继续从理论和实践的两个方面提倡中国现代传记的写作。从实践上说，胡适的主要成绩是，继梁启超之后，进一步用现代学术眼光，用严谨的科学方法写作了若干在体例上有创新的传记著作。其代表之一是《章实斋先生年谱》，据姚名达说，这部作品较之旧年谱的特别的长处在于：一是根据"不但要记载他一生的事迹，还要写出他的学问思想的历史"（胡适语）的原则，把传主著述中足以反映思想发展历程的材料择要编入，以确切地显示传主思想发展的脉络；二是谱中既要记谱主的成绩、长处，也要指摘其短处，体现实事求是的态度，由此破除旧年谱常见的专作谀颂的弊病①。截至 1949 年，胡适写的各类传记文章有几十篇之多，其中在思想内容和形式上带有明显的新意并在

---

① 《章实斋先生年谱》之姚名达序。

当时的思想文化界产生重要影响的有《李超传》《吴敬梓传》《荷泽大师神会和尚传》和《齐白石年谱》（与黎锦熙等合编）等。除了写他传，胡适也写自传，最著名的即是《四十自述》。而从理论上说，胡适则是着重通过对于已衰败的中国旧传记的弊病的清算，有针对性地强调"赤裸裸的真实"。他说"传记的最重要的条件是纪实传真"，而中国"几千年的传记文章，不失于谀颂，便失于诋毁，……同是不能纪实传真"；传记的传真，必须"要能写出他的实在身份，实在神情，实在口吻，要使读者如见其人，要使读者感觉真可以尚友其人。但中国的文字却不能担负这种传神写生的工作"，"后来的古文家又中了'义法'之说的遗毒，讲求文字之古而不注重事实之真。往往宁可牺牲事实以求某句某字之似韩似欧，硬把活跳的人装进死板板的古文义法的滥套里去。于是只有滥古文，而决没有活传记"[①]。另外，胡适强调传记作品的"赤裸裸的真实"，也把这看作是发挥传记作品正常的社会功用的基础，如他谈到自传《四十自述》时说，该自传之所以"赤裸裸的叙述了少年时代的琐碎生活，为了希望社会上也做过一番事业的人也会赤裸的记载他们的生活，给史家做材料，给文学开生我路[②]"。

综上所述，从戊戌维新到"五四"前后，是中国的传记写作在吸收借鉴西方传记经验的基础上，从内容到形式逐步突破封建时代的旧传记传统，由此过渡到完全意义上的现代传记的一个重要时期，更重要的是，在这期间，经过梁启超和胡适的努力，中国现代传记的理论得以初步形成。这样，"五四"以来中国现代传记的发展有了一条既定的轨道。

---

① 胡适，《南通张季直先生传记》序。
② 胡适，《四十自述》自序。

第六节　"五四"以来：现代传记在曲折中发展

"五四"以来中国现代传记的发展虽有既定的轨道，但同时又呈现出若干新的特点，而且其中的曲折还十分明显。为了便于考察，不妨把本时期中国现代传记的发展情况再划分为几个阶段。

1. 1949 年之前这一阶段，中国现代传记发展的主要特点

（1）对于西方传记名作和传记理论的介绍进一步深入。

例如，普鲁塔克的《传记集》、鲍斯威尔的《约翰生传》以及其他西方传记的优秀之作，在梁启超和胡适的笔下，仅仅出现其名，而其原作的有关篇章乃至全文，是在本阶段才得翻译介绍到国内的。这种情况，无疑使得中国的一般传记作家有了直接取法的榜样。至于西方传记理论，尤其是斯特拉屈的"传记革命"以来出现的新的传记理论，在本阶段也被不断地予以介绍评述，这方面出力最多的有郁达夫，朱东润和孙毓棠等人。郁达夫除了在《什么是传记文学》一文中较为具体地介绍西方传记及其理论之外，还在另一篇文章中，通过对西方传记理论的介绍，比较了中西传记，认为中国旧传记所缺乏的是，像《约翰生传》那样"把一人一世的言行思想、性格风度，及其周围的环境，描写得极微尽致"，像《维多利亚女王传》那样"以飘逸的笔致，清新的文体，旁敲侧击，来把一个人的一生，极有趣味地叙写出来"[1]。朱东润对于西方传记理论的介绍主要反映在《传叙文学与人格》等文中，该文的特点

---

[1] 郁达夫，《传记文学》，《闲书》，上海良友图书印刷公司，1936.5。

在于，在介绍西方传记理论的同时，也提出了自己的若干见解。孙毓棠则著有论文集《传记与文学》①，其中收入《论新传记》和《传记的真实性和方法》，较为完整地归纳了西方传记理论家当时最新的传记理论主张。

（2）因受西方传记理论的影响，外加胡适等人的倡导，基本上接近西方传记体式的自传或回忆录的写作出现了一个不小的高潮。

以文学家的自传（回忆录）写作为例，1933 年上海第一出版社曾出版"自传丛书"，其中有影响的作品有《片断的回忆》（巴金）、《钦文自传》（许钦文）、《庐隐自传》、《资平自传》（张资平）和《从文自传》（沈从文）等。上述各书都是中长篇，短篇的散见于报刊，更是不计其数。至于本阶段末郭沫若在报刊连载发表的《洪波曲》，在各方面都达到了较高的水平。政界人物的自传（回忆录）相对说来少了些，但也不乏有价值者，如《李烈钧将军自传》和《陈布雷回忆录》。不过在今天看来，无论是文学家还是政界人物的自传和回忆录，从"赤裸裸的真实"一点上来说，都有一定的距离，前者常不免虚拟夸张，后者则不免作种种隐讳。这种情况很大程度是由当时的社会政治形势所决定的，对此，黄绍竑《五十回忆》一书的"引言"中有个实在的解释："我是一个当代人，而且还是一个与当代政治颇有关系的当事人，"因而要写出自己所经历的各种政治事件，也难免"仍然怀着历史上的恐怖。一则恐怕触犯了当局，二则恐怕得罪了生人，甚至恐怕得罪了与死人有关的生人，所以要写起真实的史实来，的确有许多为难的地方，"总之"要处处顾到自己，又要处处顾到人家，真是要

---

① 重庆正中书局，1943.3。

比没有关系的局外人，难以着笔的多。"

（3）本阶段的传记写作与新闻文体发生了密切的关系，即大量的人物专访和人物速写，也基本上具备了传记的要素，只是对于传主的生平事迹的反映是阶段性或局部性的，并且以最近的历史为重点。

换言之，不少兼着新闻记者职业的传记作家也都习惯以某种新闻文体来写传记作品。应当说，这种情况是与当时的社会政治形势的特点是相吻合的，因而这类传记作品体现的社会功用也相当突出。例如，抗战时期较有影响的作品——《叶挺印象记》（东平）、《记贺龙将军》（沙汀），以及周立波收入在《晋察冀边区印象记》集中的《徐海东将军》和《聂荣臻同志》等篇，记述都比较翔实。文字也颇生动，有的篇幅也较长。不妨说，这种情况也表明，关于为活人立传的问题，在本阶段并没有受到理论限制。

（4）本阶段发表出版的一般性他传，在写法上有了若干值得肯定的新特点。

如《蔡元培先生学术思想传记》（蔡尚思），融合了中国旧传记和西方传记的某些特点而带有明显的"学术性评传"的色彩。据作者说："本书名为'学术思想传记'，约有几个意义：第一，是表示包括了'学术思想'与'传记'两个部分。第二，也可以解释为'侧重学术思想方面的一种传记'。……第三，本书虽以学术为范围，而在实际上却仍侧重思想（广义的思想）。……第五，因本书到处涉及近代中国学术思想界而非专限于先生一个人，故以'蔡元培与近代中国学术思想界'为副名。"总之该书是"用历史的态度，社会的眼光，来论述先生的一切"。类似的作品还有《司马迁之人格与风格》（李长之）。如果说上述作品因学术要素特别明显、美学技巧要素又相对薄弱，因而缺乏可读性的话，那么朱东润著的《张居正大传》则是另一种情况，它在内容方面注重科学性、准确性的同时，在具体的表述形式上又是相当突出美学技巧因素，即在谋篇布局、遣词造句、描述事件、刻画人物等各个方面，大都吸收和借鉴了文学方法。总之，全书基本上是用文学笔法写成的，比较接近于典型的西方传记如《约翰生传》等作品的风格。这样，该书尽管是为历史人物立传，内容中也不能不涉及一些令人感到陈旧的东西，但借助于语言文字技巧，整部作品还是摆脱了史学著作（至少就内容而言）的枯索味，且有相当的可读性。

（5）本阶段的传记写作中出现了一种偏向，即由于过分强调史学研究工作的社会功用，因而某些传记作品的写作并非从单纯的学术研究和文化活动的角度着眼，而是有意识地使之服从于政治斗争的需要。

这样，一些传记作品首先在科学性上有所欠缺，其最常见的弊病是搞政治影射，由此出发，在材料的取舍处理和解释方面就不能不是片面性的了，至少是内容材料的真实性就得不到保证。这一类作品主要有《汉奸刽子手曾国藩的一生》（范文澜）、《窃国大盗袁世凯》（陈伯达）和《明太祖》（吴晗）。朱东润曾谈到，《明太祖》一书的"政治味特别浓重，我读过的第一句话是，'这是蒋介石论'"[①]，事实的确如此，作者后来也承认了这一缺点。由于这种情况主要发生在当时左翼知识分子的笔下，因而产生的潜在的消极作用也更大一些，如1949年之后，这种偏向仍未得到纠正，甚至还有所强化。

---

① 朱东润，《我学习传记文学的开始》。

2. 1949—1978，传记写作一度有所繁荣发展，只是传主的范围较为仄狭

当时的传记作家根据毛泽东的文艺理论，把"为工农兵服务"具体落实为为当代革命英雄人物立传。另外，一些早年就参加人民革命斗争的同志，怀着对中国共产党及其领袖人物的感情，也用自传或革命回忆录的形式描述自己前半生的生活和思想经历。中华人民共和国成立初期，这类传记作品不少，前者如《志愿军英雄传》，收 60 篇短篇传记，又如《革命母亲夏娘娘》（黄钢）和《刘胡兰小传》（梁星），后者如《把一切献给党》（吴运铎）和《高玉宝》（高玉宝）。也由于当时青少年普遍存在崇敬革命先烈和革命英雄的心理，因而上述书籍特别畅销，《把一切献给党》总共印刷了三百多万册。1956 年秋，中国文联的机关刊物《文艺报》编辑部曾召开了"传记文学创作问题"的座谈会，对于促进传记写作起了积极的推动作用。在这前后，中国人民解放军总政治部发起了"中国人民解放军三十年"征文活动，有关出版社又创办了《红旗飘飘》和《星火燎原》两大丛刊，大量刊登革命人物传记和以人物活动为主的革命回忆录。在这种情况下，陆续涌现了一批中长篇的传记作品，其中较为优秀或产生过较大影响的有《我的一家》（陶承）、《在大革命的洪流中》（朱道南）、（王若飞在狱中）（杨植霖）、《跟随毛主席长征》（陈昌奉）和《跟随周副主席十一年》（龙飞虎）等。

值得一提的是，当时全国政协也创办了《文史资料选辑》（内部刊物），要求有关人士"把亲身经历过的和亲自闻见的史实毫无顾虑地、如实地反映出来"（发刊词），各省市自治区的政协也有仿效。不过，从已发表的作品来看，除了有一部分篇什确是写得真实可靠的，却有不少篇什是凭道听途说的，或是对史料的考订不够认真。如沈醉写的《我

所知道的戴笠》，讲戴笠与某些人物的关系，有些是很不可靠的。

另外，由于当时中国作协对于报告文学的倡导，本阶段的传记写作继续加强了与新闻文体的联系，出现了不少为刚刚死去的英雄模范人物立传的作品，其影响较大的有对雷锋、焦裕禄、王杰和欧阳海等人生平思想和英雄事迹的报道。

由此看来，1949年到"文革"前夕，传记写作是有一定成绩的，若干作品在尊重历史、力求真实的基础上还颇有文彩。然而严格地说，同时也存在较为严重的缺陷。主要有以下几点。

（1）自觉或不自觉地搞现代迷信，为"造神"服务。

如刊登于《红旗飘飘》和《星火燎原》两大丛刊上的作品，凡涉及到回忆毛泽东的革命斗争生涯的情况，大都用的是"神化"性语言，为尊者讳特别明显。

（2）为革命先烈或当代英模人物立传，普遍存在"理想化"即人为拔高的倾向。

诚如有人当时已批评指出的那样，不少作品"企图把英雄人物按自己的想法写成'理想人物'。作家的头脑中，早就有个框框，他定出几个条件来，列出英雄人物应该具备的高贵品质，然后去照单配药，进行采访，合乎他的要求，就记下来，写作时，只是分别插上自己的标签。在这样的传记文学作品中，常常出现一些天生的马克思主义者，天生的英雄人物。这些人小时都受过磨难，从小就仇恨地主，长大就参加斗争，后来就立功入党。再后来，大约是一次又一次的立功……这些作品使人看了，就像一份功劳簿。人们看了只觉得那是天上神仙，不是地上凡人，觉得可望而不可及，只能顶礼膜拜，学是学不来的"。这种情况甚至也反映在编辑工作中，明显的一例是，《把一切献给党》出版前，作者"曾多次把亲自经历给人讲过。有些他早期经历过的自我斗争，那些遭遇，那些具体情节，曾给人以深刻的感受。但是写成书以后，有的回避了，有的简略了。这样就使这本本来更能激动人心的作品，留下了某些简单化的弱点"①。

（3）在传记写作中，根据政治运动的口径而曲解、修改史实，以服务于现实政治斗争的情况时有发生。

现在还能看到一些写于特殊时期的自传和回忆录之类，应当说，这本是一种特殊形态的东西，因为它们的原稿，或曰最初的写作动机，只是由于作者抱着实事求是的态度写作，因而事实上也就质变为通常意义的传记作品了。这种情况表明，既然社会文明的发展使得传记成为了一种人皆可用的工具而不是某些人的专利品，那么，社会政治方面的人为压制，至多只能使得传记写作在一个时期内失却生存的土壤，而无法从根本上把它斩草除根。

3. 1979 年以后，中国传记写作出现转机

粉碎"四人帮"后，尤其是中共十一届三中全会召开以来，随着中国共产党重新确立马克思主义的实事求是的思想路线，中国学术文化界绝处逢生，一种尊重历史、尊重个人、尊重个性的思潮的再度兴起，与政治上对"文革"的反思、对于现代迷信的批判以及对于文化问题考察的热点相结合，使得中国的传记写作在经历了一个极大的曲折之后终于出现了一种新气象和新局面。

（1）新气象和新局面种种。

1979 年以来中国传记写作的新气象和新局面，归结为一点，就是"文革"期间乃至前一时期形成和设置的传记写作

---

① 张羽，《传记文学的真实性》，《文艺报》1956 年第 22 期。

"禁区"，几乎都被一一冲破了，从而带来了中国现代传记写作从内容到形式的各个方面的繁荣发展。其具体表现，至少可以指出以下各点。

① 在传主类型的择选上，有了极大的自由，即不管何种历史人物，正面的或反面的，进步的或反动的，党内的或党外的，中国的或外国的，死去的或健在的，如此等等，凡有研究价值的，均在立传之列。特别是某些传主的生平经历遭遇，涉及到中国革命历史的许多重大问题，或者涉及到中共党内斗争的一些复杂的问题，也都可以立传，并且在具体的传记写作中不是回避问题而采取了客观的记述和冷静的探讨的态度。这方面的代表作有梅志的《胡风传》和卢权等的《叶挺传》等。

② 为当代人立传开始形成风气，这打破了中国历来所谓"盖棺论定"的传统。与此相适应，也有更多的人写自传或回忆录，除了政治家、作家之外，其他各界人士也都涉足了自传写作的领域，其中较有影响的如《三松堂自序》（冯友兰）、《我的舞蹈艺术生涯》（吴晓邦）和《我的路》（刘晓庆）等。这些自传作品出现的主要意义在于，自觉地打破了自传属于政治家或文学家专利品的观念，也打破了写作与发表自传是"自我吹嘘""宣扬自我奋斗"的偏见。以《我的路》为例，诚如有的评论家所指出的那样："和她（自传作者）本人不是十全十美的一样，传记也非十全十美，但作品所显示出来的作者的勇气与胆识，以及它蔑视传统的文风，是令人钦佩的。这部作品的地位及开拓性意义，是显而易见的。"①

③ 作为学术研究的一个重要手段或形式，年谱编写成了热点，举凡值得研究的古今人物，不少都有人为之编谱。其中富有学术价值的年谱代表作有《洪昇年谱》（章培恒）、《徐光

---

① 余之，《中国影星传记的思考》，《当代文艺思潮》，1986.5。

启年谱》（梁家勉）和《周作人年谱》（张菊香、张铁荣）等。

④ 评传类型的作品引起了更多的重视，而且传主的选择大都从广义的思想文化史研究的角度着眼，因而这些作品涉及的内容课题比之一般传记更为深广，即这些作品以传为载体而作的评论，其学术意义不只限于单纯地评判一个传主的历史地位，同时又提出了学术研究方面的其他主要课题。如董蔡时的《左宗棠评传》，在对传主的那些历来有争议的政治军事和经济活动作深入考察的基础上，较为全面地回答了中国近代史研究中的某些重大课题。又如冯尔康的《雍正传》，该书实际上也是评传，通过对传主一生政治活动和思想性格特点的纵横交叉的评述，既揭示了传主生活时代和社会历史的状况和特点，也进而探索了中国封建社会进程中的一个阶段的发展规律，很多见解富有启示意义。

⑤ 在传记写作的体式和笔法上，也是不拘一格，带有明显的创造性。即既有用史学笔法写的，也有用文学笔法写的，当然还有融合两种笔法的；既有侧重于政治活动和学术文化内容的，也有侧重于生平轶事的；既有完整全面的"结总账"式的正式传记，也有断代的或专题性的非正式传记，如此等等。这种情况，就决定了一人多传，或者说，在一人多传中，这一特点反映得尤为鲜明。例如自 1981 年以来，鲁迅的传记就有曾庆瑞、吴中杰、刘再复、林志浩、彭定安和陈漱渝等人撰写的多部，每部的风格都有不同，据报道，唐弢拟再写一部鲁迅传记。笔者认为，不论唐弢能否把这部传记写得更成功，更有特色，但从传记写作的角度来说，这样做仍是很有意义的。

⑥ 在深入研究和详细地占有资料的基础上，国内传记作者也为某些著名的外国人编写的材料翔实、具有相当学术水平的传记作品，如《克鲁泡特金传》（陈子骅）、《托洛茨基评传》（李显荣）和《达尔文年谱》（周邦立）等。"五四"以来，国

人为外国人编写传记的情况虽有，但很少，而且篇幅简短，材料单薄。而上述几部传记却不再是这样，这是中国现代传记写作繁荣发展的一个更有说服力的标志。

⑦ 本时期传记写作的一个社会性特点是，随着大批冤案平反昭雪，对受迫害致死者重开追悼会和重新举行骨灰安放仪式接连不断，在这种情况下，以组织名义撰写的悼词之类，或由死者亲属和友人撰写的悼念性文字或回忆录，这些文字受程式的约束很深，往往是简单的履历加上空洞的评价，很少有态度客观、史实正确、评价得当、感情真挚之作。而本时期大量出现的这类文字，却也有不少成功之作，尤其是若干回忆录，并非是简单地推倒"一切诬陷不实之词"，而是以实事求是的精神，客观地追求死者的生平经历和思想风貌，除了辨诬洗冤之外，还对传主在遭难前后的种种情况作真实生动的描绘，不讳饰，不溢美，且又有相当的文采。例如，吕牧惠的短篇回忆录即是如此，在长篇回忆录中，最可称道的是前中国人民解放军总参谋长罗瑞卿的女儿罗点点写的《非凡的年代》，因为该书对于自己尊敬的父亲在"文革"期间的真实的思想活动的情况所体现的某种消极面毫不隐讳。

(2) 传记作品的出版热。

1979 年以来中国传记写作形成的新气象和新局面，反映在出版界，则是掀起了一股传记作品的"出版热"。这种出版热的显著标志如下。

① 有关出版社开始有计划地编辑出版大型的传记丛书。其中产生了较大的影响的有：陕西人民出版社的《中共党史人物传》丛书，解放军出版社的《中共军事人物传记丛书》《解放军将领丛书》和《长篇回忆录丛书》，中华书局的《年谱丛刊》，湖南人民出版社的《世界名人传记丛书》（翻译）等。值得一提的是湖南科技出版社，除了已出版四卷《诺贝尔奖金获

得者传》外，还陆续推出了一整套中国现代科学家传记（分为农学家、医学家、生物学家、地质学家、数学家、化学家和物理学家等）。此外，《晋阳学刊》编辑部编的《中国现代社会科学家传略》和文献书目出版社的《中国当代社会科学家传略》，以及《中国人名大辞典·现任党政军领导人物卷》，因还为健在者立传，所以更在全国学术界产生了广泛影响。

② 人物辞典和人物传记资料索引的编纂出版工作也引起了重视，并且出现了一些有价值又有实用性的书籍，其中主要有：《中国现代作家辞典》（北京外国语学院编）、《新中国名人录》（京声、溪泉编）、《近代来华外国人名辞典》（中国社会科学院近代史研究室编）、《近三百年人物年谱知见录》（来新夏编）、《辛亥以来人物传记资料索引（1911—1949）》（复旦大学历史系编）以及《〈传记文学〉篇目分类索引》（朱华等编）。

③ 传记期刊也创刊多种，主要有《人物》（双月刊，三联书店）、《传记文学》（季刊，文化艺术出版社）和《名人传记》（月刊，黄河文艺出版社）等。此外，全国和各省市自治区政协编的文史资料刊物继续出版，其仍然以相当的篇幅刊登传记作品。

④ 作为对传记作品出版热的直接反响，全国有关书评报刊也非常重视对于传记作品的评论，而且不少评论又是从传记理论的角度评价作品的。这种情况对于传记作品出版热的持续，起了积极的作用。

（3）传记理论研究。

1979 年以来所出现的传记写作的新局面，自然也促进了传记理论研究的深入。不过相比较而言，传记理论研究仍是薄弱的，成绩也不那么显著。概括地说，可以指出如下的特点。

① 对于西方传记理论有了进一步介绍，如《传记文学》

杂志刊登了《大英百科全书》的"传记文学"的条目，也摘录了尼柯尔森的《英国传记的发展》的部分章节。

② 对于中国古代传记也从某种新的角度作了分析研究，如郭预衡的《中国散文史》（上）和陈必祥的《古代散文文体概论》，是从文体学的角度勾勒了中国传记写作的概况，来新夏的《近三百年人物年谱知见录》之代序《清人年谱的初步研究》，则是专门对中国年谱的有关问题作了精到的论述。此外郭双成的《史记人物传记论稿》，则是从传记写作的角度分析了《史记》的成就，颇有新意。至于《中国古典传记》之《前言》，对中国旧传记的发展的整体情况也有一个粗略的描述。

③ 发表了若干传记理论方面的单篇论文。虽然大都停留在提倡传记写作的问题上，但也有少数篇什联系到传记写作的实践，提出了若干值得重视的传记理论。特别是胡华在《关于党史人物传记的研究和写作问题》[①] 一文中提出，传记作品应有"信、达、雅"的要求，即事实可靠，信而有征（信）、文字通达、明白（达）、有文采、流畅、表述生动活泼（雅），这显然是很有指导性的。

④ 相对说来，史学界在讨论评价历史人物的原则和方法等问题时所提出的一系列意见，更多地涉及到了传记理论中的某些核心问题，其意见也更可取。如不少史学家指出：历史研究与研究人物密不可分；研究历史人物要有"一字千金"的实事求是的慎重态度；人物研究与评价要防止脸谱化，防止宣扬天才论和宿命论，也切忌简单化；评价历史人物宜用"阶段论"和"方面论"等[②]。

---

① 《中共党史人物传》第 25 卷，陕西人民出版社，1985.11。
② 罗宝轩，《1979 年以来关于史学理论和史学方法探讨的摘述（续）》，《新华文摘》1986 年第 12 期。

⑤ 传记理论研究的某些课题也成了高等院校有关教学内容并反映在相应的教材中，除了复旦大学中文系朱东润教授招收专攻"中国各体文学·传记文学"方向的博士研究生外，还可指出的是：南京大学的张宪文著有《中国现代史料学》①，该书的第五章"历史回忆录"、第六章"人物研究史料"和第八章"人物研究工具书"，均是涉及了传记理论；华东师范大学编的《写作教程》② 第二章"记叙文体写作训练"，也把"传记文学"列为"几种常见记叙文体"并探讨其写作训练方法。

即使如此，本时期对于传记理论的探讨所涉及的课题还比较狭窄，而且探讨也不深入，例如《人物》杂志组织的讨论，虽然对若干问题（尤其是传记的基本属性和怎样理解传记作品的真实性）的意见分歧是尖锐的，但双方的论述都不深入，也没有理论深度。

（4）尚存在的主要问题。

综上所述，从整体上说，自 1979 年以来我国的传记写作出现了新气象新局面，但存在的问题实际上还不少。这主要有以下几点。

① 有的传记写作极为粗糙，即不是建立在对传主生平思想作全面系统和深入研究的基础上，而仅是依据一些未经核实的第二手传记资料拼凑写成，以致在一些最基本的问题上（如传主的生卒）也出现差错。典型的如《中国电影家列传》，读者对此有激烈的批评③。

② 受文学的诱惑，有意编造以致引起失真失实的情况较为严重。如有一本电影表演艺术家的传记，作品为了"垫补"

---

① 山东人民出版社，1985.11。

② 修订本，华东师范大学出版社，1984.10。

③ 《对〈中国电影家列传〉的意见》，《文汇读书周报》，1987.11.21。

传主后来受江青迫害的背景，除了把传主的生年提前 3 年之外，还编造了传主在 20 世纪 30 年代与江青成为"舞台姐妹"的史实，殊不知两人在 1949 年前不曾谋面。在如此重大的史实上作编造，即使是"传记小说"也不足取①。

③ "谀墓"的风气一直未能消除，如有一本中国现代作家的评传，诚如海外读者所批评的那样，"几乎从头到尾是赞美之辞，滥用赞美之词，大大降低了该书作为研究的参考价值"②。与此有联系的另一种情况是，写某些传主的生平活动或成长过程，总是千方百计地把他与某一二领袖人物拉上关系，大致是后者如何关心帮助传主，而事实上，这一类话都是编造的，至少是孤证不信。

④ 有的传记还有意回避传主生平经历中或涉及中国现代社会政治史的重大问题，从而也大大降低了其应有的史料价值。典型的如《夏衍传》，全书凡二十七章，几乎毫不提及传主在 20 世纪 30 年代作为左联的领导人之一与其他人的瓜葛，也未写传主在 1957 年反右前后及 1965 年文化部整风前后的活动情况和思想经历。但该书的"内容提要"却说，此书对传主的生平"作了较系统、详尽的评述""可当作中国新文学史、戏剧史的一个重要组成部分来读"。其实，回避了上述本不该回避的问题，"系统""详尽"云云就是就是空话了。

1987 年 4 月，中国青年出版社在海南岛召开过一次传记文学研讨会，据报道，会议认为，现阶段传记写作最大的问题还在于常常受到人为的限制，传记写作还常常被卷入政治旋涡，在此情况下，似乎形成了一种不成文的规定，即只能歌颂人物成就，不能写小疵；只能写事业上的作为，不能涉及生活

---

① 读者的批评可参见洪源：《题材要多样，内容要准确》，《文汇读书周报》，1987. 12. 12。

② 雨寒，《书评成了赞美诗》，中国香港《中报》，1986. 10. 17。

私事；而反映在出版上，则是"四多四少"，即：宣传革命家、军事家、文学家多，宣传科学家、企业家、教育家少；介绍大人物多，介绍小人物少；介绍外国和古近代人物多，介绍我国当代人物少；介绍盖棺论定者多，介绍活人（尤其是当代青年崇拜的同龄人）更少①。这种看法或许是偏激了一些，但问题的确大都存在。

4. 1949 年以来中国台湾的传记作品

在评述"五四"以来中国现代传记发展的情况时，也有必要专门谈谈 1949 年以来中国台湾地区的传记作品。据笔者目前所能接触和掌握的资料来看，在中国台湾这一特殊的社会政治地理环境中，其传记写作较之大陆既有一些共性的问题，也有若干特点，简要说来有这样几点。

（1）一般地说，中国台湾有力提倡传记写作。

究其原因，胡适在这方面做了大量的工作。如他于 1953 年在中国台湾专门作了一次题为《传记文学》的演讲②，稍后又发表《提倡现代史研究（给黄夫人的信）》③ 等，一如既往地强调以传记形式真实地记载历史，在中国台湾产生了很大的影响。1962 年，刘绍唐在台创办《传记文学》杂志，稍后又成立"传记文学出版社"并出版"传记文学丛书"，此后以这为中心，中国台湾的传记写作有迅速发展，刘氏本人也获有"野史馆馆长"之美称。

（2）对于传记基本属性的把握，中国台湾也是较混乱的。

不少人对"传记文学"一词作望文生义的理解。但是，尽管中国台湾的传记理论家对于传记的基本属性也有激烈的争

---

① 《文汇报》1987 年 4 月 15 日报道："探讨传记文学创作的问题。"
② 《"中央"日报》，1953.1.13。
③ 此信写于 1960 年 10 月 9 日，《传记文学》第 4 卷第 3 期。

论，但从写作实践的整体情况来看，则是更偏重于把传记（传记文学）当作史学作品。《传记文学》杂志上的绝大多数篇什以及"传记文学丛书"中的绝大多种，都用拘谨的史学笔法写成，即是明证。

（3）中国台湾各出版社通过编辑出版近代中国史料，整理汇编了大量的传记作品。

其中主要有沈云龙教授主编的《近代中国史料丛刊》及《续辑》（文海出版社版）。

（4）中国台湾新编写的传记作品在质量上参差不齐。

其中较好的有《刘汝明回忆录》和《波逐六十年》（胡光麃）。如曹聚仁所评，前者"写得虎虎有生气"，而且真实性也很高，如当年《大公报》记者范长江曾发表文章曰"刘汝明可杀"，但作者在自传中追忆此事，却显得颇有风度。而后者，诚如汪公纪在此书的"序"中说："近年来写传记之风大行，不管是闻人或非闻人，都喜欢把近代史和'我'发生直接关系，不独把'我'用放大镜放成特大，几乎无'我'就无大事，而发生的大事，也就是'我'做的。《波逐六十年来》并无此病，以宏观的立场介绍了所闻所见，描叙了中国工业在千辛万苦中的处境与进展。"至于那些质量低劣的，则是歪曲历史，任意编造，如是自传，便是文过饰非，自我标榜。典型的如刘峙的《自传》和《曹汝霖一生之回忆》①。

（5）中国台湾新撰的传记作品，在体式上也有若干创新。

如李敖写的《梁启超胡适徐志摩连环传》，就很有意义。另外，胡颂平编的《胡适之先生晚年谈话录》，虽是仿效《歌德谈话录》，但却更富有传记要素。因为该书除了真实地记录

---

① 曹聚仁，《我与我的世界》代序：谈传记文学，人民文学出版社，1983.3。

传主讲话外，同时还写了传主在晚年日常生活中的生活细节和喜怒哀乐，并辅之以环境的交待。

（6）对于西方传记作品及其理论的翻译介绍，中国台湾学者做了不少工作。

如中国台湾《传记文学》杂志常有介绍西方传记理论的文章，而《世界名著总解说》的翻译出版，也有很大的价值。

最后也必须指出：中国台湾的传记写作受到了当时当地社会政治的制约，尤其是涉及到最高当权者的宫闱秘事的传记作品，往往惹出很大麻烦。如江南（刘宜良）因为写了《蒋经国传》而遭暗杀，即是明证。这种情况显然对于中国台湾的传记写作施以消极影响。近年来，中国台湾开放了"党禁"和"报禁"，这对当地的传记来说，可能是获得一个新发展的契机。

5. 中国传记写作的发展趋势

讲到中国传记写作的趋势，有以下几点是值得指出的。

（1）由于传记作品将拥有越来越多的读者，因而传记热也必将在中国持续下去，其数量必然逐年增加。

（2）在传记热持续的过程中，将形成一支比较稳固的传记作家队伍，其来源将有三部分人组成：若干史学工作者、若干文学家，以及目前还处于学步阶段但有志于成为专业的传记作家的知识青年。这支队伍形成之时，将也是中国的传记作品的质量水平大幅度提高之日。

（3）当代领袖人物的传记将成为一个引人瞩目的热点。当代领袖人物传记的出版数量和质量，往往是衡量一个国家民主程度的一个标志"，因而随着"我国的民主政治不断完善，文化宣传的内外开放度也同步扩大。……希望不断出版我国作家描写我国当代领袖人物的传记，因为这毕竟比外国人写我国政治家来得真实亲切"①。笔者认为，这问题虽是从消极角度提出的，但这正可以有效地刺激我国的传记写作。当然，我国传记作家撰写当代领袖人物传记的数量和质量的提高，将会有一个较漫长的过程。

（4）目前文学界掀起的"纪实小说"的浪潮将会给传记写作起双重影响。"纪实小说"又称"报告小说"等，文艺理论工作者对此概念的界定还比较混乱，据有的研究者指出：苏联也有"纪实文学"（俄语照字面可译为文献性文学）的提法，苏联学者赫拉普钦柯认为，其特点为"写实际存在的事件和事实，并且为了在思想感情上影响读者、观众和听众而利用文献资料"②。照此说法，以写人物为主的"纪实文学"自然与新闻、传记有交叉联系。目前我国发表出版的某些"纪实文学"，有的的确也接近于传记作品。但是，它们毕竟与文学的联系更为密切。因而"纪实文学"的发展将对传记写作将同时产生两方面的影响：一方面传记作品可以借鉴"纪实文学"的某些创作经验，由此在内容和表达形式方面发生某些新的变化，或者可能促使用文学笔法或史学笔法写的两类传记出现新的层次上的分化，因为"纪实文学"的政论性，抒情性、哲理性以及浓烈的义学修辞色彩的血液可以自然地汇入用文学笔法写成的传记作品，这种影响多少是有积极意义的。而另一方面，由于"纪实文学"为追求文学审美价值，往往难以避免"虚构""夸张"乃至材料选择运用上的更大的主观随意性，这就可能影响传记作品对于严格的历史科学性的追求，由此使得从根本上属于史学作品性质的传记变质为文学类的"传记小说"，这也就是要毁掉传记作品的灵魂——赤裸裸的真实。唯其如此，笔者

---

① 贺锡翔，《为何我国作家撰写不出我国当代领袖人物传记?》，《文汇读书周报》，1988. 6. 11。
② 张捷，《当代苏联小说中的纪实与虚拟》，《文艺评论》1988 年第 2 期。

认为，在今后中国传记写作的发展进程中，传记理论家和传记作家都应该对传记写作受"纪实文学"影响的问题持清醒和谨慎的态度。

实
践
篇

第一章　传记写作的准备工作

和其他学科研究以及文学创作一样，传记作者在动手写作传记作品之前，也要做充分的准备工作，只是这种准备工作有着它特殊的内容和方法。

第一节　传主的择选

传记写作的首要问题无疑是对传主的择选，即准备为谁立传？自传作品的传主是明显的，而对他传来说，问题就比较复杂，因为这里既涉及到若干理论问题，也涉及到不少具体问题。

一般说来，凡是严肃的传记作品，其对传主的择选大致上是与作者的广义的学术方面的写作意图相一致的。即是说，作者择选一个准备为之立传的传主，总有某种明确的意图，换言之，作者总是从某种意图出发，来择选一个最能体现这一意图的人物作为传主。例如，有的作者拟为自己的父辈师友或某一有影响的历史性人物（哪怕他还健在）立传，总有一定的考虑：或是纪念，或是评判，或是翻案，如此等等。同样，有的作者在学术研究过程中感悟到某种历史现象、历史事件最能揭示某一历史规律，或最能说明反映某个重大问题，而某一历史人物的生平思想又恰恰与之有最密切的联系，可以由一斑而知全豹，因而就自然地把为此人立传作为一个具体深入的研究角度。韩素音著的《早晨的洪流——毛泽东与中国革命》，作为一部毛泽东的传记，其对传主择选的考虑充分说明了这一点——据作者说，外国有位政治家曾说"毛主席的一生经历实际上也就是中华人民共和国的历史，个人对一个国家的历史有这么深刻的影响，那是很少见的"。而她正是本着这种认识为毛泽东立传，意图就是"要通过毛主席一生的各个阶段，特别是要通过他作为一个革命家和思想家的发展过程，来叙述中国革命的历史"，换言之，该传记的写作目的也是"为西方读者阐明中国革命的思想动因和政治动因（以及人的动因）"。

这也就是说，凡是严肃的传记作品，其对传主的择选，实际上是作者的史学观的具体化。在现代，重要的一点是，择选某一特定的传主往往是对某种陈旧的史学观以及与之有联系的旧的政治伦理道德观念的否定。例如，当代的中外传记作家把择选传主的视野放得很宽，三教九流的代表人物都可入传，这显然是本着一种充满了民主精神和平等意识的新史观，即历史是由千千万万的个人所创造的，每个人在历史的长河中都扮演了一个独特的角色，既然"人皆可为尧舜"，那么当然"人皆可入传"。朱东润曾说："任何人都有自己的世界，自己的一生。这一生的记载，在优良的传记文学家底手里，都可以成为优良的著作。所以在下州小邑、穷乡僻壤中，田夫野老、痴儿怨女底生活，都是传记文学底题目。"① 强调的正是这一点。

---

① 朱东润，《张居正大传》序，1943。不过，朱东润后来又表示，陈寅恪的《柳如是别传》，其实是"不合适以洋洋八十万言为一妓女立传"，参见骆玉明，《中国传记文学家朱东润》，《读书》1990 年第 8 期，这显然是矛盾的了。

又如，生活在各种文化专制主义氛围下的传记作家，他们往往冲破禁区，替一些为当局否定的或明确规定限制立传的人物立传，支持他们的也正是那种充满着民主精神和科学态度的新史观，其显著一例是：美国传记作家厄尔·康拉德写的《哈里特·塔布曼》，是为美国 19 世纪反对奴隶制革命时期杰出的黑奴出身的女英雄立传，并把传主尊之为"美国的民族英雄"，唯其如此，该书出版过程中就遇到不少曲折。至于当代许多中外传记作家虽然似乎仍是偏重于为"帝王将相"立传，但出发点与旧传记作家相比则是有了重大变化，因为择选这样的传主不再是为了歌颂其功绩，而是作为一种科学的评判工作来进行，有的则是为了撕下他们脸上的面纱，打破他们头顶上的光圈，把"神"还原为人。

综上所述，对于传主的择选，需要有深邃的历史眼光、成熟的思想水平和一定的学术胆识。如果说，这几点是需要较长时间的知识积累和思想修养的话，那么就某一项具体的传记写作来说，作为准备工作之一，在择选传主的问题上需要注意那些问题呢？

梁启超在谈到那些人最适合作传主的问题时具体分析说：一是"思想及行为的关系方面很多，可以作时代或学问中心"的人物；二是"一件事情或一生性格有奇特处，可以影响当时与后来，或影响不大而值得表彰"的人物；三是，如上述类型的人物，"在旧史中没有记载，或记载太过简略的"；四是，"从前史家有时因为偏见，或者因为挟嫌"而对之记载不实由此"被诬"的人，而这一类型的人物又可分为三种：被"完全挟嫌、造事诬蔑"的、因"前代史家，或不认识他的价值，或把他的动机看错了，因此所记的事迹，便有偏颇、不能得其真相"的、因前代史家"为一种陈旧的观念所束缚，带起着色眼镜看人，把从前人的地位身份全看错了"的；五是那些有着重要活动和研究价值，而旧史对之记载"过于简略"，材料又过于分散的人；六是"只要与中国文化上政治上有密切关系的"外国人，"不管他到过中国与否"。梁启超紧接着又说："带有神话性的、纵然伟大，不应作传"（如黄帝），另外，"资料太缺乏的人，虽然伟大奇特，亦不应当作传"（如屈原）[①]。

梁启超虽然谈的是中国历史人物传记，但在如何择选传主的问题上所提出的意见，却有普遍意义。归纳起来，至少有这样三个要点：一是要有重大的研究价值；二是可以成为新的研究角度（翻案或重新评价等）；三是必须具备起码的传记资料。

从现代中外传记写作的实践来看，不论传记作家们是否接触过梁氏的上述理论，但实际上都是服膺和遵循他所提出的原则意见的。例如，美国仅有的三名陆军五星上将之一、二次大战期间担任过美国陆军参谋长、战后又以总统特使身份来华"调处"国共冲突的著名政治活动家马歇尔（G. C. Marshall），自己从来没有想到过要写自传，在他晚年，美国《星期六晚邮报》曾表示愿出资一百万美元请他口述一生经历，遭到拒绝。据马歇尔说，他这样做是为了"不想重提在他手下工作过的将军们和政治家们的错误及他们所卷入的丑闻，使他们感到难堪"。然而《马歇尔》一书的作者、美国著名传记作家伦·莫斯利认为，传主"不给人讲述他的一生是一个失着，因为这将给美国的现代史留下一个空白"。很显然，该作者为马歇尔立传，无疑是认为，无论从何种角度来说，马歇尔都可以是一部有意义有价值的传记作品的传主。联系到该作者曾先后给美国国务卿 J·杜勒斯、美国中央情报局局长 A·杜勒斯、日本裕仁天皇、纳粹空军头目戈林、英国外交大臣寇松勋爵和埃塞俄比亚皇帝塞拉西一世等人写过传记，更能说明这一点。

---

① 梁启超，《中国历史研究法补编》。

在传记写作实践中，常常遇到的一个问题是：一个作家决定选择某人为传主，但这一传主已有传记问世（有的还不止一部），在这种情况下还该不该继续撰写？应当承认，传记作家择选确定的传主如果尚无正式传记，这自然是幸事，然而从传记写作角度看，其中却也有值得焦虑的问题，因为自己将白手起家去为某人立传，至少在收集材料等方面会有更大的困难。既然如此，如果是为一个已有传记的传主立一部新传，同样也就有有利因素，因为已有的传记（尽管是粗劣的）多少可以较为集中地提供某些传记资料（包括资料线索），更重要的是，已有的传记在内容形式等方面的深浅得失，都是值得吸取的经验教训，它可以促使新传记的作者更深入地考虑一些问题。总之，一人多传是值得提倡的，不必因已有人写过某传主的传记而不敢再去写。

当然，如果一位传记作家择选确定的传主已有传记问世，那么在写新传的准备工作期间，需要考虑拟定几个推陈出新的意图。例如：

1. 为已有传记问世的传主作传时的准备工作

（1）在已有传记的基础上，更深广地收集和发掘资料，力图在内容上更为充实。

印度传记作家克里希娜·克里巴拉尼在新撰《泰戈尔传》之前，全世界已出版的各种泰氏传记已不下 200 种，在这种情况下，该书就在发掘泰戈尔的日常生活情况以及创作背景材料方面下了更大的功夫。孙中山逝世以来，海内外出版的孙中山传记也有许多，即使是年谱也有多种。而王耿雄编写的《孙中山史事详录（1911—1913）》作为一部晚出的断代年谱，其价值也正在于对传主在辛亥革命后的一段时间里的活动情况作了更为深入的发掘，凡入谱的活动记述达 1 200 余条，比之中华书局 1980 年版《孙中山年谱》同一时期的记述多了 900 余条，又比中国台湾出版的《国父全集》和大陆出版的《孙中山全集》所收的同一时期内的佚文也多了 120 余题。这两个实例无疑很有代表性。

（2）纠正原有传记的种种缺点，从而更为全面准确地反映传主的人格思想。

《蔡元培先生学术思想传记》的作者蔡尚思指出：人们在传主逝世后所发表的一系列传记性质的文章中，"其中便有一部分不肯提及先生到处同下层表同情与向前进行的言行，如：反对民主女权者，都忽略先生的民主女权一类思想；反对爱国反帝者，都忽略先生的爱国反帝一类思想；反对社会主义者，都忽略先生的社会主义一类思想；他如经学宗教多种问题，均此类推""另有一部分学者，却不肯提及先生偶然和上层妥协的言行；就使稍为提及，也大不以为然"。正是针对这种情况，该书就"用历史的态度，社会的眼光，来叙述先生的一切"。这种做法，也可以称之为在深入研究的基础上提出新的见解以破除旧传的错讹。类似的实例还如：对于戊戌维新运动中的各方代表人物，已有的传记也不少，但汤志钧的《戊戌变法人物传稿》作为一本合传，集中地探讨有关传主在一个特定的时期内的活动表现和思想实质，这就比各本分散的相关人物的传记来得深入。至于在中国台湾版的《民国人物小传》陆续问世后，又有中国大陆版的《民国人物传》编写出版，同样也反映了内容观点的进步。

（3）拓宽视野，变换侧重点。

即运用新的研究方法，摄取新的研究角度，包括改变传记作品的类型和写作笔法等。这种情况在当代传记写作的实践中尤为普遍。典型的实例是：近年来国内先后出版了三部杜甫的传记，它们分别是朱东润的《杜甫叙论》、陈贻焮的《杜甫评传》及金启华、胡问涛的《杜甫评传》。前者着重评述杜诗的发展过程，而对传主的家庭身世及少年时期的游踪几不涉及；中者带有浓厚的考证性，着重对传主事迹和诗本事作考辨；而后者则是用较通俗的文笔，全面评述传主生活经历、思想发展和创作情况，其对于传主的代表作虽有分析，但却不从考证角度着眼，同样，虽对传主的诗歌创作的发展线索也有分析介绍，但又不是深入地探讨这一问题。这样，这三本杜甫传记就各有内容的侧重点，各有不同的立传角度，也各有不同的笔法，由此也就都能适合于不同的读者对象。在这方面，应当说是采取不同的笔法的情况最为普遍。以苏联传记作家写的布鲁诺传记为例，A. 施克里著的《布鲁诺传》，基本上是运用文学笔法写成的，它对传主的生活经历和思想发展过程有清晰生动的描绘，故事性也颇强，其中在涉及与传主作为一个伟大的科学家和思想家有密切联系的哲学问题或天体物理问题时，则是予以简明的、通俗易懂的串讲。而 B · C · 罗日金著的《布鲁诺传》（原题《布鲁诺与宗教裁判所》），则是一本学术性的评传，用严谨的史学笔法写成，由于它着眼于思想文化发展史的角度，因而内容侧重于从各个方面来评判传主在西方近代科学文化史上的历史地位。显然，这两本传记虽为同一传主立传，但因文笔的不同也使各自都有独特的价值。

（4）注重在某些重大问题上对传主的那些有争议性的生平事迹或思想性质作出新的解释。

这与前两种情况有所联系，但也有特殊点，主要是行文的内容与语调都有一定的论争性。如李喜所著的《谭嗣同评传》，其最大特点是对以往的研究者在评述传主事迹和评判传主思想性质中所形成的十几个问题逐一作了回答，鲜明地提出了作者的意见。

由此看来，一人多传的情况不仅是正常的，而且也是必要的，所以对传记作家来说，为已有传记问世的传主再写传记，可以不必有所顾忌，问题在于在吸收已有传记的经验教训的基础上，努力写出新意，写出特色。

2. 现代中外传记写作的实践中，择选传主的问题

（1）关于翻案性传记的传主的择选。

一般说来，决定为某人作翻案性的立传，尤其需要慎重、严肃，不能为翻案而翻案，即不能先存"要写一部翻案性传记"的意图而去择选传主，而是应当在平时研究工作的基础上，确认对某人有翻案的必要，又掌握了相当充分、确凿的材料，才确定这一翻案性传记的写作。至于在具体的写作过程中，还必须根据已掌握的材料而确定三个原则。

① 翻案的程度，究竟是全面翻案，还是局部翻案，不能认为既然是写翻案性传记，索性翻得彻底一些。

② 掌握翻案的适度性，这指的是对某些传主的翻案也不能说过头话，如对传主的功过的重新评价，也需要实事求是，不能认为翻案就是矫枉过正。

③ 翻案的目的性，一般说来，翻案本身只是手段，至少不是目的的全部，翻案性传记的重要意图之一，在于通过对传主的翻案，总结某些历史教训。

在这方面，我国近年来出版的传记作品中有些经验教训是很值得汲取的。例如唐纯良著的《李立三传》，这部传记指出：传主犯有严重错误"是历史的事实"，然而传主既"受到党内应该给予的打击和处分，也受过过分的，甚至是根本不应该给予的打击和处分"，而这种情况又是"特定历史情况造成的"。应该说这样认识问题是正确的。可惜的是，该书对传主在一定的历史条件下"受过过分的甚至是根本不应该给予的打击和处分"问题评述得过于简略，这样，该书

通过为李立三作翻案性传记而总结历史经验的意图，也就未能更充分地体现出来。

（2）为父辈、师长和亲友等人立传。

既然可以写自传，那么一个人为自己的父辈、师长和亲友等立传，也是无可非议的，但问题是这类传记一般说来更难于摆脱为亲者、尊者、贤者讳的弊病，由此读者也自然地会对这类传记有更多的挑剔。应该指出：人们可以择选自己的父辈、亲长和亲友为传主，但在择选时应当考虑这样几点。

① 这个人是否有一定的被研究的价值？

② 如果有的话，自己是不是愿意把他当作一个与己没有血缘关系或感情瓜葛的普通人来写？

从我国当代传记写作的情况来看，有些传记作者在这方面是做得比较好的，如袁叔祯著的《我的父亲袁世凯》，全文着重回忆记述其父的私生活和家庭关系等，从一个侧面反映了传主的思想风貌和人格特点，又对某些讹传，以亲见亲闻者的身份作了解释澄清，而且全文用的是纯客观的语调，没有政治性的批判或曲辩之辞。这样，全篇作品就有相当的价值。又如上文已提到过的罗点点著的《非凡的岁月》，该书虽然含有感情色彩，然而对于其父罗瑞卿的思想性格上的弱点及相应的行动，却是如实写出，未作讳饰。可惜这一类作品总的说来还不多。

在关于择选传主的问题上，最后不妨提到我国当代作家叶永烈的一个意见。他说他不喜欢为已有传记问世的传主作新传，他本人择选传主的原则是，传主以知名度大而透明度却低者为最宜①。这一意见显然有一定道理，对具体的传记作者个人来说，确定这样的原则的确也可以形成自己的特点。因而叶

---

① 叶永烈，《我为姚氏父子立传》，《书林》1988 年第 3 期。

永烈的意见也是值得参考的。

第二节　传记类型的确定

在择选了传主之后，下一步工作之一自然是确定传记的类型。在这里，不仅是他传，即使是自传作品也是如此。

关于传记作品的类型，本书理论篇中已有分析，现在主要从传记写作实践的角度来探讨如何确定传记类型的原则方法。

1. 确定传记的类型，当以掌握传记资料为前提

这就是说，如果不掌握相当的传记资料而匆忙地去确定传记类型的做法是不可取的，因为如果是这样的话，那有可能把传记写作引入歧途。例如，一位传主的传记资料十分有限，旧史上只是简略地记了几笔，同时也没有其他任何可以参考印证的资料。在这样的情况下，准备为之立传的作者如果事先确定要为之写一部长篇传记，且准备用相当的文学笔法，那么，在写作过程中，作者为了"适应"篇幅，势必采用大量的虚构和想象的东西来填补，并且可能不惜来个张冠李戴、添枝加叶，或者是撇开传主活动而本末倒置地大谈所谓的背景情况。梁启超曾说："比如屈原，人格伟大，但是资料枯窘得很，太史公作《屈原列传》完全由淮南王安的《离骚·序》里面抄出一部分来。传是应该作的，可惜可信的事迹太少了。战国时代的资料本来缺乏，又是文学家，旁的书籍记载很少，本身著作可以见生平事迹的亦不多。对这类人，在文学史上讲他的地位是应该的，不过只可作很短的小传，把史传未载之，付之阙如，有可疑的，作为笔记，以待商榷。若勉强作篇详传，不是徒充篇

幅，就是涉及武断，反而失却作传的本意了。"① 梁氏这里所强调的正是这一原则。

在现代传记写作的实践中，有些传记作品虽然篇幅庞大，但运用的可信的材料很少，相反虚构想象的成分很浓。之所以出现这种情况，主要有两大原因，一是传主的传记资料本身的确很少，于是不得不借助于虚构和想象；二是传主的资料其实是很可以发掘的，只是作者本人未能很好地做资料发掘工作，为图简便而采用了想当然的笔法。撇开第二种情况不谈（因为这主要涉及作者的学力学风问题），就第一种情况而言，作者在动手写传记之前，在没有了解和掌握相当的资料的情况下轻易地确定传记的类型，无疑是一个主要原因。唯其如此，在具体的写作过程中，也就不能不是小头着大冠了，或是大谈历史背景，或是改造历史，编造许多戏剧性场面，添加子虚乌有的情节细节或是借着"心理分析"的招牌，凭空地大写传主的所谓心理活动。而既然如此，传记作品就变质为"传记小说"之类的文学作品了。如长达近 50 万言的《宋氏家族第一人》，就明显地存在这类问题。

2. 传记类型的确定当与写作意图相吻合

这就是说，应当根据已掌握的材料，并根据立传意图，来选择最能体现这种意图的传记类型。这里有以下几种不同的情况。

① 如果传主的传记资料比较丰富，而立传的主要意图又是为了全面介绍传主的生平事迹，那么一般可以确定"传"的类型，而且篇幅也可为中型或大型。反之，如果传主的传记资料甚为匮乏，虽然立传的主要意图在于较为完整地介绍传主的

---

① 梁启超，《中国历史研究法补编》。

一生，那么一般可以确定为"小传"的类型。

② 如果立传的主要意图在于评判传主的功过是非，那么一般可以确定为"评传"的类型，至于其篇幅，则根据已掌握的材料情况，以及值得评判的内容量和性质等具体情况而定。

③ 依据立传意图和所追求的研究水平的层次而确定。例如，如果立传的主要意图在于系统地梳理传主的生平活动和思想发展的基本线索，那么可以确定为年谱或年表的类型，如果是为了通过描述传主生平思想的发展而再现传主的人格特点，一般就可以确定为"传"的类型，如果主要意图在于对传主的功过是非作全面评判（包括翻案），或者进而总结历史经验教训，探讨与传主生平思想有密切联系的有关重大课题，一般则以确定"评传"类型为宜。

④ 在某传主已有传记作品问世的情况下，本人又决定采取新的研究角度和新的研究方法对之作更深入地分析研究，那么自然可以确定采用与已有传记作品不同的类型，如变"传"为"评传"或相反，变一般性传记为学术性传记或相反，变由史学笔法写成的传记为由文学笔法写成的传记或相反，如此等等。当然，通常说来，内容比形式重要，因而也可以确定沿袭已有传记作品的类型，主要在内容观点方面反映出新特点来。

从现代传记的写作实践来看，尤其是在为已有传记作品问世的传主编撰新传的时候，绝大多数的传记作者实际上是自觉或不自觉地遵循了这样的原则方法。从自觉遵循这一原则方法的几个实例来看，如此确定传记作品的类型，对于提高传记写作的水平，体现新意和新的特点，都有积极的意义。例如，近代著名的实业家张謇逝世后，其子张孝若曾撰写了《南通张季直先生传记》，就收集史料、全面勾勒传主的生平事迹和思想发展的情况来说，该传记已做得不错了。但严格说来，该书还是从较为孤立和静止的角度去描述传主一生的，或者说，它仅仅是回答了"传主是怎样一个人"的问题，尚未进一步就"传主何以成为这样的人"的问题作深入的解答。另外，由于传记作者系传主之子，他虽然基本上做到了如实反映，不作伪饰，但可能也因为这一点，传记却没有对传主生平思想的是非功过和价值地位等问题做深入的评判。实际上，像传主这样的人物，即使是用"传"而不是"评传"的类型，其评判性的内容也是必不可少的。上述问题在章开沅所著的《开拓者的足迹——张謇传稿》中，就基本上得到了很好的纠正和解决。据该书作者说："我很早就想为张謇写传，一个在科举道路上累遭挫折的旧式读书人，年逾不惑才幸而取中状元，但他却视官爵如过眼云烟，转而以全部精力创办新式实业与教育，锲而不舍，乐此不疲，鞠躬尽瘁，死而后已，是什么历史机缘产生了这样优秀的人物？又是什么力量驱使他义无反顾地艰苦奋斗了一生？这些问题对我具有很大的吸引力。"唯其如此，尽管传主已有传记，但作者仍然为传主立了新传，而为了反映作者对于传主的新的评判意见，也为了更好地体现追求更高的研究水平层次的立传意图，该书显然是有针对性地确定了"评传"的类型，尽管书名标为"传"。

3. 传记类型的确定也应当着眼于传主的人物特征和活动特点

关于这一点，应该说是很容易理解的。如果传主是政治人物或军事人物，一般地说，他们的生平经历往往是比较曲折的，思想情况也较为复杂，至少同一思想性质会有各种形态。另外，他们的生平活动或思想发展，一方面受到一定的社会历史条件的制约，而另一方面又会对当时的社会历史的发展变化施以各种影响。既然如此，为之立传，其传记类型的确定就有很大的选择性，即可以根据立传意图确定任何一种类型。如旨在全面介绍反映传主生平思想的，可以用长篇的"传"；如旨在通过对传主生平思想的评述而探讨有关问题的，可用中大型的"评传"。同样，倘若传主是科学家、思想家或文学家等，又如果他们的生活经历曲折，戏剧性遭遇不少，富有传奇色彩，一般说来确定以文学笔法写的"传"更合适一些；相反，如果他们的履历相当简单，但思想发展历程曲折，且又有博大精深的学术文化思想或科学、艺术方面的重大成就，立传意图又在于探索其思想价值和评判其历史地位，那么选用"评传"的类型也就更为适宜。

当代中外传记写作的实践，事实上也体现了这一点。例如，世界各国的历史学家和传记作家编写的拿破仑、希特勒一类政治人物的传记，大都是"评传"类型，且大都用史学笔法写成，即使是内容上侧重于传主的私生活方面的传记，也大抵如此。如《拿破仑传》（艾密尔·卢德威克）、《拿破仑外传》（奥克塔夫·奥布里）和《希特勒传》（威尔纳·马札）等，而各种科学家、思想家和文学家的传记，则更是明显地依据传主的人才特征来确定传记类型，例如普希金、拜伦一类的文学家，由于他们生平活动富有戏剧性，而且又有曲折的爱情生活，另外他们的文学创作与生平遭遇（包括爱情生活）有着密不可分的联系，这样，绝大多数的传记作者都是确定"传"的类型，且大都又以文学笔法写成。至于康德、黑格尔一类的思想家，他们一生的道路相当平坦，几乎没有发生过重大的足以影响他们思想发展的戏剧性遭遇，但是，他们所处的社会历史文化背景却对他们的思想形成和发展施以明显的影响。这样，传记作家为之立传，也就自然地选用"评传"类型，即作品的内容重点不在于描述传主生平事迹，而在于对传主的思想性质和学术成就进行剖析和评判。苏联学者阿尔森·古留加著的《黑格尔小传》最典型地反映了这一特点。

另外，如果要同时为两个或两个以上的传主立合传，自然要选用一些特殊的传记类型，如连环传、比较传和中心轴传等。从当代传记写作的实践来看，凡确定选用这些特殊传记类型的，往往是专题性的，即内容上有一定的侧重点，并且特别注重对两个或两个以上的传主的多种相互关系（思想影响、交往等）的揭示。如李鼎芬著的《曾国藩及其幕府人物》，作为一部轴心传，内容就偏重于曾国藩和他各位主要幕僚的上下级关系，而范志亭著的《鲁迅与许广平》，则以夫妇两人的恋爱生活以及婚后生活情况为传记的主要内容。

　　以上所说的，只是确定传记类型的一般原则方法，而事实上，在写作实践中遇到的问题会更加复杂，确定传记类型也更费踌躇。根据一些传记作家的切身经验，最费心思考虑的主要有两个问题：一是采用文学笔法还是采用史学笔法？二是究竟是写成"传"还是写成评传？关于前一个问题，相对说来还较容易解决，尽管其中涉及了不少具体问题（后文详论），而关于后一个问题，其实质是如何处理好"述"与"评"的关系，即如何处理好传记作品的载体形式与内容的关系的问题。对于这一点，作理论性的探讨的意义是不明显的，因为它更多地要依据实践来探索解决。不过，在理论上似乎可以指出这样几点："传"与"评传"往往难以截然区别，如果两者都是用史学笔法写的话，因为用史学笔法写传记，一般总是"传"中有"评"，问题在于"评"的成分的多少。因而，大致可以这样说，如果"评"的成分较少，而主要又是依附于"传"的内容，那么可以确定为"传"，反之，如果"评"的成分较多，有的评论性语言完全与"传"的内容融为一体，或又有一些评论性段落具有相对的独立性，则可以确定为"评传"。总之，对于传记作者来说，在动手写一部传记而要确定传记类型时，对于篇幅、笔法等角度的类型，必须依有关原则而明确，而对

于"传"与"评传"类型的区分确定，似不必过于机械，一切
要从实际情况出发。

第三节　材料的处理

在传记写作的准备工作阶段，对于材料的处理占有重要的
位置，因为对材料处理的成功与否，将直接影响写作，也制约
着传记作品的质量水平。

传记写作的材料处理，包含着四个互有联系的环节。

1. 必须尽可能全面收集和发掘所有的传记资料，做到巨细无遗，包罗万象

（1）收集和发掘材料。

其重点，首先在于传主的自传、自订年谱、家谱、族谱、
日记、书信、电稿、著述文集、手稿、演讲词以及其他文字图
片资料，这当中还应包括有关档案文献，如传主的人事档案、
有关报刊对于传主活动的各种记载，对于传主著作思想的评论
等等。另外，如果传主已有传记、年谱、碑铭等问世，也在收
集发掘之列。如果传主属于宫闱中人物，如有可能，也应当尽
量设法查阅有关档案资料。西方的传记作家在决定为某一已故
人物立传后，首先征得其家属的同意，把传主留下的所有文字
资料，哪怕是片言只语的小纸片，也都囊括一空，正是出自于
这样的考虑。如美国前总统威尔逊逝世后，家属请传记作家贝
克（Baker）为之立传，便把传主的所有传记资料装了整整 7
节铁甲车送传记作家。至于美国史学家卡尔·桑德堡为了撰写
《林肯传》，前后用了 30 年的时间收集传主的传记资料，更是
表明收集材料对于传记写作的极端重要性。

（2）由于传主有古人今人或生者死者之分，因而对不同的传主的传记资料的收集的内容和形式也有所不同。

一般地说，古人、死者的资料已是客观存在，只要费时间下功夫，大都能够收集到，而收集材料的方法通常是在图书资料或档案文献中寻找。但今人（包括谢世不久者）的传记资料，有相当一部分需要通过新闻采访的手段才能获得，采访愈细愈深入，就能发掘更多的材料。其中，尤以对传主本人的采访显得特别重要，因为这样做，除了掌握材料外，还可以对传主的人格形象有一个感情的认识，由此更深切地把握传主的某种真实的心态。如美国传记作家Ｓ·Ａ·布卢姆伯格和Ｇ·欧文斯为了写《能源与冲突——爱德华·特勒的生平与时代》，就对传主进行了两年多的采访。作者的体会是，"对于写传记的人来说，最难的事情莫过于要发现并写出主人公行事的思想动机。把事件和行动记录下来，只要有非凡的耐心和持之以恒的精神就行；但要了解产生这些行动的复杂的思想过程，那只有最高超的分析家才能胜任"，而要做到这一点，对于传主的采访必不可少，所以"本书的结论是经过了两年多的采访后才获得的"。

（3）一部传记作品所需要的材料其实是多方面的，除了传主的直接的传记资料之外，有些背景性材料也不可或缺。

材料收集还应当注意这样一些内容：与传主的生平活动有密切联系的人物的基本资料、传主所处的社会政治、历史和地理环境的有关情况、影响和制约传主活动和思想发展的有关重大社会历史事件的情况，如此等等。以《大独裁者希特勒》为例，英国史学家艾伦·布洛克写的这部传记附有一个篇幅较大的"参考文献目录"，其包括两部分：第一手材料（包括刊物和回忆录在内）和次要著作（仅仅利用了以前未发表过的原始材料的著作），而这两部分的参考文献，其实还只是属于直接与传主生平活动和思想发展有关的材料，许多背景材料是在注释中才标明的。有学者举例说，如果要研究中国现代政治人物蒋介石（包括为之立传），至少还得收集有关外国人写的回忆录，如《冈村宁次回忆录》《重光葵外交回忆录》《在华五十年——司徒雷登回忆录》和《一个战士的追忆——美国少将陈纳德回忆录》等①，其强调的也正是这个道理。

（4）关于收集材料的方法，对传记写作来说，它有一个特殊点，即应当善于根据第二手资料提供的线索去探寻第一手资料，以及根据传主本人言论著述中提供的线索去收集有关背景材料。

从收集材料工作的实践来说，第一手、第二手资料往往是同时收集的，不可能在收集尽了第一手资料后再去收集第二手资料，同样，对于传主本人著述的收集与有关背景材料的收集，也不可能截然分开，因而采用上述收集材料的方法就更实用、更有效，更节约时间。例如，现代中外学者为毛泽东作传，往往把斯诺在《西行漫记》一书中摘录的毛泽东那一节自传性质的谈话作为追踪寻找收集毛泽东早年思想发展的传记资料的重要线索；又如，许多以中国现代知识分子代表人物为传主的传记作品，大都根据传主在自己的著述中谈到的如何受康有为、梁启超、陈独秀或胡适等人的思想影响及言辞，一方面去挖掘传主的生平资料，另一方面去寻找收集那些重要的背景材料。事实证明，采用这些方面，往往有事半功倍的效果。

（5）收集材料的工作，虽然有相对的阶段性，即它主要是传记写作的准备工作期间的一项重要活动，但实际上是持续和贯穿于传记写作的全过程的。

即使集中地收集材料的工作已经告一段落，但在动手写传记时，乃至在修改定稿的过程中，仍然需要不断地收集材料。

---

① 张宪文，《中国现代史史料学》，山东人民出版社，1985.11。

这样做的意义，至少可以随时用最可靠，或者更典型更有说服力的材料，来印证传记作品的观点，或者是根据新发现新收集的材料来修正作品原稿中某些不准确的提法，纠正原先在材料运用上的偏颇和不妥当性。前已谈到，安德烈·莫洛亚说，在一部传记作品杀青之前，传记作者还不知道他所描绘的传主是怎样的形象，"在我把它实际画出之前，……我准备接受对于这个人物的长时间的思量和探讨所向我显示的任何结果，并且依据我所新发现的新的事实加以改正"。这段话强调的也是这一意见。

2. 鉴别与考订务求准确无误

传记作者所收集到的材料，有的往往并不准确，无论是传主本人提供的或是他人谈及的，都有可能出现错讹。出现这种错讹的原因，除了有人故意隐讳或歪曲历史真实情况之外，大量的还在于由于记忆错误或文字书写印刷的错误而引起种种相互矛盾和牴牾。因而，对于所收集的每一种材料进行鉴别和考订是非常必要非常重要的，做这方面工作的最终目的，是使得传记作品所披露、援引的任何材料都做到准确无误，经得起推敲。

从中外传记写作的实践来看，对于已收集的材料作鉴别与考订，大致要考虑到以下几点。

(1) 凡现有的传记资料如有矛盾、牴牾或值得怀疑之处，均应考订，以确定其真伪正误。

如胡适在编写《齐白石年谱》时，发现谱主本人向作者提供的传记资料时采取瞒天过海的办法，从而悄悄地把年龄提高了几岁。作者经过认真的考订，才作出了实事求是的处理。又如《哈里特·塔布曼》一书曾引用史学界公认的一个说法，谓传主南下蓄奴区共 19 次。起先作者对此数字的准确性有所怀疑，但在以注的形式用了 2 000 余字的篇幅对之作核对考订之后，才予以确认。

（2）通过考订剔除那些不可靠的材料。

哪怕这些材料乍看很有戏剧性，很有价值，也很能说明问题。这方面的正反实例很多。如朱正所著《鲁迅回忆录正误》，对于之前他人的鲁迅回忆录中提供的可怀疑的史料一一作考订，最后确定其为误，作者在这基础上修订《鲁迅传略》，所组织运用的任何材料就无不显得准确可靠了。

（3）对于孤证不轻信，取存疑态度。

如《张居正大传》的作者朱东润说，传主"是几乎没有私生活的人物，……关于居正底私生活，我们所知道得太少了；明代人笔记里面，也许有一些记载，我们为慎重起见，不敢轻易采用"。这一态度是正确的。相反的事例是，荣孟源写的《蒋家王朝》，其中专门讲到传主于辛亥革命后不久在上海某医院暗杀了陶成章。此说亦系孤证，几十年来未有可靠的文献资料可作印证，而该书把它作为信史材料而采用，显然是不慎重、不妥当的。

（4）不把传主同一著作的有重要修订的不同版本视为一体。

应在广泛收集不同版本的基础上，用不同版本作为传主不同时期的思想认识的印证材料。前一阶段，当中国近现代史史料学的问题尚未提出的时候，有些为中国近现代思想家文学家立传的作品，往往是随意取一版本来论述分析传主的思想，这就不可能求得正确的结论。近年来，我国的传记写作已注意到了这一问题，典型的如夏东元的《郑观应传》和卜庆华的《郭沫若评传》。

（5）对于有关人员提供的材料，在整体上还必须作区别对待。

套用顾颉刚提出的"层累地造成的古史说"理论，即可以认为：凡是后出的材料，它们越详细，作伪的可能性也越大，因此越不可靠，特别是对伟人的回忆录，更明显地存在这种情况。胡适在谈到确定材料证据的条件问题时曾说，对于任何证据材料都得问以下几条。

① 这种证据是在什么地方寻出的？

② 什么时候寻出的？

③ 什么人寻出的？

④ 地方和时候上看起来，这个人有做证人的资格吗？

⑤ 这个人虽有证人资格，而他说这句话时有作伪（无心的或有心的）的可能吗？[①]

这段话可以成为处理这一问题上的方法论原则。

此外，就鉴别和考订的具体方法来说，还有一点特别值得重视，这就是利用文献档案来考订。突出的一份是，关于李大钊在 1925 年被通缉和出国的具体日期，以往史家都认为在该年 4 月间。而近年来出版的《李大钊传》则明确指出，李大钊被通缉当在该年 5 月下半月，出国赴苏的时间是 6 月上旬。其证据是，根据文献档案可知，传主在该年 5 月 13 日尚在北京大学政治学会上作公开演说，此时肯定尚未被通缉，而北洋军阀政府内务部档案 ［1001］3499 号又表明，是年 5 月上旬张国焘被捕后供认了传主为中共北方地区的领袖，由此反动当局对传主作搜捕，搜捕扑空后，北洋军阀政府内务部才在该年 6 月 11 日正式下达搜捕文书，密令各省长、都统、镇守使、护军使对传主"严速查拿，务缉归案"。又据苏联《真理报》1925 年 7 月 11 日报道，该年 6 月 17 日至 7 月 8 日，莫斯科召开共产国际第五次代表大会，会议期间传主代表中国共产党就中国民族革命问题发表声明。以这样确凿的文献材料来作印证，该书的考订意见无疑是准确可靠的。

---

① 胡适，《古史讨论的读后感》，收入顾颉刚编，《古史辩》第 1 册。

3. 认真做好整理编排

在材料基本收集完整并作了鉴别考订之后，为了很快进入实际写作程序，还必须对已有的准确无误的材料作认真的整理和编排。

关于如何进行整理和编排，可能由于这一问题太具体琐碎，因而中外传记作者几乎没有对此作过明确的论述。这里只能根据笔者的有限的经验略作提示。

对材料的整理和编排大致可以从以下几个方面着手。

(1) 以纵向的时间为顺序。

对传主的重要的生平经历和思想发展线索，包括其重要著述的写作发表时间等，以及背景性质的重大历史事件，纵向的即按时间顺序编成一份类似年谱或年表的东西。据此，一般说来就可以初步划分传主的生平经历和思想活动的阶段，也可以由此梳理传主思想活动与历史事件的有机联系，在此基础上，拟定整部传记作品的写作提纲将是水到渠成、瓜熟蒂落的了。从纵的方面对材料作整理和编排，一般说来是越详细越好，但是在主要内容方面要相对集中，而且为了眉目清晰起见，最好在作整理和编排时也有所归纳、分析。这种归纳、分析实际上是作者在传记写作的准备阶段，通过对传记材料的处理所得出的某些观点，显然，观点体现得越充分、越明确，对于后一步的实际写作也就越有积极意义。从纵向对材料作认真的整理和编排，经过一定的文字加工后，还可以作为日后完稿的传记作品的附录，事实上，现代中外中长篇的传记作品大都有这样的附录。正是从这一意义上来说，在传记写作的准备工作阶段，认真地对传记材料作整理和编排，并非是可有可无的。

(2) 用横向的形式方法对传主的有关重要问题进行分类的或专题性的整理和编排。

例如，传主社会政治思想观点的涉及面和相应的基本特点及其发展演变的情况，传主主要的文化学术活动的涉及面和相应的成就和特点的情况，传主与其他重要人物的思想联系或人事交往关系的情况，传主在若干重大的社会历史事件中的表现情况，传主的同时代人和后代的学者对于传主的种种评价情况，如此等等，都值得作分类的整理和编排。对传主的传主资料作这样形式方法的整理和编排，同样也有重要的意义。因为通过这一工作，可以对传主的生平活动特点，人格特征，政治上或文化学术上的功过是非等问题，作进一步的归纳分析，而在这种更深入的归纳分析中所获得的结论，无疑又将构成日后完稿的传记作品中的重要内容观点。

（3）以撰写写作提纲的形式，糅合上述两个方面的对于材料的整理和编排工作。

由此完成对于传记材料的综合处理，也形成对于传主的初步的总认识，并且明确地确定传记的类型。总之，在拟定了写作提纲之后，才标志传记写作的准备工作的基本完成。在一份写作提纲中，至少要顾及到以下几点。

① 确定篇章结构的基本框架，这一点在传记写作中特别重要，具体分析详后。

② 规划写作的内容侧重点，即准备着重评述传主的哪些方面的思想活动，与此有联系的，就是要规划材料运用上的详略，包括确定对哪些情节、细节重点处理等。

③ 分配材料，并指明运用材料的角度，即考虑好用哪些材料去说明哪些问题等。

④ 对于列入提纲、拟在日后具体的写作过程中所要用的材料——注明出处。

应当说，在对材料作整理和编排时，尤其在具体到拟定写作提纲的时候，还必须同时初步地做好材料的取舍定夺的问题。取舍定夺是材料的整理和编排中一个重要环节，其实质是对已作鉴别和考订的材料做再处理。在这一问题上，一个最基本的原则，当是像雕塑一样，该凹下去的凹下去，该凸出来的凸出来，总之，要把一切多余的石头都凿掉，仅保留那些不可或缺的部分。说得稍具体一些，对于材料的取舍定夺，要考虑这样两个原则，一是依材料的价值程度（即说明问题，服务于主题）的大小高低而决定，例如，传主在某一具体的历史事件中做过相类似的几件事，一般说来，当然要择选其最能充分显示传主的人格思想特征的，而且又有某种自然的典型性和戏剧色彩的活动的材料；二是依传记作品的类型而决定，如传主私生活方面的材料，对用文学笔法写的传来说，当然要充分地组织运用，而对用史学笔法写的评传来说，一般只对之作综合运用即可，不必求全求细。材料的取舍定夺与拟定的传记篇幅的关系，更是不言而喻的；三是在取舍定夺时虽然要考虑说明问题服务主题，也要考虑到篇幅，但更重要的是避免片面性，即是说，凡能够反映传主思想性格特征和历史功过的各个有关侧面的材料都要择用，不能只求其一，不顾其余。鲁迅曾这样谈及陶潜说：他既有"采菊东篱下，悠然见南山"的"飘逸"，也有"刑天舞干戚，猛志固常在"之类的"金刚怒目"式，"这'猛志固常在'和'悠然见南山'的是一个人，倘有取舍，即非全人，再加抑扬，更离真实"①。显然，这一意见对于传记材料的取舍定夺问题有着普遍的指导意义。

第四节　有关学术课题的追踪

如本书上篇第三章所说，传记作品的派生要素中的一个特

---

① 鲁迅，《且介亭杂文》二集·"题未定"草［六］。

殊点在于狭义的学术性，即传记作品所蕴含的专业学科知识的成熟性。唯其如此，对于传记写作实践来说，其准备工作方面的一个重要内容，也就必须对于拟写的传记将要涉及的若干学术性课题作追踪。

1. 这种追踪，实际上又是对于传记材料的处理工作的一种拓展，只不过它在具体的处理方法上有自己的特殊性。一般地说，追踪的形态有下列两项

（1）知识性。即通过研究工作对更为广义上的背景材料作系统的、专题的把握。

例如，一部传记如果要描述和评价某传主某些方面的社会活动功过和思想的历史地位，就要对有关问题作深入的专门研究。事实上，凡是优秀的学术性传记莫不如此。苏联学者谢·勒·乌特琴柯著的《恺撒评传》极为典型。作者是苏联乃至国际上著名的罗马史学者，他对于传主生活的时代的各方面情况都有极为深入的研究，并著有学术著作《罗马共和国的危机与覆亡》，正因为他对于该传记写作所应追踪的学术课题作最大限度的追踪，因而《恺撒评传》被公认为最权威的恺撒传记。

（2）体验性。即有意识地接近传主的生活经验。

如寻找机会步传主的有关生活踪迹的后尘，以对那些造成传主生平思想重大特点的自然地理环境和人文地理环境获得一种感性的体验。对于这一点，我国古代的司马迁其实已有所认识。在当代，由于交通的便利，这种追踪形态也就更为传记作家们所看重。例如，美国学者摩里森（Samual Morrison）为了撰写《哥伦布传》，曾多次横渡重洋，力图遵循相似于传主当年开辟的从欧洲到北美的航线。近年来，西方的一些传记作家拟为我国那些参加过中国工农红军二万五千里长征的传主立

传，纷纷来华，沿着当年的长征路线重走一遍，无疑也是出自于这样的认识。

2. 传记写作的实践表明，上述两种形态的追踪，作为传记写作的准备工作的一个重要组成部分，其对于提高传记作品的质量的积极意义是至为明显的。大致说来，至少有这样几点

（1）通过追踪，对于传主生活时代的各种社会政治的、自然地理的以及人文风俗方面的环境，可以认识和体验得更加具体细腻，从而摒弃那些"想当然耳"的笔墨。

例如法国作家多米尼克·拉皮埃尔和美国作家拉里·柯林斯合著的《圣雄甘地》，作者在动手写作前曾赴印度作实地考察，4年内行程25万公里，从而对于传主的生活环境（印度国情和社会风俗特点等）获得了相当具体深入的观察体验，这样，写成的传记作品就有一种很深切妥帖的环境氛围，以致后来该书较为容易地被改编为电影。

（2）通过追踪，对于传主的生平活动的描述，也将获得可靠的历史背景，从而可以避免那种孤立地为传主立传的弊病。

例如，苏联学者Ρ·Γ·斯克伦尼科夫写的《伊凡雷帝传》，尽管传主是一位毁誉交加很有争议性的人物，事实上他的性格的确充满矛盾，其功过难以分清地交织在一起，但是由于作者对于16世纪的俄国史有相当深入的研究，在有关课题的学术追踪方面做了大量的工作，因而就能够运用翔实可靠而有充分说服力的背景材料来分析解释传主的所作所为，不至于孤立地限于从纯粹抽象的道德角度来描述传主复杂的一生。

（3）通过学术追踪而对传主作种种评价，又可以更加富有历史感，更加妥帖，不至于陷于空浮和自相矛盾。

换言之，追踪与传主生平思想有关联的专题学科的历史和

现状，它可以使得在评价传主的历史地位时获得一种可靠的和有质的规定性的参照系。这在那些以著名科学家、思想家或文学家为传主的传记作品中显得特别重要，因为有相当一部分传记，为了突出传主，往往有意无意地拔高传主的历史地位，为其奉献许多廉价空洞的颂词和桂冠。相反，如果对于传主的评价建立在有关专题学科的追踪的基础上，这一弊病就能够得到克服。例如，美国科学家 W·布劳恩是当代世界上最优秀的航天科学家，被誉之为"现代航天之父"。为之立传如果只是一般化地描绘他的生平经历，讲述他的科研活动，虽然也可以给读者以一种印象，但毕竟不那么深刻，如果在这基础上对传主的科学贡献作一番评判，那么就需要追踪 20 世纪以来的航天技术发展史，否则的话，读者未必会心悦诚服地接受。美国作家埃里克·伯高斯特写的《布劳恩》的成功，恰恰在于通过为传主立传，环绕着传主的经历，全面系统地并且是深入浅出地介绍了整个航天技术发展史。这表明，一部科学家、思想家或文学家的传记，只有做到了把传主的生平思想的描述和某些专题学科的历史和现状的介绍有机地融为一体，其对传主的评价才能具有雄辩的说服力。

此外，凡是在内容方面对于与传主生平思想发展有密切关系的学术课题的追踪，还可以有别一种学术意义，即使得传记作品同时具有一种相对独立于"人物传记"的学术价值。这在那些从思想文化史的背景或其他专题学科史的背景出发而为有关代表性人物所作的评传类型的作品中，体现得最为明显。例如，美国作家伊夫林·凯勒写的以美国"科学怪人"、女生物学家、诺贝尔奖金获得者巴巴拉·麦克林托克为传主的《情有独钟》，以相当的篇幅介绍了分子生物学这门新兴学科。据作者说，"我希望我所描绘的肖像对三部分人有所裨益"——对不是生物学家的读者，介绍一个不熟悉的世界；对读过经典遗传学的人，介绍教科书上所描写的玉米遗传学的主要里程碑之后所出现的为人熟知的名字；而对当代研究工作中处于前列的职业性生物学家，他们可以把该书作为"术语"书来读。这段话表明，当代的传记作家对于传记写作中追踪有关学科的问题有了更加深切的认识。

第二章　传记写作的一般原则方法

　　为人立传（包括写自传）属于一项广义的史学撰述活动，因而传记写作如同从事狭义的史学著作的编纂一样，其成功与否以及成绩的大小，不能不取决于史德、史识和史才这三者的结合。

　　当然，史德、史识和史才三者的结合也有程度高低之分，或者说，在大量的传记写作实践中，这三者也常常有所分离，或有所偏重。但总的说来，史德是最重要和最基本的，史德的合格意味着传记作品性质的确立，而史识的高低和史才的优劣，则更为具体地决定传记作品的质量。

　　因而本章探讨传记写作的一般原则方法，既是倡导三者的结合，但又特别强调史德和较多地提示史识的重要性，至于史才的问题，前一章已有涉及，在以下两章中还将做更具体的论述。

第一节　传记写作的根本性原则

　　传记写作的根本性原则，简要说来用四个字便可概括，即

"实事求是"，或者说，一切从传主的实际情况出发，根据确凿的事实和材料，客观而准确地评述传主的生平经历和思想发展，在此基础上求得对传主的全面认识，又通过对传主的认识而求得对某个历史阶段、某些历史事件、某种历史现象和历史规律的接近真理的把握。

传记写作的这一根本性原则，① 主要体现在史德要求和史识要求的两个层次上。

1. 传记写作中的史德要求

作为史德的要求，是直书实录，即对于传主的生平活动和思想特点以及人格特征、历史功过，都作赤裸裸的毫不掩饰的描述揭示，从根本上摒弃杜撰、编造史实、歪曲历史真相、故意隐瞒回避或夸大其事、着眼于谀墓或自吹一类的弊病。这里涉及的重要理论原则是：真实性是传记写作的基本精神和灵魂，偏离真实性的任何做法都只能把传记写作引入歧途。

在这一点上，比较突出的问题有三个方面。

（1）当某些客观存在的史实有可能损害传主的名誉、形象的时候，敢不敢也作如实的揭示描绘？

如果是为自己所崇敬的父辈、师长和亲友立传，是否不避讳？如果是自传，在写到自己家庭身世、父母情况或本人事迹的时候，是否敢于披露类似"隐私"的史实内容？

不少优秀的传记作品在这方面所采取的态度是值得赞赏的。如鲍斯威尔写的《约翰生传》，尽管作者对于传主极为崇

---

① 西方传记理论界对于这一根本原则的概括性提法是"唯真无它"（nothing but the truth）或"赤裸无隐之真"（the naked and plain truth），奥柏锐（J. Aubrey）语，转引自［美］汪荣祖，《史传通说》，联经出版事业公司，1988.10。按：这是十分精当的意见，值得重视。同理，汪荣祖提出，传记作品应"忠于其人，必真人实事"，这也是很正确的意见。

敬，但书中对于传主那种缺乏"绅士风度"的怪相却是如实描绘到淋漓尽致的地步。该书这样描写传主进食时的一种可笑神态："吃东西的时候，他的全部精神贯注在东西上面。他的眼睛盯着盘子。除非有贵宾在座，他总是一言不发，至于人家说什么，也不理会。这样，一直要等到他的食欲满足了才罢。他的食欲真凶，他也吃得极其专心，所以吃东西的时候，额角上的青筋暴起来了，强烈的汗珠也冒出来了。"显然，如果作者为传主讳，只是轻描淡写地说一句传主"生情随便"，那么读者就无法看到一个真实的传主形象。这种情况还属于生活琐事类的，在涉及传主的政治行为和思想实质时，优秀的传记作品仍是据实写来。如刘念智为其父、著名的工商业者刘鸿生写的传记《实业家刘鸿生传略》，毫不讳言其以充当买办起家的事实，并且进一步写道，传主当时为了赢得外国老板的好感，根据外国老板好酒色的性格特点，总是竭诚为之服务，不时送其入酒肆进妓院，以使外国老板感到充分满意。这样的描写，虽然似乎有损于传主的形象，但这作为客观的事实是不能不写的，该书对此如实写出，可以使得读者看到一个中国买办的真实形象，也容易理解传主以后在事业发展的某种原因。自传作品也是如此。例如美国黑人歌手比莉·荷丽黛的自传，披露了下列有关家庭身世和本人事迹的事实：她是父亲 15 岁时和 13 岁的母亲偷尝禁果的产物，而她本人在 10 岁时就被一位 40 岁的男子强奸并被送入感化院。稍后，她就作为雏妓卖淫，曾因拒绝接某老板的客，又被人以某种罪名送进监狱。另外，从少年时代起，她就因受诱而吸食麻醉药，当她成为女歌手，仍然对吸毒难以自拔。显然，这样直书实录，虽然刻画了她自己的不光彩的形象，但在史德上则是难能可贵的。

（2）对于一个传主同时存在的功绩和错误、缺点用怎样的态度来反映?

是详功而略过,或详过而略功,还是按功过的实际情况以及客观的社会影响程度而作恰如其分的描述?应该说,无论是详功略过还是详过略功,虽然没有完全回避传主的史实,但这样做所形成的强烈的反差,其实也带有某种讳言和隐瞒的性质。正确的原则是,一位传主,无论是先好后坏,还是先坏后好,其功过都应予以翔实的叙述、剀切的评判,做到功则功,过则过,不以功掩过,也不以过冲功。

举例来说,国际共产主义运动史上的著名活动家罗莎·卢森堡,据列宁的分析,她在波兰独立的问题上,在 1903 年对孟什维克主义的评价上,在资本积累的理论上,在 1914 年 7 月主张布尔什维克和孟什维克联合的问题上,以及 1918 年在监狱里所写的著作中,都犯过错误,但她总的说来还是一位"伟大的共产党人"[1]。苏联学者罗·叶夫泽罗夫和英·亚日鲍罗夫斯卡娅合著的《罗莎·卢森堡传》,也正是这样功过分明地来评述传主在极端复杂、充满矛盾的斗争中度过的一生,既指出了传主如何在革命征途中不断寻出新的途径,又详尽地评述了传主的活动和著述中充满了矛盾情况:一方面对马克思主义理论作出了贡献,另一方面在若干重大的政治和理论问题上犯了错误。无疑的,这样的态度是正确的。胡华在谈到如何写党史人物的过失的问题时指出:"对于党史人物的一些关系到大局的重大的过失,则必须写,不能回避。要写明重要过失的事实,分析过失的性质和严重程度,指出教训。"[2] 这一意见也很有指导意义。从我国传记写作的实际情况来看,对于那些先好后坏的传主,常常是述功绩轻描淡写,语焉不详,而述过

① 《政论家的短评》,《列宁选集》第 4 卷。
② 胡华,《关于党史人物传记的研究和写作问题》。

则是详尽周全；相反，对于先坏后好的人物，述过又是蜻蜓点水，一掠而过，而记功则是大肆渲染，任意拔高。显然，这种做法不符合直书实录的史德。

（3）对自传作品来说，在讲到自己与某一有感情瓜葛的人物的相互关系时，究竟是如实写出事实真相，还是让私人感情冲击史德的理智，借此泄私愤，图报复，在吹嘘自己的同时又对他人对恶毒的攻击？

不少优秀的自传作品对此有正确的选择。如前已谈到，刘汝明的《自传》，其中讲到他与著名的进步新闻记者范长江的一段冲突。当年范长江曾在《大公报》上发表文章抨击传主，并说"刘汝明可杀"。但刘汝明在自传中只是如实地回忆这一冲突的史实，并不因为对范长江有私怨而怀恨在心，借机对范长江作攻击。类似的实例还有《李·艾科嘉自传》，作者曾在美国福特汽车公司总裁的职位上被公司老板解雇，之后只得自谋出路，转入克莱斯勒汽车公司后东山再起。作者在该书的"前言"中说，自己写自传"不是为了报仇"，因为"我与福特已在市场上见过高低"，目的仅在于"恢复事情的本来面目（也为了保持心地的坦白），要如实讲讲我在福特和克莱斯特的生涯"，由此让读者"看到今日美国大企业的刺激与挑战，并且对那些值得去奋斗的事情有所了解"。这些情况表明，自传作者对于历史上的对手持冷静客观的态度，也是构成良好的史德的一个重要内容。

综上所述，直书实录的史德要素的最大障碍，其实是所谓的感情问题，即由于作者的感情成分发生作用，而对史德的理智作了冲击。笔者曾有一文专门谈及这一问题："在不少社会科学研究论著中，往往有这样的情况：研究工作完全是从感情出发的，因而对于研究对象掺入了研究者个人的相当浓厚的感情成分。尤其是那些近现代人物研究方面的论著，包括回忆录或人物传记，作者的感情色彩更令人吃惊：对于研究对象——领袖人物、亲人师长和战友等，任意拔高，全篇充满着溢美之词，不仅讳言其缺点和错误，甚至把缺点和错误也当作美好的品德而赞扬，仿佛他们是天地间唯一完美无缺的人。与此相适应，在写到他们的一些'对立面'人物（其实有的仅仅是在历史上同研究对象有所争执和纠纷的人）时，则是贬低和丑化，总之很有点'爱之者欲其生，恨之者欲其死'的味道。于是乎，虽为学术论著，但史实遭到了歪曲，编造代替了历史，社会科学研究工作所应遵循的实事求是的原则就为研究者个人的感情冲掉了。""这种情况提醒我们：研究者个人的感情因素对于学术研究只有其弊而绝无其利，因为学术研究是一种科学活动，科学是老老实实的东西，它只服从客观事实，只服从真理，而不承认什么个人的感情，更是否认感情对于本应冷静和严肃的科学研究工作的冲击和制约。总之，感情不能代替，也代替不了科学，在学术研究工作中，感情的东西越多，距离科学的道路也就越远。""如果科学研究工作者在自己的学术活动中应当带些什么健康的感情的话，那只能是服膺真理，即把尊重历史、尊重事实，满腔热情地探索和追求科学真理，作为科研工作的出发点，而万不能以任何形态的丧失科学性的代价来换取廉价的'阶级感情''民族感情'和'同志间的革命感情'——如果是这样，那么这种'学术研究论著'，严格说来只能是一种赝品。"[①] 对于上述意见，笔者至今坚持不悔。

2. 史识要求中的探本求原

即在写作过程中必须排除种种非学术性因素，严格地遵循

[①]　朱文华，《学术研究与"感情"》，文汇报《理论探讨》总第 54 期，1985. 3. 25。

辩证唯物主义和历史唯物主义的观点，把传主完全置于一定的历史阶段和历史环境中予以考察，在如实描绘史实的基础上予以尽可能客观公允和准确的评价，既不"一俊遮百丑"，也不"一眚掩大德"，既不苛求古人，也不拔高古人。总之，应该是在对传主的评述和认识中求得对于某种历史真实的把握。在这方面，涉及的理论问题主要是必须破除英雄史观和天才论，破除"历史研究为现实阶级斗争（政治）服务"一类的错误观念和认识，也必须破除传记作者在写作之前对于传主的种种先入的成见。

传记写作的实践表明，在这一点上有两个问题最值得引起重视。

（1）影射问题。

即表面上是为某历史人物立传，而实际上是借此抨击某一现实的政治人物，这样，在作品中便是人为地对传主的生平活动事迹作种种政治性的剪裁，对传主的思想风貌作种种歪曲，也对传主的实际的功过是非的评价作种种颠倒，总之，作品中出现的不可能是真实的历史人物形象，而是改塑成了一个漫画化了的现实人物。如此做法，"探本求原"自然完全成了一句空话。例如，吴晗当年写有《明太祖》，据作者后来承认，"由于当时对反动统治者蒋介石集团的痛恨，以朱元璋影射蒋介石，虽然一方面不得不肯定历史上朱元璋应有的地位，另一方面却又指桑骂槐，给历史上较为突出的封建帝王朱元璋以过分的斥责，不完全切合实际的评价"①。既是如此，该书在总结历史经验的问题上当然是没有太大的价值了。

（2）迎合现实政策问题。

这在东方国家的传记写作中尤为突出。为了迎合现实政

---

① 吴晗，《朱元璋传》自序，三联书店，1965。

策，不少作品便是对传主客观存在的以及早有定评的某些言行，或是隐讳，或是作牵强附会的解释，或是一味地拔高。例如，我国当代传记写作中，对一些后来与国民党当局做政治决裂的人物——原国民党起义将领或被特赦的战争罪犯等，鉴于他们（或他们的遗属）现今已成了统战对象，便考虑到"统战政策"而对他们历史上的劣迹做回避；同样，又对他们当年的某些细小的优点作渲染，至于对同一事件中所体现的人物思想活动的两个侧面，则是只发掘和评价其积极的一面，而对其消极的一面语焉不详。以若干冯玉祥的传记为例，传主虽然在后半生站到了人民的立场上，但在其前半生，经历和思想十分复杂，时人称之为"倒戈将军""基督将军"之类，颇能说明问题。不过，不少传记作品往往以拔高的手法来肯定性地评述其任何一次"倒戈"行为，不去论及其中含有的某种政治投机性的消极面。同样，传主治军的确很严，但这当中明显地带有浓厚的封建意识和军阀作风，但不少传记往往回避这一问题。如此立传，当然也不可能准确地揭示传主的真实全面的形象。在苏联，也有类似情况，只是表现形态有所不同。如前些年有的传记作家为阿·托尔斯泰立传，根据当时的苏联政治和外交政策，对于传主于 1912 至 1923 年间在西方生活的那段经历以及传主早期作品的评述，都采取了十分偏激的态度。之后，苏联学术界似对这种情况开始了反省，如 1986 年 12 月 20 日的苏联《真理报》曾对此事提出质疑，并要求批评家对一些在政策上似是"难以处理的问题"采取更为客观的态度[①]。

综上所述，无论是影射，还是迎合现实政策，从根本说，是那种所谓"历史研究要为政治服务"的错误观念的表现。持这一错误观念的人，对此可能引经据典地说出许多理

---

① 据路透社莫斯科 1986 年 10 月 20 日电，《参考消息》1986. 12. 27。

由，但是他们忘记了最根本的一点：传记写作作为历史撰述活动的一种，实事求是的原则是最基本的，偏离了这一点，所谓"为政治服务"，只能以丧失其科学性为重大代价，而传记作品的科学性一旦丧失，"为政治服务"尽管可以有一时一地的社会政治功效，但这种功效在本质上带有更大的消极性。

3. 传记作品的观点倾向性

在谈了传记写作的根本原则所体现的史德要求和史识要求的两个层次的问题后，也不能不进而谈谈与之有密切联系的传记作品的观点倾向性的问题。这是因为，传记写作实践表明：对于同一传主，不同作者写的各种类传记作品对他的认识和评价，往往是不一致的，而从各位作者的史德来看，又是无可非议的。出现这种情况的原因，无疑在于不同作者的史识的差异，不过他们并没有搞影射或迎合现实政策之类。

这种情况表明，在传记写作中，作者在史识方面见仁见智，在史德和史识的结合上产生多种形态，乃是正常的。如《大独裁者希特勒》的作者艾伦·布洛克说："无论我的某些解释是多么值得怀疑，事实还是有可靠根据的，而且这些事实有足够的说服力。"因而，对于这种情况，传记理论批评家和读者都应予理解，其理由至少可以指出以下三点。

① 在讲求史德基础上而形成的史识的不同，都是遵循论从史出的唯物主义的认识论思维程序，这与那种以感情冲击史德，以及在史识上搞影射和迎合政策之类的唯心主义认识论，有质的区别。

② 前者是一种在正常的科学研究工作过程中自然形成的结论，而后者则是一种先入的成见的具体演绎。

③ 前者的目的是追求真理，尽管它可能尚未接近真理，而后者则是追求狭隘的社会政治功利，这对传记写作的原则是一种先天性的背叛。

当然，从理论上说，史识是有一定的质的规定性的，对于已经成为传记对象的人物的生平活动和思想情况的功过是非，也是应当可以求得比较一致又比较接近真理的认识的。然而在实际上，由于传记作者所处的社会历史环境的差异，以及每个传记作者个人的思想理论水平（包括专业知识的素养）的异同，总会产生认识（由认识方法所决定）不一致的情况。因此，对于传记作者来说，提高自己的思想理论水平和由此决定的史识能力，做到史德与史识的尽可能完善的结合，当是一个努力的目标。

第二节　具体写作中需要处理好的几对矛盾

在传记写作中，除了把握上述传记写作的根本性原则之外，还需要具体地处理好几对矛盾关系。而这几对矛盾关系的处理，正是构成传记写作的史识的基本内容。

1. 个体与全局

个体与全局这一对矛盾，需要着重把握的是正确理解和处理传主个人的活动情况与他所处的那个历史时代的关系，即是说，要把传主的活动切实地置于特定的社会历史环境中予以考察，而不能脱离历史抽象和孤立地予以评述。从理论上讲，也就是要充分认识辩证唯物主义和历史唯物主义的下列基本原理。

① 历史人物虽然"在其现实性，它是一切社会关系的总和"①，但同时又是特定的"那一个"，所以，历史人物相互之间虽有联系，但不可能有雷同，也不可能存在着置换性。

② 任何历史人物都是时代的产物，历史的特点对于任何人物都有必然的创造性和极大的改塑性，"如爱尔维修所说的，每一个社会时代都需要有自己的伟大人物，如果没有这样的人物，它就要创造出这样的人物来"②。

③ 在一定的情况下，历史人物也可能对历史的进程发生重要的影响，但又不可能是随心所欲地创造历史，他们的活动不能不受到"在他们诞生的时候就已经具备的一定的现成条件"的制约③，或者说，他们的一切活动动机，"不是从琐碎的个人欲望中，而正是从他们所处的历史潮流中得来的"④。

就传记写作来说，经常所遇到的实际问题是：怎样认识个人活动的特点所受到的外因和内因的条件的制约；怎样认识与个人活动有联系的历史事件的因果关系？怎样看待个人活动和历史事件中的偶然性与必然性问题？怎样认识传主个人与其他人物之间的关系？怎样认识有历史性贡献或罪恶的传主的确切的历史地位？如此等等。举例来说，对于作为重要的政治家的传主，该如何揭示与解释他所从事的政治活动的动机、失败或成功的根本原因以及产生的社会历史影响？而对于作为无产阶级的领袖人物的传主，如何认识他的历史活动与整个党、阶级和人民群众以及战友们的关系？至于那些作为卓有建树的优秀思想家、科学家和艺术家的传主，又该怎样反映他们的建树与

---

① ［德］卡尔·马克思，《关于费尔巴哈的提纲》，《马恩选集》第 1 卷。
② ［德］卡尔·马克思，《1848 年至 1850 年的法兰西阶级斗争》，《马恩选集》第 1 卷。
③ ［苏］斯大林，《和德国作家艾米尔·路德维希的谈话》，《斯大林全集》第 13 卷。
④ ［德］恩格斯，《致斐·拉萨尔》，《马恩选集》第 4 卷。

一定的时代条件与生活经历的关系，如何准确地评价他们在已写有前辈的光辉名字的思想文化史上的客观地位？

在中外传记写作的实践中，这方面的反面教训颇多。如某些版本的孙中山的传记，有用"风水"角度和"相面"方法来解释传主的成长的，谓翠亨村的风水很好，所以传主成了伟人，"最妙的是从孙中山的相貌上解释，说凡人的相貌长得像母亲，性格又像父亲的人，都可以成为伟人"①。前些年国内出版的关于老一辈无产阶级革命家的传记，也大都把传主写成生而知之的圣人：从小就是一个有远大革命抱负的神童，长大了又是单枪匹马打天下，战无不胜、攻无不克、独来独往、来去无踪的孤胆英雄。这样的写法，显然是没有把个体与全局的矛盾关系处理好。

当然，中外传记写作中在这方面同样有许多成功经验，并有相应的理论上的阐述。如有人在评论著名作家韩素音的《早晨的洪流》时指出："历史的发展常常引起的迷人的问题之一是：非凡的领袖个人，对于伟大的人类事件的进程，究竟在多大程度上发挥着决定性的影响？而不管哪怕是最有权力的人物的思想和行动怎么样，自然的（多少是必然的）经济、社会和其他的运动，究竟又在多大程度上决定着伟大的人类事件的进程？"而该传记表明，"两种影响共同对历史的转变作出决定性的贡献"，另外，"一个杰出的个人是不够的，在历史的危急的时刻里，为了改变人类事件的进程，需要一群由一个伟大领袖领导的非凡杰出的个人。时势总要产生的不会只是一个人，而是一批人"；同样，该书也揭示了"毛不是单枪匹马地改造中国……他一直只是一个班子里的一员（虽则是最重要的一

---

① 彭明，《评价民国历史人物的几个意见》，《1979 年以来关于史学理论和史学方法论探讨的摘述》（续），《新华文摘》1986 年第 12 期。

员）"，而他的几位同事对于中国革命也同样"作出了不同的贡献"①。又如美国作家 S·A·布卢姆伯格和 G·欧文斯在拟为美国当代著名的核物理专家爱德华·特勒作传时，传主对作者说，应该写一本客观的书，尤其不要避开传主的深刻的政治纠纷而去作无血无肉的叙述。所谓深刻的政治纠纷，是指对传主的生平思想和活动所产生的深刻影响的那一时代背景和社会政治地理环境和人际关系等。《能源与冲突》一书正是这样做了，该书所描述的乍看是深居简出的传主，其实并不是一个孤立的形象，对于全局的把握，全书有深厚的内容。再如联邦德国的威廉·冯·施拉姆的《克劳塞维茨传》，该书紧紧扣住传主所处的时代背景特点来描述传主的生平活动，这样就很好地解释和回答了这样的问题：传主的不朽名著《战争论》为何得以产生？传主又为什么能够在该著作中提出那么多军事理论上的独创性论断？而这些军事理论上的独创性论断的历史性背景又是什么？这无疑也是把握了个体与全局的矛盾关系的结果。

日本现代著名学者鹤见祐辅在谈到传记作者的资格的五个条件时指出，其中之一是"对于事件、人物和思想的批评力"，即作者"要为独具只眼的远识者。品评伟大的人物，既要把他所活动的社会和他所抱负的思想政策置之俎上来权衡取舍，尤要具备把那事件人物思想之大小当否，和别的时代及人物对比而以适当的衡量来估价的力量"②。这里所强调的史识，无疑又是从处理把握个体与全局的关系的角度而言的。

2. 静止与发展

静止与发展这一对矛盾关系，涉及历史科学的基本问题是：

---

① 见该书的《前言》（马尔科姆·麦克唐纳）。
② ［日］鹤见祐辅，《人物评传》，收入《读书三昧》，李冠礼等译，商务印书馆，1940.12。

承认历史本身是一种矛盾运动，历史的发展是曲折迂回，按螺旋式前进的，而历史发展既有统一性，也呈现多样性，历史发展的形式和内容又是辩证统一的。落实到传记写作，最基本的一点，就是要承认，任何历史人物的生平经历无论从自然角度还是从社会角度来说，都具有阶段性，与此相适应，每个人的思想性格也总有一个发展过程，并不可能天生如此而又凝固不变的。而且，由于每一历史人物都是特定的"那一个"，因此每个人的生活阶段和思想性格发展过程及其特点都不可能雷同。唯其如此，传记作品通过对传主在不同生活阶段的不同特点、性质的活动来揭示他们的思想性格的演变，换言之，在描述传主为何种形象的同时又解释他们何以形成这种形象的问题，当是最基本的课题之一。尤其是为那些涉及多方面社会政治活动、思想成分又复杂多变，而且他们的不同时期的活动和思想的性质和功过又有重大差异的传主立传，更要特别地注意这一点。

本来，这属于一个常识性的问题。然而在中外传记写作的实践中，却常常有用静止的观点来评述传主的情况。其最突出的表现是，把传主的生平经历和思想发展演变的有机联系相割裂，虽然也介绍了传主的履历，但对传主的人格形象却依据一种既定的凝固的而又是空洞抽象的政治或道德的准则来评判，并以此来处理传记资料。这样，不但传主的个性完全被抹杀了，其最基本的思想性格的发展线索实际上也未能勾勒出来。总之，以偏概全，只用传主的某一阶段的某些行为所体现的某种思想的政治性质来解释传主一生的任何言行。不同传主的传记作品竟会出现雷同的面目，甚至在篇章结构和材料的具体运用上也会出现程式化。例如，有的批评家指出，我国前些年出版的一批科学家传记，其内容几乎都是如此——少年聪颖、立志救国；经过苦读、考入高校；出国深造，获得学位；不愿受外人的挽留而回国效劳；报国无门并贫困潦倒；中华人民共和国成立后才智得以发挥；"文革"中受迫害进"牛棚"——粉碎"四人帮"后老当益壮。①

以上这种反面的教训提醒我们：在传记写作中，特别需要处理好那种习惯上被称之为"阶级论"和"阶段论"的关系，即是说，描述一位传主的生平经历和思想发展，评价他的各方面活动和思想个性的功过是非，虽然要从阶级分析的角度去把握，但同时也应当按"阶段论"的方法，进一步作深入细致的探讨。假设一位传主，不管他后半生有何种重大的过错，但只要他前半生曾顺应历史潮流，投身进步活动，又留下了值得肯定的进步言行，那么对前半生的这种情况就应当予以反映并作肯定性的评价，决不能用"轧倒账"的方法，抓住其后半生的问题来推论其前半生，以后半生之非而抹杀前半生之是。同样道理，一位传主如果其前半生的重要的活动和思想毫不足取，而后半生却有转变，那也应该客观地反映这种前后变化，对不同阶段作不同的评判，而不能以其后半生之功去抹杀和冲淡其前半生之过。至于那些一生活动曲折和思想多有反复、是非功过常常是交织在一起的人物，更要按其不同生活阶段所体现出来的思想行为的主要倾向和主要特征，逐一地作具体分析，也不能采取"一言以蔽之"的简单化方法。

举实例来说，在中国共产党历史上扮演过重要角色的王明，从他一生的主要活动来说，的确对中国共产党的事业起了极大的破坏作用。但他并不是天生的"机会主义路线的头子"，他的早年也曾是一个献身于人民革命事业的热血青年，他的错误主要是从留苏时代开始的，而在第二次国内革命战争和抗日战争期间，他分别作为党内"左"倾和右倾机会主义代表人

---

① 子真，《传记作品应着意写人》，《问题讨论：关于传记文学的写作问题》，《人物》1981 年第 3 期。

物，对于中国革命造成的危害和损失也有所区别，至于他从政治上彻底地堕落为叛党分子，是在他生命的最后几年。周国全、郭德宏编撰的《王明年谱简编》，本着阶段论的原则，明确地指出传主在1920年"受'五四'运动的影响，参加过一些进步学生活动"；1924年就读武昌大学时，又经常参加进步社会活动，并于次年又在武汉投身了五卅反帝爱国运动，如此等等，显然是很好地把握了静止与发展的矛盾关系。又如姚蓬子此人，曾是20世纪30年代左翼作家的一员，当时在文学作品中流露的进步倾向也是明显的，但在被捕叛变之后，他的政治立场和政治品质开始发生了质的变化。叶永烈写的《姚氏父子》，正是依据这样的客观事实，对姚蓬子前后两个阶段的不同情况作了实事求是的评述。不难设想，如果把王明、姚蓬子等人写成彻头彻尾的大坏蛋，既未能反映历史的真实，也无助于通过对传主的评述来反映某一历史现象和总结某种历史规律。

3. 平面和立体

根据社会学和心理学的一般理论，任何一个人的思想行为都是复杂的，他在个性方面的优缺点往往是相互联系又相互渗透的。对那些社会经历和政治活动复杂的人物来说，其言行脱节、思想矛盾、功过交叉等，更属于常见的情况。另外，任何一个人之所以在某一情况下产生某种思想意识，采取某种行为动作，又总是既有内因，也有外因作用，这种内因外因有时是同时起作用，但有时也可能偏重于某一方面。既然如此，每个人的生平思想活动，即使再平庸，其实也是一个很复杂的混合体，多样性与统一性总是在每个人身上并存。

然而在传记写作实践中，对于传主的描述和评价常常有两种不同的方法。

（1）平面方法

即从一个狭隘的侧面来反映传主的生平经历与思想发展的情况，换言之，仅仅是把传主局限在一个狭小而单调的框框里来表现他的个性特点，因而简单化的倾向极为明显。

（2）立体方法

从多方位、多视角对传主的凡是体现了他的个性的活动和思想的各个侧面作全面的立体交叉的描述和揭示，从而使得读者对传主形象有一个完整的认识。

普遍上，立体的方式优越于平面的方法。其实，对于平面或立体的方法的择选，与把握处理前两对矛盾有一种必然的联系。这是因为，凡是把传主生平活动和思想看作孤立的个体，或用静止的眼光来评述传主并相应地组织处理传记资料，势必会对传主作平面的表现。反之，如果注重把传主的生平经历和思想发展的过程及特点置于一定的历史背景作考察，把传主的全部活动看作是某一历史事件、历史现象中的一个有机环节和必然反映，或者深切地把握传主的生平活动和思想发展的阶段性，并认识到各阶段之间的不同特点和相互联系，那也势必对传主作立体的描绘。

据介绍，吴玉章于 1942 年在延安整风期间曾写自传报告党中央，这份自传在实事求是地对自己作自我评判时，就明显地采用的立体的方法。作者这样说："我觉得我有些优点，但同时又是缺点。如我忠诚坦白，但因此常乏警惕性，易受人欺；有恒心毅力，但因此做事迟缓，不敏捷；志趣远大，但又因为不大顾实力，常常不能完成计划，特别是'党八股'的毛病深，写文章总是长而抽；我坚苦而耐劳，克己为人，往往因此不应让步者亦让步；我能好恶人，但不能'好而知其恶，恶而知其美'，特别在使用干部上常受其病；不为威胁，不为利诱，能知足安分，有心作一好人，能随时代潮流并进，心志纯洁，大公无私，17 岁以前，很沉默寡言，但以后又变为多言，现在还是有时不必多言而哓哓不已，有时应言而又隐忍不发。在会议时特别在参政会，既无急智，又无辩才，因而碌碌无所表现。"① 应当说，这段话不应看作为"谦词"，它恰恰反映了自传作者的优秀的史德和史识。可惜的是该自传写得太简略，带有概述性，如果能够对此作具体展开和提供实例作描绘，则无疑将成为用立体的方法写传记的一部典范性作品。

由此可以认识到，传记写作中是否能够处理好平面与立体的矛盾，又制约于传记作者的思维方法。简要说来，究竟是坚持形而上学观念，还是服膺于辩证唯物论。形而上学的观念，就是只见平面的和表象的东西，而且也是以偏概全，好就是绝对的好，一切都好；坏就是绝对的坏，一切皆坏。而根据辩证唯物论的思想方法来描述传主，就会对具体情况作具体分析，挖掘那些隐藏在表象后面的东西。马克思曾说："如果事物的表现形式和事物的本质会直接合而为一，一切科学就成为多余的了。"② 联系到传记写作，那种平面的方法，实际上就是把传主的活动和思想的最通常的表象化的表现形态直接地视之为本质的东西，而唯有采用立体的方法才能避免这种简单化倾向。例如，周天度写的《蔡元培传》，在描述传主的生平活动经历时，既讲到了他早年从事反清革命斗争、辛亥革命后从事政治活动和教育事业，以及出任北大校长期间的种种活动，也讲到了他在 1924 年至 1931 年间走过的那段具有政治失足性质的曲折历程，而在评述其辛亥革命后的政治活动时，既讲到他作为迎袁专使的思想行动的矛盾和反复——本不赞成推举袁为大总统，但却未能坚持自己的意见，赴京迎袁时，因忠厚存心

---

① 《人物》1981 年第 5 期。
② 《资本论》第 3 卷。

而轻信了狡猾奸诈的袁氏，当袁氏唆使"兵变"后，传主又完全丧失主意而走妥协之路；在评述传主 1917 至 1923 年间任北大校长期间的情况时，既指出他是支持新文化运动的，甚至也成了马克思主义者的盟友，但同时也分析了他的浓厚的改良主义政治倾向；同样，在评述传主在大革命前后的政治思想立场时，既讲到了他对五卅反帝爱国运动的支持，也讲到了他如何参与国民党右派策划的反共清党活动而由此依附反革命，并深入地分析了个中复杂的原因。显然，这完全是用立体的方法来真实而客观地揭示传主生平活动和思想特点的各个侧面，从而避免了简单化的平面描述。

4. 重大活动与私生活

对任何一个人来说，他的思想性格总是在一些重大的社会政治活动中得到充分而集中的体现，因而传记写作把这方面的情况作为描述的重点也无可非议。然而，如前所述，由于人的思想性格行为往往呈现出多样性和统一性，因此如果仅仅局限于此，也就不足以全面完整地揭示人物形象。这就涉及了传记写作中的另一个突出的实际问题，即如何处理传主的重大活动和私生活的相互关系。

从理论上说，人的私生活行为（这是从广义上去理解的，包括日常生活细节和各种轶事趣闻等），其实并非都是非本质的、假象的或表面的东西，它往往是人的最深层的种种思想本质的自然流露，因而常常是扎实而稳固的，诚如列宁所形象地指出的那样："河水的流动就是泡沫在上面，深流在下面，然而就连泡沫也是本质的表现！"① 唯其如此，优秀的传记作家大都十分重视发掘和运用传主的私生活方面的传记资料，因为

---

① 《黑格尔〈逻辑学〉一书摘要》，《列宁全集》第 38 卷。

这样做对于写作具有多方面的积极意义。

（1）有助于反映传主的人格特征。

诚如普鲁塔克所说："轰烈的事业并不能显出被传人的好坏，有时一件小事、一句谈话、一点笑谑，比起攻城略地，兴师动众和伤亡惨重的会战，更能暗示出被传人的品格性情。"这一经验之谈为许多中外传记作品所证实。例如，国际上著名的希腊哲学的权威学者 A·泰勒写的《苏格拉底传》，在写到传主临死前的情形时，特别描述了这样的细节：传主被宣判死刑后，其学生克里多买通了狱卒，由此劝他越狱，但传主则说："这是我死的时候，再没比这更好的机会。"临刑前，传主又对克里多说："我还欠阿斯克里皮亚斯一只公鸡，请别忘了还给他。"随即传主接过狱卒递给他的毒胡萝卜汁平静地饮下，当在一边的弟子们忍不住哭起来时，传主又说："我之所以把女人支开，就是怕她们太激动，因为我听说男人得安静地死。好啦，平静些吧，忍住别哭。"又如，斯特拉屈的《维多利亚女王传》也记述了这样几则小故事。传主小时候，一次有位童伴不客气地动了她的玩具，她立即说："别碰它！还有，今后我可以叫你约翰，但你不可叫我维多利亚。"而传主一成为女王，马上向她母亲求证此事的确实性，然后说："我第一个愿望，是让我独处一个小时。"一小时后，她便发出了一道重要的命令："我要从母亲的房间搬到自己的卧室。"显然，读者在这样的描述中，可以对传主的人格特征获得深刻的印象。

（2）有助于解释说明传主所从事的一系列重要的社会政治活动的深刻内在原因。

包括对于那种含有必然性因素的偶然性事件，或者在某种必然性事件中所引起的偶然性原因作出有说服力的解释。例如威尔纳·马扎所著的《希特勒传》用相当的篇幅披露了传主私生活中的情况以及相应体现出来的思想特点：在踏入政界之前，他就被人视之为"奥地利式的花花公子"，但性情古怪，生活习惯颇不正常；另外，他早年虽然想成为画家和建筑师却均未成功，但他在建筑、军事技术和统计数字等方面，仍具备了相当丰富的知识，正因为这样，希特勒在成为独裁者之后，就自然沿袭早年形成的不正常的生活习惯，至于他想成为建筑师的梦想，后来就以另一种形态持续着——重视对柏林都市的建设规划，包括修建总理官邸和奥林匹克运动场等，并在这方面展示了才华；还有，也由于他的兴趣过于偏狭，所以又间接地阻碍了德国在试制雷达和原子弹方面的发展。《拿破仑外传》的作者奥克塔夫·奥布里说："过去的历史家对于在前台活动过的风云人物的私生活环境及其行为往往没有给予足够的重视。我们对人类的现实更为敏感，我们尽量在人物身上寻出其事业上动机和理由，历史因此而更全面了。"而他写该书的目的之一，也在于为了表明像拿破仑那样的传主，作为一个儿子、兄弟、丈夫、父亲和情人，他的"丰富感情，曾对他的政治生涯的发展方向产生过多么重大的影响"。目前，这样的认识确实已为大多数中外传记作家所认同。

（3）有利于作品的生动性和可读性。

对于那些以较为严谨的史学笔法来写的作品尤其如此，实例也不胜枚举。普通读者也喜欢读这样的传记，这是原因之一。不过，在这方面需要把握好的一个现实问题是：必须把描述传主的私生活情况，同杜撰编造、刻意暴露隐私和做人身攻击的现象区分开来，择前者而弃后者。道理很简单，如果仅仅是为了追求作品的生动性和可读性，采用后者手法，那么就从根本上冲垮了史德，由此使传记作品变质，内容上和形式上均是如此。例如清末的德莱公主所写的《御香缥缈录》（又题《西太后传》），该书所写的传主的私生活情况，或凭道听途说，或是杜撰编造，即使有些史实依据的，也是着眼于揭露隐私，且不惜添枝加叶，任意渲染。显然，这样的作品就算不得是正常意义上的传记，即使从小说角度来看，也是粗糙低劣的，至多只能归入末流的"黑幕小说"之列。这种反面的教训，值得传记作者记取。

综上所说，我们可以强调这样一点：西方法律通则之一是"无罪推定"，即在审判时，假定原告是无罪的，因而起诉和判决必须以充分确凿的事实为依据，一步步地证实原告的罪或非罪。传记写作的原则方法也当如此，即不能以作者的先入的成见去印证传主的某种形象，而应该从对传记材料的分析入手认识传主，至于这种认识，就应当采用个体与全局相结合的方法，运用发展的而非静止的眼光，摄取立体的而非平面的角度，又把握好重大活动与私生活内容的处理。否则的话，描述揭示的传主形象就会失真，由此也就从根本上影响传记作品的质量。

第三章　传记写作的谋篇布局

　　前已谈到，传记写作在准备工作阶段，一俟选定传主并确定传记的类型，在紧接着的处理材料的过程中需要草拟写作提纲，而构成写作提纲的重要内容之一，便是确定传记作品的谋篇布局的问题。传记写作的谋篇布局的优劣，是史才的具体反映。

　　应当承认，比之其他内容题材的文章，传记写作更必须重视谋篇布局，这是因为，从总体上说，其他类型的文章在谋篇布局方面有很大的创造性和适应性，而传记写作却要受到明显的限制，至少不能像写其他文章那样别出心裁、随心所欲。例如，以小说的艺术样式来塑造某一人物形象，其谋篇布局可以有千百种形式，而如果写人物传记，即使是断代的、侧面局部的，往往也只能是按时间顺序来叙述，至多添用一些横向的归纳分析，可以创造变通的余地很小。既然如此，如何驾驭有限制的、几乎难以突破的那几种谋篇布局的形式，使之最大限度地服从于立传意图，又能最有效地强化传记作品的基本要素，由此提高传记作品的质量，就不能不是需要认真考虑的问题。

第一节　主要原则和思维原理

传记写作的大量实践表明，它的谋篇布局一般需要遵循下面几个主要原则。

1. 充分意识到传记文体的特殊性

通常应该以传主的生平活动、思想发展及其特点作为最基本的线索结构，做到脉络清晰，层次分明。稍具体地说，传记作品的篇章结构要从传主本人的人才类型和人才特点出发来作把握。

（1）如果传主的生平活动和思想发展及其特点以生活踪迹的变换而自然地形成几个明显的阶段，那应当依据时间的推移和空间的转换作为谋篇布局的基本线索。

例如，作为思想家和文学家的鲁迅的一生，其思想发展和文化学术活动依其生活踪迹大致可以分为这样几个阶段：故乡（童年时代的生活刺激）——南京（初步接触新学）——日本（留学期间启蒙主义思想的形成）——绍兴和杭州（回国之初的教学工作及对现实生活的观察思考）——北京（在教育部任职期间如何投身于新文化运动）——厦门和广州（离京后在彷徨状态中新的思想探索）——定居上海（晚年的斗争生活和思想飞跃）。凡国内外已出版的各本鲁迅传记，大抵是据此而谋篇布局的。

（2）如果传主的生平活动和思想发展及其特点曲折变幻，多有反复，而生活踪迹又较为简单，那么以上那种谋篇布局的线索就不那么适用，需要作若干调整，即采用一定的时空交叉的形式。

例如，像王国维这样的人物，虽然生活踪迹并不繁杂，但其思想发展及特点，又不完全适应时间顺序而呈直线型，至于他所从事的多方面的学术文化活动，有的与本人的社会政治思想的发展并无直接联系，但他在学术文化活动中所体现的学术思想以及所取得的多方面的学术成就，又与他的生活阅历、人际关系和时代环境有着某种深刻的联系，因而为这样的人物立传，在谋篇布局方面当有自己的特点。萧艾写的《王国维评传》，虽然总体上以时间为顺序来布局，但其中却多处嵌镶了时空交叉的篇章结构形式，尤其是"第七章　京都四年"，共有七节，小标题分别为：再次东渡前夕、献身新学问、先把戏曲研究告一结束、从《简牍检署考》到《流沙坠简》、甲文初试身手、金文盖过前修、敦煌写本题跋。这样的篇章结构安排，在层次安排和处理上采用了总分式、并列式和递进式。显然，用这样的谋篇布局的方法，对于评述像王国维那样的在多种学科领域中均有重大建树并产生广泛影响的传主是适当的。

（3）如果传主是这样的科学家：他的主要功绩在于某一重大的发明创造，而这种发明创造是一个充满着曲折反复的艰苦过程，那么这一类传记的谋篇布局，大抵可以以传主科研活动的认识线索为主线。

例如，居里夫人是镭元素的发现者，《居里夫人传》一书就以传主这一重大科学发现的过程作为全书篇章结构的基本骨架：居里夫人在写博士论文期间的科学实验和所得出的结论（放射性元素可以分离）——实验中进一步获得了新的放射性元素（钋和纯镭盐）——获得诺贝尔物理学奖金后继续从事科研工作——再次获得诺贝尔奖金（化学）——在进一步研究中因中镭毒而逝世。无疑，这样的谋篇布局不仅使整部传记作品有明显的戏剧性，而且也易于鲜明地刻画传主的人格形象。

如此等等。

2. 传记的谋篇布局应当服从和适应于立传意图

具体反映在对于传记材料的支配调度方面，要做到点面结合，有所侧重，详略得当，疏密有致。换言之，谋篇布局和材料的取舍定夺本有一致性，需要以有助于揭示主题为目的。

上文已谈到，一部传记作品既要告诉读者传主是怎样一个人，也要告诉读者传主为什么会成为这样的人？这两点便是立传的基本意图。当然，每一部具体的传记作品，尤其是侧重于某一角度来立传的，还可以而且应当有一些更为具体的意图或主题。如果对某传主，拟从社会政治活动家或思想家的角度为之立传，其谋篇布局的方法，以及对于材料的支配调度应有所区别。假设传主是列宁，如果从社会政治活动家的角度立传，显然要突出他的革命活动及功绩：如何创建布尔什维克党，如何组织领导十月革命，又如何为巩固十月革命的胜利而作种种创造性的工作等，并以此为篇章结构的基本框架。然而如果是从思想家的角度为之立传，显然主要是要突出他的思想形成和发展的原因、特点、过程，以及与从事实际革命活动的联系，进而谈及他的思想与马克思主义的关系，他的思想的主要内容和价值以及历史地位，这样，传记的篇章结构无疑应有相应的调整。至于欲全面系统地为列宁立传，由此评述列宁在国际共运史、世界近现代史和俄国革命史上的地位，则需要糅合上述内容重点，此外还应充分描绘列宁的私生活情况以及各个侧面的人格特点等。在这种情况下，整部作品的谋篇布局自然要有新的特点，不仅需要以时间推移和空间转换为主要线索，而且也必须运用时空交叉的或思想认识发展的线索来安排层次，包括更具体地采用总分式、并列式或递进式等方法来设置章节。

3. 吸取一般文体在谋篇布局方面的若干技巧特点

如注重章节内容的前后照应、相互衬托、设置伏笔等，以及注重整个章节内容的波澜起伏、抑扬顿挫以避免单调，枯燥和乏味等，也应当有限制地为传记写作所借鉴吸收。对传记作品来说，不仅是那种文学笔法较浓的传，即使是以纯粹的史学笔法写的评传，也应当讲究这一点。中外许多优秀的传记作品在这方面也提供了成功的经验。例如，非传记作品的起笔具有多种活泼的形式（倒叙、楔子等）。一般说来，传记写作大都用顺叙笔法，起笔常常从传主的家庭情况以及出生着眼，然而，有的传记作品先置类似小说的"楔子"、戏剧的"序幕"或理论著作的"引言"的章节，即是吸收借鉴了非传记作品的经验。明显的一个实例是：《圣雄甘地》这部传记作品的开头，先写印度某地一座建筑物在两个不同时代的象征意义，由此提纲挈领地揭示传主作为印度伟大的民族英雄在其祖国历史上的划时代地位，这无疑比之先讲述传主的出身情况更能抓住读者。又如，《麦克阿瑟》和《山里来的海军上将》两书，均是为美国现代著名的军事家立传。由于这两位传主的军事才干和历史功绩都与太平洋战争有着密切的联系，所以两书的开头也就先插叙他们在获得日军偷袭珍珠港的消息后的心理反映和相应的活动，然后再转入按时间顺序描述传主的生平。应当说，这样的谋篇布局不仅在技巧上是可取的，而且也抓住了传主的人才类型的特点，并很好地服从了立传意图。

综上所述，传记写作的谋篇布局，虽然属于一般的写作技巧的问题，但从根本上来说，它作为写作思路的确定和体现，又不能不是集中地反映作者的思维方法。因此，要使传记写作更好地处理好谋篇布局，对于基本的思维原理问题也必须引起重视。

根据新兴的思维科学的基本原理，"人的思维活动有两种类型，一是发散思维，一是收敛思维。前者是一种解放式的思考方式，对一个问题可以无拘束地从多方面提出解答；后者是一种集中的逻辑思维，如同解数学问题一样，无论谁去做，思维都指向唯一正确的结论"①。就传记写作来说，一部传记作品反映的是作者对于传主的认识，作者把自己所认识的传主以文字形式描述出来，总是遵循着他的业已形成的思维类型和程序。不过，平庸的传记作者往往是遵循一种凝固化了的习惯性思维程序，诚如有的学者指出的那样："在思考一个问题时，我们的思路往往重复同样的途径，这是因为各个观点已经结合成为一个固定的思想锁链。习惯性思维程序的造成，就好像条件反射的形成一样。这样往往不能使人摆脱无益的思维途径。"② 唯其如此，这样的作者笔下的传记人物的形象，大都是根据作者本人的思维模式浇铸出来的，缺乏传主固有的个性特点。显然，要改变这一情况，传记作者首先要使自己的思维活动有更大的创造性，即摒弃凝固化的习惯性思维程序而另辟蹊径，标新立异，例如大量地运用发散思维，以若干问题为中心，根据传主人才类征的特点，发掘其基本形态及各种变式，从各个不同的角度或侧面作深入思考，以获得对于传主形象的全面把握，同时，在重点评述某些问题时，又采用收敛思维。至于篇章结构的整体安排，则应采用发散思维和收敛思维相结合的方法，由此使得作品在语言表达形式上具有更大的流畅性、变通性和独特性，做到纵中有横，横中有纵，纵横交错，点面结合，既有侧重点，也有全面性，既有演绎式的阐述，又有归纳式的评判，总之，使整部作品的篇章结构有张有弛，有顿有挫，从而也使得整部作品不仅具有形式的节奏感，而且也呈现内容上的严密的逻辑联系。或者说，在这样的思维程序

---

① 盖福特语，转引自宋克复，《"创造学"的发展》，《光明日报》，1982.1.22。
② I. B. 贝弗里奇语，译文转引自《青年文摘》1983 年第 2 期。

中，要通过恰到好处地转向（调换角度）和换元（变更某一思维元素）来使得传记作品的篇章结构达到最精致的具有不可替代性的设置。列夫·托尔斯泰说："在真正的艺术作品——诗、戏剧、图画、歌曲、交响乐，我们不可能从一个位置上抽出一句话、一场戏、一个图形、一小节音乐，把它放在另一个位置上，而不致损害整个作品的意义，正像我们不可能从生物的某一部位取出一个器官来放在另一个部位而不致毁灭该生物的生命一样。"[①] 朱光潜也说：写文章如同打仗，文章的布局犹如军事上的调兵布阵，"步骑炮工辎须有联络照顾，将校尉士卒须按部就班，全战线的中坚和侧翼，前锋与后备，尤须有条不紊。虽是精锐，如果摆布不周密，纪律不严明，那也就成为乌合之众，打不来胜仗"[②]。这两段话无疑也适用于传记写作对于谋篇布局的要求，而要达到这一要求的前提，正是需要有科学的思维方法。

第二节　几种最基本的篇章结构形式

在大量的传记写作实践中，传记作者们已经创造了几种最基本的篇章结构形式（这里主要是指中长篇的传、评传、自传和回忆录等几种类型，不包括年谱之类）。虽然这几种形式是不同的作者根据各个具体的传主的人才特点和立传意图而择选的，但却有普遍意义和借鉴价值。因为从已经发表的中外传记作品来看，尽管在局部上各有特点和变化，然而从总体上说则鲜有突破。

---

① 　［俄］列夫·托尔斯泰，《艺术论》。
② 　朱光潜，《选择与安排》，《朱光潜美学论文选集》。

1. 纵向式

所谓纵向式，是指传记作品的篇章结构的安排遵循比较严格的时间顺序，即逐一阶段地描述传主的活动，并且对于传主的思想发展、学术活动、人际交往和个性特点等内容，基本上也都用时间的顺序串起来。

采用这种篇章结构形式的，从传主类型来说，大抵是政治学术思想的发展演变较为单纯，线索也较为清晰，而且没有足以体现明显的特殊的人生哲学的著作的政治活动家、科学家、表演艺术家、体育明星以及其他一些富有传奇色彩的人物。他们的生平活动本身具有相当的戏剧性，从中可以截取本身就带有典型意义的故事情节。与此相适应，从传记类型来说，又大都是文学笔法较为浓厚的一般传记、自传和回忆录，而不是评传类。例如著名的《奥尔良少女》，传主贞德是一位拯救过法兰西祖国的危机的英雄少女，英勇献身时年仅 18 岁，所以全书的篇章结构就完全按时间顺序来组织：传主的家庭身世——童年时期的生活——13 岁时参加英法奥尔良战役——18 岁时在康匹埃混战斗中被捕、被出卖给英国，最后又被宗教裁判所审判并在火刑柱上献身。

另外，某些文学家的传记也有采用这种篇章结构的，主要是因为这些传主虽有大量的文学作品，但他们的人生道路较曲折，包括直接介入了一些社会政治运动。对他们来说，在这些政治运动中的表现，可能较之他们的作品更能反映出他们的思想特点，所以有的传记作者就用纵向式的篇章结构来作处理，即基本上按时间顺序把传主的生活经历（包括政治活动和艺术活动）同与此相适应的思想发展变化的过程糅合在一起做描述，只是用若干小章节从横向的角度去分析评论他们的代表作。如《闻一多传》即是如此。

2. 横向式

所谓横向式，是指传记作品打破通常的时间顺序而按问题的侧面来安排篇章结构。也就是说，它不突出传主的生平活动的历史线索，而偏重于对传主的若干活动侧面作并列的描述。在这样的作品中，虽然也对传主的生平经历的基本线索作一定的勾勒，但却是把这种勾勒如同描述传主的其他活动侧面一样，都视之为具有相对独立性的内容。

采用这种篇章结构形式，从传主类型来说，大抵有相当的特殊性，而从传记的类型来说，又大都是自传类或评传类，而且又都是侧重于思想分析并以纯粹的史学笔法写成的。因而，典型地采用这种篇章结构形式的传记作品，事实上并不太多，根本原因似在于这种形式具有对传主作分割处理这一较为明显的弱点。

例如波兰学者卡·瓦利舍夫斯基写的《俄国女皇——叶卡特林娜二世传》，全书分为两卷，第一卷的两部旨在反映传主的生平经历和政治生涯，每部各三章，大都也是按问题分类来设置章节的。而第二卷的两部，由于旨在揭示传主的人格特点和政治活动的风貌，则更是明显地采用横向式的篇章结构，其篇目如下。

第一部　一个女人

第一章　外表。性格。气质

第二章　智慧。机敏。教育

第三章　思想和原则

第二部　一位国君

第一章　统治的艺术

第二章　国内政策。保卫。立法。行政

第三章　对外政策

显然，这样的谋篇布局是别出心裁的，不过对于叶氏这样一个特定的传主，采用这种篇章结构形式，似乎也有一定的适应性。

又如冯友兰的自传《三松堂自序》。全书的篇目如下。

一、社会，志环境（三章）　　述经历过的三个社会政治环境
二、哲学，明专业（四章）　　述一生的哲学思想的演变
三、大学，论教育（三章）　　述一生的教学活动
四、展望，申信心（一章）　　申明对今后生活的态度

据作者说，之所以作这样的篇章结构，主观上是想在体例上借鉴和糅合中国古代自传（如《史记·大史公自序》《汉书·叙传》和《论衡·自纪》）的笔法，"其意盖欲使后之读其书者，知其人，论其世，更易知其书短长之所在，得失之所由"。由此看来，作者采用如此的篇章结构形式，带有服从于立传意图的前提下的创新愿望。

至于蔡尚思著《蔡元培学术思想传记》，全书凡二十章，第一章总论传主在中国思想史上的地位与价值，第二章考察传主的事迹背景，第三章分析传主的学术方法，余下的十七章则分论传主的各类学术思想（经济学、政治学、教育学、哲学、历史学、新闻学、人类学、美学、文学、语言文字学、宗教、经学、法律、社会学、科学），几乎完全用横向式。相较而言，该书的分割性的缺点似更明显一些，尤其是，分类太细，归纳也不够准确，对于材料的运用也有牵强之处。

3. 纵横交错式

所谓纵横交错式，指的是传记作品以时间线索为经，又以若干专题为纬，交织在一起的篇章结构形式。换言之，从整体

上说，它以传主的生平踪迹和各种活动情况以及思想发展作为基本线索，而同时又充分顾及对传主的若干有特殊性的专门课题作横断面的归纳分析。这样，整部作品的大章节的设置与传主的生活经历和思想发展的阶段性取得一致，而在每一大章节中，又按问题的性质类型来设置若干小章节，或者是把传主的若干重大的政治活动和学术文化活动作为一个大章节穿插在生活经历和思想发展的纵向的线索之中。

采用这样篇章结构形式的，从传主类型来说，主要是那些社会政治活动涉及面较广的政治人物，具有不少重要作品的文学家、其政治和学术思想富于变化而又以重要的著作反映出来的思想家，以及其他生平经历复杂的人物。至于传记作品的类型，往往以评传为多，尤其是那些学术研究色彩浓厚的评传。当然，也有大量的传，包括用文学笔法写成的传，也有采用这一篇章结构形式的。

这就是说，在传记写作实践中，采用纵横交错式的篇章结构的为最多、最普遍，因为这种形式的适应性和变通性都最强。同时，从内容的表述来看，这种形式也有利于全面地反映和描述传主的生平思想各个侧面，并使之获得有机的统一，从而避免各种偏颇性。另外，这种形式又有利于把梳理传主生平事迹和思想发展演变的主要线索，同交待传主所处的社会历史环境的特点以及介绍传主的人际关系等内容恰到好处地糅合在一起，也同分门别类地评述传主的政治活动和学术文化活动以及相应的思想观点融为一体，从而避免那种割裂性。特别对评传类作品来说，采用这种篇章结构形式，还有利于把传主的事迹、思想（传的部分）和作者的评论分析（评的部分）用最经济的笔墨加以综合性的描述和揭示，做到有传有评，传中有评，评中有传，由此达到既写出传主的人格形象，又解释传主人格形象形成的原因的立传意图。

中外传记作品中，许多优秀之作都是如此。例如，作为重要政治人物的传记，英国作家丹尼斯·麦克、史密斯写的《墨索里尼其人》，典型地采用这种篇章结构形式。该书在对墨氏的生平经历尤其是政治生涯及犯下的法西斯暴行作全面系统的揭示的同时，也糅合了对于意大利法西斯的从产生到灭亡的全过程的较为详尽的介绍，而在描述墨氏在有关重大的政治历史事件中的活动情况时，既相对独立地插入了对于第二次世界大战国际关系的分析，也较为集中地和深入地写出了传主作为一个阴谋政治家的卑劣品质和人格形象。至此，传主的形象既有正面的肖像，又有各种侧面像，既有静止的内脏透视，也有动态的思想演变的轨迹的勾勒。同样，冯尔康著的《雍正传》，把传主的生平活动分为两大阶段（做皇子的 45 年和当皇帝的 13 年），又把传主这两大阶段的活动依时间顺序划分为五个时期，以此构成纵的线索。而在对五个时期的活动情况和特点的具体评述时，则设置十六方面（章），基本上从各个横断面来着笔。据作者说，采用这种纵横交错的篇章结构，是既考虑"人的自然法则"，即人生有少、中、老年之分，又"考虑某个特定人物的历史特点"——就传主雍正帝而言，"要把他的复杂的历史面貌表现出来，就要将他生命演进与生平事迹两方面结合起来，划分他的历史阶段，认清他的主要事迹，作有秩序的分类的叙述"，而这样做的学术目的，在于"通过雍正史的研讨，概括雍正生活时代的社会历史，说明它的状况和特点，探索中国封建社会进程中一个阶段的发展规律"。显然，如此篇章结构的确可以达到这样的立传意图。

从文学家传记来说，采用纵横交错的篇章结构，其主要功能之一，是便于更深入地分析传主的代表作，因为依时间的纵向线索又专门从横向的角度来分析传主的代表作，不仅可以对作品本身有集中而透彻的评论，而且还有助于补充从纵向角度对传主生平事迹和思想发展所作的描述。如苏联学者叶尔米洛夫写的《契诃夫传》和奥籍犹太作家斯蒂芬·茨威格写的《巴尔扎克传》，它们基本上都是以传主的生活经历和思想发展为主线来安排章节，但同时又辟出若干专门章节从横向来评述传主传世的代表作。

采用这种纵横交错的谋篇布局的形式还有另一种表现形态，即除了起笔的一、二章节按时间顺序描述传主的家庭身世以及青少年时期的生活情况外，其余的章节则几乎是逐一地从横向对传主代表作作专门的评析，不过这些章节的设置，则是以传主的代表作发表的先后为序，如苏联学者贝奇柯夫写的《托尔斯泰评传》和英国作家威尔逊写的《罗曼罗兰传》。如此谋篇布局，其主要意义在于，从评述传主的代表作的写作情况以及思想内容特点和艺术成就等角度，来探寻传主的思想发展演变轨迹，以及生活经历和创作道路的有关特点。应当说，根据特定的传主的实际情况，采用这一形态的纵横交错的篇章结构形式，也是正当的。

4. 总分相合式

所谓总分相合式，指传记作品的内容明显地分为两大部分：一是总述传主的生平经历和思想发展情况，二是分论传主的各项重大的社会政治活动和学术文化活动的情况和各个侧面的思想特点。与此相适应，在前一部分采用的是纵向式，纯粹按时间顺序来写作，而后一部分则采用横向式，摄取的是横向的视角。也就是说，前一部分类似"小传"，而后一部分则类似于专门的学术论文。总的说来，这两大部分的内容虽然也有联系（如呼应和参见等），并且是相合于一本书中，构成的是形式上的整体，但实际上两部分的内容是相对独立的，具有可拆散性。

采用这一篇章结构形式的传记作品，其传主类型大都是思想家，而传记类型又主要是学术研究色彩浓烈的评传，至于传记作者，又大都是狭义的某学科的专家学者，他们采用如此篇章结构，可能是出自于以下的考虑。

① 重点在于评析传主的思想，因而对传主的生平经历只求作概括的介绍。

② 以达意为主要目的，因而在谋篇布局上也企求简单些，不愿在表述形式上花费更多的时间。

另外，从这类传记作品的写作过程来看，除了有计划的撰写之外，有相当一部分是在一段较长的时间里陆陆续续分篇写定并随时发表的，只是最后把它们组织整理成书，所以这样的传记作品又类似于论文集。

正因为如此，采用这种篇章结构形式的传记作品，从传记的表现形式方面看，往往是粗糙的，而从内容方面看，虽然传记的基本要素不够完备，但就分析评论来说，则不乏精当者。总之，内容和形式的一定程度的割裂，以及同一作品中传记的各种基本要素的倚轻倚重，是采用这种篇章结构的传记作品的常见的缺点。另外，采用这种篇章结构，有时在材料的组织运用上也容易出现分割、重复乃至牵强附会的情况。

例如肖黎著的《司马迁评传》，其章节篇目如下。

第一章　司马迁生活的历史时代

第二章　司马迁的生平事迹

第三章　伟大的史学家

第四章　卓绝的文学家

第五章　杰出的思想家

很显然，该书第一章叙历史背景，第二章述传主生平，前二章为小传部分；而后三章属于对传主学术思想的分论。且不说后三章的评述均以一部《史记》为材料，在材料的运用上不免有分割、重复的情况，仅就前二章来说，把传主生活的时代背景与传主的生平事迹分开来叙述，毕竟有不妥之处。至于把对传主思想的评述，从对传主的生平事迹的描述中游离出来，作为一部评传，虽是可以理解的，但毕竟也存在明显的弱点。

又如陆耀东写的《徐志摩评传》，据作者说，"为了集中论述徐志摩的诗、散文和小说，我将它们与评传分别列章，内容上互为补充"，这也是典型地采用总分相合式。从该书看，尽管总的"评传"部分和分论的各章确有若干"内容上互为补充"的联系，但分论的各章节与"评传"部分的游离也还是明显的。

由此可以说，总分相合式虽然也不失为传记作品谋篇布局方面的一种类型，但它的缺陷则是不小的。因而，对欲采用这一篇章结构形式的传记作者来说，在写作过程中当要更多地考虑如何把这种形式的缺陷限制在最低程度内的问题。

5. 片断式

所谓片断式，指的是传记作品缺乏知识形态上的更为完整的谋篇布局，而是由一节节短小的文字连缀而成。而每一节短小的文字，大都是有标题，有相对集中的中心内容，以及有一定的情节故事；在语言上，又用相当的散文笔法，夹叙夹议，因而实际上每一小节都可以单独成篇。不过，这每一节短小的篇什的编排，事实上还遵循着一条基本的时间线索，或者由内容相似的几节集中地编排在一起，由此也使全书形成几个中心部分。

采用这一篇章结构形式的，从传记的类型来说，以自传和回忆录为主；从传记的内容来看，也大都是接近轶事掌故类的。与此相适应，文字上一般都比较生动活泼。

采用这一篇章结构形式的，其成书过程也往往自有特点。例如大部分都是作者边写作边送报刊发表，由于时间的关系，既未对全书的谋篇布局问题作全面考虑、深入推敲，也不可能认真地去查寻文献资料和核对事实，主要是凭记忆写下，难免有误记。另外，为适应报刊发表，每一节的字数大都相似，为此人为拉长或压缩的情况也很普遍，而且对于同一材料往往作重复援引等。

在中国现代传记写作的实践中，采用这种篇章结构形式的颇不少，如邹韬奋的《经历》和张静庐的《在出版界二十年》，而最典型的当推周作人的《知堂回想录》。据作者说，他之所以采用这一谋篇布局的形式来写自传，原因在于：一是"自叙传"难写；二是"没有材料"。就该书的实际写作的情况来看，除"缘起""后记"和"后序"外，正文凡 205 节，每节千余字，其具体内容或忆及家庭身世、生活踪迹，著述情况和同亲友师生及有关人士的交往情况，或记述自己所见所闻的他人轶事与社会掌故。虽然内容庞杂，但总的说来是形成了若干中心。

一般地说，篇章结构为片断式的传记，在写作实践中难以讨巧，原因有二：一是别人会把它视之为传记资料的初步整理而不予重视；二是虽然在总的谋篇布局方面显得简单，但对于每一节的写作，却需要相当的文字驾驭能力。正因为这样，除了文字功夫好的作家之外，一般传记作者鲜有采用这一形式者。

第四章　传记写作的语言文字技巧

　　对于任何文体的写作来说，语言文字的重要性是不言而喻的。传记写作当然也要十分重视语言文字的技巧问题，不过相对其他文体写作来说，则有自己的特殊性。陆机在《文赋·序》中说："恒患意不称物，文不逮意，盖非知之难，能之难也。"的确，传记写作在语言文字技巧上的"能之难"是非常突出的。

第一节　准确、简练、生动三大要求的变通性

　　根据一般的写作理论，语言文字的运用应达到准确、简练和生动的三大要求①。这对传记写作当然也适用。然而，由于传记作为一种相对独立的特殊文体，而它在写作实践中事实上又存在着行文风格的多元性（以下详论），所以其准确、简练、生动的三大要求，既可以统一，也可以而且应当视不同的传记类型而有所偏重。特别是就准确性这一点而言，在某种情况下

---

① 　胡裕树主编，《大学写作》，复旦大学出版社，1985.10。

甚至是唯一的和排他的，而且这种准确性又更多地表现为事实和材料上的真实性的描述方面，在概念和观点表述方面的准确与否倒在其次。其原因是，某些概念，实际上大量存在着缺乏质的规定性的情况，即使是理论工作者对于一些常用的概念（尤其是政治术语）本身尚无划一，这就难以苛求传记作家；另外，在观点上，如上文所说，见仁见智本是正常的情况，所以也难以要求抽象的准确。

再就简练这一要求来说，由于传记作品有各种不同的类型，事实上也就难以强求一律。例如年谱之类，有时恰恰需要详尽乃至烦琐的考证。关于生动的要求也是如此，对那些基本上采取文学笔法写的传记来说，当然应该力图符合这一要求，而如果是以纯粹的史学笔法写的传记，生动与否就不构成主要的要求，倘要勉为其难，则可能因刻意雕琢而损害准确性的要求。

由此说来，准确、简练和生动这三大要求，对传记写作来说，具有很大的变通性。但这种变通性却需要注意一个基本问题，即虽然可以不强调语言的修辞色彩，但应当追求语言的哲理性。这是因为，对绝大多数典型的传记来说，在很多情况下只需把一件事、一个情况、一个背景和一个问题讲清楚、讲准确，文字上又显得简洁些就可以了，不必求助于比喻、夸张、双关之类的修辞手法，如果为了追求生动，很可能适得其反，以辞害意。而传记作品其内容上因为侧重于对传主的历史命运的描述和揭示，由此总结某种历史经验或人生经验，因此不能不对哲理性的语句特别重视，尽管这类语句的遣词造字本是朴实无华的。可以说，其他文体中如果没有哲理性语句是容易理解的，那么在传记作品中如果缺少了它，就不能不是一种缺憾。

传记作品中的哲理性语句的出现，有两种情况。一是传主本人说的话，由作者从传主的日常生活中的谈话和传主的著作里发掘出来并选择援引的，前者如艾密尔·鲁特维克写的《拿破仑传》，其中有拿破仑这样的名句："拿破仑制定勋章的时候，有人反对说：勋章只不过是一种玩具，对此，他断然答道，'称勋章为玩具并无不可，但人类是受玩具所支配的'。"后者如 E·卡尔写的《陀思妥耶夫斯基》，引用了传主在名著《卡拉马佐夫兄弟们》中的一句话："要是魔鬼不存在，而是人类把它创造出来的，那么，人类一定是照自己的形象，创造出魔鬼的。"二是传记作者在评述传主生平活动和思想时插入的，如普鲁塔克写的《传记集·索伦传》中说："连根本就不能丢掉的东西都放弃的人，不但不合常理，而且是卑怯的。"另外，自传作品中也常常有哲理性语句，这虽然不是作者刻意遣造的，但往往是浓缩了传记作者本人的最深邃的人生经验。例如《富兰克林自传》中有这样一句话："如果上天肯给我机会，让我自己选择，我决不反对把以前的生活，从头再过一遍。不过，只希望能像一个作者那样，在出第二版时，有机会更正初版的错误。"

世界文化史上有这样一种现象：优秀传记作品中出现的哲理性语句，很容易成为人们争向传诵并广为流传的格言，即使是援引传主本人论著中的话，这些话也远比未被优秀传记援引过的其他语句更有影响。这方面最突出的事例是鲍斯威尔著的《约翰生传》。平心而论，作为一个学者和文学家，约翰生在英国文化史和文学史上的地位并不十分显赫，但该传记把他日常生活中的一些谈话记下之后，几乎在英语国家里成了格言，如"母牛在田里是一头良好的动物，但她闯到花园里，就得赶它出去""一个人对任何人都称赞的，其实对任何人都不称赞""暴君统治下的国家是一个倒立的圆锥体"，如此等等。

既然如此，如何发掘传主的哲理性语句以及创造传记作者的哲理性语句，成了传记写作在语言文字技巧方面的一个值得重视的课题。根据中外传记写作的实践，其基本的要求至少有两点。

① 必须引用得妥贴，能够充分地表现传主性格，并为强化立传意图服务。例如上面例举的《拿破仑传》中的那句话，一方面表现了传主的强烈的自信心，另一方面也揭示了传主的有个性的历史观，使读者能够领悟到：这样的话的确只有拿破仑这个人才说得出口。

② 必须恰到好处地插入，把哲理性语言嵌镶在作品中的最合适的章节段落部分。尤其是对于传主本人的哲理性语言的援引，更应如此。实践证明，倘做到这一点，哲理性的语句便可以成为全书的点睛之笔，否则的话反而会成为不得体的累赘。

第二节　行文方法的多元性和统一性

从文体学的角度来说，大凡一种文体，总有一个最基本的行文表述方法。例加，人们习惯上划分的记叙文、议论文和说明文三类，分别采用的是记述、议论和说明的方法。至于抒情的方法，或在一些文学样式中单独使用，或在记叙文体和议论文体中与记述、议论等方法融合运用。

而传记写作的情况有所不同。由于传记本身也可以分为多种类型，因而它的行文表述方法是相对地单一的。如在小传、辞书条目类的写作中，主要采用记述（介绍）的方法，在年谱、年表类中，除了记述（介绍）的方法外，还得间用考证的方法（这是一种特殊形态的说明和议论的方法），而在某些自传或回忆录中，也有采用议论或抒情方法的。至于在评传类作品，则是大量地采用议论的方法。这种情况表明，传记写作的行文表述方法的采用，主要是由适应于传记作品的立传意图而确定的传记类型来决定的，在一般情况下，每一类传记总是以一种最基本的行文表述方法为主。

这就是说，传记写作的行文表述方法具有多元性。然而，在一些主要的传记类型（尤其是篇幅较大的传、评传、自传和回忆录）中，其行文表述方法又明显地呈现出某种程度的统一性，这种具有统一性的方法可以称之为"评述"，其主要特征是：从确凿无误的传记资料出发，夹叙夹议，述中寓评，评中带述，述议结合，评述一体。那些书名冠之为"评传"的作品当然是这样，即使是只冠之以"传"的作品，总的说来，也大抵如此。这是因为，在这类作品中，尽管乍看评的色彩不浓，但它对传主的生平经历阶段的划分，对于传主有关情况的介绍等，实际上还是反映了作者对传主的某种评判性意见。

所谓传记写作的行文表述方法的统一性，还表现为：即使是作品中的某些带有抒情色彩的章节段落，归根到底也是评述方法的一种变态。例如，苏联学者 A·施捷克里的《布鲁诺传》中的最后一段文字：

……死刑定于 1600 年 2 月 17 日执行。

……

广场上人山人海，等着押送犯人的队伍来到。行刑不太匆忙。犯人用铁链绑在一根根高高的柱子上。直到最后一刻，各个修会的神父还在劝说他悔罪。但，任什么都动摇不了布鲁诺坚定的决心。被钳子夹住的舌头，身上绑着的铁链，慢慢燃烧的树枝，眼看化为灰烬的书——这些岂能阻挡人类思想的发展？

"心智的力量决不会安生，决不会停留在已经认识到的真理上，它不断向前，不断向尚未认识的真理前进！"

他以罕见的英勇迎接死亡。他在痛苦中慢慢死去；此际，一根长长的杆子把耶稣受难像向他伸过去——他眼睛炯炯发光，愤怒地转过了脸。代达罗斯之子的坠落并非堕落！

浓烟未能遮住无边无际的天空。荒诞的天球被布鲁诺勇敢的思想所摧毁，从此荡然无存。无限的宇宙和无数的世界展现在人类的眼前。

人类是经过火刑架飞向宇宙的。

同样，即使是那些文学色彩较浓的作品，其中一些运用了充分的修辞手法写成的段落，也是叙议结合的，仍然体现出明显的评述性。典型的如茨威格的《巴尔扎克传》中对于传主的工作情形的一个侧面的反映：

> 咖啡才是再三推动这部想象力丰富的劳动机器的黑色机油。……没有咖啡，他就无法工作。换句话说，至少不能从事巴尔扎克誓必专心致志的这种马不停蹄的工作。……咖啡同一切兴奋剂一样，为了保持它一定的效力，分量便需不断增加。因而，他的神经越是承受不了过度的紧张，越是需要服用愈来愈多的这种致人于死的灵药。……虽然五万杯特别浓郁的咖啡（这数量是一位统计学家所估计的），促进了《人间喜剧》这部巨构的完成，它却也过早毁了他卓越而强壮的心脏。

还应当说，以评述为基本特征的传记写作的行文表述方法的统一性，在刻画传主的人格形象的问题上，也有更具体的要求。人们知道，对于文学作品来说，对人物形象的塑造，可以采用通过肖像描绘、语言（对话）记载、行动描述、心理刻画以及环境气氛衬托等方法。一般说来，这些方法也可以为传记写作吸收借鉴。然而必须注意的是，对于肖像的描绘，应当写实，以追求形似为目的，如果像文学作品那样为追求神似而作种种非写实的描绘，效果会适得其反；对于语言（对话）的记载，当有文献印证，虽然可以作一定的剪辑处理，但某些重要的语句应予实录，不应为了单纯地追求戏剧性而作添枝加叶般的编造；对于行动（包括行动细节）的描述，也要有确凿的史实依据，不能想当然耳；对于心理的刻画，除非有可靠的传记资料（如日记、书信等）可以佐证，一般应当从略，至多是粗线条的，而不能像小说那样追求所谓的细腻；对于环境气氛的衬托，同样要符合史实，也不能像写小说那样凭空地创造"典型环境"。总的说来，在运用上述方法来评述传主的形象时，可以有所分析，但不可有武断；对于有关情况，可以有所归纳集中，却不可偏离事实而编造。还应当说，不仅对传主是这样，就是在写到与传主有联系的其他人物时，也应该如此。

我们强调这一点，是基于如下三个基本前提。

① 传记写作的行文表述方法不能违背实事求是的史德要求。

② 传记写作的行文表述方法也应当受高要求的史识的制约。

③ 传记写作的行文表述方法又必须服从于和符合于其以评述为特征的统一性原则。

第三节　史学笔法与文学笔法

从传记写作的实践来看，在语言文字技巧方面，一个最突出的问题，在于需要认识史学笔法和文学笔法的相互关系。

从广义的行文风格的角度上来说，传记写作中的确存在着两种基本的笔法，即史学笔法和文学笔法。所谓史学笔法，既是按照逻辑思维来谋篇布局，在具体的行文上，又主要是采用记述和议论的形式，遣词造句平实严谨，一般不注重修辞手法，其对于人格形象的揭示，也主要是作正面的介绍描述或评论分析。文学笔法则不同，它在谋篇布局时同时也借用形象思维，而对于传主的形象又主要是运用近似小说笔法对之作形象性的描绘刻画，因而分析评论很少，偶有议论，或与抒情相结合，或完全融合于记述之中，即使在记叙时，遣词造句方面又特别注重语言修辞，因而全篇的文辞通常是华丽的。

这两种笔法具有相对的独立性，所以是可以分离的。所谓一人多传，或用史学笔法，或用文学笔法，就充分说明了这一点。例如苏联学者曾写过两部关于布鲁诺的传记，一为 B·C·罗日金所著的《布鲁诺与宗教裁判所》（中译本改题为《布鲁诺传》），用的是纯粹的史学笔法，注重从科学发展史和思想文化史的背景来评述传主的生平活动和思想发展情况，由此判定传主的历史地位。二是 A·施捷克里著的《布鲁诺传》，运用的则是文学笔法，虽然该书也在广阔的科学发展史和思想文化史的背景来评述传主生平思想和历史地位，但更多的是发掘描写传主生平思想活动中的一些有戏剧性的场面，因而故事性较强，也有一些抒情性段落，语言文字也颇生动，至于对涉及到的天体物理方面的问题，该书是采用通俗解释的方法来插入，而没有如同前书那样对此作严谨的阐述。具体到两书对于布鲁诺之死的处理，史学笔法和文学笔法的差异更为典型。前者通过分析当时的罗马《公报》记载的三个档案文献来揭示传主遇难前后的有关真实细节，而后书则是对有关文献材料作了综合性的处理择用，用近似小说的笔法绘声绘色地再现了传遇害的悲壮场面，虽然作者在这里还有所议论，但大都是以抒情的文句形式出现的，如本书前一节所援引。曾有论者指出："传记可以说是史学与文学的结晶。就史学的立场说，它需要以科学的方法，按排所得的材料，要正确，要系统；材料愈丰富，工作愈复杂。就文学的立场说，它需要艺术的匠心，描述某时的情景，要生动，要美丽；情景愈复杂，描写愈不易。"① 这段话可以视之为对传记写作中史学笔法和文学笔法的不同要求的一个较为简洁的理解。

稍作进一步分析，还可以认识到，传记的史学笔法与文学笔法的差异，还具体地表现在以下几个方面。

1. 对于传主生平经历中出现过的能够充分反映（至少从一个侧面反映）传主思想行为特点的具有自然的典型性的戏剧性事件或场面

采用史学笔法的，虽然绝不会忽视它，但一般是采用概述的方法，简洁地介绍此事（场面），由此作某种分析评论。而如果是用文学笔法来处理，便会当作一场重头戏来写，往往要以相当的篇幅较完整地描述此事（场面）的前后过程，在描述中，又要对有关背景作交待，对场面的气氛作渲染，还要剪辑记录有关的人物对话，甚至对人物的心理活动也作一定的刻画，总之，势必把这事（场面）写透。例如，1924 年孙中山因陈炯明叛变而避入永丰舰一事，用史学笔法写的杨明轩著《孙中山传》仅用寥寥数笔交待，而如果用文学笔法来处理，无疑会被写成一个曲折生动的惊险故事，由此来反映传主的人格形象的一个侧面。再如，茨威格用文学笔法写的《巴尔扎克传》，其对传主生平活动中的某些小故事都作了较为详尽深入

---

① 郑士镕，《邱吉尔传》（书评），《文史杂志》第 2 卷第 1 期，1942。

的描绘，而苏联学者德·奥勃洛米耶夫斯基写的《巴尔扎克评传》，由于运用史学笔法，对此就没有花费更多的笔墨，而是侧重于探索分析传主创作活动和创作思想的发展。

2. 对于传主思想言行的评判

采用史学笔法的，往往要以一定的专门段落乃至章节来处理，同时又力求分析的深入透彻，并以通过归纳而得到的其他类似材料来作佐证，此外，评判的语言又大都是平实的。而采用文学笔法，它一般不会设专门的章节段落来对此作集中的分析评论，至多在夹叙夹议中说上几句，而这几句话往往又带有浓烈的修辞色彩。例如，陈丹晨著《巴金评传》，此书用史学笔法写成，而徐开垒的《巴金传》则采用文学笔法。在讲到传主创作的名著《家》时，前书设有专章（第八章：新文学运动中的一块丰碑——《激流三部曲》），其具体的段落设置是：巴金为什么要写《家》——黑暗的王国——"叛徒"的呼喊——"我要做一个人"——精心的创造——《家》的续篇，《春》和《秋》。由此可见，其逻辑思路是先讲创作动机，次述生活积累，再析作品的思想主题，又评其艺术成就，最后提及作品的续篇。而后书则用一个章节（"在写《家》的日子里"）把前书所涉及到的问题糅合到了一起，虽然没有对传主的名著《家》有集中的评论，但却通过描绘传主在写作过程中的有关情况，仍然用夹叙夹议的语句反映了作者对于传主名著的评价，对读者来说，从这样的情感浓烈的篇章中，同样可以获得对传主思想人格及其代表作的深切的认识和理解。

3. 史学笔法和文学笔法的有机结合

尽管史学笔法和文学笔法因有相对立的独立性而可以分离，但是，两者在一定条件下又是可以结合的，至少是可以互相靠拢接近一些。事实上，中外有不少优秀的传记作品，对此提供了切实的经验。除去司马迁《史记》和普鲁塔克的《传记集》中的若干篇什不论，在现代传记写作实践中，一种比较突出的情况是，所谓学术性较强的传记作品（包括评传），虽然以史学笔法为基础，但考虑到可读性问题，也在一定程度上借用和糅合了文学笔法。而许多主要是以文学笔法写的传记，为了追求更纯净的真实性，也吸收了若干史学笔法。这样，不少作品尽管以运用某一笔法为主，但是在部分章节段落中，大都既有对于史实的概述性的简洁交待，也有对若干情节场面作较完整生动的描述；既有对传主生平活动和思想特征的深入严谨的分析探索，也有通过一些形象化的描绘来传达传记作者的某种评判性意见。从思维方式来说，即使以形象思维为主，也不排斥逻辑思维，反之亦然。这种情况在篇章结构安排设置的问题上，表现得尤为明显。例如朱东润的《张居正大传》，其史学笔法是基本的，但书中又不时地借用文学笔法来描述传主的有关活动和思想情况的特点，特别是在评述传主自隆兴十年到万历十年独秉朝政的那一段活动情况，既穿插了传主的不少逸闻轶事，又介绍了传主的一些日常生活细节，如此就使得这部作品添加了文学色彩，如有人所指出的那样：由于作者运用了文学的表现方法和技巧，其中特别是注重细节描述和对话设置，因而使得传主的形象更为鲜明，个性也更突出，整部作品由此摆脱了学术论著的枯索味①。又如莫洛亚的代表作《雨果传》等，虽然基本上是以摇曳多姿的文学笔法写成，谋篇布局上颇具小说家的匠心，情节跌宕起伏，人物形象也栩栩如生，呼之欲出，但作者所依据的史料却是真实可信的，对于历史背

---

① 王国安、叶盼云，《朱东润教授与传记文学》，《复旦学报》1980 年第 3 期。

景材料以及当时的社会风俗也有深切的把握；这样，该书的许多夹叙夹议的段落，不仅有文学笔法的渲染，也有史学笔法的介绍、说明、解释和记述，换言之，正因为莫洛亚并没有用纯粹的文学笔法来冲击、排斥和取代史学笔法，因而他的语言文字技巧归根结蒂是文学笔法与史学笔法的一种高质量的统一。

由此看来，那种认为史学笔法与文学笔法互相对立并将进一步分道扬镳的看法，未必是正确的。可以认为，现代传记写作的基本趋势之一是：尽管不少传记作者依据自己所理解的传记理论而在写作实践中有偏执一端，由此促使史学笔法与文学笔法彻底分离的意图，但更多的传记作者仍然在寻找使史学笔法与文学笔法相结合的更有效的途径和方法。而且，如果承认读者的态度对于传记作者的写作有一定的制约作用的话，那么追求这种结合的趋势将是方兴未艾。

第四节　关于"合理虚构"的问题

同认识史学笔法与文学笔法相互关系有密切联系的一个重要问题——这也是在传记写作的理论和实践中争议最多、分歧最大的一个问题是：是否承认传记写作可以有某种虚构——所谓"在尊重基本史实的基础上的个别情节、细节上的合理的虚构"[①]？

持否定意见者认为，传记作品在内容上必须绝对地忠于史实，不能容忍任何虚构，即使是在尊重基本史实基础上的个别

[①]　国内有的学者还对这种"合理的虚构"解释说：这种"虚构"并非"小说作者发挥想象力的'虚构'"，而是传记作者"根据'实录'下的事实，进行严密推理的结果"。参见王泰栋，《略论传记文学的真实性与文学性》，《宁波师范学报》1987 年第 4 期。

情节（细节）的虚构也不可取。持这种意见者的理由是简单明了的：因为传记作品本质上属于史学论著，而史学论著的写作与虚构的手法无疑是誓不两立的。

而持肯定意见者则认为，在尊重基本史实前提下的个别情节（细节）的虚构，当是允许的，而且又是无可避免的。其基本理由是：对传记作品的真实性问题不应作机械的理解，如伍尔芙夫人说，"如果我们认为事实的真相，应该像花岗石一般坚实，千古不变，人物性格则像彩虹一样的变化多端，而传记则是要将这两者融合为一个天衣无缝的整体，那我们就不得不承认，这实在是一个艰难无比的问题""传记里所要求的真实，是最坚强的事实真相，出之以最严酷无情的形式，那应该是收藏在大英博物馆里的那种真实。在这些事实中，虽然一丝一缕的虚伪讹，也都因研究的重压而排斥一空"。我国学者对此也有一种表述，认为传记作品中"复杂生活的更高的真实"要比"细节都很真实"来得更重要，如果作品"对真实生活的复杂性揭示得并不很够"，"即或是细节都很真实，但也很难说这样的作品的真实性很高"，因而对于传记作品的真实性问题，不应"太多的计较某些枝节问题"①。还有人认为，传记写作当以立意为主，要把传记写得"既有历史根据，又有一定的文学性"，既然如此，在"写作上就应该有他的自由"，"不能每章每句都作为史家进行考证的依据"②。另有人在评论国外学者写的含有若干虚构成分的传记作品时也强调了这一点，如冀刚等译的苏联尼·鲍格斯洛夫著《屠格涅夫传》一书的"译后记"说："在基本情节符合历史事实，人物性格符合生活逻辑的情况下，传记文学是容许在一些细节上通过想象进行虚构，

---

① 苏中，《传记文学的"真实"》，《文艺报》1956 年第 22 期。
② 刘熊，《传记应以立意为主》，《人物》1982 年第 1 期。

甚至运用夸张的手法来表现的。这样做非但不妨碍传记的真实感，反而会增强作品的艺术魅力。"

显然，从持肯定意见者所作的理论阐述来看，其立论的出发点在于认定传记是文学的范畴，至少把它看作是"文学与史学"的结合，或者是主张用纯粹的文学笔法来写传记的。这样，由于问题涉及到了对于传记作品本质属性的把握，情况也就变得复杂化了。不过，笔者认为，如果承认传记的本质属性归于史学，由此认为也可以运用一定的文学笔法来写作，那么在理论上强调其虚构的合理性则是不妥当的，因为如果此缺口一旦打开，在传记写作实践中，带来的将不只是"合理的虚构"问题，而将会有连篇累牍的杜撰编造。其实，如果要作某种虚构和夸张，那么把作品当作标明为明确的文学范畴的"传记小说"来写，而不必去争"传记"的名目。另外，即使是用一定的文学笔法来写传记，不容许虚构，这是对传记写作提出了类似戴着枷锁跳舞的难题，而这种情况正可以逼迫传记作者更多地注重一般意义上的语言文字技巧问题。有的学者指出："传记文学只能写真事，不容许有虚构和夸张，这似乎于创造形象不利。然而生活又完全能弥补这一缺陷。因为，传记人物都是极有个性的人物，……不仅在政治上、事业上各有创见，而且个人生活上也各异其趣，作者无须夸张和虚构，只要真实地再现他们的本来面貌，特别是那些深印着他们人格的轶事，就可以勾出具有鲜明个性特征的典型形象。"[1] 而如果有些史实"没有弄清或无法弄清"，"就宁可粗一点，不必作过多的细节描绘，以免画蛇添足"[2]。应该说，这些意见都是值得重视的。

---

[1] 张景超，《在真人真事的原则下，创造出"这一个"》，《人物》杂志问题讨论，1982 年第 1 期。
[2] 范寅铮、徐日晖，《传记作品应注重真实性》，《人民日报》1980.7.9。

自传写作中也会有这样的问题。本来这没有必要特别地提出来，但因为在世界文化史上有很大影响的著名作家歌德提出过"诗与真"的命题，并以此作为自传的题目，因而有些人理解为：自传作品中可以有"诗"的成分——由于诗作为文学作品，自然可以有虚构、想象和夸张，那么自传亦然。

　　在我国，把这样的理解当作一个传记理论问题提出来的代表性人物是周作人。他在《知堂回想录·后序》中说，"'真实与诗'乃是歌德所作自叙传的名称，我觉得这名称很好，正足以代表自叙传里所有的两种成分""真实当然就是事实，诗则是虚构部分或是修辞描写的地方，其因记忆错误，与事实有矛盾的地方，当然不算在内，唯故意造作的这才是，所以说是诗的部分，其实在自叙传中乃是不可凭信的，应该与小说一样的看法""自叙传总是混合这两种而成，即如有名的卢梭和托尔斯泰的《忏悔录》，据他们研究里边也有不少的虚假的叙述，这也并不是什么瑕疵，乃是自叙传性质如此，读者所当注意取材时应当辨别罢了"。从周作人的意见来看，他虽然认为"诗"的部分不可信，读者当作辨别，但同时又认为，自传的性质本身决定了它可以让"诗"与"真实"同时构成作品的两个部分。

　　应当说，周作人这一意见的根本点也是承认虚构在传记作品中的合理性。然而这种意见并不可取，因为自传作品中的虚构情况的普遍性不足以证明其合理性，道理很简单，如果作这样认定的话，岂不是说"谀墓"的情况在中外传记写作中因有几千年的历史而表明"谀墓"也是合理的？美国著名作家马克·吐温在自传的序言中说过，"在这本自传里，我将牢牢记住，我正是从坟墓中向世人说话""我决定从坟墓中而不是亲口向世人说话，是有充分理由的：我可以无拘无束地说话。一个人写一本有关他平生私人生活的书——一本在他还活着的时候给人们看的书——总是不敢真正直言不讳地说话，尽管他千般努力，临了还得失败""我认为，我会像写情书那样写得真诚、坦率，不受拘束，不感到为难，因为我深知，在我死去，从而无知无觉，不闻不问以前，我所写的东西是不会给任何人看到的"。相比之下，马克·吐温的意见显然是可取的，因为他尽管承认虚构夸张等是自传写作的一个似乎难以克服纠正的弊病，但仍表示自己将以一种崭新的态度来扭转这种局面。郭沫若在谈到自传作品《北伐途次》时说："我这篇文章只能采取回忆录的形式，记忆比较明确的地方写得自然会详，记忆比较淡薄的地方写得自然会简略。这样文章便会流为断片的，但也只好听其断片。我本也可以加些想象进去，把全部的事实客观化起来，写成一部小说，但那样反会减少事实的真实性，同时是会发生许多错误的。"看来，熟悉歌德的思想和作品的郭沫若也看到了自传写作中常有的那种用虚构、想象和夸张来填补事实，至少用来串起各不联贯的史实以弥补事实隙缝的情况，但他坚持不作虚构，宁可让回忆的事实流为断片，这无疑是一种正确的态度。

事实上，有不少自传作者，他们虽然不是文学家，也未必知道歌德有这样一本题为《诗与真》的自传，但从直觉上都认为自传是不能掺入虚构的成分的。例如，邹鲁在其《回顾录》的"凡例"中明确表示，"专记载本人直接有关之事，间接者从略""凡规模较大之事，余祇任一部分时，则所言祇限于与余有关之事件""某一事有关人名，大多数不能追忆者，则从略""全凭记忆，遗漏甚多，人名年月尤甚，盼补订"。如果作者对于有些史实不是因托词"不能记忆"而故意略去的话，那么这几条原则当是可取的，这也是对自传的所谓"诗与真"的性质的否定。

最后也有必要谈谈一个与"诗与真"多少有所联系的问题，即如何看待自传作品的意想化。所谓意想化是指自传作者在以文字形式追述自己经历的往事时，对于记忆表象（所追忆的史实）自觉或不自觉地按照追忆时的种种主客观情况而作的一种不易觉察的加工。之所以如此，这是因为自传写作乃"是作家有目的、有意识的历史回忆活动，它所记叙的内容，刻画的人物形象，绝非人物、事件原型的简单复现，而是作家在一定的创作动因之下，从自己长时期的形象记忆和情绪记忆中，提取过去已经巩固了的心理内容，然后经过审美再现的程序创作而成。这种心理内容和审美的心理现实，既受制于创作客体的实际和作者的审美理想，同时也必然是他的感知、记忆、体验、思维和想象等心理的独特融合"①。由此可见，意想化在自传写作中（甚至在他传写作中②）是一种普遍存在的情况，它具有必然性和合理性。但是，意想化却不等同于虚构，因为，意想化从一定意义上来说，乃是传记要素的某种形态的反映，而虚构则是传记作品所应反对和摒弃的。郭沫若曾说他的自传《我的童年》"没有一事一语加了一点意想化的"，在这里，他似是把意想化和虚构这两个概念混淆了③。唯其如此，笔者认为，鉴于自传作者一般难以避免意想化而却可以避免虚构，因此在自传写作中应确立这样一个原则：决不能借口意想化而掺入虚构想象的成分。至于如何实践这一原则，"简洁"乃是一个有效的办法，如休谟在其《自传》中所说："一个人写自己的生平时，如果说的太多了，总是免不了虚荣的，所以我的自传要力求简短，人们或者认为我自己之擅写自己的生

---

① 周涤尘，《记忆的重建活动和记忆表象的艺术外化》，《湖南师大学报》1987 年第 5 期。
② 张辛欣说："其实，无论如何真实地描绘，再现当时的社会心理氛围的文学人物传记，也不可能是'忠实'，'客观'的，传记中的人物总是笔者眼中的"，见《与老年人相对》（李辉，《肖乾传》之《代序》）
③ 周涤尘，《记忆的重建活动和记忆表象的艺术外化》，《湖南师大学报》1987 年第 5 期。

平，那正是一种虚荣；不过这篇叙述文字所包含的东西，除了关于我自己著作的记载而外，很少有别的。"而所谓的"简洁"，实质在于"诚实"，如《林语堂自传》表示："作自传者不必一定是夜郎自大的自我主义者，也不一定是自尊过甚的。写自传的意义，只是作者为对于自己的诚实计而已。"同样，卢梭在《忏悔录》开篇中所说的话也是应当作为传记作者的座右铭的——"当最后审判的号音不论何时响了起来，我会捧着这本书到至高的审判者面前。我将大声地说：这是我所做过的一切，这是我所想过的一切，这即是过去的我。我以同样的坦白说着善与恶。我既不曾掩饰过一分坏处，我也不曾增添为一分好处……请将无穷尽的我的同类召集到我的周围来吧：让他们倾听我的告白，让他们为我的邪恶而叹息，让他们为我的卑劣而脸红吧。"

第五章 几种主要传记类型的一般体例

　　从现代传记写作的情况来看，最常用的类型有年谱、传（评传）、自传（回忆录）和小传（辞书条目、简介、注释）等几种。现把这几种主要的传记类型写作上的一般体例作逐一分析。考虑到这种分析的示例性，为便于一般读者理解和掌握运用，所以例举的作品以我国学者近年来编著的中国近现代人物的传记作品为主。

第一节 年谱

　　年谱就篇幅角度而言，有长编（多卷本）、中型（单册）和小型（单篇）之分。由于小型年谱（年表）往往作为大型传记作品的附录，所以在此重点分析长编和中型的年谱。

1. 入谱基本内容

　　凡长编和中型年谱，其入谱的内容主要包括谱主生卒、籍贯、出生地、家世（包括父母简历以及兄弟姐妹的出生）、生活踪迹和履历、思想发展、社会政治活动（包括担任社会公职）、学术文化活动（包括著述的写作和发表）、社会交往、重要的信函、谈话以及私生活（恋爱、婚姻和生育）等。

在上述各项中，对于传主思想发展的情况以及最能体现传主社会政治观点和学术观点的材料，当是最主要的。若缺漏了这一项，从现代学术眼光来看，该年谱则是不完全的。胡适曾指出，年谱"不但要记载他一生事迹，还要写出他的学问思想的历史"[1]，这一意见现在已为学术界广泛接受。就国内已出版的年谱来看，《梁启超年谱长编》和《胡适之先生年谱长编初稿》最为突出。

另外，谱主在世期间的中外历史大事一般也应当入谱。不过谱中的这部分内容材料应选择得当，务必是与谱主生平活动和思想发展有直接联系或发生明显影响的，不可太滥。例如，1905 年孙中山在东京发起成立同盟会，如果谱主日后也是入盟者，那么此事理当作为背景性大事入谱；但如果谱主日后并未入盟，而且也不是从事社会政治活动者，那么年谱采入这类大事，一般只能是徒增篇幅。

不少年谱把中外历史背景材料也按时间顺序插入谱主记事部分，这从精简篇幅的角度来说是可取的，但一般地说，背景材料和谱主活动最好能够分别编排，而编排次序习惯上是先录背景再记事，如《黄兴年谱》。但也有把背景材料置于记事之后的，如《秋瑾年谱》。在印刷成书时，最好用不同字号排印，以清眉目。如《黄兴年谱》即是这样，而《秋瑾年谱》用同一字号排印，就令读者吃力。

还有的年谱专门以"谱前"或"谱后"部分记载相关内容："谱前"主要是介绍谱主的家庭身世，如《梁启超年谱长

---

① 胡适，《章实斋年谱》自序，《胡适文存二集》。

编》；"谱后"则着重记哀荣、后人对谱主的评价及其变化过程等，如《瞿秋白年谱》。一般说来，需要专门设置"谱前"或"谱后"的传主，毕竟是少数，因而在写作实践中，习惯性的做法是：凡"谱前"内容均在谱主出生的条目上补述，而"谱后"的内容则在谱主逝世的条目中略添数语。

2. 条目设置

年谱通常按时间先后为序逐条记事。

（1）条目的具体设置方法。

① 以年为条目单元。年内不另置月份日期，但凡需记多项内容，当然也以月日先后为序。中型年谱大都采用此方法。

② 在年内又分置月份单元，月内则系日为专条。采用此方法者，大型年谱为多。

③ 完全以年份为专条，揉合记载谱主一年中的事迹，凡非特别重大者，不标明日月。这种方法多为小型年谱采用，不过有的中型年谱也偶尔用之。

（2）条目体例设置中涉及到几个具体问题。

① 对谱主无重大活动的年份（尤其是幼年阶段）的条目是否付以阙如。

一般地说，短篇年谱大都如此，而中大型年谱除了也作付阙处理外，大都是仍设条目的，以记谱主的岁数以及有关历史背景材料，如《孙中山传》。

② 对于某些活动的日期难以考订者，通常采用的方法是：日期不能确定者系于月末；月份不明者，或按四季入条，或记于年末，总之在全书中应予统一。

③ 对于一段时间内的同一件事，是分别入条按月日记载，还是作集中列条记载？

对短篇年谱来说，以集中列条记载为多，而如果是长编和中型年谱，则视具体情况而定，通常的办法是，如果此事的时间跨度较小（数日之内），可以集中记载，反之则分别记载。

④ 谱主著述言论（包括函札电文）的列条处理。

在年谱编写实践中，这一问题较为混乱。如有的系于写作日期，有的系于发表日期，也有的系于年末。笔者认为，对于大中型年谱来说，对此似不必强求一律，但在全书中则应统一，至于统一于何种方法，则应视具体情况而定，其中还应服从于编谱的意图。耿云志的《胡适年谱》大抵采用这样的体例：谱主最重要的著述既系于写作日期条，又系于发表日期（并注明署名与所载刊物或出版单位），对另一些较重要的著述则系于写作日期，至于其他著述则集中系于年末。这一经验值得吸取。

3. 材料来源的注释形式

中大型年谱应对有关材料（限于谱主事迹部分）的出处注明，其方法大致有三种。

(1) 夹注，即用括号加注在正文之中。

(2) 脚注，即用注释序号①②③等分别注于每页之末。

(3) 尾注，即把有关注释集中于每章节乃至全书之尾。

从我国当代年谱写作的情况来看，注释方法的体例还比较混乱，尤其是一书中有多种注释形式并存。一般说来，为避免年谱的篇幅过于冗长，以采用夹注形式为宜，如《陶行知年谱》，而为便于读者检索查核起见，并使正文与注释做到眉目清晰，不妨也采用脚注的形式，如《秋瑾年谱》。

4. 记述方式

年谱的记述方式通常有两种。

(1) 以摘录谱主本人的记载（据著述、日记、书信等）为主。

（2）以概括性介绍的笔调为主。

这两种方式当视具体情况而定。一般说，如果传主的传记资料相当丰富，可采用第一种方式，反之则采用第二种方式。但采用前一种方式的，通常是长编年谱，以日列条，对中型年谱来说，如此方式似有困难。因而目前大量的年谱是把这两种记事方式结合起来。这一做法是可取的。

5. 评论

年谱的正文中一般不必有评论性文字，如欲对传主作某种评论，完全可以在序跋中写出。倘如一定要在年谱正文中插入评论性文字，则应当简洁。另外，采用以概括性介绍的笔调为记事方式的，实际上含有评论的倾向性，但这种倾向性当以确凿的客观材料为依据，不可离开材料多作发挥。

6. 示例

笔者认为，在近年来出版的国内学者编著的年谱中，体例上较为完备，由此足资借鉴的代表作是毛注青编写的《黄兴年谱》。试析如下。

该谱系中型篇幅，全书 22 万字。其记载内容完备，凡应当入谱的各项内容无所遗漏①。谱中逐年记事，在标题上同时注明纪元、年号、干支和谱主年龄，每年条内分为两部分，先记国内外重要事件，其均与谱主生平活动和思想发展有关，不枝不蔓，次记谱主的生平活动事迹，并摘录足以体现谱主思想特点的重要言论。

在记谱主生平活动事迹时，该谱不另列月份条目，以一年

---

① 黄兴另有未刊电稿多件，1981 年 10 月由薛君度（收藏者）从美国带回。毛注青 1980 年前编纂《黄兴年谱》时未有可能运用这些材料，乃属正常。

为单元，按月日先后记事，凡日期不能确定者系于月末，月份不明者系于年末，发生于某季度事迹者，则记在相应的位置。同月或同日内若有多条记事，除在首条标明日期外，其余用△标明。

在每条记事中，该谱先作概述，随即另行以不同字号记载可印证的有关文献材料，而材料出处则以脚注形式注明。

关于谱主的著述言论（含函札电文）均以写作日期入条，另以注释形式标明发表日期或所刊报刊。

对于材料的考订，也用脚注形式注明。

该年谱的正文，即使是概述性的介绍文字，也力图客观平实，几乎无主观评论色彩较浓的语句。

第二节　传（评传）

大中型篇幅的传，如果基本上采用文学笔法所写成，其一般的体例问题较难确定。可以指出的是：其各章节的标题通常是讲究语言修辞的，较为形象、生动、含蓄，并不一定标明阶段性的时间。另外，在处理某些相对完整的戏剧性场面（包括人物对话）时，一般也都分行行文。还有，这类传记对于材料的运用和援引，一般也不一一注明出处，只是在书末附录主要参考资料。这样做的目的，是为了行文的流畅。

基本上是以史学笔法写成的传以及评传，其体例上可确定的共性较多，也较明显，主要体现在以下几方面。

1. 章节标题的设置

这类作品与其谋篇布局相适应，大都分为若干章节并设标题，而在标题上，又往往显示出阶段性的时间，或者章节标题后用括号注明时间的阶段性。就标题来说，一般也较为平实，很少强化语言修辞色彩，如果正标题的语言修辞色彩较浓，往往也会用平实的语言加上副题。另外，这类作品的标题常常含有作者评论性的意见，这种评论性意见又主要是从传主的思想发展或人格特点或历史地位的判定等角度着眼。如夏东元著《郑观应传》的各章标题。

第一章　买办出身的民族资本家

第二章　初期的维新思想

……

第十二章　最终不失为救国救民的有心人

又如周天度著《蔡元培传》的各章标题。

第一章　家庭和青少年时代（1868—1894）

第二章　参加反清革命斗争（1895—1911）

……

第六章　一段曲折的历程（1924—1931）

第七章　为争取民主，抗日救国而奋斗（1931—1940）

2. 材料考订注释和注明出处的形式

这大致与年谱编著相同，一般用脚注的形式为多。如彭定安著《鲁迅评传》第 270 页中正文一句为"在他的收集在《呐喊》和《彷徨》中的二十五篇①小说中"，其对"二十五篇"一词作了这样的脚注："①不包括《呐喊》初版时收入的《不周山》（《补天》）。"又如陈丹晨著《巴金评传》第 162 页中引用传主谈到《家》的一段话："我的书没有过时，而且并未完成它的使命。……如果'四人帮'在中国人民生活里能成为如此重要，如此可怕的角色，那么我作为一个作家，没有理由不设法也起一点作用。"① 该书的脚注为："①巴金答法国《世界报》记者问。见香港《大公报》1979 年 7 月 2 日。"

3. 背景材料的援引和介绍方式

通常有总、分两种方式，并视具体情况而定，即：在记述传主出生情况时，先简要介绍其出生前后的社会政治历史环境，另外，在评述传主各个生活时期的社会活动和思想发展时，分别插入对与传主活动和思想有密切关系的社会政治局势和文化思潮的分析。从传记写作实践来看，传记作者无不懂得这一点，问题在于要避免机械罗列和枝蔓太多的弊病。

4. 对于与传主有联系的其他人物的介绍方式

传（评传）必然要涉及到对与传主有联系的其他人物的介绍，由于各类人物与传主的关系有程度大小之分，因而介绍的方式也当有所不同。一般有两种情况。

（1）关系至为密切者，当直接在正文中反映。

如孟祥才著《梁启超传》，鉴于康、梁之间的非同寻常的个人交往和思想联系，该书第二章以"康有为的得意门生"为标题，并专辟一节以"康有为——近代中国向西方寻求真理的先进人物"为题，较详尽地介绍了康有为早期生平活动和思想特点。不难设想，倘该书对康有为的情况语焉不详，势必影响对于传主的完整的评述。

（2）两者虽然有联系，而且作为背景材料不能不提到的。

有些联系毕竟又不是十分突出的，则可以用注释的形式来作简介。如周天度《蔡元培》中曾提到与传主的生平活动和思想发展有所联系的几十个社会各界人物，都是用脚注的形式介绍之。

5. 对于文献材料援引方式

传（评传）在援引文献材料（包括传主言论）时应当完整，又自成段落，切忌断章取义。如果原文是文言，一般应照录，不过，如系通俗性作品，可以意译成白话，或先录原文，再用括号附以白话意译。

6. 关于评论方式

传（评传）较之年谱，理当有较多的评论性语句，评论的方式有多种，既可以结合叙述传主某一生平活动加以评论，也可以辟出专门段落乃至章节对传主一个阶段或一个侧面或一类思想情况作集中深入的评判，尤其是最后叙述到传主逝世时。又可以予以总结性的评论。另外，这类作品中的评论性文字往往又同材料的考订以及对于背景材料的介绍结合在一起。如果评论性文字注重语言修辞则更好。

7. 关于援引语录

在现代国外传记写作中，常有援引语录的体例，即在每一章节前，冠之以一段传主的诗文或他人的回忆、评判性文字。这类作为语录的文句一般都很有文采，并且其内容也往往服从于揭示该章节的主题。近年来，这一体例也开始为国内的传记写作所借鉴，如彭定安著《鲁迅评传》即是如此。不过从写作实践来看，这一体例有利有弊，利在提纲挈领，揭示相应章节的主题，而弊则表现为常常与正文中所援引的材料重复，从而显得累赘。

第三节　自传（回忆录）

　　自传作品，以及以回顾本人生平思想为内容的回忆录，在行文语言上也有史学笔法和文学笔法之分。如用文学笔法来写，自然在体例上有较多的灵活性，兹不细述。单就用史学笔法写成的这类作品而言，其内容侧重点一般还可以区分为两种情况：一是主要描述个人的生活经历和思想发展的线索[①]；二是着重记述本人所亲历的某些重大历史事件，虽然本人也是当事人之一，但并未扮演特别重要的角色。

　　对于这两种情况，体例上涉及的一个重要问题是详略得当。即是说，如系前者，那么对于有关的事件、人物以及其他情况，写得越详尽越具体越好，而对于自己无直接联系和发生重大影响的事件、人物以及其他情况，不必细述。如张静庐的《在出版界二十年》，只是详写自己在上海出版界的活动情况，而对当时上海整个出版界的情况，至多是扣紧与自己活动有联系的主题内容略加追述，并非面面俱到。同样道理，如系后者，则应详写有关重大历史事件的始末真相和相关人物的情况，当然，这种详写要以作者本人所见所闻的角度出发，否则便失去回忆录或自传的性质了。如陶菊隐著《记者生活三十年》，作者曾任上海《新闻报》记者二十年，该书的内容重点是回忆自己对当时某些重大历史事件的采访活动，因而行文上就紧紧扣住自己的采访线索，把采访期间所见所闻所得的材料予以详细地追述，而不是撇开个人的活动情况，大谈某事件如何如何。陈独秀在其未写完的《实庵自传》中说："我现在写

[①]　在自传作品中，描述个人生活经历和思想发展线索，这两者在原则上是应该统一的。如果详前而略后，就接近于"干部履历表"，只有事实，没有思想历程，当是自传作品的一大缺陷。

这本自传，关于我个人的事打算照休谟的话'力求简短'，主要的把我一生所见所闻的政治及社会思想之变动，尽我所记忆的描写来，作为现代青年一种活的经验，不力求简短，也不滥抄不大有生气的政治经济材料，以夸张篇幅。"这是一条值得重视的经验。

自传以及以回顾本人生平思想为内容的回忆录，其内容侧重点的差异还可以从另一角度来区分：全面系统的，抑或局部专题的。前者从家庭身世讲起，较全面地记述个人生平活动和思想，如《彭德怀自述》；而后者只是记本人在一个阶段、一个时期、一个方面或在某一历史事件中的活动情况，如杨成武的《忆长征》。与此相适应，两者的体例也就有所区别，如每一章节内容的时间跨度，前者长，后者短；对有关背景材料的介绍，后者详，前者略，对若干相对完整的戏剧性场面的描述，前者粗，后者细，如此等等。另外，这两类作品如同传（评传）一样，也都插入若干评论性语句和段落，不过，在一般情况下，前者往往比较粗略，而后者较为详尽深入，且佐以相当的文献材料来印证，由此往往具有专题史论的性质。典型的如《使美八年纪要（沈剑虹回忆录）》，作者于 1971 年 5 月至 1978 年 12 月任中国台湾当局"驻美大使"，而这一时期内中美关系发生了极其深刻的变化，因而该书的一切记述和评论均围绕这一问题，由此成为研究当代中美关系的不可或缺的参考资料。

顺便说，如前所述，如按传主来分类，回忆录可分为两种，一是完全回忆作者本人的事迹，作者本人即传主，因而它明显地可以归为自传。二是，虽为作者的回忆录，但回忆的内容重点却在于另一个人，换言之，回忆录中的传主是他人而非作者本人。如沈醉的《我所知道的戴笠》和周君廷的《伪满宫廷杂忆》。前者曾是传主的下属，整篇着眼点在于介绍传主的有关情况；后者曾任伪满内府文书科长，对于传主——伪满皇帝在该阶段的有关情况多有了解，全书便以此为着笔的中心。这类作品的体例大都较为杂乱，信笔写来，不讲究文稿的形式，略有共同性的情况大致是这样三点。

① 书中虽然也讲到作者的有关情况，包括与传主的接触联系，但都作为记述传主活动的引子来处理。

② 对于传主活动的记载，不求全面系统，而是点点滴滴，零零散散，又以轶事趣闻为多，"掌故"色彩浓厚。

③ 往往不注明材料来源出处，又由于缺乏对材料的考订，错讹较多。

显然，这第三种体例特点，其实正是这类作品作为传记作品的致命的缺陷。若要纠正这种弊病，无疑必须把上文所谈到的年谱或传（评传）的有关体例引进来①。

第四节 小传（辞书条目、简介、注释）

以篇幅简短为基本特点的小传（包括史书、方志中的人物本传和合传中的单篇）、辞书（包括人物辞典）条目、各类选本的作者简介，以及一般书稿中的人物注释等，虽然在具体撰写时各有其特殊性，但体例上的共同点仍不少。大致说来，以下几点最为突出。

① 文字简洁，或万余字、几千字，也有几百字乃至几十字的。

---

① 我国目前已出版几本探讨自传、回忆录写作方法的书籍，是更多的从一般的写作方法角度着眼的，但也可参考。它们主要是：《怎样写自传》（沙霖，普及出版社，1953 年第 3 版增订本）和《回忆录写作》（人民日报出版社，1987）。

②基本内容较单纯，主要限于姓名（字号、笔名）籍贯、生卒、主要履历及遗著等几项，以揭示传主静态的面貌为满足，不求面面俱到。

③对传主的评价较为简要、笼统，或者不作任何评论。

④基本上用史学笔法写成，不讲究语言修辞。

⑤对于援用的材料一般不注明出处，但摘引传主著作中的话语例外。即使注明材料出处，一般也从简。

至于各类小型传记和微型传记在体例上的特殊性，这主要是服从于具体的立传意图而变通的。

例如一般小传对传记的各项基本内容的记载要求比较完备，也注重传记的谋篇布局和语言文字技巧。如中国台湾《传记文学》杂志的"民国人物小传"专栏征稿简约中说："小传内容，必须包括籍贯、生卒年月、学历经历，重要成就及著述等基本事实。文字力求简洁，避免褒贬之词，但更重要者在求其可信。"① 中国社会科学院近代史研究所主编的《民国人物传》的《前言》（1980年5月修订）中说，"要求用记叙文，不要写成评传。要通过具体的事实把正确的观点表现出来。不要离开事实材料，作过多的评论""要求反映一个人全貌的同时又有重点。一个人的传记，要把他的家庭情况、上学情况、主要经历和言行，总而言之，要把他的生平事迹如实地反映出来，但又不要写成流水账或年谱"②。上述两种主张在不少地方无疑是相通的。

专题学科人物辞典的条目，其内容侧重点就集中在传主的学术活动方面。如《中国科学家辞典（现代第一分册）》的"凡例"说："词条内容，包括姓名、曾用名、生卒年月日、籍

① 《传记文学》第22卷第4期，1973.4。
② 《民国人物传》第5卷，中华书局，1986.7。

贯、生平事迹、学术成就。对重要的科学活动尽可能较多地记载，重要的科学论著，尽量注明发表时间、期刊或出版社名称，以便读者查阅。"①

各类选本中的人物简介，一般视选本的学科性质而侧重于某一方面的记述。如《现代百家诗》②收百位现代中国诗人的诗作，并对每位诗人作简介。其对康白情的简介全文是："康白情（1896—1945）：四川安岳人。"五四"时期重要的诗人和评论家，曾参加新潮社和少年中国学会，著有诗集《草儿》《河上集》。"在短短的几十字中，既介绍了传主最重要和最基本的事迹，又有简洁的评论，但两者又都紧扣中国现代文学史和诗歌史的主题。

一般书稿中的人物注释，其文字更为简洁，但对人物的介绍也紧扣文稿。如收入《朱德选集》③中的《在中国人民解放军总部作战局战况汇报会上的四次讲话》一文讲道："徐州方面，我们的力量可以消灭邱清泉、黄伯韬，李弥三个兵团中的任何一个兵团。"该书对这3个人物的注释分别为："邱清泉（1902—1949），浙江永嘉人。当时任国民党军第二兵团司令官""黄伯韬（1900—1948），原籍广东梅县，生于天津。当时任国民党军第七兵团司令官""李弥（1901—1973），云南莲山（今属盈江县）人。当时任国民党军第十三兵团司令官"。其实，这样的注释还可以简略，即删去籍贯，如果各添上几字注明各人的军衔，注释的质量似可更高一些。

另外，小型的评传的特殊性更大。一般地说，它自始至终当用评述的语调来写，以便在有限的篇幅内使传记作品的基本要素达到饱和。要做到这一点，大中型评传的体例特点，在原

---

① 山东科学技术出版社，1982.7。
② 北京宝文堂书店，1984.11。
③ 人民出版社，1983.8。

则上均可吸收借鉴。

顺便指出，由于中国人同姓同名者很多，作人物简介或注释，尤其需要仔细审核，以免差错，如有读者指出的那样，《周佛海日记》一书的编注者把原书中提到的一个名叫"耿济之"的汉奸，注为同郑振铎、茅盾等人一起发起文学研究会的著名文学翻译家耿济之，实在是太不负责任了①。

---

① 广文，《这条注释太不负责任了》，《文汇读书周报》，1989.11.25。

第六章　大中型传记的技术细节
处理和附录性工作

对于大中型传记作品来说，还需要在技术细节的处理方面确立一些规范，另外也需要做若干附录性的工作。做到这两点，对于提高传记作品在形式上的质量有着重要的意义。

第一节　技术细节处理的主要规范

这方面大致要做到如下几项。

1. 时间标示和历法换算

在辛亥革命之前，我国通用农历，且又以帝王年号和干支为纪元。在辛亥革命后到 1949 年以前，虽然通用公历，但又以民国纪元。此外，在伪满时期，东北境内又用"康德"年号，而 1895 至 1945 年间在中国台湾则用日本纪元。凡此种种表明，我国的当代传记写作，在时间标示上应求统一，并且相应地注明历法换算，否则的话，读者会感到极大的不便。

这项工作对于中大型年谱特别重要。从年谱编写的实践来看，大致上形成了以下的通则。

① 以公元为纪元，但对辛亥革命以前的年份同时标示帝王年号和干支，对 1912 至 1949 年间的年份，则同时标示民国纪元和干支。如谱主为伪满人物或日据中国台湾时期的人物，则另外标示伪满纪元或日本纪元。如公元 1891 年（清光绪十七年辛卯）、公元 1937 年（民国二十六年丁丑，伪满康德四年）。

② 每条纪事的日期也用公历，但在辛亥革命之前则兼注农历，以便查核。如公元 1904 年条内，10 月 24 日（九月十六）。

上述两个通则适用于其他类型的传记作品，但其他类型的传记如果每逢日期就换算历法，也不胜其烦，所以一般采用变通的办法。据写作实践来看，主要的变通办法是：正文一律采用公历纪元，只是在叙述传主某些重大的生平活动时，视具体情况而附注帝王年号干支等，以及农历日期。

这方面还有个特殊情况，在 1903 至 1911 年间，从事反清革命的人士曾使用黄帝纪年，然而由于黄帝系传说中人物，各人对黄帝"诞生"年的"确定"各异，因而他们采用的黄帝纪元也有抵触，如公元 1905 年，《民报》定为 4603 年，《江苏》等报刊则定为 4396 年。唯其如此，在处理黄帝纪年的历法换算时，须特别小心，首先要审核原始材料的出处。

2. 传主年龄的确定

与上一问题有联系的是如何确定传主、谱主以及传记作品中同时提及的其他人物的年龄问题。

按照中国习惯，年龄计虚岁，因而假设某人出生于某年秋冬，是年即为一岁，次年便为二岁，余类推。这一确定年龄的原则和方法，现在为绝大多数的传记作者认可，应成定例。

在传记写作实践中，这方面常常容易发生错讹的问题在于，假定某人生于某年农历十二月二十八日，粗心的作者简单地把此年定为传主（谱主）的诞生年，计一岁，这就错了，因为换算成公历，这日期其实已是第二年了。

另外，有的传主（谱主）在自撰的传记资料中称某年自己几岁。对此，传记作者应首先考定传主（谱主）的计岁方法，不能来个简单的推算。

在大量的传记作品中，常有这样的句式：几岁那年，传主赴某地干某事。如果出现在基本上是以文学笔法写成的传记作品中，而且计岁采用的是中国习惯，那也无可非议。但对于用史学笔法写成的作品来说，这种句式最好修正为：（公元）某年，几岁的传主赴某地干某事。

3. 传主的称谓

在传记作品中，对于传主（谱主）的称谓也应统一。一般来说，在年谱中，记事时谱主的姓名可以省略；而在一般传记中，对传主以直呼其名或字号为宜，至多以"先生"代之，不必连称官衔。

同样，对于传记中出现的其他人物，也应当直呼其名或字号。如果此人名、字、号并称于世，则可取其一，以求前后一致。当然，人物对话中的特定称谓和援引材料中的原文称谓属例外。

至于传记作品中出现的外国人物，一般可以在第一次出现时用全名并附以外文（日本等国人物例外），而后依西洋习惯称其姓氏。

4. 材料出处的注释的内容结构

这一点，国际上已形成通则，其最完整的注释的内容和结构为：作者——书名（篇名）——发表处（出版单位）——发表时间（版本、期刊号）——第几页。如材料来源于译稿，还须注明译者姓名，发表处、发表时间和页码（从译著）。

此外还需注意的是：援引的材料如系未刊手稿或馆藏档案、文献，一般还应注明收藏者；材料如系转引，一般应注被转引的书稿的著者、发表处和发表时间等，不应直接注原始材料的出处，以示不掠人之美。

当然，材料出处的每条注释都作如此处理，有时也显得过于烦琐，变通一下也可以，但一般说来，对于不易见的材料应注释完整，以便资料共享。另外，如援引的材料多见于某一著作等，在第一次注明后，以后似可简略，只注页码。

5. 地名的处理

由于我国行政区划多有变更，不少地名数易其名，因而对于出现在传记作品的地名，也需要反映出沿革的情况。通常的办法是，写到传主的活动地域时，地名依当时的名称，但同时注明现今的名称。

如果书稿中出现冷僻的外国（西洋）地名，一般也应附注英文或相关原文。对于外国地名（人名亦如此）的翻译，如已有通译名则从之，否则应参考有关工具书。

6. 对于所援引的材料中错、衍、脱字的技术处理

这方法也要有统一的方法。通常是：脱字用括号（ ）补入，衍字用方括号 ［ ］ 标出，错字在其后用括号或方括号订正，其体式可为："梨 ［? 犁］"，另外也可对错、衍、脱字加重点号（.）的。究竟采用何种技术处理方法，应当在"凡例"或"序""跋"一类附录性文字中说明。

此外，如原材料中运用异体字、通假字，通常情况下应改定为通用字，也不须一一注明，如改"狠好"为"很好"，"我底人生"改为"我的人生"，等等。

第二节　几项重要的附录性工作

大中型传记作品往往有附录性文字，因此对传记写作来说，需要认真做好附录性工作。其中最重要的有如下几项。

1. 年谱的编写凡例

大中型年谱的"凡例"必不可少，"凡例"的功用在于统一说明编写的技术处理原则和体例的规范。

一般地说，年谱的"凡例"写得越详尽越具体越好。如《徐光启年谱》的"凡例"（书中名为"叙例"）有十五条，足资他人借鉴。

有的年谱以"前言"代替凡例，此属名异而实同。

2. 注释

大中型传记作品的注释也不可少，除了上文已提到的用于注明材料出处和考订材料的情况外，注释的另一功用，是为了对某些可能影响正文的行文流畅而不便插入正文的问题，如专门词语、与传主有联系的其他人物、社会风俗和典章制度等，作必要的解释、说明和分析，还包括对前人的有关意见作辨正或论争。这方面的实例几乎在每一部传记作品中都大量存在，不赘述。

3. 附录

大中型传记作品中的附录性文字是对正文内容的重要补充，或是为方便读者阅读和利用作品的一种辅助性材料。凡例和注释其实也是广义的附录性文字，就狭义的附录来说，主要有以下几条。

（1）参考文献书目。

传记作品把参考文献书目列为附录，这是为了比注释更集中地交代作者编写时所参阅的其他文献资料。参考文献书目大致有传主遗著、信函、手稿、报刊、档案以及他人编著的各种传记资料。如果书目庞大，编排时可以作一定的分类。如《李鸿章新传》附录的参考书目计分总辑、专集和笔记、日记和函牍、传记和年谱、专著、报刊、日文书和西文书等八大类，堪称完备。

（2）文献资料附编。

这主要是把正文中屡屡提及和多次援引的若干最重要的文献资料集中起来，让读者作为阅读传记作品时的参考。文献资料附编要求精心选择，不可太滥。如《使美八年纪要（沈剑虹回忆录）》附编的文献资料为《中美共同防御条约》《中美联合公报》和《台湾关系法》三篇，《瞿秋白年谱》把谱主的《多余的话》收录，这都是择选得当的。

（3）年谱或（著述）年表。

这主要是非年谱类大中型传记作品的附录性文字。由于这类传记作品对于传主生平思想活动的评述并不完全按严格的时间顺序，有的侧重于某一学科专题，或者主要是用文学笔法写成，所以对于传主生平履历线索的勾勒不那么完整和清晰。在这种情况下，把简短的年谱或（著述）年表作为附录，不失为一种有必要的补充。这一情况目前已为不少传记作品所重视，如《郑观应传》的附录为《郑观应一生经历纪略》的表格，《李大钊传》的附录则是《李大钊同志生平活动简表》和《李大钊同志著作目录》（系年编排）。

（4）人名索引。

有些大中型传记作品在评述传主的生平活动时涉及其他众

多的人物，为了便于读者检索，所以又有编制"人名索引"的必要。这类索引的记载项目有二。

① 书稿中出现的人名（不包括传主）。

② 人名在书稿（印刷品）中出现的页码。

编制人名索引对于人物辞书和合传，更是不可或缺，如《近代来华外国人名录》和《中国党史人名录》等。编制人名索引，同样有一个体例问题。我国目前习惯上以人名的姓氏笔画为序。但为了适应国际通则，最好以人名的姓氏的汉语拼音音节为序。究竟采用何种编排体例，一般也需要有简要的"凡例"。

（5）地图和其他图片。

对于重要的政治活动家、探险家或军事家等的大中型传记来说，还应附录有关的地图。如《林肯传》和《朱可夫元帅》等书，由于有了地图而为读者提供了很大便利。而其他任何类型的传记，又最好附以少许图片，如传主的小照、生活照、手迹图片或其他文献图片。例如《宋庆龄年谱》一书中的图片就弥足珍贵。

（6）序跋。

一般书稿大抵都有序或跋，传记书稿自然不例外。但对传记作品的序跋（限于作者所写）来说，最好包括这样两方面的内容。

① 对本书属于传记写作的实践中的若干问题（如立传意图、谋篇书局、某些问题的处理方法，体例以及材料的收集、整理和考订情况等）作一番说明。

② 结合本书写作的实践，探讨传记的一般理论问题。

如此做，对于推动和促进世界范围的传记写作功莫大焉。事实上，我国不少传记作者都注意到了这个问题，如朱东润的《张居正大传》的各版序言，都结合自己的写作探讨了若干传记理论问题，并对中外传记写作的有关情况有所评骘；蔡尚思的《蔡元培学术思想传记》一书的序言，也是着重谈了如何处理传记作品的体例以及技术细节问题，能给人以启示。本书提到的外国学者编著的各类传记，至少也有半数以上在序跋中涉及到了对传记的理论或实践问题的认识，唯其如此，本书的写作也就在很大程度上参阅了这些序跋中所提出的各种意见。

1988 年 12 月第二稿

1992 年 4 月改定

传记散论

论传记作品的本质属性

就我国现代学术界的情况来看，对于传记作品的本质属性问题的认识，大致有如下几种意见。

1. 历史属性说

除了梁启超的有影响的意见外，其他如孙犁认为：史学方法与文学方法并非一回事，甚至是矛盾的；史学重事实，而文学好渲染；史学重客观，而文学好表现自我。就传记作品论，自古以来就被看作为历史范畴的文体①。这是文学家的意见。史学家如胡华和孙思白等人也都赞同这一意见②。而中国的图书馆学专家几乎是毫无例外地持这一看法③。

2. 文史分离说

这种意见以《辞海》（1979 年版）为代表，该书认为传记有两大类。

---

① 孙犁，《与友人论传记》，收入《孙犁文集》（4），百花文艺出版社，1982. 3。
② 《关于传记作品的写作问题》（座谈会发言），《人物》1982 年第 2 期。
③ 除中国目前流行的图书分类法外，具体如《1900—1980 八十年来史学书目》，中国社会科学出版社，1984. 10。

（1）"史传或一般纪传文字"，以记述翔实的史实为主。

（2）"属文学范围，多用形象化方法，描写各种著名人物的生活经历、精神面貌及其历史背景"。

3. 文史结合说

如有人认为，"传记就其主要的性格讲，是历史的一个支庶，是文学的一个部门"①；也有人说，"传记可以说是史学与文学的结晶。就史学的立场说，它需要以科学的方法，安排所得的材料，要正确，要系统，材料愈丰富，工作愈复杂。就文学的立场说，它需要艺术的匠心，描述其时的情景，要生动，要美丽，情景愈复杂，描写愈不易"②。类似的意见还有：传记作品是"用文学的手法和语言，来反映已经过去的（包括刚刚过去的）形形色色的历史人物的生活、成长和斗争经历。它是用文学的形式和人物的业绩反映的历史"③。

4. 文学属性说

朱东润等人力持此说。另外，如董鼎山认为，"传记既称之为'传记文学'，便应有浩荡的文学气概"，他还援引法国当代著名传记作家莫洛亚的话——"传记虽是叙实事的，但其本身也是一项艺术。传记作者的诀窍是在将一个人的生活的记述给予读者一种美感的满足（aestetic pleasure）"——来支持自己的意见④。

值得指出的是，传记作品的文学属性说似乎被更多的中国学者所接受。在这里，关键原因在于引入了西洋"近代传记"

---

① 湘渔，《新史学与传记文学》，《中国建设》第 1 卷第 1 期，1945。
② 郑士镕，《邱吉尔传》（书评），《文史杂志》第 2 卷第 1 期，1942。
③ 戚方，《让传记文学之花怒放》，《光明日报》，1982.12.2。
④ ［美］董鼎山，《作为严肃文学的传记》，《读书》1987 年第 1 期。

的概念。首先反映这一意见的似是郁达夫，他说，"传记文学，本来是历史文学之一枝"，而"经过二千余年，中国的传记，非但没有新样的出现，并且范围日狭，终于变成了千篇一律、歌功颂德、死气沉沉的照例文字"，因而必须用西洋近代传记（即"有文学价值的传记"，或称"新的解放的传记文学"）来取代中国的"刻板的旧式的行状之类"①。郁达夫还进一步解释说，西方的新传记的基本特征是，"把一人一世的言行思想，性格风度，及其周围的环境，描写得极微尽致"，或"以飘逸的笔致，清新的文体，旁敲侧击，来把一个人的一生，极有趣味地叙写出来"②。朱东润的传记文学理论③，实际上是阐发了郁达夫的意见。他指出，"史汉列传底时代过去了，汉魏别传底时代过去了，六代唐宋墓铭底时代过去了，宋代以后年谱底时代过去了，乃至比较好的作品，如朱熹的《张魏公行状》、黄榦的《朱子行状》底时代也过去了。横在我们面前的，是西方三百年以来传记文学的进展"，而所谓"西方三百年来传记文学经过不断的进展，在形式和内容方面。起了不少变化"的情况，指的是以 20 世纪初斯特拉屈的《维多利亚女王传》为代表所打开的"现代传记文学"的局面④。据此，朱东润坚持认为，现代的传记文学，当"是文学中的一个独立部门"，"有人认为传记文学只是史学的一个支流，不是什么独立的文学样式，其实这种看法并不一定正确"，即使以中国古代的情况论，传也只是"用经学家的本意，是训诂，是注释，在史书中所占

---

① 郁达夫，《什么是传记文学》，收入郑振铎等编，《文学百题》，生活书店，1935。

② 郁达夫，《传记文学》，收入《闲书》，上海良友图书公司，1936。

③ 朱东润曾提出，当用"传叙文学"一词来取代"传记文学"，见其《关于传叙文学的几个名辞》，《星期评论》第 15 期，1943.3。不过后来又用"传记文学"一词。

④ 朱东润，《张居正大传》序，开明书店，1943。

的地位，……在作者的目光里，地位是不怎样重要的"①。朱东润还进一步论证说，例如，《史记》《汉书》中的列传有互见法，对于一个人的评价，常需要通读全书各卷，才能得其大略，可是在传记文学中，一个传主只有一本书，所以史传的价值虽大，但是对于近代的传记，在写作上也是没有帮助的②。

那么，西方的"近代（现代）传记"的概念内涵究竟是怎样的？有必要去看看西方学术界的原始意见。

被称之为现代西方"传记文学的理论和实践两方面的专家"的高斯曾在给《大英百科全书》撰写的条目中说，传记作品是"通过生活，对人的冒险经历的忠实描写"，而且"真实的传记所满足的独特的好奇心基本上是现代的概念，它决定了我们对生活的观察不过分地为道德的热情或偏见所遮蔽"。因此高斯毫不强调传记的文学成分，甚至主张传记作品的基本成分只是事实的准确性和传主的个性。他还认为，传记作品的形式远不如内容来得重要③。

20 世纪 20 年代，另一英国现代著名的传记理论家尼科尔森在《英国传记文学的发展》一书中提到了高斯的上述意见，并表示"同意他的观点（即传记作品的形式不如内容重要——引者注）"。然而尼科尔森同时又指出，从高斯本人写的传记作品如《父与子》等来看，并"没有准确地解决作品的内容与形式的问题"，因为《父与子》一书虽然"在实质上"具有科学性，但它注入了作者的"巨大的勇气，赋予巨大的独创性以及完美无缺的文学色彩"。由此出发，尼科尔森探讨了传记与

---

① 朱东润，《传记文学》，转引自《人物》1982 年第 1 期《问题讨论：关于传记文学的写作问题》。
② 朱东润，《朱东润自传》，收入《文献》第 8 辑，文献书目出版社，1981.6。
③ ［英］尼科尔森，《现代英国传记》，刘可译，《传记文学》第 3 期，文化艺术出版社，1985。

科学的关系以及传记与文学的关系，其主要观点是，"在传记文学中，它的科学性对文学性是有害的。科学性所要求的不仅是事实，而且是全部的事实；而文学性则要求对事实进行描写，这种描写是有选择性的，或是人为加工过的。科学愈发展，其本身的需要也愈难满足，综述的能力和描写的才干将不胜其职。因此，我认为科学性与文学性必将分道扬镳"，即一方面是"科学性的传记将趋于专门化和技术化"，这类传记"由于把重点放在了注重分析和科学性方面，就不可避免地要削弱作品的文学效果。传记的科学化程度愈高，其文学性相应就愈差"，而另一方面，"文学成分也会存在下去，只是会向其他的方向发展""总的说来，文学传记将会步入想象的天地，离开科学的闹市，走向虚构和幻想的广阔原野"①。不难理解，尼科尔森在这里所说的"科学性"专指作为史学范畴的传记作品所遵循的严格忠于史实的真实性和准确性问题，从而否定了传记的文学属性。也就是说，在他看来，传记与所谓的文学传记是不同的两回事。

30卷增订版的《新大英百科全书》(1980年版) 对"现代传记"的问题又有新的把握，认为"传记文学是文学表现的最古老的形式之一"，"有些时候，传记被认为是历史的一支，……但如今人们已认识到历史和传记是性质截然不同的文学形式""无论是传记还是历史，它们都同过去有关。其相同之处在于，它们都要追溯过去，评价事实，选择原始资料。从这种意义而论，传记与其说是艺术，倒不如说是一种技巧"，换言之，"虽然传记在搜集事实、对真实负责这方面与历史有关，但它实际上是文学的一个部门。它试图通过选材、构思、

---

① 这里援引的是该书的第六部分中语。刘可译稿题为《现代英国传记》，出处同前注。

从事实中得出生活形象，在给定的材料范围内，传记作者努力把素材加工成闪光的东西，如果他捏造或隐瞒材料来制造一个效果，那么它在真实方面就是失败的；如果它仅满足于列举事实，那么它在艺术方面就是失败的"①。

而《简明不列颠百科全书》的理解与之有微妙的区别。它认为，"传记文学是最古老的文学体裁之一，它以各种书面的、口头的、形象化的材料和回忆为依据，用文学再现作者本人或他人的生平。传记有时常被认为是史学的一个分支，最早的传记常被人们当作史料看待。现在举世公认，传记和史学是两种明显不同的文学形式""传记文学经历了漫长的进程。今天，文字虽说不是唯一的或主要的叙事工具，但就目前来说，要展示人生的全过程，文字仍然是最好的工具。由于传记文学把基点放在事实真相的基础上，因此它的地位比文学艺术的其他体裁更趋稳定"②。

至于莫洛亚，他在把英国维多利亚时代（19 世纪上半叶）的传记作品与 20 世纪以来以斯特拉屈为代表的新的传记作品作了比较后指出，两者虽然在结构上都是完美的，但前者"只不过是一篇文献"，后者"却是一件艺术品"，而斯特拉屈"同时还是一个正确的历史家，可是他有本领用一种完美的艺术形式来表达出他的资料，而这种形式在他是最关重要的东西"③。

从以上援引的材料来看，西方学术界对"近代传记"的理解的一个根本性的共同观念是，传记作品这种文字形式所载荷

---

① 译文（梅江海等译）刊《传记文学》总第 1 期，文化艺术出版社，1984。按：这段译文中，"文学形式"当是"文献（文章）形式"之意，否则，"……历史……是文学形式"句，显然不合逻辑。

② 中文译稿见中国大百科全书出版社 1986 年 7 月版《简明不列颠百科全书》（第 9 卷）。按：此段译文中"文学形式"也当为"文献（文章）形式"之意。

③ 曹聚仁，《我与我的世界》之代序《谈传记文学》，人民文学出版社，1983.5。

的内容，无论古今都属于史学范畴，只是其表述的形态、方法和技巧等，到了现代，过去那种较为拘谨的史学笔法逐步被突破，相当一部分传记作品开始在形式方面染上了较多较浓的文学色彩；或者说，古代传记与现代传记的区别和差异，主要在于表述笔法方面，即前者多用史学笔法，而后者强化了文学笔法，尽管处理的内容对象是同一的。由此可见，我国现代学者郁达夫和朱东润等人其实都是从这一角度去理解"现代传记"的涵义的。最典型的是朱东润，例如尽管他把传记当作文学作品的一种形式来倡导，但他所写的任何一部传记作品，都是史学类型的，而不是什么文学创作。

正因为这样，可以认为，无论是某些西方学者还是中国现代学者，他们对于"现代传记"的把握，其实涉及的并不完全是传记作品的基本属性问题，同时也反映了对于传记作品的某种内在的知识形态的发展变化的认识。应当说，一种具有相对独立性的文体在长期的发展过程中有所变化这是正常的。例如，属于文学范畴的诗歌体，其在中国就有由四言而五言，由五言而七言，由古风而律诗，由诗而词曲，再由旧诗体而为自由体白话新诗的演变。传记文体也是如此，在世界各国，传记文体发轫的直接原因似乎都是为了表彰死者，随着人类文化的发展，传记文体在记述的形态、手法和技巧等方面趋于丰富而多变化，即除了保持固有的史学笔法外，再引入甚至强化各种文学手法。因而，如同不能否认自由体白话新诗不是诗那样，也不能因为某些传记作品染有了若干文学色彩，便依据"白马非马"的逻辑而认定它已变质为文学的一个样式并由此完全脱离了它最本质的属性——属于史学范畴的文体的一种。鉴于以上的认识，笔者既不能同意所谓传记作品的"科学性与文学性是格格不入的"、甚至"科学性对文学性是有害的"观点，也不能苟同关于传记是"文学的一个（独立）部门"的意见。

还可以说，某些西方学者对于"现代传记"的把握，实际上又涉及了关于传记作品的内容和形式的关系问题。就内容来说，他们并不否认传记作品的基本成分是事实的准确和传主真实的个性，或者说，是与"过去"有关的，即追溯历史、评价历史生活内容和选择历史上的原始资料等。既然如此，这无疑是认为传记作家所处理的是历史学课题而不是文学的课题。而这样的内容课题，又必然决定传记作品的基本属性是史学而非文学。至于尼科尔森说，科学性要求的是全部事实，而文学性则要求对事实作有选择性的描写。30 卷增订版《新大英百科全书》说，传记作品不但"满足于列举事实"，还要"通过选材、构思、从事实中得出生活形象"，即"对素材进行加工"。这些意见虽有一定的道理，然而，诚如《新大英百科全书》所说，这实际上属于"技巧"问题。道理很简单，即使是用拘谨的史学笔法写的传记作品，同样有选材、构思的问题，甚至像中国古代帝王的"起居注"一类的传记性文字，也并非对传主一生的所有的生活细节都作录像般地再现，至多是选材的筛网的口子比较大一些。由此可以认定，既然传记作品所处理的内容课题毫无疑义地属于史学范畴（否则不是传记作品而是小说了），那么，用史学笔法抑或用文学笔法，就只是一个形式问题，犹如人的相片，在照相馆里摄下的正面免冠的黑白相片，与在风景区里拍摄的彩色的生活照，实质上并无两样。

总之，"现代传记"中有不少作品的文学色彩较浓，这种情况只是表明，传记文体经过长期的发展演变，至今就表述形态、手法和技巧等方面来说，已经有了一个明显的分支（如图 4 所示）。然而，从根本上来说，这属于传记作品的分类问题，并非表明传记作品的基本属性发生了变异。

认定传记作品的本质属性归于史学范畴，其实际意义在于

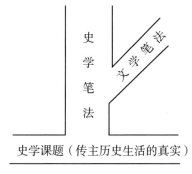

图 4　史学笔法和文学笔法

坚定不移地强调传记的写作必须贯彻历史科学所必须遵循的事实和材料的真实性、可靠性原则。这是关系到传记作品的兴亡的关键问题。

初刊于《江苏社会科学》，1990 年第 6 期

把握矛盾，求得统一[①]
——传记写作应把握的几个原则方法

　　与一般的文学作品不同，传记作品的载荷内容具有限定性，其写作的根本任务（目的）是写人，换言之，只是真实地再现某一历史人物的富有独特个性和人格形象的生平思想活动，从而使得读者能够通过这一个体人物而比较真切地了解与认识某一段社会历史的实际风貌。

　　由此说来，能否写好这一个体人物（传主）决定着一部传记作品的深浅得失。那么，怎样才算是写好了传主这一人物形象呢？

　　鉴于传记作品在本质上属于史学文本，讲求的是"传真纪实"，[②] 视"真实"为生命，并坚守这一底线，所以，判断其是否把传主的人物形象"写活写好"（成功），不能去套通常的文学标准，即不应看其是否娴熟地运用了"小说家言"，也不追求所谓的"典型化"手法，如所谓的通过"合理想象"而作

---

① 参见拙稿《传记作品的本质属性》，《江苏社会科学》1992 年第 1 期。据此，本文所说的传记作品专指史学性质的作品，不包括"传记体小说"之类的文学作品。

② 胡适，《南通张季直先生传记序》，《胡适文存三集》，卷 8，页 1091，亚东图书馆，1930 年再版。

种种"虚构""编造""夸张"之类，由此"塑造"出什么"典型形象"。相反，应该遵循一般的史学理论，即对于历史人物的科学的研究与认识，主要看其是否用朴素的"白描"手法（包括简洁而准确的评述），把传主这一个处于特定的社会历史条件下的人物的基本的个性特点和人格形象比较充分、完整而又逼真地揭示出来，同时能够对于相关的问题予以合理的解释，即如俗话所说，"还其历史本来面目"。总之，在这里，史学的要求与方法与文学标准格格不入，而遵循史学的要求与方法显然是传记写作的题中应有之义。

稍稍具体地说，从中外传记写作史写作实践所提供的正反两方面的经验教训来看，如何比较充分、完整而又比较逼真地揭示出传主形象，似乎应该把握如下几个原则方法。①

1. 个体与全局

就传记写作而言，经常遇到的实际问题往往有：怎样认识传主个人的活动特点及其所受到的内因与外因的条件的制约？怎样认识与传主个人活动有联系的历史事件的因果关系？怎样看待传主个人的活动和特定历史事件中的偶然性与必然性问题？又怎样认识传主与其他人怎样看待传主个人的活动和特定历史事件中的偶然性与必然性问题？又怎样认识传主与其他人物的关系？这些就是传记写作中所必须把握的"个体与全局"的矛盾，其要点在于如何正确理解和处理传主个人（特别是正面的政治人物类型）的活动情况与他所处的那个历史时代的关系，即不能依据"唯心史观"（"英雄史观"），把传主视为横空出世、独来独往、单枪匹马打天下的"孤胆英雄"，仿佛这

---

① 关于这几条原则方法问题，笔者在《传记通论》（复旦大学出版社，1993.8）中曾做过初步分析论述，本文则在此基础上有所发挥与补充。

样一个伟大的天才，完全靠一己之力，改变了历史。换言之，在把握与处理这一矛盾关系时，需要注意以下两个层次的问题。

（1）传主个人与时代（历史条件）的关系。

因为根据唯物史观，即使是历史巨人（伟人），也不可能随心所欲地创造历史，因为他们的活动不能不受到在他们诞生的时候就已经具备的一定的现成条件的制约，或者说，他们的一切活动动机，其实不是从琐碎的个人欲望中，而正是从他们所处的历史潮流中得来的。因此不应夸大传主的"天才性"一面的历史。

（2）传主与他同时代的人物（尤其是同一阵营、集团中的其他重要成员）之间的关系。

无数史实表明，站在任何一个历史巨人（伟人）身后的那个团队的成员们，对于这个巨人（伟人）的成功所给予的实际帮助，往往是极其重要的和不可或缺的，如果只讲作为传主的巨人（伟人）的丰功伟绩，而对其身后的那个团队的成员们的相应活动与贡献讳莫如深、不置一词，那么这样的传记所反映的历史面貌显然不会是全面而真实的。

可以认为，关于第一层次的问题，从近几十年来我国的传记写作实践来看，大致在20世纪70年代之前所写作出版的有关孙中山、毛泽东等人的传记，是一定程度存在的；而第二层次的问题，在中国大陆的传记写作中，自1949年以来是普遍存在的，但大致从20世纪80年代以来，情况有了显著的改变，而这正反映了大陆学术文化界的某种进步。

2. 静止与发展

历史本身是一种矛盾运动，历史的发展往往是曲折迂回的，其过程既有统一性，也呈现复杂的多样性。同样道理，每一个作为历史人物的传主，其生平思想和活动往往也是复杂的，至少不可能是从小到大、由生到死而一成不变。唯其如此，落实到传记写作，就不能以静止的眼光看传主，相反，应把传主视为处于不断演变中的生物体，即用发展的眼光来看待（认识与评价）传主，尤其要把握其人生成长活动过程中所体现出来的阶段性特点，由此避免可能出现的种种以偏概全的情况——如对于一个生平思想和活动复杂多变的传主，仅仅以其中的某个人生阶段的思想活动的性质特点为其整个一生定性，而对其在各个不同人生阶段里的客观的功过是非及其相应的历史作用与地位不作具体的分析评判。换言之，传记写作最忌这样的简单化、形而上学。仿佛伟人、好人一生为伟人、好人，事业顺利，只有丰功伟绩，没有任何挫折与失败，更无缺点错误，而坏人则从小头上生疮脚下流脓，平生坏事做绝，如果曾经在进步阵营里有所活动，也必定为"投机"行为，如此等等。

从近几十年来我国的传记写作实践来看，在20世纪80年代前，因受对立的意识形态问题的明显影响，对于某些被各自特别肯定或否定的历史人物，相关的传记作品在这一问题上体现的简单化的弊病均比较明显。相对说来，在近三十年来的传记写作上进步的主要标志之一，正在于对那些曾被认为应彻底否定与批判的"反面人物"，不仅可以为之立传，而且也写得比较客观。所谓的"比较客观"，正是主要表现为正确地把握了"静止与发展"的矛盾关系，从而以着眼发展的"阶段论"取代静止的"阶级论"。例如对于中共党史上的一些曾犯过路线错误的人物和中国近现代史上的各方面的代表性人物等，相关的传记作品不再是根据政治定性而"轧倒账"式的追述其"罪恶的一生"，而是对他们在某一人生阶段或某一历史事件中曾经做出的功绩或所起过的进步的历史作用等，也予以了符合史实的评述。这就避免了简单化、脸谱化，从而有助于读者全面正确地认识理解历史和历史人物的复杂性。

3. 平面与立体

事实表明，不少历史人物的复杂性，往往还深刻地表现为其在思想言行和个性特征等各个方面都存在显著的矛盾，从而使得他的社会政治活动方面的是非功过，和个性方面的优点缺点等，形成紧密联系、相互影响与渗透，以致难以简单区分，至少难以从单一侧面予以把握与认识的情况。显然，为这样的历史人物写传记，在对传主的人格形象描述上，就面临一个视角选择的矛盾：着眼于"平面的"抑或"立体的"？在这里，所谓"平面的"视角，如同上述的"个体"观与"静止"观一样，都是简单化的、片面的、形而上学的，虽易于操作却难以真正做到"传真纪实"；而"立体的"视角，乃是不把传主的生平思想活动和由此反映的种种人格面貌和个性特点看作为孤立的东西，反而把传主的上述在诸方面所反映出来的现象，视之为一个互有联系而不可简单分割的整体，即使对于其中的相对突出的一小点，也尝试用多种角度、多个侧面去分析认识，如把这一点置于一定的历史背景（包括传主的生平思想活动和个性特点的整体）做具体的考察。另外，对于传主本身的具有矛盾性的种种方面的情况，则尽可能地分别予以揭示和表现，而不是有意地去扬长避短或隐善扬恶等。

显然，平面与立体的两者相比，孰优孰劣，何者值得成为传记写作的基本原则方法，答案是明朗的。然而可以说，从近几十年来我国的传记写作实践来看，传记作家和传记理论家们对于这一正确答案的领悟，事实上是建立在相当一批的传记作家的作品曾经交了学费的基础上的。例如，在 20 世纪 50 年代以来，大陆写作出版过多种鲁迅传记，可惜几乎一致地着重显现出传主的"横眉冷对"的平面，而传主作为思想家、文学家、学者以及为人师者、为人夫者、为人父者的其他各个人生侧面（其实是更为丰富、深刻、生动而感人的东西）却大都付以阙如。

4. 重大活动与私生活

所谓私生活，这里是广义的，并非专指属于"隐私"范畴的内容，而主要指传主的除重大的社会政治活动和主要职业活动以外的作为普通人的通常的生活状况（如婚姻家庭生活、人生萍踪、日常生活起居、一般的人际交往等方面），其最集中的表现与反映，往往是传主的所谓"逸事趣闻"之类。根据笔者对于传记作品的分类意见，传记作品事实上有"主题内容"的差异，有一类传记作品偏重于"佚事主题"，其内容以写广义的"私生活"为主，这是可以理解的。① 但对一般的传记作品（即偏重于表现"生平思想""职业活动"等主题者）来说，如果也去大量表现传主的"私生活"内容，这就属于把握不当了。

当然，问题的另一方面是，一般的传记作品重视对传主重大的社会政治活动（尤其是功绩和成就）的充分反映，虽说是正当的，但又不应仅仅满足于此，同时还必须对传主的"私生活"方面予以恰当的关注。其意义，诚如古希腊著名的传记作家普鲁塔克所说："最显赫的业绩不定总能表示人们的美德或恶行，而往往一桩小事，一句话或一个笑谈，却比成千上万人阵亡的战役、更大规模的两军对垒或著名的围城攻防战，更能清楚地显示人物的性格和趋向。"②

---

① 参见拙著《传记通论》，页36，复旦大学出版社，1993。
② 普鲁塔克，《传记集》之《亚历山大传》第1节，转引自黄宏熙主编，《希腊罗马名人传》之"中译本序"，页13，商务印书馆，1990.11。

从近几十年来我国的传记写作实践来看，凡是一般的传记作品，就整体而言，大都能够把握与处理好传主的重大活动与私生活的关系。相对而言，大陆的传记写作在这一方面表现出来的把握与处理不当的情况，主要有这样两种倾向特点：一是在20世纪80年代之前，在重视充分反映、表现传主的重大社会政治活动的同时，虽然对于传主的"私生活"的情况也有一定的描述、反映，但总的说来，手法上过于拘束和谨慎，带有明显的"点缀性"；二是在20世纪80年代以来，有的则一改以往的那种在表现传主的"私生活"方面的羞羞答答，不仅是给予充分的表现，而且有某种程度的走极端的趋势，即除了把对"私生活"的表现、反映在篇幅上压过对"重大活动"的评述外，还把"私生活"本身内容范围也不断扩大，直至涉及"隐私"性质的内容。出现这种明显转变，其原因除了这近几十年来商业大潮对于文化的冲击与影响之外，应该说也与近几十年来文化理论观念乃至传记理论本身的某种变化有关。例如，有人片面地强调图书的"经济效益"，不恰当地鼓吹图书的"可读性"等，有的传记作家受此影响而有"跟风"之作，也就不奇怪了。当然，在今天看来，这样的经验教训是沉痛的。

应该说，上述的原则方法，其实各条之间有紧密联系，所以是互为一体的。唯其如此，一部优秀的传记作品，其对于传主形象的揭示，不仅需要分别把握处理好这四个方面的矛盾关系，而且还要进而从整体上协调上述各方面，由此求得从各个局部的辩证统一提升为整体的即全局的和谐统一。

再进一步说，在传记写作中，确立与实际应用上述这些原则方法，其实还只是属于"史才""史识"层次的问题，而"史才""史识"本非孤立的存在，它们有一个服从"史德"的问题。①

所谓的"史德"，就中国古代优秀史学家的实践与相应的理论概括而言，最精当的显然是《汉书》的作者班固对于司马迁所著《史记》的评价："其文直，其事核，不虚美，不隐恶，故谓实录。"②

这里所说的"实录"精神，联系到传记写作，作为一个严肃的传记作家所应遵循的"史德"，简要说来，无非就是"实事求是"，即本着敬畏历史、尊重历史，为社会历史和读者负责的思想文化理念，一切从传主的实际情况出发，依据确凿可靠的事实与材料，对于传主的生平活动与思想状况予以客观、公允的描述，在此基础上求得对于传主的真实的历史面貌的比较全面和准确的认识，进而引导读者对于某个历史阶段、某些历史事件、某种历史现象和历史规律的接近真理的把握。换言之，从中外传记写作史的情况来看，如果一个传记作家，欲遵循这样的"史德"，而不愿做"谀墓匠"，不想写"秽史""污史"，那么势必坚定地摒弃如下的情况。

或者从明显的非学术立场出发，如受金钱物质的诱惑等而任意褒贬历史人物；或者从狭隘的意识形态和党派政治观念出发，受种种成见（偏见）影响，由此对于各种史料作随心所欲、为我所需般的处理应用，其中包括有意歪曲历史、篡改与编造史实之类；这里还包括另一种情况：即从某种道德评价出发，完全引入文学手法，即依据创造"艺术典型"的原理与方法，以"小说家言"的文笔语调"塑造"传主的形象，由此通篇充斥着想象、夸张、虚构、编造、移花接木、张冠李戴等内容材料。

---

① 关于"史才""史识"与"史德"之说，参见刘知几著《史通》。
② 班固，《汉书》卷六十二，《司马迁传》，页 2738，中华书局，1962。

或者带着浓厚的情感色彩，对于作为尊者、贤者或亲者的传主，任意吹捧拔高，通篇充满溢美之词，不仅讳言其缺点错误，甚至把缺点与错误也当作美德予以赞扬，仿佛其为天地间唯一完美无缺之人；与此相适应，对于所谓的被否定的"反动人物"，则是一味贬低与丑化（妖魔化、脸谱化），总之很有点"爱之者欲其生，恨之者欲其死"的味道。

应该说，就 1949 年以来的传记写作的情况看，在很长一段时间里，后一种情况曾经带有普遍性，尽管笔者在 20 世纪 80 年代曾提出过这一问题，但应该说直到今天，这样的情况还不同程度地存在，看来是一个顽症。① 这也表明，在今天的传记理论界，还有必要继续强调传记作家的"史德"问题。

从史才、史识与史德关系的角度来考察，还值得指出的是：坚持史才、史识的不断进步，也可以从某种角度促使史德的发展，由此提出新的史德。唯其如此，笔者认为，根据当前传记界的情况，似有必要在传记写作理论上引入法学学科中的"无罪推定"的原理和方法，使之构成深化"史才、史识与史德关系"问题上的一个重要的具体环节。

所谓法学学科中的"无罪推定"的原理和方法，其要点是：任何刑事被告人，在未经法院判决确定其有罪之前，应当被认为是无罪的。换言之，任何刑事被告人，最初仅仅是作为"犯罪嫌疑人"（而不是"罪犯"）走上法庭的被告席的；法庭审判的最重要的程序之一是：对于起诉方控诉被告人的犯罪事实问题进行法庭调查，在这过程中，被告本人或律师可以作无罪的辩护；经过法庭辩论后，法官才根据这一辩论所澄清、核

---

① 笔者曾写有《学术研究与感情》论及这一问题，刊上海《文汇报》内刊《理论探讨》总第 54 期（1985 - 325）。

实的事实，对被告人作出罪与非罪的裁决。显然，这一产生于欧洲 18 世纪启蒙运动时期，而后为法国《人权宣言》乃至 1948 年 12 月联合国大会通过的《世界人权宣言》所肯定与确认的法学原则，思想理论的核心在于强调罪与非罪不是主观认定的，而必须以有无确凿的犯罪事实为依据。[①] 如果把这样的思想理论抽象为一般的学理原则，无疑就是：认定某人是一个什么样的人，理应从其本人的大量的（包括某些重大的或特别的）活动事实出发而予以归纳性评判，一切以事实为依据。

由此而联系到传记写作，从理论上说，传记作家欲为某一传主立传，不应事先对传主（无论是正面的历史伟人，还是被否定的反动人物）的人格形象的政治性质、道德水准、职业文化成就，以及历史地位与影响等问题形成一种"先入为主"的意见。恰恰相反，正当的方法与程序应该是：通过一点一滴地收集某一传主的传记资料，逐步地（即由点到面，由表及里，由浅转深，由单侧面到全方位）对传主的各种情况（思想、人格、社会政治活动性质、职业文化活动特点，乃至历史地位与影响等）形成认识：诉诸于文字也是如此，从排比材料、拟写提纲、形成初稿，经反复修改至杀青定稿，直到出版面世，即一部传记作品在知识形态上的完成，才能表明传记作者最终完成了对某一传主的全面认识（评价），如同法官对被告人宣读判决书一般。总之，在这样的过程中，传记作者必须跟着材料走，依据材料说话。换言之，凡是对传主的某一活动的记录与描述，以及对此作某种必要的评论等，也都必须有相应的确凿可靠可信的文献资料做佐证。

---

① 本段文字参见《中国百科大辞典》第 8 卷之"无罪推定"条目，中国大百科全书出版社，1999。

不妨指出：作为 20 世纪西方最杰出的传记作家兼理论家之一的法国作家莫洛亚（A·Maurois，1885—1968），其实已经初步提出过类似的意见。

如他所言，一个现代的传记作者，如果他是诚实的，便不会容许自己这样想："这是一位伟大的帝王，一位伟大的政治家，一位伟大的作家，在他的名字的周围，已经建立一个神话一般的传说；我所想要叙述的，就是这个传说，而且仅仅是这个传说。"他的想法应该是："这是一个人，关于他，我拥有相当数量的文件和证据。我要试行画出一幅真实的肖像，这幅肖像将会是什么样子呢？我不晓得。在我把他实际画出之前，我也不想晓得。我准备接受对于这个人物的长时间的思量和探讨所向我显示的任何结果，并且依据我所发现的新的事实加以改正。"

我们这个时代，对于真实的观念，已经形成正确的想法。我们不会让传记作者由先入为主的观念来左右他的判断；我们要求他根据对于事实的观察，来作出整个的叙述，然后再细心而不带感情地做一番新的独立的研讨，藉以证实那些叙述的内容。所有的文件，只要有助于了解传记主人公的一个新的方面，都要加以利用；传记作者绝不要因为怀着恐惧、赞美，或敌对心理而忽略任何一项文件。①

从中外传记理论的发展线索来看，由于莫洛亚的上述意见乃是在强调传记作家的怀疑精神与求实态度的问题时提出来的，而他对于这一问题的强调，对于这一问题的进一步的思考与阐述，又分明是承袭了倡导"传记革命"并引导了 20 世纪以来的"现代传记"潮流的英国著名传记作家（理论家）的斯

---

① 莫洛亚，《现代传记文学的特质》（该文系莫洛亚的《传记文学的面面观》中的一篇），吴奚真译，收入刘绍唐等著，《什么是传记文学》页 47—48，传记文学出版社，1985.12。

特拉屈（L-Strachey，1880—1932）的相关理论主张。① 正是从这一意义上说，我们现在把法学上的"无罪推定"的原理与方法引入传记写作理论，即把"无罪推定"也奉为传记写作的原则方法之一，该是顺理成章的。

值得指出的是，这里所说的"顺理成章"，还有另一番意义。即：以此为一个重要的理论视角和切入点，有助于我们深刻总结近几十年来我国的传记写作实践所留下的正反两方面的经验教训。其中最显著的实例反映在有关胡适等的传记编写上。如胡适传记，在大陆 1954 年前后的批判运动中写作发表的几部（篇），无不是先定性（所谓"反动学者""买办文人"之类），再轧倒账，由此对传主的各阶段各方面的所有言行，不加具体分析，均作严厉的政治批判。直到 1979 年以来，随着实事求是的思想路线的恢复，上述情况才得以根本扭转，此后出版的近十部传记，尽管也还存在若干不足之处，但总的说来都是写得严肃的，至少在"史德"方面没有亏缺；或者说，这些胡适传记的写作，较之 1954 年前后的同类作品，在写作的原则方法方面的最大的差异，恰恰在于从"先定罪，再坐实"而转变为"无罪推定"。显然，这样的差异，体现了一种思想学术文化的进步。

综上所述，把法学学科的"无罪推定"的原理与方法引入作为传记写作理论，确定其也应成为传记写作的原则方法之一，不仅在学理上是讲得通的，而且对于引导传记写作的健康发展，也具有实际意义。

因此对于我国的传记作家（理论家）来说，在汲取以往的

---

① 斯特拉屈在《维多利亚时代名人传——序言》（该文被西方传记理论界称之为"传记革命的宣言"）中提出了"新的传记"的"三大信条"，其第二、三条分别是：保持传记作者的"自由精神""不偏不倚地追求真实"。莫洛亚强调传记作家的怀疑精神与求实态度，显然与之相通。

经验教训的基础上，为了坚持中华思想学术文化的进步，促进现代传记写作实践的繁荣发展，似乎有必要在这一问题上形成共识。

初刊于《中华传记文学国际学术研讨会论文集——理论探讨与文本研究》，中华书局（中国香港），2010 年 7 月

适可而止，过犹不及

——关于传记作品文学色彩的度

　　传记（biography），又称传记文学（biographical literature），其实是同一个概念，指的是那些再现（描述、反映）真实的历史人物的实际的生平活动事迹的作品。由这样的特定的处理对象即载荷内容所决定，传记也就只能是史学范畴的作品，而并非所谓的文学作品。道理应该说是很简单的：传记（史学作品）的内容有明显的限制性，其描写的人物只能是真实存在的而非子虚乌有的，其反映的人物事迹又必须是实际发生过的而非想象虚拟出来的；至于文学作品在内容上根本无此限制，作者可以随心所欲地去创造任何种类的人物（不管历史上是否确有其人），更可以调动一切手法去编造他们的生平事迹。

　　可是，由于目前我国学术文化界对于传记理论的研究尚不充分和深入，更由于不少人对"传记文学"一词作望文生义的理解，所以对于传记作品的本质属性的认识是含糊混乱的。例如，有些文学家和文学理论批评家，提出了"传记小说"或"纪实小说"一类的新概念新名词，而从实际上来看，凡是冠以这类名目的作品，大抵只是借某一历史人物的由头，完全袭用文学创作的手法来改塑历史人物，虚构、编造、夸张、想象和移花接木、张冠李戴等，无所不用其极。显然，这样的作品，根本不是真正意义上的传记，它们比之中国文学史上的"历史演义"（又称"演义小说"）更加远离历史的真实。

如果说，对于上一类作品不值得构成传记理论研究和批评的对象的话，那么，另一类作品却是不能不加以批评和讨论的：这些作品在理论上似乎也承认"历史的真实性"问题，只不过它们同时强调，为了"更本质"地反映历史的真实，在内容处理上不得不做了些"艺术加工"。对此，还有人作了理论上的解释，如韩兆琦先生所言：

> 彻底的、百分之百的"真实"是永远表现不出来的，所能表现的只能是一个方面、一种倾向，一个大概而已，有时那些经过作者夸张想象、补充出来的东西，也许比未曾补充过的东西更本质，更真实。更何况每一个作者的立场、思想、观点、兴趣都不同，每一个人看问题的角度都不一样，谁能说哪个人的看法就一定是"实录"呢？真实，只能是相对的；历史，只能是历史学家笔下的历史，传记文学当然更是如此。①

笔者认为，如此提出问题和回答问题是不妥当的，对于传记写作也是有害的。这是因为，首先，尽管"彻底的真实"可能难以被表现出来，但是搞清楚最基本的史实，不作任何形式和任何程度的歪曲和改塑，该是传记作品的最起码的要求。同时，作为目标，也应该是在一切方面尽可能最大程度地追求真实地再现历史，如果片面地强调"彻底的真实"为不可能，那么势必在理论上冲击传记的"历史的真实性"的基本原则；其

---

① 《关于传记文学的几个问题》，《北方论丛》1992 年第 3 期。

次，所谓"夸张想象、补充出来的东西"，根本不能成为传记的要素和必要的内容成分，殊不知"夸张想象、补充出来的东西"本身并无质的规定性，其伸缩性极大，如果承认它们的合理性和必要性，那么任何歪曲史实的东西和无中生有凭空杜撰的东西将在这一遁词的掩盖下泛滥成灾，由此从根本上阉割和扼杀传记作品的生命，即导致史学范畴和性质的传记作品的消亡。至于说"夸张想象和补充出来的东西"可能"更本质，更真实"，这里是把文学创作中的"艺术真实"的概念与史学类作品所要求的"历史真实"的问题混为一谈了；第三，藉口传记作者因立场、思想、观点和兴趣不同以及看问题的角度相异，否认传记作品的"实录"的可能性，并强调所谓历史的"相对的真实"，这又是明显地否认事实的客观性，其理论错误至为明显。其实，史学家之间对某一历史事件、历史人物有不同的看法，这只是属于"解释"的不同，而并非表明事实本身没有客观性形态。总之，承认不承认所谓的"艺术加工"（即"夸张想象、补充出来的东西"），涉及的不仅是传记作品的优劣问题，归根结底，在于真伪问题。因此，对于传记来说，恪守真实性原则无论如何是不能动摇的，否则，世界上将只有属于文学作品的假传记，而寻不到一本史学范畴内的真传记。

不妨举一个实例。《宋美龄海外四十年》[①]中这样写道："在中华人民共和国成立之际，宋美龄随蒋介石一起在中国台湾会晤了美国驻华大使司徒雷登。"诚如读者指出的那样：这是一种无中生有的编造，因为当时宋美龄尚在美国，而司徒雷登其人则一生从未到过中国台湾，怎么可能会有这样一幕场景呢？然而作者辩解说，读者的批评是"武断"和"偏执"的，

---

① 《传记文学》，文化艺术出版社 1994 年第 1 期。

因为作者采用的是"以心写史"的方法。① 看来《宋美龄海外四十年》中杜撰的那一幕，大概可以说是"夸张想象、补充出来的东西"，甚至也可以说是"比未曾补充过的东西更本质、更真实"，但是，这样的作品既已违背了史实，其"更本质，更真实"也就失去了载体，"皮之不存，毛将焉附"，还哪有什么"以心写史"的价值可言？据此，笔者认为，有些作家既然深受文学的诱惑，大可干脆搞纯粹的文学创作（例如标明写的是"历史演义"），而不必去争传记的名目，因为传记作品与通常意义上的文学作品之间，的确横亘着一条不可逾越的鸿沟。

那么，这是否意味着作为史学范畴的传记作品与文学是完全绝缘的？倒也不是。传记作品与文学的确有比较密切的联系，传记作品的写作，事实上也完全可以（甚至在一定程度上需要）借用若干文学手法，以增添传记作品的某种程度的文学色彩，增强传记作品的可读性。但是问题在于，传记作品对于文学手法的借用，并不等同于对文学的典型人物的创造方法的移植。换言之，传记借用文学手法，并非是要把传记作品靠向文学作品，而只是让本质上属于史学范畴的传记作品点染上一些文学色彩而已。一句话，受传记作品的本质属性所制约，也为传记作品的载荷内容的特定的限制性所决定，其对文学手法的借用不是无限制无约束的，实际上只能主要地限于如下两种情况：

一是传记作品在谋篇布局的技巧、对于材料的剪裁取舍和组织等属于"文章学"问题方面，可以借用文学作品的艺术构思的一般原理和方法，这大致是：强化和凸现传主的命运遭遇或性格形成的基本线索、重视对某些自然的戏剧性场景的处

---

① 《传记文学》1994 年第 4 期，《编者·读者·作者》栏。

理，注重撷取某些富有典型意义的细节等来反映传主的个性特征和人格形象等。例如，英国著名传记作家斯特拉屈（L. Strachey）的《维多利亚女王传》，传主在世 80 年（其中在位近 70 年），可供采用的传记资料很多，国内外大事背景也相当繁杂，但该书仅以二三十万字的篇幅为之立传，这就不能不精心地取舍和组织材料，又不能不独具匠心地安排篇章结构，从而使得作品的内容和形式构成有机的统一体，传主的人格形象由此得到了很好的体现。同样，法国著名传记作家莫洛亚（A. Maurois）的代表作《雨果传》，在谋篇布局上也颇具小说家的匠心，情节跌宕起伏，传主的命运线索也体现得相当的鲜明。以上两例还是较明显地采用文学笔法的传记，即使是基本上采用史学笔法的传记作品，也有这样的情况。例如，中华书局版的《民国人物传》中有一篇《蒋梦麟》，全文凡 4 000 余字，但却用近 400 字记述了这样一件事：

……日本帝国主义对蒋梦麟极力拉拢和威胁，蒋均未为所动。1935 年 11 月，日本帝国主义策动"华北自治"，蒋梦麟领衔发表了一个反对分裂中国领土的宣言。不久，他听说日本人已将他列入黑名单，随时可能被逮捕，但没有避走。29 日，日本宪兵径至北京大学邀蒋到日本大使馆武官处谈话。蒋即前往。日本武官质问蒋为何反对"华北自治潮流"？为何怂恿学生进行大规模反日宣传？他进行了辩解，该武官仍要他当晚赴大连。他说："我不是怕。如果我真的怕，我也不会单独到这里来了。如果你们要强迫我去，那就请便吧——我已经在你们掌握之中了。不过我劝你们不要这样做。如果全世界，包括东京在内，知道日本军队绑架了北京大学的校长，那你们就要成为笑柄了。"日本武官通过电话请示后，放他回家。不久，日本使馆又向北平当局提出，因蒋梦麟煽动学生抗日，要他们强迫蒋离开北平。北平当局劝蒋离开北平，他没有同意，继续主持北大校务。

二是在语言表述方面，采取各种修辞手法，如有的学者所指出的那样，"力求把沉闷的资料堆积变成趣味丛生的活文学"①，由此不仅使得传主的人格形象得到鲜明生动的反映，也使得作者的情感和思想倾向得以自然妥帖的流露，这两者的结合，也就是使得传记作品因点染文学色彩而增强了可读性。

例如，奥地利籍著名传记作家茨威格（S. Zweig）在《巴尔扎克传》中对于传主的写作活动的特点有下面这样的描述。

咖啡才是再三推动这部想象力丰富的劳动机器的黑色机油。……没有咖啡，他就无法工作。换句话说，至少不能从事巴尔扎克誓必专心致志的这种马不停蹄的工作。……咖啡同一切兴奋剂一样，为了保持它一定的效力，分量便需不断增加。因而，他的神经越是承受不了过度的紧张，越是需要服用愈来愈多的这种致人于死的灵药。……虽然五万杯特别浓郁的咖啡（这数量是一位统计学家所估计的），促进了《人间喜剧》这部巨构的完成，它却也过早毁了他卓越而强壮的心脏。

又如，我国当代传记作品，吴立昌著的《"人性的治疗者"沈从文传》是这样描述传主在解放初期的职业活动情况的。

五十年代初期的历史博物馆设在午门城楼上，为了文

---

① 张作耀，《谈谈历史传记编写中的一些问题》，《江汉论坛》1992 年第 7 期。

物的安全，库房、陈列室不许生火装电灯。北方冬天来得早，沈从文每天总是在太阳尚未升空时，就身穿一件灰布棉袄，迎着如刀寒风来上班。他常常两手捧块才出炉的烤白薯，倒来倒去的边暖手边站在天安门前的一个避风墙角，仰望天边残月游星，等候警卫逐一开门。

从上述两种情况来看，传记作品对于文学手法的借用，实际上是从这样的原则前提出发的：任何材料都必须真实可靠，任何细节也都要有确凿的文献依据。换句话说，借用文学手法，绝非是那种允许虚构、编造、想象、推测、夸张、补充的"艺术加工"，而仅仅是对于历史的真实用某种程度的艺术化的语言来作描述。所以，尽管传记作品可以有文学色彩，但文学色彩在传记作品中的体现却有一个度的问题，只能适可而止，否则就是过犹不及。从这个意义上来说，借用某种文学手法写传记，也就如同戴着镣铐跳舞，跳得好不好，这是对传记作家的功力的考验，而如果要求拆除镣铐，舞虽然可以跳更潇洒，但所跳的已不是原先的那个舞蹈了。曾有学者指出："传记文学只能写真事，不容许有虚构和夸张，这似乎于创造形象不利。然而生活又完全能弥补这一缺陷，因为传记人物都是极有个性的人物，……不仅在政治上、事业上各有创见，而且个人生活上也各异其趣，作者无须夸张和虚构，就可以勾出具有鲜明个性特征的典型形象。"[1] 而如果有些史实"没有弄清或无法弄清"，"就宁可粗一点，不必作过多的细节描绘，以免画蛇添足"。[2] 笔者认为，这样的意见才是正确的。

---

[1] 张景超，《在真人真事的原则下，创造出"这一个"》，《人物》1982年第1期。
[2] 范寅铮、徐日晖，《传记作品应注重真实性》，《人民日报》，1980年7月9日。

具体联系到中外传记写作的实践中所提出的问题，应该
说：传记作品的文学色彩的度，至少体现在如下几个主要
方面。

1. 戏剧性场景可以重点描述，但不能虚构编造和想象
补充

有的传主曾遇到过戏剧性场景，而他在这一场景中的活动
表现又足以反映出他的人格形象，传记作品据此而作重点描
述，这是正当的。不过，如果有的传主本无如此经历，而作品
从某种既定的意图出发，虚构某种戏剧性场景，这就不可取
了。例如，国内前几年曾有一本某电影表演艺术家的传记，作
品为了"垫补"传主后来受江青迫害的背景，除了把传主的生
年提前三年之外，还虚构编造了传主于 20 世纪 30 年代在上海
与江青成为"舞台姐妹"的内容，而实际上，传主与江青两人
在解放之前根本没见面过。显然，这样的写法是没有任何理
由的。

还有一种情况是，有的传主的确遭遇过某一富有戏剧性的
场景，这在文献资料上是有记载的，然而这种记载是语焉不详
的，本人与他人的回忆甚至也是有抵牾的。对于这种情况，传
记作者首先应该对材料作认真的考订，然后根据确凿的材料来
描述这一场景，同样不能从想象推测出发作渲染性的描写，如
"补充"细节、设置非真实的人物关系，设计人物对话和营造
故事气氛等，因为这也属于虚构编造之列。目前国内出版的一
些传记作品，类似的情况较普遍的存在，即把文献资料上的几
句简单的记述演绎成一个矛盾冲突复杂而激烈的戏剧性场景，
这显然是对传记的真实性原则的一种明显的破坏。

对此有人或许会举出《史记·项羽本纪》的实例来反驳：
司马迁也不是如此描写"鸿门宴"的场景的吗？应该说，第

一，司马迁对"鸿门宴"场景的描写，带有文学创作成分，这是不容讳言的，所以也难以构成完全意义上的"信史"。后来班固写《汉书》，就没有沿袭这样的手法，从传记写作角度来说，班固的态度显然比司马迁严谨。既然如此，我们今天写传记，也就不能以司马迁的是非为是非；第二，如果认为司马迁写的完全符合史实，没有任何想象推测和虚构编造，那么司马迁可能是根据采访所得的材料而如此写作的，只不过他在书中没有交待材料来源。倘如我们现在要按司马迁那样的手法来写传记，那么应该确凿地交待材料来源并考订材料的真伪，否则就不能取信于人。

2. 重要的细节（或富有小说情趣的细节）可以抽取采撷，但同样不能编造杜撰

在传记写作中，对于传主的各种重要的生活细节，包括私生活情况、人物交际情况、文化学术活动的特点特征，以及能够充分反映传主个性的言行动作等予以充分的重视，这是题中应有之义，诚如古希腊著名传记作家普鲁塔克（Plutarch）所说："轰烈的事业并不能显出被传人的好坏，有时一件小事，一句谈话，一点笑谑，比起最有名的攻地略地，最厉害的兴师动众和流血最多的会战，更能暗示出被传人的品格性情"。试看 A. 泰勒著的《苏格拉底传》在写到传主临死前的情形时，就发掘和描述了这样一系列细节：传主被宣判死刑后，其学生克里多买通了狱卒，由此劝他越狱，但传主则说，"这是我死的时候，再没比这更好的机会"；至临刑前，传主又对克里多说，"我还欠阿斯克里皮亚斯一只公鸡，请别忘了还给他"；最后，当传主接过狱卒递来的毒胡萝卜汁欲饮下时，站在一边的弟子们忍不住地哭泣起来，传主又说了一句话，"我所以把女人支开，就是怕她们太激动，因为我听说男人得安静地死。好

啦，平静些吧，忍住别哭"。正是这些细节描写，传神地反映出了传主的人格精神。

细节是需要从浩瀚的史料中发掘的，这与编造杜撰是不同性质的两回事，法国著名作家 A. 莫洛亚在这个问题上的正反面的经验教训值得注意。莫洛亚曾指出："传记的美妙之外，恰恰在于显示从看似平庸的人生里，怎样迸发出超凡入圣的业绩来。我力图从传记人物伟大的人生里抽取富有小说情趣的细节。"从他的成功的代表作如《雨果传》和《乔治桑传》等来看，正是借助于"抽取富有小说情趣的细节"，因而对传主的悲剧命运或富有戏剧性的多姿多彩的人生作了相当深入细致的描述，从而给读者留下了深刻的印象。但他的另一本《拜伦传》，也正由于在重要细节方面有不少刻意的编造，由此明显地损害了内容的真实性，所以也就招致了人们的批评。

3. 对于未被充分证实的传说和口碑资料等，必须慎用，宁可疑而不信

这条原则在史学理论上叫作"孤证不信"，这也是传记作品与以某一人物为模特儿的文学（小说）创作的一条分界线。道理同样是简单的，传记讲究的是真人真事，如果把那些未被充分证实的传说和口碑资料等照搬到传记作品里，乍看材料是生动形象和有趣了（因为某种传说和口碑资料往往经过传说者的加工，戏剧性色彩往往越来越深），但由于它们毕竟经不起推敲，毕竟不合于史实，所以只能从根本上影响传记作品的价值。例如荣孟源的《蒋家王朝》中写到民初时候蒋介石奉命去医院杀害陶成章，此事的真伪历来有争论，即使认为可靠者，也提不出确凿的证据。既然如此，一本传记轻易采用这样的传说和口碑资料就是不妥的了。还如沈醉的《我所知道的戴笠》，其中谈到戴笠与某电影演员的关系等问题时，也是凭道听途

说，根本不是史实，如此做法也是极不严肃负责的。相反正确的态度如朱东润，他写的《张居正大传》，所采用的史料均是可靠的，而对于那些难以证实的材料则舍弃不用，据他说：传主是"几乎没有私生活的人物，……关于居正底私生活，我们所知道的太少了；明代人笔记里面，也许有一些记载，我们为慎重起见，不敢轻易采用"。

同时还应指出，对于传记作者来说，即使是对于那些似乎可靠的材料也要作考订，做到去伪存真，而不应轻易相信并作援引。例如，许广平曾写有《鲁迅回忆录》，按理说书中的材料该是不会有错讹的，然而实际上并非如此。朱正写的《〈鲁迅回忆录〉正误》，就对许著所提供的几十条可怀疑的材料逐一地作考订，最后证实为误，在这样的基础上，朱正修订自己的《鲁迅传略》，所采用的任何材料就无不是准确可靠的了。

4. 对于传主的心理描写或揭示其内心独白，必须要有相应的可靠的文献材料为依据，而不能想当然耳

所谓相应的可靠的文献材料，主要是指传主的日记、书信和有关的档案文件等。例如关于俄国著名作家屠格涅夫的传记有多种，但人们大致公认苏联学者 H. 鲍格斯洛夫斯基著的那一本《屠格涅夫传》写得最好最可靠，正是因为该书在描述传主生平思想活动的一些关键问题（包括对传主作某种心理描写）时，都能援引传主的书信、日记等原始的文献资料。如果不是这样，传记对传主的心理描写越充分越细腻，其含有的虚假成分往往也就愈多。

与此有关的问题是应该慎用传主晚年的回忆性（追述性）文字，这是因为由于事过境迁，传主晚年的回忆和追述，除了可能的记忆的错误之外，还必然会出现"臆想化"的情况，即对于记忆表象（所追忆的史实，包括当时真实的思想活动、心

态心理等）自觉或不自觉地按照追忆时的种种主客观情况而作一种不易觉察的加工。所以如果完全轻信这个追忆，以此去回溯描写传主早年在某一事件活动中的心理，也可能离史实很远。

与传记作品的心理描写有关的还有心理分析问题。20 世纪以来，随着弗洛伊德创立精神分析学说，不少传记作品也引入了精神分析方法。虽说这种方法自有某种可取之处，但决不能迷信，更不能全盘的照搬，否则的话，就会把传记写作当作心理学研究的附庸，从而使得一本本应是有血有肉地反映传主生平思想活动的传记变成心理学家的个案报告，由此既脱离史学，也与文学绝缘。在国外的传记写作中，这方面的经验教训很多，一位名叫狄福托（Defoetho）的批评家甚至这样评论说："心理分析用来撰写传记，推求事实真相，实在毫无价值可言。到目前为止，还没有一本用心理分析写成的传记，值得我们可以严肃对待的，因为它们往往皆非事实。这样的评语也适用于弗洛伊德大师本人的著作，他所写的《达尔文》就是一部无聊之作，完全未与许多明显的纯净的事实相参照。"在我国，目前似乎尚未出现典型的所谓"心理分析传记"，但在某些传记的部分章节中也已经有所显露，这种倾向显然是应该及早地纠正克服的。

5. 对于传主的重要经历、活动的时间与地点的交待应该尽可能的完整准确，不宜模糊

关于这一点，在传记作品中往往是被忽视的，由此使读者产生误解。例如最近上海《文汇读书周报》上有一篇文章批评某历史学家所著的《郑观应传》，认为该书关于传主于 1860 年在上海跟随英人傅兰雅学英语的说法与史实不符，因为傅兰雅在 1865 年才来到上海开办英华书馆。查该书原文第 6 页写道，

传主 1860 年返沪后任职于宝顺洋行，"在宝顺期间，……他在工作之余，约……梁纶卿，一起到英国博士傅兰雅办的英华书馆读夜班课"；第 271 页又写道，1860 年，传主"从天津回到上海，即被宝顺洋行派管丝楼兼管轮船揽载事宜。……在此后的一段时间里，他与梁纶卿一起跟傅兰雅学英语"。而书中其他场合有交待说，传主在宝顺洋行任职时间是 1860 至 1868 年。由此可知，该书其实并没有断定传主跟傅兰雅学英语的事发生于 1860 年，而只是说此事发生在 1860 年之后的"一段时间里"即传主任职宝顺洋行期间。既然如此，读者的指责显然是不正确的。但从另一角度来说，如果该传记把传主学英语的时间（确切的年月）交待清楚，岂不是更好吗？

所谓把时间和地点交待清楚，其实也是传记写作的起码要求。一般说来，凡可考订而未作考订的，都应视之为传记作品的质量疵点，而这样的疵点又不是传记作品的文学色彩可以冲淡和掩盖的。举一个正面的例子：以往的李大钊传记，大都说李大钊被北洋军阀政府通缉以及随之赴苏的时间是 1925 年 4 月间，但人民出版社版《李大钊传》则明确交待说，传主被通缉当在该年 5 月份下半月，赴苏则在 6 月上旬，其具体的考证是，根据文献记载，1925 年 5 月 13 日，传主还在北京大学政治学会上作公开演说，通缉当在此之后；又据北洋军阀政府内务部档案，该部正式下达搜捕文书的时间是 6 月 11 日，但此前已对传主作搜捕（扑空）；再据苏联《真理报》报道，该年 6 月 17 日至 7 月 8 日，莫斯科召开共产国际第五次代表大会，传主在会议期间有发表声明之举，由此可知传主在 6 月上旬就动身赴苏了。很显然，在这里，可考订的问题都作了考订，因而时间地点的交待是十分确凿的。

6. 在评论性或抒情性的语言段落中，对于史实、材料的归纳和综合，也应具有可靠的材料依据

在传记作品中出现一些评论性或抒情性的语言段落是正常的，而且这些段落往往又比较重视语言修辞，如上所说，这是传记作品的文学色彩的体现的一个重要方面。然而这里有一个前提，就是其对史实材料的归纳和综合，是从可靠的文献材料出发的，是建立在确凿的史实基础上的。例如瑞士著名传记作家卢德威克（E. Ludwich）在其代表作《拿破仑传》中，凡是用评述性和抒情性语言来分析传主的个性特点和某种心态时，就依据可靠的史料归纳出若干问题，而不是离开材料史实去做故作玄虚的心理分析。再如苏联学者 A. 施捷克里的《布鲁诺传》中的最后一段文字：

······死刑定于 1600 年 2 月 17 日执行。

······

广场上人山人海，等着押送犯人的队伍来到。行刑不太匆忙。犯人用铁链绑在一根高高的柱子上。直到最后一刻，各个修会的神父还在劝说他悔罪。但，任什么都动摇不了布鲁诺坚定的决心。被钳子夹住的舌头，身上绑着的铁链，慢慢燃烧的树枝，眼看化为灰烬的书——这些岂能阻挡人类思想的发展？

"心智的力量决不会安生，决不会停留在已经认识到的真理上，它不断向前，不断向尚未认识的真理前进！"

他以罕见的英勇迎接死亡。全在痛苦中慢慢死去；此际，一根长长的杆子把耶稣受难像向他伸过去——他眼睛炯炯发光，愤怒地转过了脸。代达罗斯之子的坠落并非堕落！

浓烟未能遮住无边无际的天伦。荒诞的天球被布鲁诺

勇敢的思想所摧毁，从此荡然无存。无限的宇宙和无数的世界展现在人类的眼前。

人类是经过火刑架飞向宇宙的。

在这里，作品对于布鲁诺受火刑而死的场景的夹叙夹议（包括抒情），显然是归纳和综合了可靠的史实材料，唯其如此，也才充分显示了感人的力量。不妨设想一下，如果作品抛弃可靠的材料依据而作想当然耳的描述，再加上其他的评论性和抒情性文字，尽管文字画面可能显得更富有感染力，但由于毕竟不是再现一个真实的历史场景，整部传记的质量也就要大打折扣了。

以上所说的六个方面，归结到一点，还是这样一句话：传记写作的一个最基本的原则是恪守历史的真实，一切从史料出发，尽管传记写作可以借鉴吸收某种文学手法，但不能过于受文学的诱惑。鉴于在传记写作中，准确地采撷和组织运用史料（包括对于材料的必要的考订）远比虚构、编造、夸张、想象和补充等等困难得多，所以我们不妨对传记作家提出一条忠告：你既然已有相当的文学素养，那么，何不用更多的心思去自觉地接受严格的史学训练呢？

初刊于《天津文学》，1994 年第 11 期

抵制文学的诱惑
——我的传记立场

一

我从 1993 年开始就在有关著作和论文中多次提出建立"传记学",尽管没有得到更多的同行和专家的赞同,但是我依然坚持这个观点,而且还想对传记的基本问题提出几个自己的观点。

(一)尽管"传记作品"在内容形式方面与史学著作和文学创作有所联系,但却有相对的独立性,它至少与小说、诗歌、戏剧等文学体裁和通史、志书等史学文体以及日记、书信等应用文体对等。

(二)传记作品所处理的对象专指历史上真实人物的真实事迹,所以,从根本上说它属于历史学范畴,而不能划为文学范畴。因为凡属于文学范畴的文体,其载荷内容是不会也不应该有任何限定性的。

(三)认定传记作品的本质属性归于史学范畴,其实际意义在于,坚定不移地贯彻历史科学所必须遵循的事实和材料的真实性、可靠性原则。如果认定传记作品属于文学范畴,那么各种文学手法,诸如虚构编造、想象夸张之类必将涌入,而势必导致传记作品失去其固有的价值，并最终导致传记的消失。

二

可以说，目前传记面临的最直接的诱惑是来自文学的。那种从理论上认为传记是文学的一个分支，强调传记作品的文学性，而在写作中调动一切文学手段，像塑造典型形象一样塑造传主，甚至大段杜撰缺乏任何文献材料依据的心理活动，说到底，都是受到了文学的诱惑。而如何摆脱文学的诱惑——也就成了传记保持自己纯洁性和价值趋向的大问题。

其实，我理解读者对传记感兴趣的主要原因是想了解传主真实、独特而又未经改塑的一生，而这种"真实"和"独特"，以一般的史学笔法完全可以表现和描绘出来。如果因为嫌其不生动而借用文学笔法进行某种程度的改塑，其结果将在不同程度上歪曲读者想得到的这种"真实"和"独特"。诚如美国诗人惠特曼所讽刺的那样：上帝造人，但是传记家偏要替上帝修改，这里添一点，那里补一点，再添再补，一直到大家不知道他是什么人了。

其实，我们都知道，传记作品不可能与文学完全绝缘。问题在于，当文学介入传记的时候，应把握一个"度"。这个"度"就是一副"镣铐"，而"戴着镣铐的跳舞"则是对传记作家史学功力和文字能力的一种考验。一个传记作家如果有着太重的"文学情结"，不愿意戴着镣铐跳舞，那么完全可以去名正言顺地写属于文学类的"传记小说"，而不必非要争"传记"的名目不可，也就省得就材料的真实性和可靠性作十分吃力的解释和说明了。

三

传记作品有很多类型，其中"评传"因为"传"与"评"

的有机结合，足以成为近代传记中最有生命力的类型之一。从现在海内外的创作实践来看，也大抵呈现出这样的局面。

在我看来，这种趋势的原因之一在于"评传"类作品的作者大多是训练有素的史学工作者，能够最大限度地抵制文学的诱惑。对于重大的历史事件，即使传主的一言一行，大都严格依据文献史料，有一分证据讲一分话，由此保证了传记作品应该具有的真实性和可靠性。不妨作一个设想：一部声称采用"合理虚构"的"传记"和一部如上所说的"评传"，前者趣味盎然地描写了传主的私生活——材料除了取自野史就是作者的向壁而构；而后者虽然对此着墨不多，但既有一定的介绍，又经考证澄清了若干不合事实的传闻。两相比较如果你是读者，你会选哪个？

当然，评传在不同的作者笔下，甚至在同样的作者手中，也是富于变化的。有的作品虽然没有出现"评传"的字样，但实际上属于"评传"类。就像梁启超所写的传记《罗兰夫人传》、《意大利建国三杰传》、《南海康先生传》、《李鸿章传》等其实都是评传。在他的作品中对于史实本身的记述力求准确可靠，只是在就相关问题进行评论时才充分运用文学的语言，洋洋洒洒，几乎难以止笔。看了这么多年的传记，我倒觉得任公这种传记风格是值得现代写传记的人去好好读读的。

四

写传记难，但是似乎并没有阻挡人们向这一领域前进的步伐。在我国写传记的人多，这当然是一件好事，不过其中东拼西凑粗制滥造的"急就章"式的写手也不在少数。这些人认为写传记是一件十分简单的事，受到这种影响，不少传记作者的写作态度也变得轻率起来。英国著名传记作家 L·斯特拉屈说：要写出一部好的传记，跟度过一个好的人生一样不容易。

此话虽然是极而言之，但却值得我们深思。

从我的经验出发，单靠一般意义上的认真严肃还是不够的，重要的是有起码的史学训练，否则几乎无法写出一本好的传记。对于一般的传记作者来说，与其对文学的绮丽羡慕不已，还不如主动去作些关于收集、整理、考订、鉴别材料方面的史学工作。

末了，不妨顺便说一句，我自己也是学习文学出身的。自己大谈抵制文学的诱惑，可能有人会以为我是故意标新立异。其实以上所说的不仅是我领悟到的传记理论，而且也是我的实践经验。我承认个体的经验是有局限性的，只不过这始终是我的偏爱！

（朱文华：1949 年生，复旦大学中文系教授，博士生导师。中国作家协会会员，中外传记文学研究会副会长。著作有《胡适评传》、《鲁迅胡适郭沫若连环比较评传》、《郑振锋评传》、《终身的反对派——陈独秀评传》《传记通论》等）

《人物》2000 年第 12 期

朱文华

传记理论与写作原则、方法的几个关键词

笔者执教复旦大学中文系期间，曾开设《传记理论与写作》课程，以自撰的《传记通论》为教材。记得在讲授时，还离开教材，随口提出并解释了被自己称之为"传记理论与写作原则、方法的几个关键词"。现根据记忆，把相关内容整理记录如下。

1. 关键词之一：应用文体

我曾反复强调，从文体的本质属性来说，传记作品应该是史学性质的文本。因此，在通常情况下，传记作品基本上所采用的应该是史学笔法（以白描叙事为主要特征，间以简洁的评论），而不是什么文学笔法（姬、即凭想象作虚构编造，或典型化处理）。关于这一点，其实还可以从另一角度来理解。

"五四"新文学的倡导者们（从胡适、陈独秀到钱玄同、刘半农等）当时曾提出过一个重要的理论观念，即文字作品（文章）有"应用之文"与"文学之文"的区别（或者理解为广义的抑或狭义的文学），狭义的文学也称"纯文学"，其主要文体为诗歌、小说、散文戏曲等四大类。而从文体角度说，其

中的"散文"一体的内涵却相当复杂，因为其中可以是"应用之文"（典型的如情况汇报、新闻报道、公私信函、各种法律文书等），也可以属于"文学之文"（典型的如所谓抒情散文），而当时的新文学家又普遍承认，散文除了抒情一类，还有"述（记）事"和"记（写）人"两类。在这种情况下，广义的散文作品就难以笼统地被判为"应用之文"或"文学之文"，尤其是其中所谓"记（写）人"的一类。但是，考虑到这类被称之为"记（写）人"的作品，在实际的社会活动中，往往是社会交际的产物，带有明显的应用性，例如讣告、悼词、祝寿贺词、回忆性文稿或者罪状判决书，乃至带有新闻文体性质的人物速写、访问记等。

既然如此，我个人认为，在这个意义上，把载荷内容主要为"记（写）人"的一类的散文，除了其中的文学笔法极为浓厚的、习惯上被称之为"文学传记"的文本，不妨一概视之为"应用之文"。换言之，据此把大量一般的、普通寻常的、采用传记体写作的人物生平思想和活动的任何传记作品（习惯上被称为"小传""传记"的文本，包括古代墓志、行状和现代的悼词、"生平事迹简介"，以及年谱、年表和相关的"回忆录"之类），均认定为"应用之文"，这不仅在逻辑学理上是完全可以成立的，而且有助易于传记理论研究的简约化，并促进传记作品的写作是繁盛发展。因为一旦把传记文本笼统地视之为"应用文"的范畴，在理论和写作实践的两个方面，只要强调其"传真纪实"一个基本要求就可以了。从我国古代文论看，似乎很重视所谓"文章章法"，其中尤其鄙视所谓的"流水账"。其实，记流水账正是"应用之文"的可贵特征之一，如果以此笔法写人物传记，只要做"不失真"，当是可以肯定的，至少要比"虚构编造"强。

2. 关键词之二：春秋责备贤者

这句话出自汉儒之口，反映了汉代的儒家学者对于先秦时期的伟大的思想家、教育家和历史学家孔子的一种可贵思想文化立场的深切理解。即认为孔子在他所编著整理的《春秋》一书中，不仅体现了严正是政治立场（所谓使得"乱臣贼子惧"），而且还能够正确对待历史上的那些伟大的、著名的、杰出的人物（所谓的"先哲-贤者"），客观的评判他们的功绩，同时也实事求是的指出或分析他们身上可能存在的缺点与过错，由此使后人引以为鉴，吸取教训。对此并不是有意隐晦。换言之，在汉儒的眼中，孔子的文化立场（表现为）非常严肃的、正当的、值得肯定的，当然也应该弘扬发挥。

由此生发和引申，我们现在自然也可以把"春秋责备贤者"奉为一种历史眼光、治史态度或是具体的传记写作的原则方法，而联系到史学界和传记写作领域所普遍存在的一些形象，显然可以认为，这一原则方法的对立面，乃是表现为对于某些类型的历史人物的深切迷信，并习惯采用从"子为父隐"般的心理要求出发，对"圣者"的实际存在的一些缺点过错（有的甚至至为明显、路人皆知）讳莫如深，生怕有损于自己心目中的"尊者""贤者"的所谓"伟大、光辉的形象"。

还可以说，在传记写作领域，所谓的"讳"的手法，其实与"诳"的各种手法（如一味表彰被显然拔高的丰功伟绩和人格形象，通篇歌功颂德，满口溢美之辞）都反映了不合格的传记作品的最常见的劣质。对此，每一个传记对此不可不警惕。

3. 关键词之三：稽功原则

古今中外的传记写作，对于树碑立传的对象的选择，应该说是比较势利的，即特别看重传主的实际的社会政治地位。唯其如此，树碑立传仿佛成为了历代的帝王将相的专利，帝王将相之外，至少也得是社会各界的"闻人"、名流。所以，一个江洋大盗、黑社会老大、恐怖分子头目、歌星名模等，远比一个思想家或科学家更受传记作家的青睐。这种情况，事实上已成为一种文化传统，至少在现当代还是如此，这也是无可奈何的文化现实，因为其中可能还有一种人类普遍的"英雄崇拜"观念或"猎奇心理"在支持。

这类在数量上最庞大的传记作品的共同特点之一，从表现的主题内容来说，往往是表彰某一传主的各种"功绩"，有的甚至不满足于一般性的"赞颂"，而是在缺乏可靠的文献资料证据的情况下，罔顾事实，竭力吹嘘、拔高、放大（如对一些极为普通的生活小事，也竭力发掘其微言大义），仿佛是天生的圣人、一贯的英明伟大，为此还不惜无中生有的虚构编造、移花接木、张冠李戴；既然如此，这类传记的写作，就很有必要引入"稽功原则"。

所谓稽功原则本是一种政治伦理，指的是在实行论功行赏的政治行为中，对于当事人的功劳，不是听其单方面的"邀功"，而是对其自我报功，首先予以切实的调查取证和核实，举凡时间、地点、事实过程等均必须做到准确无误，避免把他人的功劳集中在个人的身上；至于对其功劳本身的性质意义，及其实际上所产生的积极影响和作用等，也予以客观的分析、评判，做到不夸饰、不缩小。唯其如此，作出的相应的奖励就是恰当的，既使当事人满意，也使旁人口服心服。据说，当年中华民国南京临时政府成立之初，为安排一批"国民党元老"的官职，曾特别设置了"稽勋局"机构，而当时孙中山委任冯自由为该局局长，[①]正是考虑到冯氏本人既是元老级人物，而

---

① 有关文章均收入上海良友图书公司版《中国新文学大系》之《理论建设集》和《文学论争集》。

且还是著名的历史学家，掌握有丰富的历史文献资料，能够胜任"稽勋"的业务工作。

我曾经提出，传记写作应该引入"无罪推定"的法学原理，这主要是针对以各种反派人物为传主的传记作品而言的。现在主要是针对以各种正面人物（广义的圣贤和英雄）为传主的传记作品而提出"稽功原则"。可以说，两者的逻辑思路其实是一致的，就是充分强调传记写作必须牢牢恪守"历史的真实性"，因为这是传记作品的一条决不可丧失的"生命线"。

4. 关键词之四："画当画如我者"

梁启超所著传记名篇《新英国巨人克林威尔传》中写道：

> 尝使画工为图其形，画工见其左目上黑子不适于美观也，为阙去之，彼谛视，乃呵画工曰："画我当画如我者。"盖其生平不欲一毫有所掩饰，不欲以一毫虚假之相。①

这是世界文化史上的一段佳话。作为中国近现代著名传记作家兼理论家的梁启超在为克林威尔作传时，之所以郑重其事地写上这样一笔，显然是表明他是非常推崇这位资产阶级上升时期的著名政治家的实事求是精神（即诚实处世，"不欲一毫有所掩饰，不欲以一毫虚假之相"）。当然，从传记学的角度看，梁启超强调指出传主克林威尔的如此诚实的人格，也是深有含义的，即将此确定为传记理论及其写作实践的一条理当遵循的基本准则（戒律）。

应该说，所谓"画我当画如我者"的传记准则（戒律），

---

① 冯自由，《革命逸史》。

其实含有两个层次的基本要求。

（1）如同画工需要具备职业道德那样，传记作家也要恪守史德，敬畏历史、尊重客观事实，一切从事实、材料证据出发，而不能出自某种目的而对工作对象作故意的抹黑与丑化（反之为虚饰美化）。

（2）如同"画谁像谁"，这里所强调的根本问题是"像""酷似"，即作为肖像画应追求现实的人物与图像两者之间达到神形毕肖般的一致，殊不知，违背了这一点，其性质与结果可谓与"画虎不成反类犬"的现象无异。因此，评判一帧人物肖像画或一部传记作品优劣的基本的、最高的也是唯一的标准，乃是"真实"，而不是什么借助于各种"掩饰"手法而严重偏离实际情况的所谓"美化"。

应该说，无论是当年为王昭君画像的那个恶意的宫廷画家，还是被克林威尔的请来的那个好心的画工，都算不上是具备良好的职业道德的，传记作家好比是为人画肖像的画家，如果你欲成为一个好画家，只要记住克林威尔这一句简单的话就可以了："画我当画如我者"。

5. 关键词之五：摈弃影射手法

在史学研究活动中，常有人使用一种"影射"手法，即出自某种非学术性的考虑，乍看写的是某一历史人物的事迹，其实是比附现实生活中的某些现象，是为了讽刺、批判、污蔑、诋毁、攻击另外的一些人和事。应该说，在某种政治不清明、缺乏言论出版自由道德社会环境里，如此做法自有一定的道理，所以在一定意义上也是可以理解的。例如在国民党反动统治时期，某些左翼历史学家就多有惯用如此影射手法的著述。然而，"影射手法"毕竟是非科学的，属于一种不严肃的学风、不严谨的学术态度，而且在某些方面还势必会留下一定的消极性，从而非但无助于读者正确认识历史和现实，甚至还会对读者产生某种误导。①

既然如此，今天的历史学家，尤其是传记写作者，对于"影射手法"的消极性问题应该有明确的清醒的认识，千万不要受其诱惑。否则非但写不了一篇合格的传记，而且可能发生其他的为自己所不愿发生的问题。

此文写于 2021 年 10 月，未在期刊发表

---

① 《饮冰室专集》卷 13，第 3 页。

关于“回忆录”撰写的几个问题

1. “回忆录”的三种主要类型

传记学意义上的“回忆录”作品①，就其基本的内容与形式而言，大致可以分为以下三种类型。

（1）“自述”型。

即作品较为完整、系统地回顾作者本人生平活动的基本情形，其内容要素为家庭身世、基本履历与活动踪迹、思想历程、职业活动、生活境遇、人际关系等，也包括自身在所经历的某些较为重大的历史事件（背景或现场）中的具体见闻与感受等。这一类型作品大致接近于通常所指称的“自传”，只是把“自传”的名目改成“回忆录”之类，或是为笼统的“自传”补拟了一个稍为具体或形象的标题，常见的如“我的一生（或前、后半生）”“我所走过的道路”或“我的×十年”等。另外，这类“回忆录”所涉及的“社会关系”内容方面当然会提及其他人的事迹，但往往是涉及多人，而不注重于某一特定的个体对象。

---

① 本文讨论的“回忆录”作品，不包括那种虽顶着“回忆录”名目但完全采用“小说家言”笔法的作品，因为它们属于“文学创作”，文本性质与传记学意义上的“回忆录”不同。

（2）"忆人"型。

即作品主要是回忆某一与作者本人有密切关系的人物（通常是具有一定社会影响和研究价值的历史名人）的接触、交往的史实（其中往往多有"轶事趣闻"），兼及对于该人的评论。一般地说，这类作品的内容虽然也含有某种程度的"自传"性质，但从总体上看，唯其偏重于对某一特定的个体对象的事迹的记载，所以其与"他传"更为接近，至少构成了"他传"的基本资料，由此将其视之为"他传"（别体）似乎较为适宜。

（3）"专题——人物"型。

即作品主要是着眼于对某一重大历史事件（或历史阶段）风貌的描述，而在回忆作者本人在其中的经历、见闻与体验等同时，也自然涉及回忆某一特定的个体对象在该历史场景中的言行活动方面的内容，有的作品的内容甚至主要围绕这一点展开。这类作品常见的标题如"××事件（时期）中的×××"之类。这一类作品虽然兼具"自传"资料或"他传"资料的性质，但从客观上看，更接近第二类（"忆人型"）。

笔者认为，上述三种类型的"回忆录"作品，相对说来后两类所涉及的"传记学"课题更为丰富复杂。这是因为，这两类作品实际上凸显了传记理论与写作实践中普遍存在的一个重要问题：传记作者与其所写到的相关人物——尤其是"他传"作者与"传主"的矛盾对立统一的关系。而这种矛盾对立统一关系实际上又是表现为多种形态的，由此值得从传记学的理论与实践的结合上予以具体考察与分析探讨的问题也很多。例如，两者间是婚姻、血统关系（如配偶、祖孙父子等）抑或社会关系？至于社会关系又属于何种性质（师生、同志、上下级、政敌等）？如此不同的矛盾关系对于"回忆录"写作所可能发生的实际影响如何？如此等等。

2. 制约"回忆录"作品质量的主要因素，以及相应的 批评角度

应该说，从理论上讲，"回忆录"作品对于人们（读者）深切地了解历史、认识人生等各方面都具有重大的价值意义，但从实际情况看，古今中外已出版的"回忆录"作品的质量是良莠不齐的，其中歪曲史实而误导读者的作品也不在少数，所以在整体上难以获得广大读者的充分信任。

稍稍具体地说，制约我国当代的"回忆录"作品质量问题的，根本的一点在于为特定的"政治文化"的大环境所决定的"语境"问题。这里主要有如下三种情形。

（1）"回忆录"作品的作者在写作时所处的境遇。

如作者尚在中年、壮年时期抑或步入老年，属于事业上的兴盛发展、顺利成功，踌躇满志阶段；抑或遭受各种挫折（社会政治的、事业上的、感情生活上的或身体上的）阶段？一般说来，一个人（具体如"回忆录"的作者）处于不同的生理阶段或社会时期，除了记忆能力的差异外，其心理状况更是不同的，由此对于往事的回忆，角度、侧重点、价值观等，均会自觉或不自觉的因时而变。所以，从整体看，凡处于身体状况正常的中老年时期而社会境遇又无特别形态的情景下，所写作的"回忆录"的质量会相对高一点；反之，往往会留下更多的瑕疵，"信史"程度也有所减弱。

（2）在写作"回忆录"的时间段里，那个主要的被回忆对象（即"回忆录"中的"传主"式人物）的社会政治地位与境遇，或社会主流媒体对其评价意见。

在通常情况下，"回忆录"中的"传主"式人物的人格形象与"回忆录"的写作、出版时期社会主流媒体对其的评价意见是相符合的，因为前者在很大程度上是依据后者的尺度来"回忆""评述"（实则是"表现""证实"）的。例如，最显著

的一例：1936 年以后的一段时间里，有各种"鲁迅回忆录"的文本的撰写发表，但所揭示的鲁迅人格形象，大致是一个杰出的、有个性特点的现代文学家；然而从 1949 年以来直到"文革"时期，在各种新发表的"鲁迅回忆录"性质的作品中，鲁迅的人格形象则完全被改塑了。

（3）"回忆录"的写作的另一种文化背景与形态，即作者是主动写作（自觉萌发写作愿望，并在没有特殊外力等影响下完成写作），抑或被动写作（如被催促、受邀请，或完全被迫的"认罪"式的"坦白交代"）?

即使是属于"主动写作"的情况，实际上也可能有各种不同的情景，或者出自纯粹的文化考虑（如保存史料等），或者为了自我张扬些什么（如标榜、辩护、表态、申诉、发泄、解释、反省等）；至于属于"被动写作"的，其具体的制约性因素更可能是五花八门，而根本一点在于有没有功利性以及什么样的功利性。

以上三端，其实都属于"时间（时代）"范畴的问题。这就意味着"时间"（实则为具体的"历史性语境"）不但明显决定"回忆录"作者的写作立场、态度、方法，而且更直接影响"回忆录"作品的具体内容的真实可靠性的程度。民间有一句顺口溜，"批判会上无好人，追悼会上无坏人"，极为深刻形象地揭示了这一条规律，因为在这里，"批判会"或"追悼会"就是具体的"历史性语境"，而会上的相应发言显然近似"回忆录"文本。所以，对于传记批评来说，具体到对于"回忆录"作品的质量评判，其中最值得关注的视角之一不能不是其具体的写作"时间"的问题。

说到"时间"（"历史性语境"）对于"回忆录"写作的制约，还值得关注的另一种常见的情况是，写作于不同时间段的作品，对于作者本人所经历的相同的某一历史事件的回顾，包括对于同一个"传主"的生平事迹的评述，往往是不一致、不吻合的，至少往往是先写作出版者较为粗略，而后写作出版者显得更为详尽。这里的原因也是显而易见的，盖源于后者因时制宜，有意做了某种加工（想象夸饰、虚构编造之类），由此使得"回忆录"中的"传主"成为所谓"箭垛"式人物。这就提醒人们，在运用"回忆录"那样的传记材料时，首先面临着对其真实可靠性进行鉴别考订的问题。而在这一点上，"五四"时期在"古史辨"的学术讨论中形成的"层累的造成的古史说"，① 仍可以作为一条重要的方法论原理予以应用，即对于在不同时期写作出版的"回忆录"文本中均有提及的某同一材料，宁取用前而略者。

3. 回忆录写作的根本原则

进一步考察"时间"（"语境"）对于"回忆录"写作的制约问题，最终不能不归结到"回忆录"作品的作者的思想文化立场与态度问题（实质是"史德"），也即"回忆录"写作所必须遵循与坚持的"真实性"原则。这是因为，对一个严肃的作者而言，他本是可以抵制"语境"的诱惑与压力的（尽管这需要付出很大的代价），即使在难以完全讲真话的情况下，至少可以做到不说假话、拒绝作伪。换言之，有些"回忆录"文本之所以"趋时""阿世""迎奉""取媚"，主要是因为作者没有守住这条底线，首先在"史德"上失足。

唯其如此，在传记理论研究的层面上，强调"真实性"原则应该是绝对的，丝毫不能有所动摇。换言之，因为事关原则，关乎传记作品的生命，所以对此不应该有什么"例外"

---

① 此由著名历史学家顾颉刚所提出，经其师胡适做深入的阐述并倡导而为学术界普遍认同接受。参见顾颉刚之《古史辨》自序。

"特殊情况"之类的遁词，也不应存在其他的什么考虑，诸如"政策""影响"之类。而从写作实践来看，最普遍的一个问题在于如何处理所谓的"感情"问题。

一个"回忆录"作品的作者，对于另一个与他发生过密切联系的人物（"传主"）怀有某种深厚的感情，本是可以理解的，但是这决不能成为有意改塑其形象从而影响"回忆录"作品在史料上的真实性的理由。应该说，写"回忆录"不同于在寿庆典礼上向富贵的寿星致贺词，也不同于深夜静室中面对遗照时的喃喃自语，作为一种社会性的文化活动，面对的乃是社会公共空间，需要负责的对象应是广大的读者以及已逝去的但还将延续的历史。总之，"回忆录"写作须以文化责任感为重。换言之，在"回忆录"写作中，个人的感情绝不应也不能冲击这一文化责任感，而这一文化责任感的基本要求，就是传记理论中老生常谈的遵循与坚持"真实性"原则的问题。因此，凡是所谓的从"感情"出发，对回忆对象（"传主"）奉如神明，无限溢美拔高，以致通过编造手法而予以神化，同时文过饰非，讳言（回避、掩饰）其个性上的某些较为明显的缺陷、工作上一系列失误与过错之类的手法，都是不可取的，应该坚决反对。

还可指出的是，有的回忆录作者的所谓重"感情"，本质上乃是从私心私欲出发。常见的一种如"缪托知己"，即在回忆某一历史名人的事迹的同时，夸大本人与其关系的亲密程度，趁机为自己贴金等；而如果回忆对象是所谓的"坏人"，那么所谓的"感情"则表现为落井下石，即故意歪曲事实、编造故事，通过"证实"回忆该对象的十恶不赦以表明自己的政治立场与思想觉悟等。

4. "回忆录"作者的"证人"资格

鉴于"回忆录"作品的史学文本性质，由此可以认定，一个作者写"回忆录"，从根本上说如同"述史"，或者是为涉及某一段历史的人或事作证。而依据法学原理，既然是"作证"，就有一个证人资格的前提，因为如果不具备可靠的"证人资格"，就不能作证，有关的"证词"也不足以采信。

就"回忆录"作品的作者的所谓"证人资格"而言，主要看其本身的社会职业身份以及与其所回忆的个体对象之间的实际关系。譬如，如果是同一重大历史事件的共同亲历者或当事人（或者在场者）之一，以此去指证某一相关的个体对象在当时的言行表现，自是有"证人资格"的；反之，"证人资格"就值得怀疑。假使某本"回忆录"作品中指证某人如何筹划"反革命阴谋活动"，倘若"回忆录"的作者是该人的重要同伙、亲信、谋士或直接的联系人等，那么显然具备"证人资格"；反之如果只是该人的普通的警卫员、保姆、汽车司机、炊事员，以及办公室里的一般的秘书、干事等，揆之于常理，则是没有资格作证的，因为以他们的职业身份，根本不可能参与或闻知重大机密，如果他们居然能够提供某种"蛛丝马迹"性质的材料，大抵也只能是事后的臆想、推测之类，甚至是纯属编造。当然，在某些方面，这些人也可能具备某种"证人资格"，但能够指证的人概只不过限于该人的个性特点、兴趣爱好、饮食习惯等生活细节，如此而已。

综上所述，可以引申出两条相关的戒律。

（1）任何人都可以写传记（广义的，包括"回忆录"），但如果写"回忆录"，则通常限于第一类；欲写第二、三类"回忆录"就需要资格准入，如果强行闯入，势必以作者本人人格形象上的"缪托自己"和作品本身的"非信史"性质而贻笑大方。

（2）凡是写第二、三类"回忆录"作品的作者，尤其需要诚实的态度，知之为知之，不知为不知，只写以自己身份所能知道的东西，绝不为博取读者眼球而强说那些"重大材料"。

（3）读者对于第二、三类"回忆"作品（尤其是出自那些缺乏"证人资格"者手笔的）所提供的材料，须保持格外警惕，决不轻易采信。

该文曾提交北京大学召开的学术讨论会，收入该会议论文集

重视"口述历史"

　　重视"口述历史"(Oral History)是当前世界史学界（传记学界）的一大特点，台湾史学界（传记学界）同样如此。"口述历史"，又称之为"口述自传"，它既是"自传"的一种，又与纯粹由个人撰写的"自传"不同。这是因为，虽说"口述历史"的基本内容和形式，是由访问者（历史学家）诱导应访者（"口述自传"的传主）以对着录音机口述的方式尽可能详尽地回顾叙述自己的生平活动，但为做到这一点，访问者在事先往往需做大量的研究工作，在访问过程中又必须有针对性地提供线索和提出有关问题。一般地说，"口述历史"的初步成果是录音带，然后是由访问者根据录音带并参照其他文献资料整理（包括校注等）而成的"访问记录"。

　　"口述历史"是在本世纪中随着录音机的发明和普遍使用而兴起的历史研究工作的一种新形式，一旦出现，便很快为历史学家们所接受，尤其是在近现代史研究中，通过"口述历史"，至少可以抢救性地保存一些重要的历史资料。例如，美国哥伦比亚大学在 50 年代初就成立了"口述历史部"，专门请人做这方面的工作。著名的美籍史学家唐德刚稍后就根据该机构的安排，为胡适、李宗仁等人做"口述历史"，唐氏后来还据此整理校注了《胡适的（口述）自传》和《李宗仁回忆录》等，成为文字形态的"口述历史"的经典之作。

台湾"口述历史"工作的开展与胡适、唐德刚有关。素有"历史癖"的胡适，自然领悟"口述历史"的价值，1958年底，他便接受唐氏建议，决定在"中央研究院"内组织力量做"口述历史"的工作，并且还初步提出了首批访问对象的名单。

台湾的"口述历史"工作的真正起步是在1959年，由"中央研究院"的"近代史研究所筹备委员会"牵头，拟定工作计划，随即约请有关史学家分头访问有关对象。从该年10月起至1972年9月，20多位著名近代史专家先后访问了在台的各界重要人物凡70余人，并整理成访问记录稿66份，总共约480万言。嗣后，台湾"中央研究院近代史研究所"决定加强"口述历史"的工作，于1984年春正式设置了"口述历史组"，开始出版"口述历史丛书"，截止1992年底，这套"口述历史丛书"业已出版了11种。还不妨指出，在台湾，由于史学界重视"口述历史"，所以史学界以外的不少人士对此也形成了共识。

台湾史学界如此重视"口述历史"的情况，显然是值得国内史学界借鉴的。这是因为，虽然近几年来史学界也有一些人在做"口述历史"的工作，但毕竟是零散的，在整体上尚未把这一工作提到议事日程上来，更缺乏一个全面计划和通盘考虑，而国内的亟待作抢救性的"口述历史"工作的对象之多，又远甚于台湾一隅。总之，如果我们现在不去很快地组织力量去做这方面的工作，损失是不可估量的，甚至可以说，倘如此，至少我们的近现代史专家难卸其责。目前国内有所谓的"纪实文学热"，某些作品的作者在写作前也访问过一些重要人物，看其形式，似乎接近于"口述历史"。但实际上，这些作品的写作态度大都是不严肃的，任意编造和曲解历史的情况严重存在，所以与科学意义上的"口述历史"有霄壤之别。面对这种情况，我们的近现代史专家实在不应该不闻不问。如果有一批近现代史专家被组织起来有计划地去做"口述历史"的工作，大概是可以在一定程度上把这一几乎是轻易地形成的"纪实文学热"降降温的，而这样的局面，显然既是对历史负责，也是对读者负责。

1994-3-28　光明日报第三版

朱文华

梁启超的传记作品及其理论的文史意义

梁启超（1873—1929）作为中国近现代最著名的历史学家之一，具有多方面的史学和文学成就。其中，他在传记写作与传记理论方面的建树，更是鲜明地构成了他的区别于同时代其他史学家的特点和特色，从而具有重大的史学意义。然而文献表明，以往的研究，对此似乎尚未引起足够的重视，至少论述尚欠深入。① 有鉴于此，本文拟通过对梁启超的传记作品与传记理论的较为深入的考察，尽可能客观地评判梁启超在中国史学（尤其是传记编撰）发展史上的作用、地位和影响。

---

① 拙著《传记通论》的有关章节虽然有所论及，但还比较粗略。陈兰村、张新科《中国古典传记论稿》（陕西人民教育出版社，1991 - 10），杨正润《传记文学史纲》（江苏教育出版社，1994 - 11）、陈兰村、叶志良主编《20世纪中国传记文学论》（天津人民出版社，1998 - 12）、陈兰村主编《中国传记文学发展史》（语文出版社，1999 - 1）和俞樟华《中国传记文学理论研究》（湖南文艺出版社，2000 - 1）等，相关的评述也欠充分。但陈兰村和俞樟华均提到梁启超是站在"中西文化的汇合点（交叉点）"上认识传记问题，杨正润提出梁氏传记作品体现了"英雄史观"等，堪称卓识。

1.

以《饮冰室合集》①为材料依据，可知梁启超编撰的传记作品总计有 85 篇，近百万字。其中，短文（千字上下）约占半数；凡重要的或著名的优秀的约 20 余篇，且多为中长篇幅（几千至万字上下，或几万十几万字）的专文或专书，总字数约 60 万。

需要说明的是，上述篇目不包括这样两部分。

（1）明显的"述学"性质的文章（即对于学者-思想家的学术思想的介绍和评判）。这类作品为数不少，典型的如《霍布士学案》《斯片挪莎学案》《卢梭学案》（《文集》之六）以及《亚里士多德之政治学说》、《进化论革命者颉德之学说》（文集之十二）、《近世文明初祖二大家之学说》、《法理学大家孟德斯鸠之学说》、《政治学大家伯伦知理之学说》（文集之十三）等，其中也有一定的篇幅（事实上可以独立成篇）较为集中地描述该思想家—学者的生平事迹。

（2）有关的学术史专著，如《清代学术概论》（专集之三十四）、《中国近三百年学术史》（专集之七十五）和《论希腊古代学术》（文集之十二）等，在这类作品中，也含有一批中外人物的小传。

同时值得指出的是，以传记分类②而言，由于梁启超不仅熟悉中国传统的传记，同时对西方的从普鲁塔克（Plutarch，46—120）到鲍斯威尔（J. Boswell，1740—1795）以来的传记作品及其理论，也有相当的了解。如，他提到在现代欧美史学

---

① 《饮冰室合集》，中华书局，1936 年版，1989 年影印本，凡 12 册，计《文集》5 册（之一至四十五卷），《专集》7 册（之一至一百四卷），由各卷分别排页码。因篇幅关系，作品细目从略。本文所引梁启超著述，参考文献分为《饮冰室专集》和《饮冰室文集》两种，版次同上。
② 中外学术界对传记作品的分类意见很不一致，拙著《传记通论》曾提出过比较系统的意见，本文的分析即以此为依据。

界，"一人的专传，如《林肯传》《格兰斯顿传》，文章都很美丽""多人列传，如布鲁达奇（今译普鲁塔克）写的《英雄传》，……在欧洲史上有不朽的价值"。[1](之九十九,P29~30) 因此，他所编撰的传记作品，几乎涵盖了中西新旧传记的各种类型（当然有侧重点）。如：著者身份，既有自传又有他传（以他传为主）；传主情况，有单传也有合传，有死者也有生者，有闻人和非闻人（均以前者为主）；作品内在知识形态的著述体例，有一般传记、评传、年谱，也有传略、诔文、墓志铭之类；至于著述手法，有纯史学性和含有相当文学性的，也有带新闻性的（均以前者为主）；而在主题内容上，有生平思想主题、学术主题、职业活动主题，也有佚事主题（以前者为主）；作品外在知识形态，以文字著述为主，又有演讲（口述）形式；文献性质和级别，有正式传记和非正式传记之分；作品篇幅，也有大中小之分。另外，从语言文字工具看，既有用古文、半文半白和文白相间的语言，也有纯粹的白话文。

鉴于中国的传记文体从晚清到"五四"前后，因受到西方传记的影响，出现了由传统的中国式的旧传记向西式现代传记的过渡情况，而梁启超的传记作品，既有传统的典型的中国旧式传记文体（如史记、传略、诔文、墓志铭、年谱等），又有接近西式近代传记样式（如评传、回忆录和游记等）。两者相较，由于后者的数量更大，质量更高，思想和学术文化的内涵更深广，所以社会影响也更大。这就表明，梁启超的传记写作，不仅完全切合了中西新旧传记演变和过渡的趋势和方向，而且他本身就是领潮流的人物。

2.

梁启超并非纯史学家，作为中国近现代杰出的启蒙主义思想家，他的相应著述的显著特色在于，不仅鲜明地体现了顺应历史潮流的进步的社会政治观念，而且还有意识地同本人所倡导的"新民说"紧密结合起来。"新民说"的要旨是"开启民智"——"取大学新民之义，以为欲维新吾国，当先维新吾民——务采合中西道德为德育之方针，广罗政学理论以为智育之本原"。[2](本报告白)梁启超同时认为，"凡一国之能立于世界必有其民独具之特质。上至道德法律，下至风俗习惯、文艺美术，皆有一种独立之精神"，[1](之四，P6)因而"为中国今日计，必非恃一时之贤君可以弭乱，亦非望草野一二英雄崛起而可以图成，必其使吾四万万人之民德、民智、民力，皆可与彼相埒，则外自不能为患，吾何为而患之"。[1](之四，P5)由此，梁启超对于传记写作的热情就不难理解了。

从这一意义上说，梁启超的传记作品，在很大程度上正是把它们当作宣传"新民说"的个案来写的。关于这一点，还突出地表现在对于传主选择的思想倾向性问题上。梁启超所选择的传主集中于这样五类，

（1）中国古代思想家、文学家。

如孔子、墨子、屈原、陶渊明、辛稼轩等。

（2）中国古代政治家、军事家，以及中外文化交流史上的代表性人物。

如赵武灵王、张骞、班超、梁道明等"殖民八伟人"，王安石、郑和、袁崇焕、朱舜水等。

（3）与中国近代史有密切关系的重要政治人物。

如清光绪帝、康有为、戊戌六君子、李鸿章、袁世凯等。

（4）西方古往今来的著名思想家。

如亚里士多德、达尔文、康德等。

（5）西方近代杰出的政治家、爱国者、民族英雄。

如克林威尔、噶苏士、罗兰夫人、意大利建国三杰等。

归纳起来看，凡中国人物，大都是对整个多民族的中国的

社会进步和文明发展起过重大作用的。例如，梁道明等"中国殖民八大伟人"，旧史记载本不详细，有的甚至一笔不提，仅靠口碑流传，以至传主佚其名，遑论承认他们的较之其他帝王将相更可贵的历史功绩，但梁启超却对他们情有独钟，认为发掘和表彰这些"受压于畴昔奄奄醒醒之时代精神以下枉死者"[1](之八,P1)的事迹，乃是自己的责任。其中尤可注意的是，梁启超所选择的传主，赵武灵王和清光绪之外的历代帝王（尽管旧史家特别赞颂他们的"文治武功"），袁崇焕之外的在国内历次重大的民族战争中涌现出来的著名的汉民族英雄（也尽管当时的史家对其推崇备至），均不在此列。就这一点论，显然比之那些"知有朝廷而不知有国家"[1](之九,P3)的旧史家高明得多。

至于西方人物，梁启超所选择的，是其思想学说或政治人格值得中国人吸收或学习仿效者。梁启超说："求其爱国者所志所事，可以为今日中国国民法者，莫如意大利之三杰。"[1](之十一,P2)又说，匈牙利的噶苏士"其理想，其气概，其言论行事，可以为黄种人法，可以为专制国之人法"[1](之十,P1)。

由此可见，梁启超虽有相当的英雄崇拜意识，但着限于"新民"，"新民说"的思想几乎贯彻了他的全部传记，这便是梁启超比他同时代的史学家更具"史识"之处。

3.

如果以中国古代传记的基本风貌为参照系，把梁启超的那些在传记要素、表现形式和方法方而具有明显的创造性的优秀代表作作为比较对象，进一步考察梁启超的传记作品在一般意义上的学术质量，应该说，其成就是相当突出的。

（1）注重传主人格的凸现。

在中国古代传记中，以史传为主的传记作品，其叙事内容，一般说来更看重传主的仕途沉浮，末流者则类于履历表，典型的往往以"官至××"结束全篇。而在梁启超笔下，却是着力描绘（包括解释）传主的人格形象。试看《新英国巨人克林威尔传》：

> 克林威尔尝使画工为图其形，画工见其左目上黑子不适于美观也，为阙去之，彼谛视，乃呵画工曰："画我当画如我者（Paint me as I am）。"盖其生平不欲一毫有所掩饰，不欲以一毫虚假之相。[1](之十三,P3)

又如《谭嗣同传》：

> 被逮之前一日，日本志士数辈苦劝君东游，君不听。再四强之，君曰："各国变法无不从流血而成，今中国未闻有因变法而流血者，此国之所以不昌也。有之，请自嗣同始。"卒不去，故及于难。[1](之一,P109)

如此笔法，如此场景，传主的人格形象无疑是鲜明生动的。

中国古代传记也有注重对传主人格形象刻画的。梁启超的可贵之处是同时还揭示了人格的发展演变轨迹，使之呈动态，而并非像绝大多数的中国古代传记那样，一般只作静止的反映。例如，《罗兰夫人传》四次写到传主读普鲁塔克《英雄传》的情形，以时间、地点、环境、心绪的不同，写出传主的个性层次的变化。再如，在《康南海先生传》中，也以典型性的言行，把传主的幼年时代、修养和讲学时代、委身国事时代的思想行为特点的差异，很好地揭示了出来。胡适曾比较中西传记的异同，谓中式"大抵静而不动"，即"但写其人为谁某，而不写其人之何以得成谁某是也"。[4] 应该说，在这一点上，梁启超已使中国传记与西方近代传记接轨了。

（2）史识与历史意味的流露。

所谓史识有多层含义，上述对传主择选问题也属一方面。但具体到对历史人物与整个社会历史的关系的把握，以及对某一具体的传主的功过是非和历史地位的评判，则显得更为重要。梁启超认为："前者史家，不过记述人间一二有权力者兴亡隆替之事，……实不过一人一家之谱牒。近世史家，必说明其事实之关系，必探察人间全体之运动进步，即国民全部之经历，及其相互之联系。"[3](之六,P1) 由于"一个人的性格与兴趣及其作事的步骤，皆与全部历史有关"，因此，传记作品应"从全社会着眼，用人物来做一种现象的反映，并不是专替一个人作起居注"。[1](之九十九,P29) 由此出发，梁启超的传记作品，总是力图把传主的生平思想活动置于最深广的社会历史的背景中予以表现。例如《李鸿章》，仅从该篇的另题《中国四十年来大事记》就可知，它所关注的是传主与所处的那个社会时代的密切关系。诚如作者所说："四十年来，中国大事，几无一不与李鸿章有关系，故为李鸿章作传，不可不以近世史之笔力行之。"[1](之三,P1) 该篇的"结论"部分，先把李鸿章与霍光、张之洞和俾斯麦、伊藤博文等古今中外的首相作比较，又评述他的若干逸事，然后对传主的人格形象和历史地位予以简评，作者的史识由此得到了很好的体现。

传记与其他纯粹的史学著作的不同，在于它对史识的体现还须有丰富的方法手段。例如议论方法，在梁启超的笔下，有的在描述有传主在场的某种戏剧性场景或传主的带有典型意义的言行细节时，插入若干情感色彩浓烈的评论性语言。如《罗兰夫人传》：

　　泰西通例，凡男女同时受死刑，则先女而后男，盖免其见前戮者之惨状而战栗也。其日有与罗兰夫人同车来之一男子，震栗无人色，夫人怜之，乃曰："请君先就义，勿见余流血之状以苦君。"乃乞刽子手一更其次第云。呜呼，其爱人义侠之心，至死不渝，有如此者，虽小节亦可以概平生矣。[1](之十二,P11)

而较为普遍的，是在卷首篇末乃至叙事的同时，直接插入大段的议论性文字来点化题旨。如《张博望班定远合传》的第一节甚至专门谈"世界史上的人物"问题。

值得重视的是，梁启超的传记作品采用这样的手法，由于视野开阔、开掘深入，字里行间就自然地透露出一股醇厚的历史意味。如《克林威尔传》：

呜呼，东西古今之英雄其名，而乱臣贼子、奸物凶汉、迷信发狂、专制伪善其实者何限？而彼等顾不肯尸此徽号，而独以让诸克林威尔。克林威尔之所以为英雄者在此，克林威尔之所以为圣贤者亦在此。[1](之十三,P3)

又如《祖国大航海家郑和传》：

郑和之所成就，在明成祖既已踌躇满志者。然则此后虽有无量数之郑和，亦若是则已耳。呜呼，此我族之所以久为人下者。[1](之九,P11~12)

从这样的语言看，所谓历史的意味，主要表现为历史的深邃性和沉重感的结合，且以苍凉和悲壮为情感基调，由此足以引导读者深深的回味和思索。

（3）史学笔法与文学笔法的有机融合。

关于这一点，《史记》已有先例，然而以《史记》的文学笔法的过度（过于夸饰、明显的戏剧化等），多少有失真失实之处。应该说，梁启超吸收了太史公的经验教训，因此在他的传记作品中，总的说来，文学笔法的运用是比较得体的，而且富有鲜明的个性特点。其主要表现是，将文学笔法主要限制在语言修辞的范围内，又把自己所擅长的政论性散文的"新文体"，即所谓"务为平易畅达，时杂以俚语韵语及外国语法，纵笔所至不检束"，且"条理明晰，笔锋常带情感"，[1](之三十四,P62)移用于传记，形成独特的语气语调。

换言之，梁启超的传记作品，足以感动广大读者的，除了思想题旨外，主要在于通篇所洋溢着的那种具有奇异的审美效果的语言文字魅力。试看《罗兰夫人传》开头的一段文字：

> "呜呼，自由自由，天下古今几多之罪恶，假汝之名以行。"此法国第一女杰罗兰夫人临终之言也。罗兰夫人何人也？彼生于自由，死于自由；罗兰夫人何人也？自由由彼而生，彼由自由而死；罗兰夫人何人也？彼拿破仑之母也，彼梅特涅之母也，彼玛志尼、噶苏士、俾斯麦、加富尔之母也。质而言之，则十九世纪欧洲大陆一切之人物，不可不母罗兰夫人；十九世纪欧洲大陆一切之文明，不可不母罗兰夫人。何以故？法国大革命，为欧洲十九世纪之母故；罗兰夫人，为法国大革命之母故。[1](之十二,P1)

如果这纯粹是议论性语言，那么再看《意大利建国三杰传》中的叙事：

> ……卒以六月二十九日，会敌之大袭击，为最后之决战。加（富而）将军万死不顾一生，挥刃叱咤，突入敌营。师子奋迅，毙敌无算。玛志尼知非仅恃一将之勇可以

济事也，又恐遂丧加里波的也，乃以急使街国会之命召还之，以议善后。加里波的入议场，鲜血淋漓，胄铠全赤，既折既缺之刀，插半鞘而为入，乃拍案厉声曰："今日舍迁都他处，别图恢复之外，更无他图。"虽然，大声不入里耳。除玛志尼外，无一人赞成之者。此新罗马国会上蠕蠕然百五十颗之头颅，惟以乞降免难为独一无二之善后策，而所谓达官显吏，已纷纷挈其孥以遁于城外。加里波的愤郁不能自制，复提孤军袭敌，却之于第二战斗线之外。蓦然回首，则一片惨白之降旗已悬于桑安启罗城上，夕阳西没，万种苍凉。[1](之十一,P21～22)

回顾中国近现代思想文化史，在梁启超的全部传记作品中，因史学笔法与文学笔法的有机融合，从而使得作品的文学色彩更浓烈、语言文字更具特色和感染力，以及所产生的实际的社会政治文化影响更为强烈，由此代表了最高的史学成就的，可以说主要就是这样一些篇什，郭沫若的相关回忆也足以证明这一点。[5]

（4）传记文体的体例改造或革新。

在这一方面，梁启超也卓有成绩，尤其是以下三种：

① 评传型的专传。

梁启超谈到《李鸿章》时说："此书全仿西人传记之体，载述李鸿章一生行事，而加以论断，使后之读者，知其为人。"[1](之三,P1) 所谓西人传记之体，就是通常所说的"评传"。梁启超通过学习借鉴西方近代传记的经验而形成的体例特点主要是：夹叙夹议，叙议结合，传中有评，评中有传，评传相间。其中，特别注重对相关问题的分析，由此做到描述、阐释、评判三位一体；另外，又往往在全篇中设置章节并拟标题，卷首篇末也多有"绪论"（"发端"）、"结尾"（"结论"，或为"新史氏曰"国史氏曰"）之类的文字，由此强化评论的色彩，这在传记文体上当然属于一种创造和进步，有助于丰富和扩展传记作品的基本要素以及相应的表现力。如《王荆公》作为评传，以纵横交错的谋篇布局的方法，把传主的生平思想活动和相应的时代背景组织成几大块面予以全面系统的评述，令人耳目一新。有学者批评说，如此的"八大块的处理"，"从传记文学来看，这实在是一种倒退"。[6] 这是出自对"传记文学"概念的不同理解的误评。诚如某美国学者指出：梁启超的这篇传记，篇中已"专设两章，一章叙述王安石之朋友及同僚，另一章则描写其家庭生活。梁氏并引用王安石同时代资料及王安石信札等以说明其生活及思想，此则与中国传统写作传记方法大不相同"[7]。

② 完全意义的合传。

中国古代传记中虽有"合传"的名目，但"合"字只是做在题目上，实际上还是两篇以上的单传的简单组合，如《史记》中的《老子韩非列传》《屈原贾生列传》等。梁启超虽然也承认这种类型的合传，并有相应的作品（如《戊戌六君子传》），但又不满足于此，另外创造了完全意义的合传，即在同一篇文章中，为两位或两位以上的传主立传，典型的如《意大利建国三杰传》。这种合传所显现的体例上的新特点，主要在于引入了历史的比较研究的方法，从而使得传记的内容题旨在深度和广度上获得了自然的扩展，同时也有助于克服旧体传记的"互见法"在史料背景的剪裁取舍等问题上的弊端，用梁启超的话说，如此"两两比较，容易公平，而且效果更大，要说明位置价值及关系，亦较简切省事"。[1](之九十九，P64) 例如《意大利建国三杰传》的第一节介绍三杰以前意大利之形势及三杰之幼年，行文正是如此。

③ 新式年谱。

梁启超在肯定年谱作为中国古代史学所创造的一种传记文

体的价值的同时，也对它的表现能力的"简陋"[1](之九十九，P65) 表示了不满，所以他本人对旧年谱的改造，着重于扩展传记要素和修改体例两个问题。总的说来，梁启超认为，无论是哪种类型的（自传——他传，创作——改作，附见——独立，评叙——考订），内容上都要具备这些要素：记载时事（谱主的背景）、记载当时的人（与谱主有重要联系者）、记载谱主的重要文章、必要的考证、必要的批评、附录（难以入正文的材料），以及"谱前""谱后"等。[1](之九十九，P70~80) 他本人撰写的《朱舜水先生年谱》等基本如此，而晚年作品《辛稼轩先生年谱》尤为完备。

当然，梁启超的传记作品，即使是那些优秀的代表作，也还存在一些欠缺甚至弊病，除了某些观点问题外，有如对材料的出处，或不作注，或注释不规范。然而，这是学术文化转轨时期的普遍现象，同时代人无不如此，所以是可以理解的。

4.

梁启超的传记写作，也是对他自己所提出的"新史学"理论的认真实践。因此，梁启超的传记理论，作为史学理论的重要组成部分，也具有相对独立的学术价值，值得重视。

梁启超一生著述甚勤而内容甚杂，但对于传记写作，却有两个明显的相对集中的高潮时期：一是清光绪二十七年至三十一年（1901—1905）。当时梁启超在日本先后主编《清议报》和《新民丛报》，着力进行启蒙主义思想宣传，"新史学"的基本观点正是在这一时期酝酿并提出的。① 因此，他在该时期大量写作传记，显然带有自我实践的意味。二是民国九年至十六年（1920—1927）。当时，梁启超已重新转入学术文化的研究

---

① 梁启超著《新史学》连载于《新民丛报》，第 1、3、11、14、16、20 册，1902 年 2—11 月，但其中的基本观点，在他于 1901 年所写作发表的《中国史叙论》中已初步提出。

工作，且主要兴趣和精力涉足于史学领域。他的专著《中国历史研究法》（1920）及其讲稿《补编》（1926—1927），尤其是后者中的"人的专史"，对于传记基本原理和写作要求等问题阐述甚详，并多处结合谈到了本人的经验体会。① 这时期所写的传记，不仅是通常的史学研究成果，而且还是对作者本人更趋成熟的史学传记理论的再体验。总之，梁启超不仅是中国近现代著名的传记作家，同时也是一位具有明显的创新力的传记理论家，两者完全融为一体。

毋庸讳言，虽然中国有着源远流长的史学传统，但史学理论并不发达，所以也谈不上丰富。构成一部中国古代史学史的基本内容，主要是各类史籍本身，鲜有理论性论著，即使有，也大多以"读史札记"一类形式出现，像唐人刘知几《史通》那样的著述实属罕见。与此相适应，中国古代的传记理论同样是薄弱的，除了《史通》以及清人章学诚等少数史学家有相对集中的论述外，其他多为残篇断章，不成系统，有的甚至还从根本上否定士大夫以个人立场撰写传记的必要性。如顾炎武认为："不当作史之职，无为人立传者……自宋以后，乃有为人立传者，侵史官之职矣。"[8](卷十九) 在这一背景下，梁启超的既对中国古代传记理论有所扬弃，又吸收了西方传记理论精华的传记理论，可以说是中国整个现代史学理论的一个重要开端。

撇开那些与传记理论虽然也有联系的，但相对说来属于广义的史学理论（如著史目的意义、重视史料考订鉴别等），梁启超狭义的传记理论，大致含有基本原理和方法论两个层次。

（1）关于传记基本原理。

梁启超在这方面所探讨、思考和回答的，都是带全局性和

---

① 梁启超在《中国历史研究法补编》中提到本人编写的传记作品有《戴东原传》《朱舜水年谱》《孔子》和《王荆公》等，又说本人"多年来想做"而未及做的有玄奘、苏轼、王守仁和清圣祖的史记。

根本性的问题，有的为中国古代传记理论所未涉及，有的则与西方近代传记理论相通，但又有进一步的阐发。其中最有学理价值的几点如下。

① 传记与史学的关系。

梁启超指出，尽管欧美近代史学界出现了"历史（研究）与传记（编写）分科"的趋势，"但是传记体仍不失为历史中很重要的部分"。[1](之九十九，P29~30) 据此，他把整个史学研究划分为人的专史、事的专史、文物的专史、地方的专史、断代的专史并列的五个方面，这就明确肯定了传记作为与史学有联系而又具有相对独立性的学科地位，较之中国古代史学理论把传记视为史学的附庸，在学术观念上是一个重大的创新。梁启超甚至还建议选择中国历史上的一百人，"代表全部文化，以专传体改造通志"[1](之九十九，P91)。

② 传记的人物本位和人格重点。

梁启超强调，传记以人物为本位，"记个人之言论行事及性格"[1](之七十，P6)，而人物系纯指历史上的真实可靠的人物，"无论古人近人，只要带有神话性，都不应替他作传"[1](之九十九，P50)。明确地排除虚拟人物的传主资格，严守了传记从根本上属于史学范畴的立场，划清了史与非史（文学）的界限，从基本理论上强调了传记的真实性原理，维护了传记的生命。这一理论实际上也是对《史记》缺点的批评，因为《史记》中的《五帝本纪》以及近于地方志性质的《南越列传》《西南夷列传》，依据现代观念，的确不能算是传记。就今天而言，有人对"传记文学"一词作望文生义的理解，① 所以梁启超的理论也具有现实的学理意义。

---

① 这主要表现为把传记作品看作文学的一个分支，如韩兆琦著《中国传记文学史》（河北教育出版社，1992.8）有"传记体小说"专章，乃是一个典型的反映。

至于传记须突出人格问题，梁启超更为强调。他说，传记的基本要求就是要把传主"整个人格完全写出"[1](之九十九,P54)，换言之，传记的"唯一职务在描写出那人的个性"，"最要紧的是写出这个人与别人不同之处"[1](之七十,P17)；人格"不能光看他外表的行事，还要看他内在的精神，不能专从大处看，有时还要从小处看"[1](之七十,P6)。这些意见显然是抓住了传记写作的关键和核心。

③ 传记的基本内容要素。

新旧传记的差异，很大程度表现为对于传记内容要素的把握。在梁启超看来，传记作品必须关注的基本问题，在于传主与他所处的社会时代的关系。"对于伟大人物的自由意志和当时此地的环境，都不可忽略或偏重偏轻"[1](之九十九,P89)，换言之，"一方面看时势及环境如何影响到他的行为，一方面看他的行为又如何使时势及环境变化"。所以，传记"不但要留心他的大事，即小事亦当注意。大事看环境、社会、风俗、时代，小事看性格、家世、地方、嗜好、平常的言语行动，乃至小端末节，概不放松。最要紧的是看历史人物为甚么有那种力量"[1](之九十九,P30)唯其如此，梁启超在探讨《玄奘传》的写法时设计了这样的提纲：

（一）他在中国学术上伟大的贡献

　　（1）他所做的学问在全国的地位如何

　　（2）他以前和同时期的学术状况如何

　　（3）他努力工作的经过如何

　　（4）他的影响在当时和后世如何

（二）他个人留下伟大的范畴

　　（1）他少年时代的修养和基础如何

　　（2）他壮年后实际的活动如何

──某时期如何，某一部分如何

（3）他平常起居状况、琐屑言行[1](之九十九,P109～110)

可以说，这是从另一角度较为完整地揭示出了传记的基本要素。

④ "理想的专传"。

梁启超根据对传记基本要素的把握，结合考虑传记的体例问题，提出了"理想的专传"的重要命题。专传即"独立成为专书"，他说：

> 我的理想专传，是以一个伟大人物对于时代有特殊关系者为中心，将周围关系事实归纳其中，横的竖的，网罗无遗，……此种专传，其对象虽只一人，而目的不在一人……若做专传，不必依年代的先后，可全以轻重为标准，改换异常自由，内容所包，亦比年谱丰富。无论直接间接，无论议论叙事，都可网罗无剩。
>
> ……人的专史以专传为最重要。[1](之九十九,P38～39)

⑤ 传记的真实观。

梁启超并不是一般化的提出传记的真实性要求，而是进一步以捍卫根本的义化精神的立场强调说：

> 史家第一件道德，莫过于忠实。
>
> ──当如医者之解剖，奏刀砉砉，而无所谓恻隐之念扰我心曲也。乃至对本民族偏好溢美之辞，亦当力戒。良史固所以促国民之自觉，然真自觉者决不自欺，欲以自觉觉人者尤不宜相蒙。[1](之七十三,P32)

可以认为，这一意见的思想意义的深刻性不限于传记理论本身。

（2）关于传记方法论。

梁启超在这方面提出来的意见，有些虽是就整个史学研究而言，但于传记写作也是切合的，且具有明显的可操作性。其中值得重视的如以下几条。

① 立传对象的确立原则。

梁启超专门论述过"人的专史的对相（象）"问题，认为有七类人物最值得立传："思想及行为的关系方面很多，可以作时代或学问中心的"；"一件事情或一生有奇特处，可以影响当时与后来，或影响不大而值得表彰的"；"在旧史中没有记载，或有记载而太过简略的"；为旧史家因偏见或挟嫌而被诬的；旧史的本纪、列传中记载得过于简略的帝王和政治家；"与中国文化上政治上有密切关系"的外国人；近代中国"学术事功比较伟大的"。[1](之九十九,P42~49) 梁启超还指出，"普通人物，多数的活动，其意味极其深长，有时比伟大（人物）还重要些，不要看轻他们，没有他们，我们看不出社会的真相，看不出风俗的由来"，所以可用合传的形式为他们立传。[1](之九十九,P64) 这样的意见，应该说与"五四"新文化运动的精神（如批判、怀疑、价值重估等）是吻合的，也表明梁启超此时已摆脱了旧史家在学术文化上的某种贵族意识。

② 重视口碑资料。

梁启超说："现在日日所发生之事实，其中又构成史料价值之一部分也。吾侪居常慨叹于过去史料之散亡。……吾侪今日不能将其耳闻目见之史实搜辑保存，得毋反欲以现代之信史责望诸吾子孙耶？……其资料皆琅琅在吾目前，吾辈不速为收拾以贻诸方来，而徒日日唏嘘望古遥集，奚为也？其渐渐已成陈迹者，……躬亲其役或目睹其事之人，犹有存者。采访而得其说，此即口碑性质之史料也。"[1](之七十三,P38~39)　在这里，既肯定口碑资料的史料价值，又强调采访收集的必要性，意思是完整的。

③ 材料的剪裁与谋篇布局。

梁启超重视传记作品的整体构思和相应的谋篇布局问题，同时对史料的剪裁取舍等具体方法也有论述。他认为，一部传记作品的篇章结构理应达到这样的要求："所叙事项虽千差万别，而各有其凑笋之处；书虽累百万言，而筋摇脉注，如一结构精悍之短札也。"[1](之七十三,P35)

④ 文采。

梁启超说："历史的文章，为的是作给人看，若不能感动人，其价值就减少了。"他十分强调文采问题，尤其要求做到"简洁"与"飞动"，"一面要谨严，一面要加电力，好像电影一样活动自然"。[1](之九十九,P27)

此外，在梁启超的传记理论中，还有一部分内容涉及对包括司马迁在内的旧史家的批评，以及对自己的传记作品在撰写过程中的经验教训的分析。前者如认为"《史记》别裁之书也，其所叙述，往往不依常格，又以幽愤不得志，常借古人一言一事以寄托其孤怨，若管晏列传，亦其类也"[1](之二十八,P2) "（《屈原传》）事迹模糊，空论太多，这种借酒杯浇块垒的文章，实在作的不好"[1](之九十九,P52)。至于后者，如承认"吾二十年前所著《戊戌政变记》，后之作清史者记戊戌事，谁不认为可贵之史料，然谓所记悉为信史，吾已不敢自承。何则？感情作用所支配，不免将真迹放大也"[1](之七十三,P91)①　或申明自己写《袁世凯》并非出自"个人私怨、党派成见"，而是借此揭示"全

---

① 陈兰村主编《中国传记文学发展史》认为，"这里的'放大'不是虚构，更不是胡编乱造，显示了清醒的传记文学意识"。（第 427 页）其实并不符合梁启超的原意，因为他承认此属"言之过当"。

国最大多数人之共同心理"[3](之三十四,P9)。这样的意见在传记理论上也都有一定的意义。

梁启超的传记理论当然也存在一些缺点和错误（包括英雄史观）和自相矛盾地方，如他曾说："我们若信仰一主义，用任何手段去宣传都可以，但最不可借史事做宣传工作，非惟无益，而又害之。"[1](之九十九,P15) 这就难以解释他的传记作品整体上所贯串着的爱国主义和启蒙主义精神。但这同样属于次要问题。另外，有的学者虽然承认梁启超的传记理论"主要从史学范畴入手"，但往往从文学的角度作理解，由此批评梁氏的传记作品"更注重史学性，文史结合不够完美。如《李鸿章》《王荆公》这些传记过多引用条约、条款，有损艺术的连贯性，影响了作品的可读性"[9]。这或许又是一种误读。

5.

根据以上考察，联系梁启超多次强调过的几句话：

> 前清为一切学术复兴之时代，独于史界之著作，最为寂寥。……史之改造，真目前至急迫之一问题矣。[1](之七十三,P25~28)
>
> 泰西新体传记，……其体例实创中国前此所未有。[2](新书介绍)
>
> 新近有这种专传出现，大致是受外国传记的影响。[1](之九十九,P39)
>
> 只要用新体裁做传，不必多而必须可以代表一部分文化，……新史一定有很大的价值。[1](之九十九,P90)

可以求得如下几个结论性意见。

（1）梁启超是以民族文化的反省的立场，以知耻近乎勇的态度，自觉地站在中西文化的冲突和融合的思想高度来认识传记（乃至整个史学）问题的。

他既能够对西方近代传记经验以及传记理论予以充分的理解和肯定，择善而从之，又敢于和善于据此对民族传统形式进行改造。这种健康的文化心态和切实的文化使命感，在近现代中国思想文化史上具有开风气的作用以及普遍的启示意义。

（2）梁启超的传记作品优秀代表作，达到了同时代的最高史学成就。

中国传记的发展，到梁启超手中，古代正史编撰在语言文字方面的清规戒律（如《北周书》式的"行文必尚书，出语皆左传"）开始得到了破除。因此，他的作品不仅以思想内容的特色在中国近代启蒙主义思想史上留下深刻而积极的影响，而且在文体形式方面，也为中国现代传记的确立提供了范式。例如，中国现代另一著名的传记作家（理论家）胡适，受梁启超的影响就极为明显。[①] 另外，自"五四"以来，在全部的中国史学研究论著中，传记文体（即梁启超所说的"专传"）已占了相当的比例，而中国现代图书馆学通行的图书分类也把传记作品作为相对独立的一个大类，[10] 如此等等，都有力地证明了其影响之深远。

（3）梁启超的传记理论，在吸收西方传记理论的基础上，对中国古代传记理论作了重大的改造，其中又融合和总结了本人的传记写作经验，富有鲜明的创新色彩，以其学理上的正确性和知识形态上的系统性，丰富和发展了中国的传记理论，有助于传记理论学科的确立。"五四"以来中国现代学者对于传

---

① 有关情况可参见拙稿《胡适和中国近代传记史学》，《江淮论坛》，1992－2。

记理论的研究，都受到了梁启超的积极影响，至今不衰。①

可以这样说，梁启超当是整个中国传记发展史上的承上启下、继往开来者，他的传记作品及理论典型地代表了中国古代传记向现代传记的过渡与衔接的轨迹和方向。

最后不妨指出，学术界凡认定传记作品系文学性质的学者，对于梁启超的传记作品及其理论往往多有苛求，除了上文提到的两例外，还有学者说：

> 纵观梁启超的传记实践，人们也不无遗憾地发现，无论是在其采取的传记形式还是于中所体现的传记观念上，梁启超都未能跳出传统传记的格局，传记在其手中依然只是作为人物研究或史学研究的一种手段或工具而运用。梁启超晚期的传记创作实践更多在人物的年谱研究方面，对于中国现代传记文学的发展，已无多少意义可言。[11]

笔者在整体上当然不能苟同这样的意见，尤其是所谓"未能跳出传统传记的格局"云，但注意到这一意见中含有某种合理的东西，即在客观上承认梁启超的传记作品及其理论的价值意义主要是史学性的。

补记

本文完稿后，获读了新书《梁启超、明治日本、西方——日本京都大学人文科学研究所共同研究报告》②。该书收有松尾洋二的论文《梁启超与史传——东亚近代精神史的奔流》，

---

① 拙著《传记通论》的基本理论观点即受梁启超的启发，其中提出"建立传记学"的倡议，也在学术界获得了一定的响应，但相比之下，似乎文学家对此更感兴趣，而历史学家的关注不够。笔者认为，传记学的建立，更需要历史学家的努力。

② ［日］狭间直村编，北京，社会科学文献出版社，2001 年 3 月。

该论文依据确凿的文献材料论证说：梁启超的"西洋史传"（尤其是《噶苏士传》《意大利建国三杰传》和《罗兰夫人传》），除了"发端"和"结论"性文字外，正文部分大抵是对日本作家德富苏峰等人的相关作品的"抄译"和"编译"，这是令人信服的。本文没有指出这一点，显然是一大欠缺，现特地说明和补正。

然而，松尾洋二先生的论文，似乎也有若干可商榷之处。兹提出以下两点。

（1）该文的"结论"之一是，明治维新以来"繁兴的日本史传，催化了梁启超一系列史传的诞生"案，这一说法未免以偏概全。

该文所专门探讨的梁启超的"西洋史传"，仅是梁启超的全部史传作品的一个部分，所以，从逻辑上说，不能因梁启超的"西洋史传"与当时的"日本史传"有着某种直接联系，就认定梁启超的"一系列史传"都是在"日本史传"的"催化"下产生的。至于梁启超为什么对传记编写问题有强烈的兴趣，本文已有所分析，相较而言，最重要的一点，乃是他有意对自己所倡导的"新史学"的实践。这是决定一个大学者的学术文化活动特点特色的内因。

（2）该文还依据梁启超的那篇"西洋史传"在当时被朝鲜学者中采浩等人翻（编）译为朝鲜文的史实，认定这表明了"东亚近代精神史的奔流"。

案：此话不确切。揭示以上史实，自有学术意义，但就这一史实本身而言，在当时乃属一种正常的文化传播现象，不必从中发掘什么微言大义。至于"东亚近代精神（史）"的提法，不仅是夸饰的（应该说，在20世纪前后的一段时间里，中国对西洋文化的接受，往往以日本为媒介，个中原因相当复杂，但日本并没有成为"东亚近代精神"的"源头"或"中心"，这一点可以肯定），又足以引起歧义，易于与所谓的"大东亚文化（圈）"之类相混淆。唯其如此，该论文以"东亚近代精神史的奔流"为副标题是不合适的，它也与同书内的其他论文标题不协调。

2002 年 4 月 8 日

初刊于《南京师范大学文学院学报》，2002 年第 4 期

参考文献

［1］ 梁启超. 饮冰室专集［M］. 北京：中华书局，1989（影印本）

［2］《新民丛报》. 第 1 册. 1902. 2. 8.

［3］ 梁启超. 饮冰室专集［M］. 北京：中华书局，1989（影印本）

［4］ 胡适. 传记文学［A］. 胡适古典文学研究论集［C］. 上海：上海古籍出版社，1988.

［5］ 郭沫若. 少年时代［M］. 郭沫若全集（文学编第 11 卷）. 北京：人民文学出版社，1992.

［6］ 朱东润. 论传记文学［J］. 复旦党报，1980（3）.

［7］ ［美］霍理斋（R、C、Hoarwd）. 现代中国传记写作［J］. 张源译. 传记文学. 第 2 卷第 2 期. 1963. 2.

［8］ 顾炎武. 日知录［M］.

［9］ 陈兰村，叶志良. 20 世纪中国传记文学论［M］. 天津：天津人民出版社，1998.

［10］ 1900—1980 八十年来史学书目［M］. 北京：中国社会科学出版社，1984.

［11］ 李祥年. 传记文学概论［M］. 合肥：安徽文艺出版社，1993.

胡适与近代中国传记史学

在近代中国，传记文学一词的最早运用，似始于胡适，之后通行于世①。就胡适来说，综观其所有谈及传记问题的言论，虽然也常常把传记与传记文学两词置换互用，但总的说来，则是把传记界定为史学类作品。唯其如此，胡适倡导的传记，也可称之为传记史学②。较之同时代的其他学者，胡适其一生学术文化活动的显著特点之一，正是在于他几十年中一贯地从理论和实践的结合上倡导近代传记史学在中国的建立和发展。

1. 胡适倡导传记的几个阶段及相应特点

（1）中国公学——主编《竞业旬报》时期。

胡适早年在家乡接受旧式教育时，即对朱子《小学》等古

---

① 胡适的《藏晖室札记》卷 7 的 1914 年 9 月 23 日条即题为《传记文学》。此后，郁达夫等人便袭用"传记文学"一词，而朱东润是先译用"传述文学"，后改"传记文学"。

② 中国旧学在习惯上有"史传"一词，盖指纪传体正史中的"列传"。这一"史传"的概念与本文所说的"传记史学"有所不同，因为后者涵盖面更大。

籍注释中记载的若干古代人物的轶事琐闻等产生浓厚兴趣。1904 年来上海后，他开始接受新学，而在 1906 年就读中国公学并于次年起主编《竞业旬报》以后，则开始有意识地写作发表白话短篇传记作品，主要有《姚烈士传》《中国第一伟人杨斯盛传》《世界第一女杰贞德传》和《中国女杰王昭君传》等。联系到辛亥革命前后国内进步报刊大量发表中国历代政治文化伟人、民族英雄和当时资产阶级革命家以及中外女界豪杰的传记①的情况，可以说，胡适的上述传记作品是与当时的进步社会思潮相吻合的。当然，虽然胡适在本阶段尚未从理论上把握传记的有关问题，但他的写作实践却无疑地使他巩固了对于传记的兴趣，他一生的"传记热"正是由此而奠基。

（2）留美时期。

胡适于 1910 至 1917 年间留学美国。当时，他广泛地涉猎了西方传记作品，且对古希腊罗马的普鲁塔克（Plutarch）的《英雄传》和色诺芬（Xenophon）的《苏格拉底回忆录》，欧美近代传记名家鲍斯威尔（Boswell）、莫烈（Morley）、洛楷（Lockhart）等人的长篇传记，以及穆勒（Mill）、斯宾塞（Spencer）、富兰克林（Franklin）和吉朋（Gibbon）等人的自传（Aubobiography），都有一定的研究②。与此同时，胡适结合以前阅读中国历代传记作品获得的总印象，首次写下了题为《传记文学》的札记，从理论上比较分析了中西传记的"差异益不可掩"的情况③，由此使得自己对传记的感性上的兴趣上升到了理论上的重视。在这前后，胡适也开始自觉地以西方近代传记理论为指导尝试写作新的传记作品，其中最可注意的

---

① 阿英，《传记文学的发展——辛亥革命文谈之五》，《人民日报》，1961 年 11 月 10 日。

② 胡适，《藏晖室札记·传记文学》和《建设的文学革命论》等文。

③ 胡适，《藏晖室札记·传记文学》，1914 年 9 月 23 日。

是那篇六千余言的《康南耳君传》①。至于《藏晖室札记》②，因随时记录了自己的学习、生活、社交等情况，以及思想（包括学术文化思想）的发展演变轨迹，也具备了相当的传记要素。如胡适本人所说，至少构成了"留学时代的自传原料"③。

（3）"五四"前后至 20 世纪 40 年代末。

在本时期，胡适的"传记热"呈高峰值。

① 理论阐述。

胡适当时因讲授中国哲学史编写讲稿而系统地阅读研究了中国古籍中的历代哲学家传记，兼及其他，并撰文从传记理论的角度评论了其中若干篇什。他还先后为许多传记作品写序，对传记理论中的一些问题作了重要的阐述。另外，在《领袖人才的来源》这篇政论文中，又以近一半的篇幅论及传记问题，并对中国古代传记作了总评价。上述各文从各个侧面深化了胡适的传记理论。

② 劝人撰写传记（自传）。

据胡适说，"我在这几十年中，因为深深地感觉中国最缺乏传记的文学，所以到处劝我的老辈朋友写他们的自传""替将来的史家留下一点史料"④。受胡适劝说的，至少有梁启超、蔡元培、陈独秀、梁士诒、熊希龄、林长民、张元济、高梦旦、范静生和施植之等人，其中一些人后来果然着手写了。

③ 本人写作实践。

a. 自传。胡适除写有大量的自传性质的单篇文字（如《我的歧路》《我的信仰》《介绍我自己的思想》等），还专门写了一组有系统的自传稿，其结集出版的则为《四十自述》⑤。

① 此传写于 1911 年，刊《留美学生季报》1915 年春季第 1 期。
② 此书 1939 年由亚东图书馆出版，后商务印书馆改题《胡适留学日记》重版。
③ 胡适，《四十自述》自由中国版自记。
④ 胡适，《四十自述》自序。
⑤ 该书 1933 年由亚东图书馆出版，后在中国台湾再版，把《逼上梁山》一文作为附录。

b. 他传，包括年谱、回忆录以及回忆性兼评论性的讲演稿。按传主的情况大致有三类：一为纯粹的友人，如许怡荪、胡明复、徐志摩、田中玉、高梦旦和丁文江等，这些传记（尤其是《追想胡明复》等篇）因追述本人与传主的交往，所以也留下了本人的许多重要的传记资料；二是有所接触交往的同时代的各界人士或在某方面令其感兴趣的中国近代人物，如辜鸿铭、曾孟朴、陈独秀、胡汉民、伍廷芳、孙中山、林森、溥仪、吴稚晖、张伯苓、齐白石、曾国藩、康有为和李超等，这些传记的评论性大都较强，学术性也较浓，在社会上产生重大影响的主要有《李超传》和《齐白石年谱》等；三是中国历代著名文学家或思想家等，如老子、崔述、费经虞父子、达摩、王梵志、贺双卿、吴敬梓、戴震、章实斋、赵一清、朱敦儒、神会、曹雪芹、王若虚、欧阳修和王莽等，这些作品大都有考证性内容，学术气息更浓。

（4）晚年寓居美国和定居中国台湾时期。

胡适于 1949 年春去美国，至 1958 年返中国台湾定居，1962 年春在中国台北"中央研究院"院长任上病逝。这期间他继续传记学术活动，且有若干新特点。

① 局部深化了原先的传记理论，即除了在以《传记文学》为题再次演讲外，还通过为友人的传记作品写序的形式，对中国台湾地区的传记（自传）写作实践中所提出的若干带普遍性的问题，作了进一步的理论探讨。

② 更切实地劝说、支持乃至组织他人的传记（自传）写作，如他曾建议中国台湾当局"参政会"成员写自传，甚至建议当局委员会增设"个人传记资料组"①。特别是在 1958 年底，胡适接受旅美学者唐德刚的建议，在自己主持的"中央研

---

① 胡颂平编，《胡适之先生年谱长编初稿》，1959 年 12 月 23 日条。

究院"内增设"口述历史"（Oral history）的专门机构，该机构从次年起即开展工作①。

③ 其本人的传记写作也有新收获。1956 年前后，胡适应哥伦比亚大学之邀作口述自传，其文字稿即为唐德刚校译注的《胡适口述自传》。至于他在本时期写的他传，除了零星的短篇之作（其中最有史料价值的有《追忆吴稚晖先生》等），也有长篇的《丁文江的传记》和以考证见长的《薛瓒年表》等。

④ 发表大量谈话，以亲见、亲闻、亲历的点滴史料入手，忆及某些友人或其他各界人士，由此为中国近现代史上的若干重要人物的生平活动和人格特征等情况，提供了一批鲜为人知的宝贵的传记资料。仅从胡颂平编的《胡适之先生年谱长编初稿》和《胡适之先生晚年谈话录》两书所记载保存下来的材料看，涉及的主要历史人物就有宋耀如、张继、马君武、葛里普、梁启超、王国维、李石曾和于右任等。1962 年 2 月 24 日，即在胡适逝世的那天，他还由袁家骝的身世谈到其父（寒云）和其祖（袁世凯）的部分情况②。由此可以说，胡适的传记学术活动是与他的人生一起终结的。

2. 胡适的传记作品的深浅得失的示例分析

(1) 自传类（以《四十自述》为例）。

相较而言，在胡适的所有自传作品中，《四十自述》最有特色，也最为成功，社会影响又最大。该书的主要价值至少有如下几点。

---

① 唐德刚，《文学与口述历史》，《传记文学》1984 年第 45 卷第 4 期。
② 《胡适之先生晚年谈话录》，第 313 页。

① 敢于真实地近于赤裸裸地揭示家庭身世和本人少年生活的实际情形，做到既不避父母之讳，也不掩饰自己曾有过的不光彩的历史。例如，年方十七、出身清贫的胡母，主要是出自"做填房可以多接聘金"的庸俗而现实的考虑而主动答应去做时年四十七岁的胡父的继室的；胡适本人在留美前有一段日子"在昏天黑地里胡混"，乃至某雨夜因发酒疯而入拘巡捕房并被课以罚款。这些情况，书中都一一如实写出。

② 有意识地记载保存了涉及中国近代教育史的重要史料。如对因反对日本"取缔清国留学生规则"愤而返国的留学生于1906年在上海创办的中国公学的概况，以及该校学潮的前因后果等，书中均作较详细而客观的追述，并请有关当事人批评改正了若干与当日事实不符之处。

③ 自我评判能够尊重客观历史。如书中承认自己早年思想"受了梁（启超）先生的无穷恩惠"而并非"先知先觉"；承认自己之所以赴京参加庚款考试由此走上人生道路转折点，主要有赖于友人们从精神上到物质上的种种帮助，而不在单纯的"自我奋斗"；至于自己留美期间萌芽文学革命理论和尝试白话新诗写作，认为"一半是在朋友们一年多讨论的结果"，而后又因为有了陈独秀"这样一个坚强的革命家做宣传者，做推行者"，才发展"成为一个有力的大运动"。这些都避免了名人自传中常见的自我吹嘘的弊病。

④ 从文笔上看，虽然起初有意借用文学方法，即想从这40年中挑出十来个比较有趣味的题目，用每个题目来写一篇小说式的文字，但胡适"究竟是一个受史学训练深于文学训练的人"，所以在写了一章"序幕"后"就不知不觉地抛弃了小说的体裁，回到了谨严的历史叙述的老路上去了"。这表明，该书整体上采用"谨严的历史叙述"的笔法，尽管其中也很注意行文的修辞色彩，因此全书的简洁、清晰、流畅的文笔和传

记作品所要求的内容的真实性是相吻合的。

　　顺便说，上述特点在《四十自述》以外的自传作品中也都有不同程度的体现。另外，胡适其他的自传作品还有一个共同的特点，即偏重于对自己社会政治思想和学术文化思想的梳理，尤其是《胡适口述自传》，是一部"别开生面、自成一格的学术性的自传"，更是"辞简意赅，夫子自道的胡适学案"①。

（2）他传类。

　　能够从各个不同侧面反映胡适的传记观念，体现他的传记（他传）写作特点和经验教训的，主要有以下几例。

　　①《李超传》②。

　　传主是一个与胡适本无任何联系的普通女学生，而胡适为之立传，则是考虑到"这一个无名的短命女子的一生事迹，很有作详传的价值"，因为"她的一生遭遇可以用做无量数的中国女子的写照，可以用做中国家庭制度的研究资料，可以用做研究中国女子问题的起点，可以算做中国女权史上的一个重要牺牲者"，换言之，李超的一生遭遇，与"家长族长的专制""女子教育问题""女子承袭财产的权利"和"有女不为有后的问题"等有密切联系。显然，这篇写于"五四"新文化运动高潮中的传记，其社会功用正在于配合"五四"新思潮的宣传而以真实典型的社会材料向中国封建主义旧思想旧道德宣战。

　　②《章实斋先生年谱》③。

　　年谱是中国传记中的一种独创的形式，宋代以来久为袭用。胡适虽然以这种旧传记形式为章实斋立传，但在体例上却有明显的创新。据该书《自序》说，鉴于中国旧年谱"太简

---

① 唐德刚，《胡适口述自传》写在书前的译后感。
② 此文刊《新潮》第 2 卷第 2 号，1919. 12. 1。
③ 此书 1922 年由商务印书馆出版，后经姚名达补订，1931 年再版。

略"，即"只有一些琐碎的事实，不能表现他的思想学说变迁沿革的次序"，所以该书不仅记载谱主一生事迹，还特别注重"写出他的学问思想的历史"。具体如，对谱主的著述，"凡是可以表示他的思想主张的变迁沿革的，都择要摘录，分年编入"；与此相适应，凡谱主"批评同时的几个大师"的重要言论，不问其对错，"也摘录抄出，系在被评者死年"，由此"不但可以考见实斋个人的见地，又可以作当时的思想史的材料"；此外，又在年谱中移用"评传"的体例，不时地对谱主的思想学术成就等作评判。据胡适说，"这种批评的方法，也许能替年谱开一个创例"。这表明，该书通过对旧年谱的体例的改造，使之更接近了西方近代传记，即使年谱类著作也具有了更完备的传记要素。

③《菏泽大师神会和尚传》[①]。

此篇是以传记为载体而学术研究色彩尤为浓烈的作品，其最大特点乃在考证性的内容占很大篇幅，即根据大量的原始文献资料，通过对一个人物生平事迹作逻辑严密、丝丝入扣的考证研究，由此解答某一重大的学术悬案。由于该文提出的新的学术见解（神会是新禅学的建立者，也是《坛经》的作者）具有推翻旧说的性质，所以全文特别注重材料证据的发掘，即把每一个基本史实的揭示、解释，以及每一个观点和结论的提出，都建立在确凿的文献资料的基础上。这篇传记的价值，除了本身提出的新的学术见解外，更在于提供了考证性的传记作品的写作范例。

④《丁文江的传记》[②]。

这是胡适晚年写的最主要的一部传记，长达 12 万字，

---

① 此书收入《神会和尚遗集》，亚东图书馆 1930 年版。
② 此文刊《丁文江先生逝世二十周年纪念刊》，1956 年印行。

用纯粹的白话写成。传主是胡适生前最亲近的友人之一，据该书"引言"说，传主逝世 20 年来的"天翻地覆大变动，更使我追念这一个最有光彩又最有能力的好人"。唯其如此，该传的主旨是把传主"这一个天生的能办事、能领导人、能训练人才，能建立学术的大人物"的一生经历、思想学问和品德描述出来。不过，由于此传较多地掺入了作者的感情因素，却留下了某些"避讳"性质的严重失误，例如有的研究者已指出的那样，对传主曾"帮助军阀孙传芳的一段经历，则颇有曲护"①。由此可以说，这表明胡适晚年的学术思想有某种退步。

3. 胡适的传记理论要点及其价值意义

胡适一生在有关的论文、序跋、书信、日记、演讲和谈话中，广泛涉及了传记理论的许多基本问题，其中有价值的理论要点，体现在以下几方面。

(1) 对于传记要素与功用的认识。

西方近代传记理论的主要观点之一是"藉传窥史"说（A biographical approach to human experience），而不满足于所谓的"以传属史"说（Biography is not a branch of history）②。胡适在赞同这一理论的基础上又有发挥。例如，他所理解的"史"，不只局限于一般的社会政治情况，而更着重于社会经济、思想文化乃至风俗习惯等方面的课题。他强调传记作品要

---

① 耿云志，《胡适年谱》，四川人民出版社，1989.12。
② ［美］汪荣祖，《史传通说》之"传记·第八章"，联经出版事业公司，1988。

留下有关思想史的线索①，强调传记要充分反映传主所处时代的各种特殊的政治文化背景②，称赞友人的传记能"坦白详细地描写他做学问的经验"③，在劝人写回忆录时建议"把他少年时代的乡土风俗习惯都写出来"④，乃至表示"我将来如有工夫来写自己的传记，要用很大的一章来写我那个时代的徽州的社会背景"⑤，如此等等，都表明了这一点。

与此相适应，胡适又特别强调传记作品对于各方面的史料的尽可能地充分保存，并把这视之为评判传记作品质量优劣的一条重要标准。如他在劝人写自传或回忆录时，总强调"真正的历史都是靠私人记载下来的"⑥，而他之所以认为《梁任公先生年谱长编初稿》一书"最值得印行"，也正是鉴于这部"没有经过删削"的稿本中有"最值得保存"的"最可宝贵的史料"⑦。

此外，胡适也十分重视以"模范人物"为传主的传记作品在人格教育方面的特殊功用。他鉴于世界文化史上"《新约》里的几种耶稣传记影响了无数人的人格"、普鲁塔克的"《英雄传》影响了后世的许多的人物"的事实，表示赞赏并支持中国的当代史学家编撰《士大夫集传》和《外国模范人物集传》一类的书，认为"这都是很应该做的工作"，因为这"未尝不可以做少年人的良好的教育材料，也未尝不可介绍一点做人的风范"⑧。联系并且对比胡适的另一著名的学术观点——"整理

---

① 胡适，《章实斋先生年谱》自序。
② 胡适，《施植之先生早年回忆录》序，《胡适书评序跋集》，岳麓书社 1987年出版。
③ 胡适，《师门五年记》序，《胡适书评序跋集》。
④ 《胡适之先生晚年谈话录》第 207 页。
⑤ 《胡适之先生晚年谈话录》第 321 页。
⑥ 《胡适之先生晚年谈话录》第 321 页。
⑦ 胡适，《梁任公先生年谱长编初稿》序，《胡适书评序跋集》。
⑧ 胡适，《领袖人才的来源》，《胡适论学近著》第 4 卷。

国故只是研究历史而已，只是为学术而作工夫，所谓实事求是
是也，从无发扬民族感情的作用"①，很显然，胡适特别肯定
传记作品的社会教育功用，是以认识到传记作品的要素与其他
史学著作的明显差异为前提的。

（2）关于传记作品的真实性原则。

传记作品在内容上应该高度的真实，无论是中国古代史学
家推崇的"其文直、其事核，不虚美，不隐恶，故谓实录"②，
还是西方学者强调的"唯真无它"（nothing but the truth）或
"赤裸无隐之真"（the naked and plain truch）③，表述的是同
一意思。胡适反复强调"传记的最重要的条件是纪实传真"④。
如在评论沈宗瀚的《克难苦学记》时说："这本自传最大贡献
在于肯说老实话，平平实实的老实话，写一个人，写一个农村
家庭，写一个农村社会，写几个学堂，就成了社会史料和社会
学史料，教育史料。"⑤

在谈及许世英的《回忆录》时指出："写回忆录，一定要
有材料，如日记、年表、题名录等，……不能专靠记忆。记忆
是很危险的。"⑥

另外，鉴于自传作品所提供的史料往往未必完全可靠，所
以胡适对自传的真实性原则有别一种理解，如他明确指出，有
的自传"也许是要替他自己洗刷他的罪恶；但这是不妨事的，
有训练的史家自有防弊的方法"，自传只要能"写出他心理上

---

① 胡适，《致胡朴安》（1928 年 11 月 29 日），《胡适来往书信选》中册。
② 班固，《汉书・司马迁传》。
③ ［美］汪荣祖：《史传通说》之"传记・第 8 章"，联经出版事业公司，
  1988。
④ 胡适，《南通张季直先生传记》序，《胡适文存》第 3 集第 8 卷。
⑤ 胡适，《介绍一本最值得读的自传》，《胡适书评序跋集》。
⑥ 《胡适之先生年谱长编初稿》第 3589 页。

的动机，黑幕里的线索，和他站在特殊地位的观察"就好了①。显然，这意见与西人所说的"回忆录的主要价值不在于提供了事实，而在于他常常无意暴露的思想"②，是基本一致的。强调这一点，无疑是具有更深刻的传记的真实观。

(3) 关于传记写作的史学方法论训练和传记作者的学术作风问题。

胡适作为一位受过严格的史学训练的学者，对于如何写出一部纪实传真的传记所要求的史学方法论训练，他认为"但用大刀阔斧的人也须要拿得起绣花针儿的本领"③。所谓"绣花针儿"的本领，包括这个几个环节（程序）：一是广泛收集并熟悉各种传记资料和相关的文献材料；二是重视对有关文献材料的实地调查，如为了求证蒲松龄的卒年，胡适曾请人访求蒲氏的墓碑④；三是依据校勘学的原理对传记资料作考订（尤其是辨伪）工作，特别注意"寻求古本"——原稿本或最接近原稿的古本，以"多寻求最直接的、最早的证据"⑤。

胡适针对近代中外传记写作实践中暴露出来的普遍性问题，强调"四忌"：一是忌"商业投机"⑥；二是忌"借题发挥"⑦；三是忌"轻薄的批评"⑧；四是忌"妄语"⑨。另外，胡适又指出，对于自传作者尚有一个正确对待自己的问题，如修族谱、家谱之类谈到先祖的世系，要破除"源远流长"的迷

① 胡适，《四十自述》自序。
② [英] 爱德华·克兰克肖：《赫鲁晓夫回忆录续集》前言。
③ 《胡适的日记》1922 年 2 月 26 日条，中华书局 1985 年出版。
④ 胡适，《辨伪举例》，《胡适论学近著》第 3 卷。
⑤ 胡适，《校勘学和考据学的题语》，《胡适手稿》第 2 集上册。
⑥ 《胡适之先生晚年谈话录》第 187 页。
⑦ 《胡适之先生晚年谈话录》第 275 页。
⑧ 《胡适之先生晚年谈话录》第 280 页。
⑨ 《胡适之先生年谱长编初稿》第 3092 页。

信，不要"不肯承认自己的祖宗，都去认黄帝、尧、舜等不相干的人作远祖"①，至于写回忆录，又应充分肯定那些曾匡助过自己的人，要有"终身不忘人之功"的"伟大风度"②。

（4）中西传记比较和对中国旧传记的清理和批判。

胡适认为，中西传记在整体上是西优于中。例如中国旧传记一般过于简略，"所择之小节数事或不足见其真"；而西方近代传记涉及内容广泛，尤其"写琐事多而详，读之者如见其人，亲聆其谈论"。总之，中国旧传记"惟以传其人之人格"（character），而西方近代传记则"不独传此人格已也，又传此人格进化之历史"（The development of a character），中国旧传记"大抵静而不动"，"但写其人为谁某"，而未能像西方近代传记那样又写"其人之何以得成谁某是也"③。

由此出发，认为中国旧传记弊病太多："历史人物往往只靠一些干燥枯窘的碑版文字或史家列传流传下来，很少的传记材料是可信的，可读的已很少了；至于可歌可泣的传记，可说是绝对没有"④，欧美的鲍斯威尔和莫烈等的长篇传记以及穆勒、富兰克林和吉朋等人的自传，"都是中国从不曾见过的体裁"⑤。

胡适又进而分析中国传记不发达的根本原因是，"没有崇拜伟大人物的风气""多忌讳""文字的障碍"⑥。其中第一点，诚如有的学者指出的那样，胡适于 1953 年作讲演时对此已作

---

① 胡适，《曹氏显承堂族谱》序，《胡适文存》第 4 卷。
② 胡适，《施植之先生早年回忆录》序，《胡适书评序跋集》，岳麓书社 1987 年出版。
③ 胡适，《藏晖室札记·传记文学》，1914 年 9 月 23 日条。
④ 胡适，《领袖人才的来源》，《胡适论学近著》第 4 卷。
⑤ 胡适，《建设的文学革命论》。
⑥ 胡适，《南通张季直先生传记》序，《胡适文存》第 3 集第 8 卷。

了修正取消①；关于"忌讳"，胡适说，由于"圣人"立下"为尊者、亲者、贤者讳"的"谬例"，因而后人作传便"对于政治有忌讳，对于时人有忌讳，对于死者本人也有忌讳"②，延至现在，"社会里还有太多的忌讳，史家就没有勇气去整理发表那些随时随地可以得罪人，或触犯忌讳的资料了"③。讲到"文字的障碍"，胡适认为，中国古文本来就难以担负起写出传主的"真实身份、实在精神、实在口吻"而"使读者如见其人"或"可以尚友其人"的"传神写生的工作"，更何况"后来的古文家又中了'义法'之说的遗毒，讲求文句之古而不注重事实之真，……硬把活跳的人装进死板板的古文义法的滥套里去"④。

应该说，胡适的上述看法在今天看来虽有一定的偏颇，但在当时以西方近代传记理论和作品为参照系，对中国旧传记所作的整体的清理批判，却是必要的和合理的。因为胡适毕竟抓住了影响中国传记（其实何止是传记）未能按其本身规律正常健康发展的根本原因：政治上的封建专制主义的统治与文化上的保守主义惰性的结合。

4. 胡适对近代中国传记史学发展的积极影响

中国传记发展的基本轨迹是：它在先秦时期以"脱胎于经"和"依附于史"（即记事之作无一与人相始终）的形式萌芽。至两汉和魏晋南北朝时期，因先后分别形成"史传"和

---

① 耿云志，《胡适研究论稿》，四川人民出版社，1985。
② 胡适，《南通张季直先生传记》序，《胡适文存》第3集第8卷。
③ 《胡适之先生年谱长编初稿》第3341页。
④ 胡适，《南通张季直先生传记》序，《胡适文存》第3集第8卷。

"杂体传记"，由此才基本确定传记的人物本位观念。而自唐宋以降直至晚清，其间虽有"年谱"和"学案"一类传记新形式出现，由此表明中国传记一定程度上按自身规律有所发展。但总的说来，中国并不发达的旧传记也正是在这一时期内不可避免地走向了以"谀墓"和"程式化"为主要特征的衰败。而就传记理论来说，虽然自刘勰《文心雕龙》到刘知几《史通》再到章实斋《文史通义》等书有所论及，但大抵也是零散的。如果说其中有些论述多少指摘了中国旧传记的固有弊病，同时也不无正确地强调过传记的真实性原则的话，然而由于它们终究未能像胡适那样触及要害问题，所以在事实上也就未能发生明显的积极影响，其对中国旧传记的批判力度，甚至还逊于纪昀在《阅微草堂笔记》中以寓言形式所作的批判[1]。何况明人的"传乃史职，身非史官，岂可为人作传"[2] 之说，倒在事实上为一大批迷恋功名仕途而皓首穷经的知识分子所接受。

中国新旧传记的交替过渡始于西风东渐的戊戌维新前后，梁启超在这方面作了开创性贡献。他因接受西方近代传记理论的初步影响，曾撰写过若干带有新的传记观念的篇什，还在《新史学》和《中国历史研究法补编》等书中运用西方近代传记理论初步探讨了新传记的写作问题。不过梁氏的研究没有深入下去。

唯其如此，在近代中国文化界和史学界，真正从理论和实践的结合上有力地倡导传记史学的，不能不首推胡适。根据上文的评述可以认定：胡适最早从理论上批评了中国旧传记，也最早且是较系统完整地把西方近代传记的基本理论观念介绍给中国学者，与此同时，他也通过自己持续不断的写作实践，扩

---

[1] 《槐西杂志》（三），《阅微草堂笔记》第 13 卷。
[2] 章学诚，《文史通义·传记》。

大了新传记（特别是白话文体传记）在读者中的影响力。至于胡适提出的若干有独到见解的传记理论，在某些方面又是对西方近代传记理论的丰富和发展。总之，正是由于胡适几十年来身体力行的倡导，中国新旧传记的交替过渡才得以最后完成。

这一事实具体表现为："五四"新文化运动以来，在胡适的影响下，中国近代传记史学开始作为一个相对独立的史学文体（史学研究著作的一种特殊的载体形式）为越来越多的史学工作者和一般读者所接受，以至在 20 世纪 30 年代和 80 年代的中国大陆，以及五六十年代的中国台湾，三次形成了"传记热"。再试看郁达夫、许寿裳、孙毓棠、朱东润、湘渔、寒曦、郑天挺、曹聚仁和刘绍唐等人的传记理论①，以及郑振铎、吴晗、朱东润、李长之、蔡尚思和沈云龙等学者，乃至一批受胡适直接劝说而写传记（自传）的人们的作品，不管他们本身是否愿意承认，事实上都不同程度地留下了接受胡适传记理论影响的痕迹。

综上所述，可以这样说：如果把胡适看作一位纯粹的近代中国史学大家，那么他对中国近代传记史学的倡导，如同他倡导"整理国故"，诱发"古史辨"讨论，建立"小说研究"的学术主题，从事禅宗史研究，以及提倡重视方法问题（主张去"目的热"和"方法盲"）一样，有着相似的价值意义，都是对中国近代资产阶级史学发展的一大贡献。

如果说胡适的传记学术活动尚有欠缺的话，依笔者的看法，那主要是因为受到种种主客观条件的限制，胡适对于西方

---

① "五四"以来到 1949 年间，传记理论的代表作有：郁达夫《传记文学》、《什么是传记文学》，许寿裳《谈传记文学》；孙毓棠《传记与文学》（论文集），朱东润《张居正大传·自序》、《传叙文学与人格》，湘渔《新史学与传记》，寒曦《现代传记的特征》，郑天挺《中国的传记文》。又，曹聚仁《谈传记文学》和刘绍唐编著的《什么是传记文学》《传记文学与文史新刊》等书，近几年中施影响于中国港台地区。

近代传记理论——从高斯（E. Gosse）到斯特拉屈（L. Strachey）、尼科尔森（H. Nicolson）再到莫洛亚（A. Maurois）以及日人鹤见祐辅等人的传记理论，缺乏一种全面系统的介绍评判，同时对于西方传记理论界的几个争论不休的问题（如传记的史学笔法与文学笔法的关系、传记写作与精神分析法的关系）也未作明确的回答——而根据胡适的学力，他是能够这样做的。但即使如此，也无损于胡适在近代中国传记史学发展史上的地位和影响。

初刊于《现代学术史上的胡适》，三联书店，1993 年 6 月初版

附录一

《现当代人物传记研究》课程之教学大纲

选课序号：311.267.1.01

课程名称：现当代人物传记研究

学分：20

选修对象：中文系本科，汉语言文学专业（含武警班）/硕士研究生

任课教师：朱文华教授

教材：任课教师自编讲义，发"讲授提纲"

授课时间：2006—2007 学年第二学期，每周三，3—4

教学形式：课堂讲授为主，课外适当辅导

教学安排：课堂讲授 15—16 周，期末考查

[教学目的与要求]

  鉴于现当代中国乃至世界范围内的传记热的发展，而传记理论批评相对薄弱与滞后的情况，根据教师本人的课题研究专长与研究心得，开设本课程，旨在引导学生关注当代热点文化——文学现象，以及对于传记写作与理论批评问题的学术兴趣。

  本课程的教学内容，从传记理论批评问题的基础知识的介绍入手，切入到对中国现当代的传记写作局面的考察研究，拟通过对若干代表性作品的品评，总结相关的经验教训。

  期待学生通过本课程的学习，能够把握传记文学的理论批

评的一般原理，具有举一反三地认识古今中外的传记作品的深浅得失及其原因的学术能力。

［讲授提纲及时间安排］

绪论 ……………………………………………………［第1周］

文体概念——史学性质——文化形态——人的认识

第一部分　传记理论批评问题的基础知识

　　一、传记释义 …………………………………………［第2周］

　　　　1. 传记（biongraphy）、传记文学（biongraphical literature）与传记作品

　　　　2. 传记文本的史学性质

　　二、传记作品的分类 …………………………………［第3周］

　　　　1. 古今中外的主要分类意见

　　　　2. 科学分类的原则与方法

　　　　3. 教师本人的具体分类意见

　　三、传记作品的基本要素与功用 ………………………［第4周］

　　　　1. 传记作品形成发展的原因与规律

　　　　2. 传记作品的基本要素

　　　　3. 传记作品的社会功用

　　四、传记作品与其他学科的联系 ………………………［第5周］

　　　　1. 与史学、档案文献学、新闻学的联系

　　　　2. 与文学、文章学的联系

　　　　3. 与人才学、心理学的联系

　　五、中外传记发展史的基本轮廓 ……………………［第6/7周］

　　　　1. 西方传记的发展简史

　　　　2. 中国传记的古今演变的轨迹

　　六、传记写作实践中提出的主要问题 ………………［第8/9周］

　　　　1. 传记写作的准备工作

　　　　2. 传记写作的一般原则方法

3. 传记写作的谋篇布局

4. 传记写作的语言文字技巧

5. 几种主要的传记类型的一般体例

6. 传记写作的技术细节处理和附录性工作

七、传记作品评论的几个重要角度 …………… ［第 10 周］

1. 自传与他传

2. 官方编修与私人撰述

3. 写作与发表的时间与环境

4. 原稿与整理本

5. 其他

第二部分　中国当代人物传记的现状

一、1949 年以来的曲折 ………………… ［第 11 周］

1. 左翼史学家的影响：否定"个人主义"、影射手法
   及其他

2. 知识分子思想改造运动：确立"原罪"意识

3. "阶级分析"的标签与样板

4. "文革"：特殊形态的传记

二、1978 年以来的发展和繁荣 ………………… ［第 12 周］

1. 环境的宽松

2. 传记理论的发展带动观念的进步

3. 其他学科的积极影响
   史学/人才学/心理学——精神分析

4. 写作的自由度的提高
   立传范围的扩大/立传意图的多元化

5. 主要传记类型的确立
   年谱/小传/评传/自传与回忆录

6. 方兴未艾的新品种
   "口述历史"/学术性自述

7. 暴露的新问题与潜在的危机

所谓"纪实文学"/"明星自传"/商业化传记

故意编造/戏说与媚俗/色情

三、1978 年以来的几种主要传主类型的传记作品

·············· [第 13/14/15 周]

1. 领袖人物的传记——领袖怎样走下"神坛"

以毛泽东传记为例，兼谈周恩来、邓小平、江泽民传记

2. 将帅传记——"过五关斩六将"与"败走麦城"

以解放军出版社的"将领传记丛书"和"自传回忆录丛书"为例，并与 1959 年版《星火燎原》《红旗飘飘》对照

3. 中共党史人物传记——"好在历史是人民写的"

以《中共党史人物传》（陕西人民版）为例，另参照陈独秀、瞿秋白、李立三、王明、张闻天、王稼祥、陈望道以及刘少奇等人的传记

4. 反派政治人物传记——蛆蛹的生长史

以叶永烈的"黑色系列"，以及林彪传记为例

5. 三教九流人物传记

以徐铸成等人写的传记为主

6. 现当代文学家传记——作为文学家的"这一个"

以鲁迅、胡适、郭沫若、周作人、茅盾、老舍、巴金、林语堂、丁铃、张爱玲、冰心、胡风、周扬、赵树理等人的传记（含自传）为例

7. 现代学者传记（含自传、回忆录）——世俗人生与学术文化人生的联系

以梁启超、王国维、章太炎、胡适、冯友兰、顾颉刚、吴宓、陈寅恪等人的他传与自传作品为例，

如《国学大师丛书》（百花洲文艺出版社）、《中国现代社会科学家传略》丛书（晋阳学刊编辑部）、《中国当代社会科学家传略》丛书（书目文献出版社）

8. 现代科学家传记——普通人与天才

以李四光、梁思成、袁隆平、杨政宁的传记为例

9. 当代影视明星自传——闪光的不一定是金子

以刘晓庆、赵忠祥等人的作品为例

10. 当代企业家传记——闪光的金钱与提前发表的悼词

个别稍好，整体的"谀"，以地市级报刊作品为例

11. 普通人传记——以蠡测海与滴水折射太阳的光辉

以短篇作品为主，传主以一般的"右派"和"文革"的受难者（如普通知青）为主；结集的如《一百个人的十年》（冯骥才，1986—   ）

四、小结：中国当代传记写作的发展趋势……［第 16 周］

［主要参考书目］

《中国历史研究法补编》（内有《人的专史》章，专门讨论传记文学）

梁启超，收入中华书局版《饮冰室合集》，"专集"之九十九

《传记文学》（三十卷增订本《新大英百科全书》条目，中译稿）

收入《传记文学》第一辑，文化艺术出版社，1984

《什么是传记文学》   刘绍唐等，传记文学出版社，1967.1

《莫洛亚研究》   罗新璋编选，漓江出版社，1988

《史传通说》   ［美］汪荣祖，中华书局，1989.11

《中国传记文学史》   韩兆琦，河北教育出版社，1992.8

《传记》　　　　　　　　　　［美］艾伦·谢尔斯顿，昆仑出版
　　　　　　　　　　　　　　社，1993

《传记通论》　　　　　　　　朱文华，复旦大学出版社，1993.8

《传记文学概论》　　　　　　李祥年，安徽文艺出版社，1993.12

《传记文学史纲》　　　　　　杨正润，江苏教育出版社，1994.11

《自己的视角》　　　　　　　［美］董鼎山，学林出版社，1997.12

《20 世纪中国传记文学论》　陈兰村等主编，天津人民出版社，
　　　　　　　　　　　　　　1998.12

《中国的自传文学》　　　　　［日］川合康三，蔡毅译，"中央"
　　　　　　　　　　　　　　编译出版社，1999.4

《中国传记文学理论研究》　　俞樟华，湖南文艺出版社，2001.1

《自传契约》　　　　　　　　［法］菲力浦·勒热纳，杨国政译，
　　　　　　　　　　　　　　三联书店，2001.10

《中西传记文学研究》　　　　何元智、朱兴榜，中国文学出版
　　　　　　　　　　　　　　社，2003.1

《传记文学写作与鉴赏》　　　郭久麟，中国三峡出版社，2003.5

《传记文学理论》　　　　　　赵白生，北京大学出版社，2003.8

《当代传记文学概观》　　　　全展，黑龙江人民出版社，2004.8

《八代传叙文学述论》　　　　朱东润，复旦大学出版社，2006.11

其他，传记作品（选读）

附录二
本书所提到的传记作品书目总览

凡例

1. 以在本书中出现的先后为序，重见者不另列，书名号（《　》）皆略；

2. 中国近现代传记，或有中译本的外国传记，一般注明作（译）者、出版单位和版本；中国古代传记或未有中译本的外国传记，只注明作者或所被收录之书；凡传记丛书，只记其出版单位。

3. 未有中译本的外国传记作品的译名，一般从《新大英百科全书》中译本和《世界传记名著总解说》（中国台湾版）等，并参考有关资料。

约翰生传①　　［英］鲍斯威尔，梁实秋译，国立编译馆，1943

史记　司马迁

张魏公行状　朱熹

---

① 此书又有杨锦郁的中译本，名人出版事业公司，1982.8，梁译和杨译的书名有异，这里从习惯性译法。

朱子行状　　黄幹

维多利亚女王传　　［英］斯特拉屈，卞之琳译，三联书店，1986.5

汉书　　班固

父与子　　［英］爱德蒙·高斯

忏悔录　　［法］卢梭，范希衡译，人民文学出版社，1983.9

我的自传　　［俄］克鲁泡特金，巴金译，开明书店，1947第六版

彭德怀自述　　彭德怀，人民出版社，1981.12

章太炎先生自订年谱　　章太炎，收入《近代史资料》1957—1；

罗壮勇公年谱　　罗思举，收入中国台湾文海版《近代中国史料丛刊》

我的一生　　［埃］安瓦尔·萨达特，李占经等译，商务印书馆，1980.2

在华五十年　　［美］司徒雷登，程宗家译，北京出版社，1982.4

自纪篇　　王充

自叙　　曹丕

西学东渐记　　容闳，张叔方补译，湖南人民出版社，1981.1

多余的话　　瞿秋白，收入《瞿秋白年谱》，周永祥，广东人民出版社，1983.4

贝多芬传　　［法］罗曼·罗兰，傅雷译，收入《傅译传记五种》，三联书店，1983.11

巴尔扎克传　　［奥］茨威格，吴小如等译，上海译文出版社1981.3新一版

丁文江的传记　　胡适，中国台湾"中央研究院"刊印本，1956.11

列宁年谱　　苏共中央马克思主义研究院编，三联书店，

1983.4

周作人年谱　　张菊香主编，南开大学出版社，1985.9

马克·吐温自传　　［美］马克·吐温，许汝祉译，江苏人民出版社，1981.11

马克·吐温传　　［美］洁丽·艾伦，张友松等译，中国青年出版社，1983.10

我的回忆　　刘峙，收入中国台湾文海版《近代中国史料丛刊》

安德罗波夫　　A·曼奇曼，许邦兴等译，中国展望出版社，1983.11

安德罗波夫　　［美］马丁·埃本，吴路明等译，世界知识出版社，1984.10

南通张季直先生传记　　张孝若，商务印书馆，1929

南海康先生传　　张伯祯，收入中国台湾文海版《近代中国史料丛刊》

艾森豪威尔传　　［美］大卫·艾森豪威尔

太戈尔传　　郑振铎，商务印书馆，1925.4

泰戈尔传　　克·克里巴拉尼，倪培耕译，漓江出版社，1984.9

中共党史人物传　　陕西人民出版社

安徽女英烈传　　安徽人民出版社，1985.10

新四军人物志　　马洪才，江苏人民出版社，1985.4

四川进士征略　　李朝正，四川大学出版社，1986.4

魏源师友记　　李柏荣，岳麓书社，1983.8

鲁迅和他的同时代人　　彭定安等，春风文艺出版社，1985.7

戊戌变法人物传稿　　汤志钧，中华书局，1982.6 第二版

袁盎晁错列传　　《史记》

孙子吴起列传　　《史记》

传记集 　　［希腊］普鲁塔克，吴于廑选译，商务印书馆，1962

马克思恩格斯传 　　［法］科尔纽，刘丕坤等译，三联书店，1982

宋氏三姐妹 　　［美］罗比·尤恩森，赵云侠译，世界知识出版社，1984.5

梁启超胡适徐志摩连环传 　　李敖，收入中国台湾文星版《胡适研究》

清华校史·人物志 1 　　清华大学出版社，1983.4

回族人物志 　　白寿彝主编，宁夏人民出版社 1985.7

罗伯斯庇尔 　　［法］热·瓦尔特，姜清藩等译，商务印书馆，1982.2

思考与回忆 　　［德］奥·冯·俾斯麦，山西大学外语系译，东方出版社 1985.12

居里夫人传 　　［法］艾·居里，左明彻译，商务印书馆 1957.9 修订四版

孔子评传 　　匡亚明，齐鲁书社，1985.3

果戈理传 　　［俄］尼·斯捷潘诺夫，张达三等译，黑龙江人民出版社，1984，1

卓别林自传 　　［英］卓别林，叶冬心译，中国戏剧出版社，1980.4

新凤霞的回忆 　　新凤霞，北京出版社，1982.12

李超传 　　胡适，收入《胡适文存》

一百个人的十年 　　冯骥才，《十月》1986 年第 6 期选载

巴金评传 　　陈丹晨，花山文艺出版社，1982.10 新一版

夏衍传 　　会林等著，中国戏剧出版社 1985.6

风流千载——王朝闻评传 　　里郎，四川美术出版社，1987.8

中国当代经济学家传略 　　辽宁人民出版社，1986.5

中国当代十大名记者　　陆云帆，安徽人民出版社，1985.9

张居正大传　　朱东润，开明书店，1943

普列汉诺夫评传　　高放，中国人民大学出版社，1985.6

左宗棠评传　　董蔡时，中国社会科学出版社，1984.8

郭沫若评传　　卜庆华，湖南文艺出版社，1986.5 新一版

俄国女皇——叶卡捷林娜二世传　　〔波〕卡·瓦利舍夫斯基，姜其煌等译，上海译文出版社，1982.6

雍正传　　冯尔康，人民出版社，1985.9

李鸿章新传　　雷禄庆，收入中国台湾文海版《近代中国史料丛刊》

吴佩孚　　蒋自强，山东人民出版社，1985.4

麦克阿瑟回忆录　　〔美〕麦克阿瑟，上海译文出版社 1984.3

回顾录　　邹鲁，独立出版社，1946.1

忆秋白　　杨之华，《红旗飘飘》第 8 辑，中国青年出版社，1958.7

我所知道的陈独秀　　濮清泉，《文史资料》第 71 辑，中华书局

回忆庐隐二三事　　程俊英，《新文学史料》1987 年第 1 期

洪昇年谱　　章培恒，上海古籍出版社，1979.2

秋瑾年谱　　郭延礼，齐鲁书社，1983.9

徐光启年谱　　梁家勉，上海古籍出版社 1981.4

蓝公武传略　　唐纯良，《北方论丛》1987 年第 1 期

小凤仙其人　　陈旭麓，《青年文史》（第一集），湖南人民出版社。

民国人物小传　　传记文学出版社

民国人物传　　中华书局

中共党史人名录　　裘之倬主编，重庆出版社，1986.4

中国现代作家辞典　　四川人民出版社

近代来华外国人名辞典　　中国社会科学院出版社 1981.2

恩格斯文献传记　　［德］曼·克利姆，中共中央编译局译，湖南人民出版社，1986.4

航海家哥伦布　　［美］塞·埃·莫里森，陈太先等译，湖南人民出版社，1983.5

斯坦尼斯拉夫斯基传　　［英］戴·马加尔沙克，李士钊等译，上海译文出版社，1984.10

海涅评传　　［丹麦］乔治·勃兰兑斯，侍桁译，国际文化服务社，1948.11

李世民传　　胡如雷，中华书局，1984.7

王荆公年谱考略　　蔡上翔

柳如是别传　　陈寅恪，上海古籍出版社，1980.8

杜甫评传　　金启华等著，陕西人民出版社，1984.10

我的前半生　　溥仪，群众出版社，1960（内部版）/1964.3

八路军七将领　　刘白羽，上海杂志公司，1938.10

诗体特写二则　　［奥］茨威格著，绿原译，《世界文学》1986 年第 2 期

我们这样就胜利　　［苏］米·沙特罗夫，朱汉生译，《传记文学》（北京）第三辑

我的忏悔　　［比］麦绥莱勒，上海良友图书公司，1933.9

孙中山史事详录（1911—1913）　　王耿雄，天津人民出版社，1986.9

李宗仁的晚年　　程思远，文史资料出版社，1980.12

蔡元培先生学术思想传记　　蔡尚思，棠棣出版社，1950.10

蔡元培传　　周天度，人民出版社，1984.9

蔡元培传　　唐振常，上海人民出版社，1985.8

朱熹评传　　陈正夫，江西人民出版社，1984.12

三松堂自序　　冯友兰，三联书店，1984.12

宋元学案　　黄宗羲等

明儒学案　　黄宗羲

清代朴学大师列传　　支伟成，泰东书局，1925

音乐是不会死的——托斯卡尼的生平和指挥活动　　［意］朱·塔罗齐，袁华清译，人民音乐出版社，1985.8

我和《纽约时报》　　［美］特·卡特利奇，俞立等译，新华出版社，1985.5

在出版界二十年　　张静庐，上海杂志公司，1938

宣统皇帝秘闻　　潘际明，收入中国台湾文海版《近代中国史料丛刊》

我的父亲袁世凯　　袁叔祯，《传奇大观》（1），吉林人民出版社

胡适的（口述）自传　　胡适，唐德刚译注，中国台湾传记文学出版社，1981

顾维钧回忆录　　顾维钧，译稿中华书局版

林肯传　　［美］卡·桑德堡，云京译，云南人民出版社，1978.6

胡适之先生年谱长编初稿　　胡颂平，中国台湾联经出版事业公司，1981

项羽本纪　　《史记》

魏武本纪　　《三国志》

曹瞒传　　佚名·收入《三国志·注》

屠格涅夫传　　［苏］尼·鲍格斯洛夫斯基，冀刚等译，上海译文出版社，1983.12

郑观应传　　夏东元，华东师范大学出版社，1981.11

我的早期生活　　［英］丘吉尔

南道夫·邱吉尔　　［英］丘吉尔

世界的危机 　　[英]丘吉尔

第二次世界大战回忆录 　　[英]丘吉尔，收入《诺贝尔文学奖全集》（第 30 卷），中国台湾书华出版事业有限公司，1981.7

蒋梦麟 　　收入中华书局版《民国人物传》

G·孟德尔——现代遗传学的奠基人 　　张青棋，《自然辩证法通讯》第六卷第二期（1984.2）

科学家传记辞典 　　美国科学协会编

中国现代社会科学家传略 　　山西人民出版社

中国当代社会科学家传略 　　书目文献出版社

回忆苏格拉底 　　[希腊]色诺芬，吴永泉译，商务印书馆，1984.9

艾米利·保罗传 　　《传记集》

西门传 　　《传记集》

十二凯撒列传 　　[古罗马]苏维托尼乌斯

阿古利可拉传记 　　[古罗马]塔西佗

昂塞尔姆传 　　伊德默

查理大帝传 　　[法兰克]艾因哈德

忏悔录 　　[古罗马]圣·奥古斯丁

圣路易传 　　[法]雅克·勒高夫，许明龙译，商务印书馆

马可·波罗游记 　　陈开俊等译，福建科学技术出版社，1981.12

坎特伯雷故事集 　　[英]杰弗雷·乔叟，收入方重译《乔叟文集》，上海文艺出版社，1962

威廉·卡文迪什传 　　[英]玛格丽特·卡文迪什

意大利最杰出的画家、雕塑家、建筑家列传 　　[意]乔尔乔·瓦萨里

序曲 　　[英]W·华兹华斯

恰尔德·哈罗尔德游记　　〔英〕拜伦

我的一生与作品的回忆录　　E·吉朋

富兰克林自传　　〔美〕本杰明·富兰克林

理查三世史　　〔英〕托马斯·莫尔

托马斯·莫尔传　　〔英〕威廉·罗伯

沃尔西大主教传　　〔英〕乔治·卡文迪什

约翰·顿传　　伊·沃尔特

乔治·赫伯特传　　伊·沃尔特

亨利·渥敦传　　伊·沃尔特

理查·胡克传　　伊·沃尔特

罗伯特·桑德森传　　伊·沃尔特

弗兰西斯传　　罗·诺思

达德列传　　罗·诺思

约翰传　　罗·诺思

诗人传　　〔英〕塞·约翰生

评论集　　埃·西·皮科洛夫

随感录　　〔法〕蒙田

书简集　　〔法〕塞维涅夫人

名媛传　　皮·布朗多姆

名人传　　皮·布朗多姆

司各特传　　〔英〕约·洛克哈特

查尔斯·狄更斯传　　〔英〕福斯特

麦考莱传　　〔英〕乔治·屈威廉

文人画像　　〔英〕亚历山大·波普

奥拜尔芒　　艾·塞南古

阿伦·伯尔特传　　詹·帕顿

安德鲁·杰克逊传　　詹·帕顿

维多利亚时代名人传　　〔英〕里顿·斯特拉屈

昨日的世界　　　［奥］茨威格，舒昌善等译，三联书店，1991.3

命丧断头台的法国王后——玛丽·安托瓦内特　　　［奥］茨威格，刘微亮等译，世界知识出版社，1987.9

一个政治家的肖像——约瑟夫·富歇传　　　［奥］茨威格，侯焕闳译，三联书店，1988.6

伊拉斯摩斯的胜利与悲剧　　　［奥］茨威格

麦哲伦　　　［奥］茨威格

罗曼·罗兰　　　［奥］茨威格

拿破仑传　　　［德］埃米尔·路德维希，中国台湾有高语和的中译本

俾斯麦传　　　［德］埃米尔·路德维希

歌德传　　　［德］埃米尔·路德维希

林肯传　　　［德］埃米尔·路德维希

莫扎特传　　　［德］埃米尔·路德维希

雨果传　　　［法］安德烈·莫洛阿，沈宝基等译，湖南人民出版社，1983.11

乔治·桑传　　　［法］安德烈·莫洛阿，郎维忠等译，湖南人民出版社，1986.6

伏尔泰传　　　［法］安德烈·莫洛阿

拜伦传　　　［法］安德烈·莫洛阿，裘小龙等译，浙江文艺出版社，1985.1

雪莱传　　　［法］安德烈·莫洛阿，中国台湾有中译本（中华书局）

屠格涅夫传　　　［法］安德烈·莫洛阿

普洛斯特的一生　　　［法］安德烈·莫洛阿

博学的小说家——阿道斯　　　［法］安德烈·莫洛阿，收入中国台湾志文版《传记文学精选——世界短篇伟人传》

赫胥黎　　　［法］安德烈·莫洛阿，收入书同上

英国小说大师劳伦斯　　［法］安德烈·莫洛阿，收入书同上

陀思妥耶夫斯基传　　［法］亨利·特罗亚

普希金传　　［法］亨利·特罗亚

莱蒙托夫传　　［法］亨利·特罗亚

托尔斯泰传　　［法］亨利·特罗亚

果戈理传　　［法］亨利·特罗亚

风流女皇——叶卡捷林娜二世传　　［法］亨利·特罗亚

英王乔治五世——他的生平与王朝　　［英］尼科尔森

克利夫兰传　　［美］尤·聂文斯

费希传　　［美］尤·聂文斯

达尔文　　［奥］弗洛伊德

威尔逊总统传　　［奥］弗洛伊德等

世界名人录　　美国传记研究所

论语

晏子春秋

高祖本纪　　《史记》

孔子世家　　《史记》

李广列传　　《史记》

贾生列传　　《史记》

贾谊传　　《汉书》

李陵苏武传　　《汉书》

王莽传　　《汉书》

列女传　　刘向

赵云别传　　《三国志》裴松之注引

三国志　　陈寿

后汉书　　范晔

宋书　　沈约

丘乃敦崇传　　庾信

范丹碑　　蔡邕

井丹传　　嵇康

孟府君传　　陶潜

法显传　　法显

高僧传　　慧皎

鸠摩罗什传　　收入《高僧传》

华阳国志　　常璩

山西通志　　清光绪刊本

新唐书　　欧阳修

宋史　　脱脱，阿鲁图等

林逋传　　《宋史》

贰臣传　　清高宗敕编

司马温公行状　　苏轼

徐文长传　　袁宏道

补履先生传　　汪晋

金石录后序　　李清照

元鲁山墓碣铭　　李华

柳子厚墓志铭　　韩愈

广西转运使屯田员外郎苏君墓志铭　　王安石

顾先生炎武神道表　　全祖望

可读书斋校书谱　　唐兆榴

高邮王氏父子年谱　　闵尔昌

钱谦益先生年谱　　金鹤冲

病榻梦痕录　　汪辉祖

仲尼弟子列传　　《史记》

国朝学案小识　　唐鉴

国朝汉学师承记　　江藩，中华书局，1983.11

船山师友记　　罗正钧

三国志　　陈寿

魏书　　魏收

意大利建国三杰传　　梁启超，收入《饮冰室合集》

噶苏士传　　梁启超，收入书同上

张博望班定远合传　　梁启超，收入书同上

孔子传　　梁启超，收入书同上

王荆公评传　　梁启超，收入书同上

姚烈士传略　　胡适，刊《竞业旬报》，1908

中国第一伟人杨斯盛传　　胡适，刊《竞业旬报》，1908

世界第一女杰贞德传　　胡适，刊《竞业旬报》，1908

中国爱国女杰王昭君传　　胡适，刊《竞业旬报》，1908

章实斋先生年谱　　胡适，商务印书馆，1922

李超传　　胡适，收入《胡适文存》

吴敬梓传　　胡适，收入书同上

荷泽大师神会和尚传　　胡适，收入《胡适论学近著》

齐白石年谱　　胡适等，商务印书馆，1949.3

四十自述　　胡适，亚东图书馆，1933.9

片断的回忆　　巴金，上海第一出版社，1933

钦文自传　　许钦文，上海第一出版社，1933

庐隐自传　　庐隐，上海第一出版社，1933

资平自传　　张资平，上海第一出版社，1933

从文自传　　沈从文，上海第一出版社，1933

洪波曲　　郭沫若，收入《沫若文集》

李烈钧将军自传　　李烈钧，收入中国台湾文海版《近代中国史料丛刊》

陈布雷回忆录　　陈布雷，二十世纪出版社，1949.1

五十回忆　　黄绍竑，收入中国台湾文海版《近代中国史料丛刊》

叶挺印象记　　　东平，《七月》第 3 期，1937. 11. 16

记贺龙将军　　　沙汀　　《中国文化》创刊号，1940. 2. 15

徐海东将军　　　周立波，收入《晋察冀边区印象记》，读书生活出版社，1938. 6

聂荣臻同志　　　周立波，收入书同上

汉奸刽子手曾国藩的一生　　　范文澜，新华书店，1951

窃国大盗袁世凯　　　陈伯达，正风出版社，1946

明太祖　　　吴晗，胜利出版社，1944

志愿军英雄传　　　人民文学出版社，1956

革命母亲夏娘娘　　　黄钢，工人出版社，1957

刘胡兰小传　　　梁星，青年出版社，1951

把一切献给党　　　吴运铎，工人出版社，1953

高玉宝　　　高玉宝，中国青年出版社，1955

我的一家　　　陶承，工人出版社，1958

在大革命的洪流中　　　朱道南口述，于炳坤整理，上海人民出版社，1977. 11

王若飞在狱中　　　杨植霖等，中国青年出版社，1961. 3

跟随毛主席长征　　　陈昌奉，作家出版社，1958

跟随周副主席十一年　　　龙飞虎，解放军文艺社，1960. 4

鲁迅回忆录　　　许广平，作家出版社，1961. 5

历史人物集　　　《学习与批判》丛书之一，上海人民出版社，1976. 5

徐懋庸回忆录　　　徐懋庸，人民文学出版社，1982. 7

忠王李秀成自述　　　李秀成

胡风传　　　梅志，连载于《文汇月刊》

叶挺传　　　卢权等，河南人民出版社，1987. 12

我的舞蹈艺术生涯　　　吴晓邦，中国戏曲出版社，1982. 9

我的路　　　刘晓庆，收入《艺术与爱情》，上海文艺出版社，

1987.4

鲁迅评传　　曾庆瑞，四川人民出版社，1981

鲁迅传略　　吴中杰，上海文艺出版社，1981.6

鲁迅传　　林非等，中国社会科学出版社，1981

鲁迅传　　林志浩，北京出版社，1981.3

鲁迅评传　　彭定安，湖南文艺出版社，1982.5

民族魂　　陈漱渝，浙江文艺出版社，1983.7

克鲁泡特金传　　陈子骅，中国社会科学出版社，1986.1

托洛茨基评传　　李显荣，中国社会科学出版社，1986.6

达尔文年谱　　周邦立，科学出版社，1982.3

非凡的年代　　点点，上海文艺出版社，1977

中共军事人物传记丛书　　解放军出版社

解放军将领丛书　　解放军出版社

长篇回忆录丛书　　解放军出版社

年谱丛刊　　中华书局

世界名人传记丛书　　湖南人民出版社

诺贝尔奖金获得者传　　湖南科技出版社

中国人名大辞典（现任党政军领导人物卷）　　上海辞书出版社，1989 年 9 月

新中国名人录　　京声等编，江西人民出版社，1987.7

近三百年人物年谱知见录　　来新夏，上海人民出版，1983.4

辛亥以来人物传记资料索引（1911—1949）　　上海辞书出版社，1988

《传记文学》篇目分类索引　　金华英等编，华东师范大学出版社，1988.9

中国古典传记　　上海文艺出版社，1982.7

刘汝明回忆录　　刘汝明，传记文学出版社，1966.8

波逐六十年　　胡光麃，收入《传记文学丛刊》

自传   刘峙，收入书同上

曹汝霖一生之回忆   曹汝霖，传记文学出版社，1970.6

胡适之先生晚年谈话录   胡颂平，联经出版事业公司，1984.5

歌德谈话录   ［德］爱克曼辑录，朱光潜译，人民文学出版社，1978.9

蒋经国传   江南，中国友谊出版公司，1987.3

毛泽东   ［英］斯图尔特·施拉姆，红旗出版社，1987.12

邓小平   ［匈］巴拉奇·代内计，阙思静等译，解放军出版社，1988.5

早晨的洪流——毛泽东与中国革命   ［英］韩素音，杨青译，香港南粤出版社，1974

哈里特·塔布曼   ［美］厄·康拉德，杨静远译，三联书店，1979.10

马歇尔   ［英］伦纳德·莫利斯，蒋恺等译，解放军出版社，1987.10

孙中山年谱   中华书局，1980.7

杜甫叙论   朱东润，人民文学出版社，1981.3

杜甫评传   陈贻焮，上海古籍出版社，1982.8

布鲁诺传   ［苏］A·施捷克里，侯焕闳译，三联书店，1986.5

布鲁诺传   ［苏］B·C·罗日金，汤侠生译，北京大学出版社，1986.7

谭嗣同评传   李喜所，河南教育出版社，1986.1

李立三传   唐纯良，黑龙江人民出版社，1984.10

开拓者的足迹——张謇传稿   章开沅，中华书局，1986.12

拿破仑外传   ［法］奥布里，杨松河等译，军事译文出版社，1987.3

希特勒传　　威·马扎

黑格尔小传　　〔苏〕阿·古留加，刘半九等译，商务印书馆，1978.1

曾国藩及其幕府　　李鼎芬，文通书局，1947

鲁迅与许广平　　范志亭，河南人民出版社，1986.4

能源与冲突——爱德华·特勒的生平与时代　　〔美〕S·A·布卢姆伯格等，华君铎译，原子能出版社，1986.6

大独裁者希特勒　　〔英〕艾伦·布洛克，朱立人等译，北京出版社，1986.12

冈村宁次回忆录　　〔日〕稻叶正夫编，中华书局，1981.12

重光葵外交回忆录　　重光葵

鲁迅传略　　朱正，作家出版社，1956

蒋家王朝　　荣孟源，中国青年出版社，1980.6

李大钊传　　人民出版社，1979.4

恺撒评传　　〔苏〕谢·勒·乌特琴柯著，王以铸译，中国社会科学出版社，1986.6

圣雄甘地　　〔法〕多米尼克·拉皮埃尔等，周万秀等译，新华出版社，1986.6

伊凡雷帝传　　〔苏〕Р·Г·斯克伦尼科夫，谷中豪等译，商务印书馆，1986.8

布劳恩　　埃·伯高斯特，陈安全等译，上海译文出版社，1982.8

情有独钟　　〔美〕伊夫林·凯勒，赵台安等译，三联书店，1987.6

实业家刘鸿生传略　　刘念智，文史出版社，1982.3

比莉·荷丽黛自传　　〔美〕比莉·荷丽黛

罗莎·卢森堡传　　〔苏〕罗·叶夫泽罗夫等，汪秋珊译，人民出版社，1983.4

李·艾科嘉自传　　　［美］李·艾科嘉，杨大宁等译，天津人民出版社，1986.7

克劳塞维茨传　　　［德］威廉·冯·施拉姆，王庆余等译，商务印书馆，1984.6

王明年谱简编　　　周国全等，收入《近代中国人物》（第三辑），重庆出版社，1986.10

姚氏父子　　　叶永烈，大连出版社，1988.7

自传　　　吴玉章，收入《人物》杂志，1981年第5期

苏格拉底传　　　［英］A·E·泰勒

王国维评传　　　萧艾，浙江文艺出版社，1983.7

山里来的海军上将　　　［美］F·德里斯基尔等，伍江等译，海洋出版社，1985.7

奥尔良少女　　　约·卡尔梅特

墨索里尼其人　　　［英］丹·麦·史密斯，许其鹏等译，军事译文出版社，1985.12

托尔斯泰评传　　　［苏］贝奇柯夫，吴均燮译，人民文学出版社，1959.4

罗曼·罗兰传　　　［英］威尔逊，沈炼之译，文化生活出版社，1947.5

司马迁评传　　　肖黎，吉林文史出版社，1986.5

徐志摩评传　　　陆耀东，陕西人民山版社，1986.7

经历　　　邹韬奋，生活书店，1937.4

知堂回想录　　　周作人，中国香港三育图书文具公司，1980.11

陀思妥耶夫斯基　　　E·卡尔

索伦传　　　《传记集》

孙中山传　　　尚明轩，北京出版社，1981.9 第二版

巴金传　　　徐开垒，上海文艺出版社，1989

诗与真　　　［德］歌德

我的童年　　郭沫若，收入《沫若文集》

自传　　〔英〕休谟

林语堂自传　　林语堂，工爻译，《逸经》第 17 期，1936. 11. 5

梁启超先生年谱长编　　丁文江等，上海人民出版社，1983. 8

黄兴年谱　　毛注青，湖南人民出版社，1980. 10

瞿秋白年谱　　周永祥，广东人民出版社，1983. 4

胡适年谱　　耿云志，四川人民出版社，1989. 12

梁启超先生传　　孟祥才，北京出版社，1980. 11

记者生活三十年　　陶菊隐，中华书局，1984. 1

实庵自传　　陈独秀，连载于上海《宇宙风》杂志，1938

忆长征　　杨成武，解放军文艺出版社，1982. 5

使美八年纪要（沈剑虹回忆录）　　沈剑虹，中国台湾联经出版公司，1982

我所知道的戴笠　　沈醉，收入《文史资料选辑》，中华书局

伪满宫廷杂忆　　周君廷，四川人民出版社，1981. 2

朱可夫元帅　　〔美〕小奥托·普雷斯顿铁尼，张光远等译，新华出版社，1984. 11

宋庆龄年谱　　杨明轩等，中国社会科学出版社，1986. 10

后记

　　我是很喜欢阅读传记作品的，自中学时代至今，所读过的古今中外传记作品，大概已有千部（篇）以上了。这样的读书生活，自然培养了我对史学的兴趣，因而我在十余年前开始从事专业的社会科学研究工作以来，为着接受史学训练，也就尝试写作了若干属于传记性质的文章和书稿，其中已出版和待出版的评传类著作主要有《胡适评传》（重庆出版社，1988年）、《鲁迅、胡适、郭沫若连环比较评传》（上海文艺出版社，1991年）《郑振铎评传》（百花文艺出版社，1992年，与金梅合著）和《陈独秀评传》等。然而，在上述书稿的撰写过程中，又每每苦于找不到集中与系统的论述传记理论和写作问题的参考书。在这种情况下，我渐渐地萌发了一个念头：最好自己动手来写这样的一本书。与此相适应，我就有意识地收集资料，包括从传记理论和写作的角度去分析所读的传记作品，并且也随时写了一些文章和书评，初步提出了一些我对传记理论和写作问题的看法。

　　1986年年底，我校设立"青年文科科研基金"的资助项目。当时我因手头的其他研究工作即将告一段落，于是以写作本书作为项目课题申报。在申报得到批准后，我便着手本书的撰写，按照资助项目两年为期的要求，于1988年年底完成了这本书稿。

　　以我才疏学浅，要写好这样一本书自然是困难的。事实上，我在写初稿乃至修改定稿的过程中，总是感到不成熟，不满足。1989年学年的第一学期，我在以此书稿的内容为我校中文系四年级学生开设"传记研究"的选修课时，更加强烈地感到了这一点。不过，从选修的学生们对传记理论和写作问题产生的兴趣来看，尤其是他们大都敢于以自传作为考查的卷子上缴，不能不使我获得鼓舞。现在我也敢于把这本疏陋的书稿送出版社，正是希冀在更大的范围再起一点抛砖引玉的作用。因此，我恳切地希望读者诸君对本书多作严格的批评。倘若本书出版后能够引起学术文化界的朋友对于研究传记的理论和实践问题的更大重视，能够鼓励更多的高校教师开设"传记研究"一类的课程，并策动各界人士都来写传记（包括自传），那么我将感到莫大的欣慰。

最后要指出，在本书的写作过程中，我得到了各位师长友人的诚挚的关心和热情的鼓励，而该书之所以能够付梓，又有赖于复旦大学出版社的同志的无私的支持和帮助，所以，在此我要向他们致以最深切的谢意。

朱文华

1990年11月

于复旦大学中国语言文学研究所

本书稿送复旦大学出版社后，承蒙该社杜荣根和林骧华两位编辑同志，先后在审阅时提出了不少中肯的修改意见；在这两学年内，我又以本书稿为教材，继续为我校中文系文学专业高年级学生开设了"传记研究"的选修课，教学过程中，有些同学曾与我讨论过有关问题。因此，在对本书稿作付印前的最后修改时，我吸收了上述同志和同学的意见。

另外，本书的出版，获得了"光华奖学金"的若干资助。

特此再作补充说明。

作者补记，1992年4月14日

改版增补本之跋文

　　拙著《传记通论》的初版由复旦大学出版社刊行于 1993 年 8 月。该书出版之日，恰是国内重新形成"传记热"之时，因此有幸得到学术界的关注，其中，既有熟识的友人撰写书评推荐，也有我所不认识的某高校教师在学报发表论文，对拙著的主要内容观点予以肯定性的评述介绍；而《文汇报》的资深编辑施宣圆先生，甚至还写作发表了题为《朱文华提倡传记学》的专文，由此在社会上产生了一定的学术影响。（以上叙述，并非自夸，乃是为学术史留下线索）对此，我当然深受鼓舞。当时我任教于复旦大学中文系（中国语言文学研究所），于是还以该书为教材，为本科生开设了"传记理论与写作"的选修课程，居然也有学生报名选修。1995 年，国家教委评选国内高校优秀教材，承蒙系主任陈允吉先生错爱，也将该书推荐申报，想不到获得了"中青年奖"项。唯其如此，我对该书是敝帚自珍的，视之为本人的代表作之一。

　　一晃三十年。该书已成绝版，连我手头自己保存的一本样书也被同行有人要走了，因此，我很希望该书有再版重印的机会。果真也真有心想事成的事：前不久有缘与上海远东出版社的曹建先生建立联系，他竟然还记得该书，并主动提出可由他们再版。我当然喜出望外，还得寸进尺的提出：最好能够出"改版增补本"，因为在这三十年中，我还陆续写过一些论文，继续探讨传记理论及其写作实践中的若干问题，这些论文可以说是对《传记通论》书稿内容的某种补充，因此希望选取几篇集为一辑，编入新书中。由于善解人意的曹建先生也表示赞同，于是就有了眼前模样的这本书：全书由《传记通论》初版文稿（未作修改）与新辑的《传记散论》两个相对独立的部分合刊。

另外，我在2013年办理退休手续前的几年里，还为本系的本科生和硕士研究生开设过另一门选修课《（中国）现当代人物传记研究》，讲授的内容除了融合《传记通论》的要点外，还对中国当代的传记写作的基本情况（深浅得失）做了较为深入、系统的评述。现在，我把这门课程的教学大纲作为本书的《传记散论》部分的附录，因为我感到其中所揭示的一些研究思路或和具体的批评角度，或许可以给喜好阅读传记当代传记作品的读者以某种启发，似乎也可以引发同行朋友对之作进一步深入探讨。

就此打住了。谨再次向上海远东出版社的曹建社长和本书的责任编辑表示诚挚的谢意。同时也期待同行师友与广大读者对于本书的严肃批评。

朱文华

2022 年 12 月